商務印書館

漢語成語詞典

修訂本

漢語成語詞典 (修訂本)

修　　訂 …… 尹振海

審　　訂 …… 曹先擢

責任編輯 …… 方潔卿

出　　版 …… 商務印書館 (香港) 有限公司

香港筲箕灣耀興道3號東滙廣場8樓

http://www.commercialpress.com.hk

發　　行 …… 香港聯合書刊物流有限公司

香港新界荃灣德士古道220-248號荃灣工業中心16樓

印　　刷 …… 美雅印刷製本有限公司

九龍官塘榮業街6號海濱工業大廈4樓A室

版　　次 …… 2023年10月第32次印刷

© 1993 商務印書館 (香港) 有限公司

ISBN 978 962 07 0151 1

Printed in Hong Kong

目 錄

修訂說明

　　《漢語成語詞典》收錄現代漢語中通用的成語，主要供中學生、中小學教師和具有中等文化程度的讀者使用。本書自出版以來，深受讀者的歡迎，已經先後重印二十多次，仍然供不應求。本館爲提高本書的質量，精益求精，特聘請漢語辭書學家曹先擢教授負責對本書作了一次全面修訂。

　　本書這次修訂，仍遵守只收錄現代漢語通用的成語這一基本原則，修訂着重在以下諸方面：

　　一、删去少數罕用的成語，增收了一些香港與臺灣書、報、雜誌常用的成語，特別是注重增收口語和寫作時經常用到的成語，總條數從修訂前的二千九百多條增加到近三千五百條。

　　二、增加了條目中的難字或易誤讀的異讀字的注音。

　　三、對少數不夠完美的釋文作了必要的訂正。

　　四、有鑒於本詞典的通用性質，着重使學生和一般讀者明瞭成語語義，懂得如何使用這些成語，所以一般不探究語源。這次修訂沒有改變這一編纂原則。就語典來說，大抵從字面上即可解釋清楚語義，無須徵引語源。就事典來說，一般從字面上可以解釋清楚的，這次修訂也未增補語源；凡不說明故事原委則不能明瞭語義者，這次修訂，或徵引作爲出處的古書上的原文，或就語源予以扼要說明，目的在於使讀者能更清楚地瞭解語義。

五、例句有幫助讀者理解成語語義、說明用法、展示成語的感情色彩等作用；例句的內容還可以告訴讀者一個道理或給予有益的啟示。本詞典在斟酌取捨例句時，盡可能從上述諸方面加以考慮，以求充分發揮例句的功效。這次修訂，修改和換用了一些例句，其原則是：（1）能準確表達成語的意義和用法；（2）例句生活化，使讀者感到親切和易於理解；（3）在注重準確表達意義的同時，在某些適宜的條目下，選用帶啟示性的例句。

通過這次修訂，我們相信，《漢語成語詞典》將更能適應香港、臺灣和海外同胞的需要，將更能滿足中學生和廣大讀者對成語日益增長的文化需求，而這正是我們追求的目標。

商務印書館編輯部

凡　例

　　一、條目。本詞典條目的内容一般爲詞目、注音、釋文、例句、同他條目的關聯關係五項，並依此順序列於條目内。

　　二、條目編排。本詞典的條目，按照詞目首字的筆畫順序排列，如"朝令夕改"這一條，按"朝"字的筆畫數排於十二畫之内。在同一筆畫數内，首字相同的條目，按第二字起筆筆形一丨丿丶乀的順序排列；在同一筆畫數内，首字不同的條目，按首字起筆筆形一丨丿丶乀的順序排列。

　　本詞典正文前，附有按上述原則排列的"首字筆畫索引"，供讀者查檢使用。

　　三、注音。本詞典對條目中的難字和容易誤讀的異讀字標注普通話和粵語音讀，用"（　）"括注於詞目之後、釋文之前。普通話用漢語拼音方案標注；粵音用國際音標和粵語直音字標注，個別沒有合適的同音字的，則以反切代替直音字。普通話標於前；粵音標於後，粵音用符號"粵"標出。

　　四、釋文。本詞典着重在解釋所收成語的現時常用意義，釋義力求言簡義明，通俗確當。字義有難懂的，先解釋字義，後解釋成語的語義；無難懂字義者，則徑直解釋成語語義。成語語義一般包括成語的字面意義及其比喻義、形容義和其他轉義。某些只用於褒貶場合的，則分別說明褒義或貶義。本詞典的例句用〔例〕標示。爲了突出成語詞目在例句中的位置，起到提示作用，例句中的成語詞目用字，都以"～"代替之。

　　五、關聯條目。由於本書要面向中學生和一般讀者，爲求簡明，方便易查，這次修訂的時候，把相互關聯的條目壓縮到最低限度，原本作爲附條處理的少數條目都獨立成條；但某些常用的同義成語，在例句之後用"也作'××××'"的相關形式作了關聯處理，指明這兩條爲同義成語。少數成語互有補充作用，則用"參見'×××'"的形式向讀者指明參見條。

首字筆畫索引

一畫

一了百了

了: 完結。由於一件事的了結，其他事也跟着了結了。

〔例〕她如果回來同你正式離婚，～，豈不更好。

一刀兩斷

形容堅決斷絕關係。

〔例〕他已和黑社會脫離關係，～。

一五一十

從頭到尾，源源本本，清楚而無遺漏。

〔例〕你須要瞭解什麼? 凡是我知道的，都會～告訴你。

一反常態

一: 整個，完全。指態度發生了同平常截然不同的變化。

〔例〕我把實情告訴他，以爲他一定會暴跳如雷,誰知他～，
　　只淡淡地唉了一聲。

一日三秋

三秋: 三個秋天。一天不見，就好像過了三年。形容懷念
　　的感情很深。

〔例〕一別半年，～，十分想念。

一日之長

①(長: zhǎng　粵dzœŋ²〔掌〕)

　　比別人年齡稍大一點。謂資格稍老一些。

②（長: cháng　粵tsœŋ⁴〔腸〕）

長: 長處。謂稍強一些。

〔例〕你我何必在這方面爭~。

一日千里

形容進步或發展速度極快。

〔例〕當今世界科技發展~，及時瞭解科技信息十分重要。

一毛不拔

毛: 毫毛。一根毫毛也捨不得拔掉。比喻極端吝嗇。

〔例〕他是個~的吝嗇鬼，休想他肯捐錢賑災。

一手包辦

包辦: 一手承辦。一個人單獨負責，一手辦理。

〔例〕這件事是由他~的，進展如何，問他才知。

一仍舊貫

仍: 依照。**貫**: 同"慣"，慣例。全部依照以往的慣例去做，
　　沒有絲毫改變。

〔例〕總經理雖然換了，但工作制度~，全無變化。

一心一意

專心一意，不分神。

〔例〕他正~地在看書，我們說的話他全沒聽見。

一心一德

大家一心一意，爲一個共同的目標而努力。

〔例〕我們應該~，通力合作，共同把我們的國家建設好。

一孔之見

孔: 小窟窿。從一個小窟窿裏面所看到的。比喻狹隘片面

的見解。

〔例〕 他局限於個人的～，發表的見解不免常失之偏頗。

一本正經

正經: 莊重，嚴肅。有時帶有諷刺意味。

〔例〕 一路上，他～地大談UFO（不明飛行物體）和外星人，
因此博得了"外星人專家"的稱號。

一本萬利

用極少的本錢，獲得極大的利潤。

〔例〕 近年來生意興隆，雖說不上～，公司盈利卻極可觀。

一目十行

一眼能看十行字。形容看書速度很快。

〔例〕 你說你會過目成誦，難道我就不能～？

一目瞭然

瞭然: 明白。一眼就能看明白。

〔例〕 動物園門口的示意圖，把各種動物所在的位置標示
得清清楚楚，～。

一丘之貉

（貉: hé　⑧hɔk⁹〔學〕）

貉: 一種形似狐狸的野獸，俗名狗獾。同一個山丘的貉。
比喻都是同類，沒有分別。後用以比喻都是一樣的壞人。
貶義。

〔例〕 墨索里尼和希特勒是～。

一成不變

成: 制定，形成。原指刑法一經制定就不可更改。現用來

形容死守舊觀點、老辦法，固定不變。

〔例〕人有缺點改了就好，不應該～地看人。

一帆風順

船掛滿帆，順風行駛。比喻非常順利，沒有阻礙。

〔例〕一個人在生活道路上總不會～的，只有百折不撓的
人才會成功。

一年半載

載: 年。指一年左右不長的一段時間。多用於安慰別人。

〔例〕這次出國進修，～就回來了，你別難過。

一字千金

一個字價值千金。《史記・呂不韋傳》記載，呂不韋叫他的
門客編了一部《呂氏春秋》，公布於咸陽市城門上，說有能
增減一字的，賞賜千金。今用來稱譽文辭精妙，價值極高。

一如既往

一: 都，全。**既往**: 已往。完全跟過去一樣。

〔例〕不管行市發生什麼變化，我們兩家公司將～，繼續
合作。

一技之長

技: 技能，本領。**長**: 專長。

〔例〕幸而他有～，很快就找到了工作。

一步登天

一步就跨到天上去。比喻一下子達到極高的境界或程度。
也比喻突然得志，爬上高位。

〔例〕他這個人好幻想，總想～。

一見如故

初次見面就像老朋友一樣。

〔例〕他不是那種使人望而生畏的人物，相反，那平易近
人的神態倒使我感到～。

一見鍾情

鍾情：情愛專注。指男女雙方一見面就產生了愛情。

〔例〕他倆～，很快就有情人終成眷屬了。

一身是膽

一身都是膽。形容膽子極大，無所畏懼、英勇過人。

〔例〕他～，深入匪巢，智擒作案累累的匪首。

一言九鼎

相傳夏禹鑄九鼎，夏商周三代奉爲傳國之寶。一句話有九
鼎的分量。喻指一句話能起決定性的作用。

〔例〕您老人家德高望重，～，此事非您出來講句話不可。

一言爲定

一句話説定了，不能再翻悔更改。

〔例〕～，我的小説寫好後就交給你們出版。

一言難盡

一句話不能把情況都説完。指事情變化大、曲折多，不是
一句話能説清楚的。

〔例〕老王這幾年的坎坷遭遇，説起來真是～啊!

一決雌雄

雌雄：比喻勝負、高低。決定勝敗、高低。

〔例〕隊員們摩拳擦掌，要在球場上與對方～。

一改故轍

轍: 車輪壓出的痕迹。完全改變走慣了的老路。

〔例〕這個地區一向以種田爲生的農民~，開始經營水產
　　　養殖業了。

一表人才

表: 容貌，儀態。形容人的容貌俊秀、風度瀟灑。

〔例〕他長得~，是個極有教養的人。

一板一眼

板、眼: 民族音樂和戲曲中的節拍。唱得有板有眼。比喻
　　　行動有條理、合規矩。

〔例〕他辦事不緊不慢，~，處事穩妥，讓人放心。

一來二去

指來來往往，經過一段時間。

〔例〕他多次籌辦這類展覽會，~，今次更駕輕就熟了。

一事無成

一件事情也沒有做成。形容毫無成就。

〔例〕他一向懶散，但求得過且過，以致年過半百仍~。

一呼百應

（應: yìng　粵jing³〔衣慶切〕）

應: 回答，響應。一聲呼喊，百人響應。形容號召力大，
　　　響應的人多。

一呼百諾

呼: 呼喚。**諾**: 答應的聲音。形容有財有勢的人，只要嘴
　　　裏喊一聲，成羣的奴僕馬上連聲答應。

〔例〕《紅樓夢》裏榮寧二府的奴僕衆多,主人～,煊赫一時。

一知半解

形容知道得少, 理解得不深。

〔例〕學習一門知識, 必須力求深透, ～是不行的。

一往情深

一往: 一直。感情一直十分深厚。

〔例〕少華對梅寶～, 這一點梅寶當然很清楚。

一命嗚呼

嗚呼: 感歎詞, 借指死亡。一下子就了了。常含有嘲笑或諷刺意味。

〔例〕爲了爭奪父親的遺產, 老張兩兄弟吵得地覆天翻, 把個七旬老母活活氣得～了。

一念之差

差: 錯。一個念頭的差錯。常指因此而引致嚴重的後果。

〔例〕她～, 在購物中心偷了一個高級皮手袋, 結果被店員發覺, 抓到警署去。

一刻千金

一刻: 極短的時間。比喻時光非常寶貴。

一定之規

規: 準則。指執著於一成不變的主意或打算。

〔例〕你有你的千條妙計, 他有他的～。

一廂情願

一廂: 指單方面。比喻做事只從自己的主觀願望出發, 不考慮另一方面是否願意或客觀條件是否許可。

〔例〕婚姻是雙方面的事，你～怎麼行？

也作"一相情願"。

一軌同風

一: 統一，一致。**軌**: 車子兩輪之間的距離。車軌一致，風俗相同。比喻國家統一。

一面之交

交: 交情。僅見過一面的交情。形容初次相識，沒有深交。

〔例〕"你倆早認識了?""哪裏，只是～。"

一面之辭

單方面的話。

〔例〕在調解朋友之間的爭執時，不能單聽～，要把雙方的意見都聽完。再下判斷。

一哄而散

（哄: hòng ⑧huŋ³〔控〕）

哄: 喧鬧。形容聚在一起的人羣在吵嚷聲中散去。也形容突然亂糟糟地散去。

〔例〕排隊的人見沒貨可買了，便～。

一息尚存

息: 氣息，呼吸。**尚**: 還。還有一口氣。指生命的最後階段。

〔例〕只要～，我仍要學習。

一馬平川

平川: 平地。能夠縱馬馳騁的平地。形容地勢平坦、廣闊。

〔例〕下了山岡便是～。

一馬當先

一匹馬跑在最前面。比喻獨自一人衝在前，起帶頭作用。

〔例〕他接過同伴的妙傳，～，擺脫了對方隊員的攔截，
　　　一腳直射，球即飛進網底。

一氣呵成

呵：呼氣。一口氣寫下來的。形容文章緊湊連貫。也比喻
　　工作安排緊湊，一直沒有間斷，迅速完成。

〔例〕他的文章～，使人愛不忍釋。

一笑置之

置：擱下。笑一笑，就把它放在一邊。表示不當一回事。

〔例〕他很有涵養，無論朋友們怎樣開玩笑，他總是～。

一針見血

比喻話說得簡明扼要，並能切中要害。

〔例〕魯迅對社會醜惡現象的抨擊往往能～，入木三分。

一脈相承

脈：血脈。**承**：繼承。以血緣的關係比喻人與人或事物之
　　間的傳承關係。

〔例〕李白詩中的奇妙想像力是與屈原～的。
　　　也作“一脈相傳”。

一席之地

比喻佔有一定的位置。

〔例〕家庭電器名牌貨多，競爭激烈，新產品要在市場上
　　　佔～，不容易。

一差二錯

指發生差錯或意外。

〔例〕這是一件十分重要的工作，如果派粗心大意、沒有經驗的人去辦理，萬一有個～，就不得了。

一家之言

自成體系、有獨立見解的學術著作。也指一個流派或一種理論。

〔例〕這種見解僅是他的～。

一紙空文

一張不能兌現的空頭文書。

〔例〕去年公布的那些條例，從來沒有人遵守過，實際上已成爲～。

一掃而光

一下子便掃得乾乾淨淨。比喻完全掃除。

〔例〕聽到丈夫已脫險，她臉上的愁雲～。

一乾二淨

乾乾淨淨。形容一點兒也不剩。

〔例〕從前學過的一點英語，我早忘得～了。

一敗塗地

塗地: 指肝腦塗地。形容失敗到不可收拾的地步。

〔例〕拿破崙在滑鐵盧戰役中～，最後宣布退位，被流放到聖赫勒拿島。

一國三公

《左傳·僖公五年》: "一國三公，吾誰適從？"意思是說，一個國家有三個主持政事的人，我聽從誰呢？後用來泛指令出多頭，使人無所適從。

一唱一和

（和: hè 粵wɔ⁶〔禍〕）

和: 和聲。一人唱歌，一人和聲。比喻互相呼應，互相配
合。多含貶意。

〔例〕每次開會，他們兩個總是～。

一貧如洗

窮得像洗過的那樣。形容十分貧窮，一無所有。

〔例〕從前他家～，父母沒有錢供他上學。

一望而知

一看就知道。

〔例〕從他那興奮的臉色，～，他必定又帶來好消息了。

一望無際

際: 邊界。一眼望去，看不到邊。形容非常遼闊。

〔例〕洞庭湖煙波浩淼，水天相接，～。

一視同仁

一視: 一樣看待。**仁**: 仁愛。原指賢明的統治者對百姓同
施仁愛。後泛指對人不分厚薄，同樣看待。

〔例〕本公司對待屬下職員，不論他們的學歷如何，均～，
只要有好的表現，都會擢升。

一揮而就

揮: 動。**就**: 完成。指寫文章、繪畫、寫字等速度快，一
動筆就完成。

〔例〕他想了一想，便提起筆來，一首七律詩～。

一朝一夕

（朝: zhāo 粵dziu¹〔招〕）

朝: 早晨。**夕**: 傍晚或夜晚。指很短的時間。

〔例〕 練氣功，要持之以恒，絕非～所能奏效的。

一無可取

一無: 全無。沒有一點可取的地方。

〔例〕 這部電影俗不可耐，～。

一無所有

什麼也沒有。

〔例〕 殿堂中，除了一尊泥塑外，～。

一無所知

什麼也不知道。

〔例〕 我對這個人～，你提出的問題我無法回答。

一無所能

什麼本領也沒有。

〔例〕 在這個競爭十分激烈的社會裏，～的人是難以立足的。

一無所長

（長: cháng 粵tsœŋ⁴〔腸〕）

一點專長也沒有。常用作謙語。

〔例〕 他老說自己～，其實在酒店經營管理方面，他是很內行的。

一無長物

（長: zhàng 粵dzœŋ⁶〔丈〕）

長物: 多餘的東西。形容窮得沒有一點多餘的東西。

〔例〕他一生爲官清廉，身死之時，～。

一無是處

一點兒對的地方也沒有。

〔例〕他在她眼中，～。

也作"無一是處"。

一筆勾銷

勾：勾掉。銷：除去。比喻一下子全部抹掉。

〔例〕我們過去的糾紛從此～，以後誰也不許再提了。

一筆抹殺

比喻輕率地把優點、成績等全部否定。

〔例〕他雖然有比較嚴重的缺點，但不能因此就認爲他一無是處，連他的優點也～，那是不公平的。

也作"一筆抹煞"。

一飯千金

在困難的時候受了人家一頓飯的恩惠，得志時，以千金厚報。形容受恩重報。

一勞永逸

辛苦一次，以後可以永遠安逸。

〔例〕興建這個水庫，雖然投資很大，但完工以後，水利問題便可～地得到解決了。

一絲一毫

一點點。形容極小或極少。

〔例〕他工作認真負責，唯恐出紕漏，縱使小事，也～不敢懈怠。

一絲不苟

苟: 苟且, 馬虎。形容做事認真仔細, 一點兒也不馬虎。

〔例〕 他做起工作來, 總是～, 認真負責。

一葉知秋

宋唐庚《文錄》: "唐人有詩云: '山僧不解數甲子, 一葉落
知天下秋。'" 看見一片落葉, 就知道秋天的到來。比喻
從事物的某些細微迹象, 可看出事物的發展趨向。

也作"一葉落知天下秋"。

一落千丈

形容景況、聲譽、地位等急劇下降。

〔例〕 自從那次參加奧運會服食興奮劑的醜聞被披露之後,
他的聲譽在人們的心目中便～。

一塌糊塗

形容混亂或糟糕到極點。

〔例〕 這件事給他弄得～。

一鼓作氣

一鼓: 敲第一通戰鼓。原指在戰鬥開始時, 一敲響戰鼓,
士氣就振作起來了。現指趁勁頭大的時候一下子把事情
完成。

〔例〕 在同學們的鼓舞下, 她～爬上了山頂。

一概而論

概: 過去量米麥時刮平斗斛的器具, 引伸爲標準。用同一
個標準來對待或處理。指對問題或事物不作具體分析,
同等看待。多用於否定句式。

〔例〕對性格同是孤僻的人，要分析他們性格形成的不同
　　　原因，不能～。

一路平安

一路上平平安安。常用作對出門人說的祝辭。

〔例〕舅舅要回臺灣了，我們兄妹到機場爲他送行，深情
　　　地對他說：“祝您～！”

一意孤行

不聽勸告，固執地照自己的意思行事。

〔例〕我們公司這宗生意的虧折，完全是他～造成的。

一團和氣

和和氣氣的樣子。也指不問是非，只求相安無事。

〔例〕伯父爲人寬厚，待人接物，總是～。

一團漆黑

形容非常黑暗。也比喻對某事物一無所知。

〔例〕天陰沉沉的，又沒有路燈，小巷裏～。

一鳴驚人

鳴：叫。比喻平時沒有特殊的表現，一下子作出了驚人的
　　事情。

〔例〕在這次業餘歌唱比賽中，她～，奪得冠軍。

一語破的

的：箭靶的中心。比喻一句話就說中要害。

〔例〕他一句話就把問題的關鍵指出來了，真是～。

一語道破

破: 揭穿。一句話就説穿了。

〔例〕想不到他毫不客氣地把她的來意～。

一塵不染

染: 沾染。比喻爲官清廉，或人品純潔，絲毫沒有沾染壞習氣。

〔例〕他移居這個聲色犬馬的城市已有十多年，仍能～，一心鑽研學問。

也形容環境非常清潔或物體非常乾淨。

〔例〕她把院子打掃得乾乾淨淨，～。

一網打盡

盡: 完。比喻全部逮住或全部肅清。

〔例〕這批毒販剛一入境，就被～。

一髮千鈞

鈞: 古時重量單位，三十斤爲一鈞。一根頭髮弔千鈞。比喻情況萬分危急。

〔例〕房子失火，烈焰飛騰，在這～的時刻，勇敢的消防員們冒着生命危險把困在樓裏的幾個孩子搶救了出來。

也作"千鈞一髮"。

一模一樣

形容完全相同。

〔例〕他們兄弟倆長得～。

一暴十寒

（暴: pù 　buk⁹〔瀑〕）

暴: 曬。曬一天，凍十天，比喻時而勤奮，時而懈怠，沒有恒心，不能連續堅持。

〔例〕想學好英語，關鍵在於要堅持不懈，切忌～。

一箭雙鵰

鵰: 又作"雕"。一種凶猛的大鳥。發一支箭射中兩隻鵰。比喻做一件事而達到兩方面的目的。

〔例〕這戰略既能大挫敵軍，又能瓦解敵方的聯盟，真是～的妙計。

一盤散沙

比喻組織渙散，不團結。

〔例〕自從會長辭職後，同學會就如同～，無人負責。

一潭死水

潭: 深水池。一池子死水。比喻毫無生氣的沉悶局面。

〔例〕她終於立下決心，離開那～的公司。

一錢不值

一個錢也不值。形容毫無價值。

〔例〕不要把他貶得～，他還是有許多優點的。

一諾千金

《史記·季布列傳》: 得黃金百斤，不如得季布一諾。"答應一句話有千金的價值。指極守信用。

〔例〕你放心吧，～，我不會食言的。

一舉成名

由於某件事的成功，一下子就出了名。

〔例〕他苦練數年，在世界乒乓球錦標賽上奪得單打冠軍, ～。

一舉兩得

做一件事, 能得到兩方面的好處。

〔例〕荒山造林, 既能保持水土, 又能生產木材, ～。

一臂之力

臂: 臂膀, 指不大的力量。常用"助一臂之力"比喻給予一點幫助。

〔例〕如今我遇到一些困難, 希望你能助我～。

一擲千金

擲: 扔。形容揮霍無度。

〔例〕他過着奢侈的生活, 花錢如水, ～。

一瀉千里

瀉: 水向下急流。原指江河水勢奔流直下, 直達千里。後用以比喻文筆流暢, 氣勢奔放。

〔例〕他的詩歌雄渾奔放, 大有～之勢。

一竅不通

竅: 孔隙。古人把眼、鼻、耳等稱爲"七竅"。七個竅, 一個也不通氣。比喻什麼也不懂。有時也用作謙辭。

〔例〕我對這一行可說是～, 請諸位多多指教。

一曝十寒

本作"一暴十寒"。曬一天, 冷十天。比喻做事不持之以恒, 三天打魚兩天曬網。

〔例〕學英文要多說多聽, 唸兩遍又扔在一邊, ～, 是絕對學不好的。

一蹶不振

（蹶: jué　粵kyt⁸〔決〕）

蹶: 跌倒。**振:** 振作。跌倒了就爬不起來。比喻一受到挫折和失敗就再也振作不起來了。

〔例〕他自喪妻之後，便～，精神狀態愈來愈差。

一蹴而就

（蹴: cù　粵tsuk⁷〔促〕）

蹴: 踩、踏。**就:** 成功。形容輕而易舉，邁一步就能成功。

〔例〕學識要靠刻苦學習日積月累，想～是不可能的。

一籌莫展

（籌: chóu　粵tsɐu⁴〔酬〕）

籌: 古時計算數目的竹片。引伸為計策。**展:** 施展。一點辦法也沒有。

〔例〕面對兵敗如山倒的局面，他真是～。

一觸即發

觸: 碰。**即:** 就。一碰就發作。比喻事態已發展到十分緊張的階段。

〔例〕兩國加緊調兵，戰事～。

一觸即潰

潰: 潰敗。一經接觸就潰敗。形容軍隊毫無戰鬥力，極易被打垮。

〔例〕軍隊不經嚴格訓練，上戰場就會～。

一覽無餘

覽: 看。一眼就都看完。形容一下子就能看清。

〔例〕從直升機上俯瞰，<u>維多利亞港</u>的風光～。

一鱗半爪

鱗：魚類的鱗片。**爪**：鳥獸的腳趾。原指龍在雲中，東露一鱗，西露半爪，使人難見其全貌。現用以比喻零星片斷的事物。

〔例〕<u>尖沙咀</u>東部聖誕節的夜景盛況，這裏僅記述了～。

一去不復返

返：回來。一旦離去再也不會回來了。

〔例〕今天他們享受着溫馨幸福的家庭生活，過去以淚洗面的日子～了。

一言以蔽之

用一句話來概括它。

〔例〕他所說的許多話，～，是要大家努力學習。

一物降一物

降：降伏，制伏。某一事物能制伏另一事物，或某一事物總會有另一事物來制伏它。青蛙怕蛇，蛇怕獴，所謂～。

一鼻孔出氣

指相互間言行如出自一人。比喻態度和主張相同。含貶義。

〔例〕<u>天雨</u>和<u>梅人</u>～，合夥捉弄<u>李達倫</u>，出他的醜。

一人得道，雞犬升天

<u>晉葛洪</u>《<u>神仙傳</u>》說：<u>漢朝淮南王劉安</u>吃了仙丹飛升成仙，剩下的幾顆仙丹散落在庭院裏，被雞和狗吃了，也都成仙升天。後用以比喻一個人做了官，凡是同他有關係的人都跟着受益。

〔例〕自他升任署長之後，他的幾個親戚都先後被提升了，
真是～。

一不做，二不休

休：停止。不做則已，要做就做到底。

〔例〕～，待我把書稿完成了再休假。

一而再，再而三

再：第二次。一次又來第二次，接着第三次。強調接連這
麼做。

〔例〕這幾個無賴～地來騷擾，是可忍，孰不可忍！

一傳十，十傳百

形容消息輾轉相告，傳得很快很廣。

〔例〕這件事～，很快就鬧得滿城風雨。

一蟹不如一蟹

比喻一個不如一個。宋無名氏著《聖宋掇遺》上說：宋朝派
陶穀到吳越，吳越王錢俶設宴招待他。因他喜歡吃螃蟹，
主人便羅列從大的到小的十多種螃蟹，陶穀笑着說："真
所謂一蟹不如一蟹。"

〔例〕連着換了幾任市長，～，大家都覺得沒了指望。

一寸光陰一寸金

一寸光陰：指日影移動一寸，形容時間很短。比喻時間極
其寶貴。

〔例〕～，年青人一定要珍惜時光，及時努力，切不可落
個"少壯不努力，老大徒傷悲"。

一失足成千古恨

失足：跌跤。比喻犯錯誤。**千古**：久遠。**恨**：遺憾。形容一旦犯了錯誤或誤入歧途，就會終身遺憾。

〔例〕這姑娘貪慕虛榮，禁不住別人的誘惑，～，後悔無及。

一年之計在於春

計：安排，計畫。一年的計畫能否完成關鍵在春天。指做事情要在開始階段就籌畫安排好。

一犬吠形，百犬吠聲

一隻狗見到人影就叫起來，許多狗聽到吠聲也跟着叫起來。比喻盲目跟從。

一夫當關，萬夫莫開

唐李白《蜀道難》：“劍閣崢嶸而崔嵬，一夫當關，萬夫莫開。”

當：把守。一個人把着關，一萬個人也攻不破。形容地勢十分險要。

一言既出，駟馬難追

駟馬：古代一輛車所套的四匹馬。一句話既已出口，即使四匹馬拉的車也追不回來。比喻話已出口，無法收回。

一波未平，一波又起

比喻波折多，一個問題沒解決，另一個又發生了。

〔例〕他父親病還未好，母親又病倒了，～，他真不知如何是好。

二畫

二桃殺三士

兩個桃子殺死三名勇士。《晏子春秋・內篇諫下》記載: 春秋時，齊景公手下有三名勇士: 公孫接、田開疆、古冶子。他們恃功驕傲。齊相晏嬰設計欲除掉三人，請景公給三人送去兩個桃子，要他們論功食桃。公孫接、田開疆認為自己功大，應得桃，於是各拿了一個桃子。古冶子認為自己功更大，拔劍而起，要求二人還給他桃子。二人覺得功不及古冶子，"取桃不讓，是貪也; 然而不死，無勇也"，於是自殺。古冶子覺得二人已死，自己獨生，不仁，於是也自殺。後用"二桃殺三士"比喻用陰謀詭計殺人。

〔例〕他這是想～，你們可別上當。

十全十美

指十分完美，毫無缺點。

〔例〕～的人是很難找到的。

十年寒窗

形容長期的苦讀生活。

〔例〕"～無人問，一舉成名天下聞"，這是科舉時代一些讀書人生活的寫照。

十指連心

手指感覺靈敏，十隻手指的痛楚都同心息息相連。比喻關係親密，一方總是牽繫着另一方。

〔例〕～，兒子遠走他鄉，她日夜掛記，覺也睡不好。

十室九空

室：房屋、人家。十戶人家有九戶空虛。形容因苛徵暴斂
　或遭天災戰亂，造成人民破產、大量逃亡的荒涼景象。

〔例〕過去因為屢次受到戰爭的破壞，這一地區～，非常
　　荒涼，直到最近幾年才逐漸繁榮起來。

十拿九穩

形容很有把握。

〔例〕他很熟悉這方面的情況，這件事如交給他辦，～，
　　一定可以辦好。

十惡不赦

（赦：shè　⑨sɛ³〔舍〕）

十惡：中國古代刑律規定的十種不可赦免的重罪。**赦**：免
　除或減輕刑罰。指罪大惡極，不可寬恕。

〔例〕對那些～的姦殺犯，必須嚴懲！

十萬火急

形容情勢萬分緊急，刻不容緩。

〔例〕父親病危，～，他收到家裏的電報，連夜趕回去了。

十目所視，十手所指

十：很多。很多眼睛在看着，很多隻手在指着。形容監督
　指摘的人很多，不允許幹壞事。

〔例〕一個人獨處時，要想着～。這就是古人告誡的"慎獨"。

十年樹木，百年樹人

樹: 種植, 培育。木: 樹。人: 人才。指培養人才是長遠
　　之計。也指培養人才的不易。

〔例〕~, 培養人才是長期而艱巨的任務。

七上八下

形容心神慌亂不安。

〔例〕我第一次登台演講, 看見台下一大片人, 心裏~,
　　　手足不知如何放才好。

七手八腳

形容人多手雜的樣子。

〔例〕見他來了, 大家都跑上去, 搶着替他搬行李, ~的,
　　　你拿一樣, 我拿一樣。

七拼八湊

胡亂湊合起來。

〔例〕這支足球隊是~地勉強組成的。

七零八落

形容零零散散、不完整或不集中的樣子。

〔例〕一陣大風吹來, 桃花紛紛飄落, ~地鋪滿了一地。

七嘴八舌

形容你一句, 我一句, 人多口雜。

〔例〕大伙兒~地吵個不停, 我也不知聽誰的好。

丁是丁, 卯是卯

丁: 天干之一。卯: 地支之一。干支相配, 不得發生錯誤。
　　一說"丁卯"是"釘鉚"的諧音。釘是榫頭, 鉚是榫眼。釘
　　鉚一旦發生錯誤, 器物就安裝不上。比喻做事非常認真,

一絲不苟。

〔例〕他説話行事～，經理對他很器重。

人一己百

別人用一分的力量能做到的，自己則用百倍的力量去趕上。

〔例〕不要埋怨自己的腦子笨，只要本着～的精神去做，
不愁趕不上去。

人人自危

人人都感到自身危險而恐怖不安。

〔例〕崇禎皇帝生性多疑，滿朝文武～。

人才輩出

輩出：一批一批地連續出現。形容人才不斷地湧現。

〔例〕中國泳壇女將～，在國際比賽中連續奪魁。

人山人海

形容匯集的人非常多。

〔例〕賽龍舟那天，岸上～，熱鬧極了。

人亡政息

人死了，他所制定的政治措施便隨之結束。

〔例〕在人治社會裏，人存政舉，～，所以老百姓都寄希
望於一兩位高官。

人之常情

人們通常有的情感。

〔例〕孩子表現得好，受到老師表揚，父母心裏感到非常
欣慰，這也是～。

人云亦云

云: 説。人家説什麼，自己也跟着説什麼。形容沒有主見。

〔例〕處事應該有主見，不應～。

人手一册

每人手裏都有一本。

〔例〕這本書出版以後，我們班的同學～，大家都在專心地閲讀。

人心向背

向: 向着。**背**: 背着。指民衆擁護或反對。

〔例〕決定這次戰爭勝負的不是軍事技術，而是～。

人心所向

人們所歸向、所擁護的。

〔例〕中國改革開放是大勢所趨、～。

人老珠黃

比喻婦女年老色衰，就像珍珠年久變黃，失去其珍貴價值一樣。

〔例〕當舞女實在可憐，一旦～，就像垃圾一樣被人抛棄了。

人地生疏

對人和地方都不熟悉。形容初到一個環境，對一切都不熟悉。

〔例〕初到香港，～，今天遇到一位老同學，她喜出望外。

人存政舉

執政的人活着，他的政治主張就能貫徹執行。

〔例〕～，人亡政息，在封建社會這是司空見慣的事。

人死留名

《新五代史·王彥章傳》:"豹死留皮,~"。指人在生前建
立了功績,可以留名後世。

人仰馬翻

人馬被打得仰翻在地。形容慘敗之狀。也比喻亂得不可收
拾。

〔例〕兒子經常帶人到家裏來賭博,這天賭徒們輸紅了眼,
竟至動起手來,把個好端端的家鬧得~。

人多勢眾

人多勢力大。

〔例〕他仗着本村~,把幾個外來客打了一頓。

人多嘴雜

指在場的人多,說法多種多樣。

〔例〕這裏~,有話回家再說。

人困馬乏

人馬都很疲乏。多指在征戰或旅行中因勞累過度而疲乏不
堪。

〔例〕他們在雲南原始大森林中走了幾天,真箇~了,但
他們都說這次旅行收穫很大。

人言可畏

眾人的議論是可怕的。

〔例〕~,謠言有時也可以致人於死命的。

人非木石

人不是草木石頭。意謂人是有思想感情的。

〔例〕一個身患絕症的婦女,臨終前還鼓勵自己的孩子要

努力讀書，～，此情此景，誰能不感動。

也作"人非草木"。

人命關天

人命事件關係重大。

〔例〕這案件～，希望法庭能公正審判。

人定勝天

人力能夠戰勝自然。

〔例〕家鄉興修水利，綠化山丘，免除了旱災，證實了"～"
這一真理。

人面獸心

外貌是人，內心卻像野獸。比喻人的品質行爲極其惡劣。

〔例〕你這個～的傢伙，竟然連自己的弟弟也陷害。

人浮於事

浮: 超過。人多工作少。

〔例〕這個公司人多工作少，幾年來都～。

人情世故

世故: 待人接物的處世經驗。指爲人處世的道理。

〔例〕他是個書獃子，～一無所知。

人傑地靈

原指傑出的人物出生或到過的地方就會成爲名勝之區。也
指傑出人物生於靈秀之地。

〔例〕湖北襄陽隆中是諸葛亮隱居之處，正是所謂～的好
地方。

也作"地靈人傑"。

人棄我取

原指商人用"人棄我取，人取我與"的辦法廉價收購滯銷商品，待市場需要再以高價出售，牟取厚利。《史記·貨殖列傳》："白圭樂觀時變，故人棄我取，人取我與。"後多用於表示自己的志趣或見解與他人不同。

人微言輕

地位低，說話不起作用。

〔例〕我們都應該對工作大膽提出意見，～的說法現在是不適用的。

人壽年豐

人享長壽，年成豐收。形容太平興旺，生活美好。

〔例〕這幾年來，我的家鄉已經變得地肥水足、～了。

人盡其才

充分發揮每個人的才能。

〔例〕這個國家能做到～，因而強大。

人聲鼎沸

鼎：古代炊具，多用青銅製成，圓形，三足兩耳。**沸**：沸騰。

人聲像鼎裏的水沸騰一樣。形容人聲喧囂嘈雜。

〔例〕表決以前，～，好半天才靜下來。

人不可貌相

人不能單憑外表來判斷其優劣。常與"海水不可斗量"連用。

〔例〕你別看他其貌不揚，他可是個頗有名氣的作家呢，～，海水不可斗量嘛。

人不知，鬼不覺

形容行動非常秘密，絲毫不爲人所察覺。

〔例〕他的行踪~，要找到他可不容易。

人生七十古來稀

稀：稀少。人活到七十高齡，自古以來是不多見的。

〔例〕俗話説"~"，這位老爺爺都八十了，身體還這麼好，
真難得。

人而無信，不知其可

信：信用。**可**：可以。《論語・爲政》："人而無信，不知其
可也。"做人卻不講信用，真不知道那怎麼可以。指人不
講信用是不行的。

人非聖賢，孰能無過

孰：誰。一般人不是聖人賢人，誰能夠沒有過失？謂世上
沒有完人。

〔例〕~，偶然出現一次差錯，不要苛責，改過來就是了。

人無遠慮，必有近憂

人若沒有長遠的考慮，必定會有近在眼前的憂患。意思是
説，做事應從長遠考慮。

〔例〕公司這項龐大的投資計畫，就這麼忽忽忙忙地在會
議上通過，太草率了，~。

入木三分

晉朝的王羲之寫的字非常好。據説有一次他把字寫在木板
上，刻工在刻木時，發現字迹透入木板有三分深。形容書
法極有筆力。也比喻議論深刻。

〔例〕吳敬梓在《儒林外史》裏對一些文人的醜態，描寫

得淋漓盡致，～。

入情入理

合乎情理。

〔例〕他這番話講得～，聽的人無不點頭稱是。

入鄉隨俗

到一個地方就應該順應當地的習俗。

〔例〕～，今年農曆十二月初八，我們也跟當地人一樣，吃起那臘八粥來。

八面玲瓏

玲瓏：明亮淨澈。原指八面窗戶通明透亮。後用以形容人處世圓滑、世故。

〔例〕張富是個～的人，見什麼人說什麼話。

八仙過海，各顯神通

八仙：民間傳說中道教的八位仙人。相傳八仙過海時不乘船，他們各用一套法術。比喻各自拿出本領，各自用一套辦法去做。

〔例〕在藝術展覽會上，藝術家們～，都展出了自己最爲精彩的作品，博得了不少觀衆的讚許。

也作"八仙過海，各顯其能"。

九牛一毛

九條牛身上的一根毛。比喻對比之下非常微小。

〔例〕一個人對社會的貢獻，比起衆人的貢獻，真是～，微不足道。

九牛二虎之力

九頭牛和兩隻老虎的力氣。比喻費了極大的力氣。

〔例〕他這個人固執極了，我們費了～才把他勸回來。

九死一生

形容經歷了多次生死考驗而倖存下來。

〔例〕祖父說他當年到外國謀生，飄洋過海，～，最後到
歐洲開了一爿飯館，才定居下來。

九霄雲外

九霄：指天的極高處。在九重天的外面。比喻無限高遠的
地方或無影無蹤。

〔例〕黛玉聽了這話，不覺將昨晚的事都忘在～了。

刀山火海

刀的山，火的海。比喻極其危險、艱難的地方。

〔例〕為了維護國家尊嚴和民族利益，他～都敢闖。

也作"火海刀山"。

刀光劍影

刀的閃光，劍的投影，都已經看見了。形容殺氣騰騰的場
面，也形容激烈的鬥爭。

〔例〕眼前～，耳邊殺聲震天。從電影院出來，我腦海裏
仍然不時浮現出那些格鬥的場面。

刀耕火種

伐去林木，把草木燒成灰做肥料，就地挖坑下種。指原始
的農耕方法。

〔例〕四、五十年代，中國西南部某些少數民族還處於～
的原始階段。

刁鑽古怪

刁鑽：奸猾狡詐。形容人狡詐怪僻，奇特而不合人情。

〔例〕他這個人～，誰見了他都躲得遠遠的。

力不從心

從心：順從心願。指心裏想做，可是力量不足。

〔例〕我真想把功課都補習完，不誤期終考試，可惜久病在牀，實在是～。

力不勝任

（勝：shèng　舊讀shēng　粵sing¹〔星〕）

勝：擔當得起，承受得住。能力不夠，承擔不起重任。

〔例〕這個任務關係到整個企業的前途，只怕我～。

力所能及

及：達到。自己的能力所能做到的。

〔例〕你身體不好，給你安排個～的工作吧。

力挽狂瀾

狂瀾：洶湧的大浪。比喻盡力挽救危急的局勢。

〔例〕在革命的危急關頭，他挺身而出，帶領羣衆，～，把革命引向勝利。

力排眾議

竭力排除各種意見，使自己的主張佔了上風。

〔例〕董事會上，總經理～，主張改革公司的制度。

力透紙背

力量能穿透紙。形容書法遒勁有力。也用以形容詩文立意深刻、語言精煉。

〔例〕《唐詩三百首》中的三百篇詩歌首首~，讓人百讀不
厭。

三畫

三人成虎

市上本來没有老虎，但一經多人傳播，聽的人就信以爲真。
比喻謠言經過許多人輾轉相傳，就能迷惑人。

〔例〕古人有言，衆口鑠金。造謠者正是利用這一點來"惑
衆"，以售其奸，所以對謠言不可不正視。

三五成羣

三個一堆，五個一伙。

〔例〕下課鈴聲一響，同學們就~地一邊談笑、一邊向校
園裏走去。

三心二意

形容意念不專，主意不定。

〔例〕他~的，一拖再拖，錯失了大好機會。

三生有幸

三生：佛教語，指前生、今生、來生，即過去、現在、將
來三世。三世都有幸運。形容非常難得的好機會或好機
遇。

〔例〕久聞先生大名，今日能一見，真乃~！

三令五申

三、五: 言其多。**令**: 命令。**申**: 陳述。多次命令, 反覆
說明。指再三告誡。

〔例〕政府雖然～, 嚴禁毒品走私, 但還是有冒險偷運的。

三位一體

基督教認爲上帝有聖父、聖子、聖靈三種人格。聖父是耶
和華(上帝), 聖子是耶穌, 聖靈爲父子的共同神性, 三者
雖不同體, 但本質上爲一體。現泛指三件事情互相關聯,
不可分離。

三言兩語

簡簡單單的幾句話。

〔例〕他只用了～, 就把道理說得那麼透徹, 真不簡單!

三長兩短

指意外的災禍或事故, 特指人的死亡。

〔例〕萬一他老人家有個～, 你可擔待不起呀!

三姑六婆

三姑: 尼姑、道姑、卦姑。**六婆**: 牙婆(介紹人口買賣的
婦女)、媒婆、師婆(女巫)、虔婆(鴇母, 妓女的頭子)、
藥婆、穩婆(接生婆)。舊時泛指不務正業的婦女。

三思而行

反覆考慮, 然後再做。

〔例〕做事須要～, 不要隨便決定。

也作"三思而後行"。

三教九流

三教: 指儒教、道教、佛教。**九流**: 指儒家者流、道家者流、

陰陽家者流、法家者流、名家者流、墨家者流、縱橫家者流、雜家者流、農家者流。後泛指宗教和學術中的各種流派。也指社會上各色人物或各種行業，含有貶義。

三從四德

封建禮教束縛婦女的道德標準之一。三從是"未嫁從父，既嫁從夫，夫死從子"。四德是"婦德、婦言、婦容、婦功"。

三朝元老

元老：資格老、負有名望的人。舊指歷任三個朝代的重臣。現泛指連續任職幾個階段的人。

〔例〕他是這機構的～，很有威信。

三番五次

形容多次、屢次。

〔例〕他～地邀我去他們學校作一次演講，推脫不過，只好應允了。

三陽開泰

夏曆(即農曆)每年十一月冬至日，白晝最短，以後白晝漸長，古人認爲從此陰氣漸去而陽氣始生，稱冬至一陽生，十二月二陽生，次年正月三陽開泰。舊常用爲夏曆一年開始的吉祥辭。也作"三陽啟泰"。

三綱五常

封建道德的重要標準。三綱指父爲子綱、君爲臣綱、夫爲妻綱；五常指仁、義、禮、智、信。

三緘其口

緘：封，閉。傳說孔子到周的太祖后稷的廟裏，看見有銅鑄的人像，嘴上貼了三張封條，像的背後有銘刻的字：
"古之慎言人也。"後形容言語謹慎，不肯輕易開口爲"三
緘其口"。

三頭六臂

指佛的法相，長有三個頭、六條臂膀。比喻人的本領高超、
神通廣大。

〔例〕縱然他有～，也難逃法網。

三顧茅廬

三國時諸葛亮隱居隆中(今湖北襄樊市郊區)的茅廬裏，劉
備爲了請他幫助打天下，三次到茅廬裏去請他，諸葛亮才
答應出來。後以"三顧茅廬"比喻誠心誠意邀請人家。

三句不離本行

一說話就講本行的事情。

〔例〕他是股票經紀，說話～，老是和我們談論股市的行情。

三人行，必有我師

在一起走路的三個人中，一定會有可以做我老師的人。

〔例〕～，我們要虛心學習他人的長處，切忌目中無人，
自高自大。

三折肱，爲良醫

(肱: gōng 粵gwen¹〔轟〕)

三: 表多次。肱: 胳臂。多次折斷胳臂，就能逐漸變成一
個好醫生。比喻屢遭挫折，就會富有經驗，而成爲這方
面的行家。

三過其門而不入

三: 表多次。傳說夏禹專心致志於治水，在外十三年(一說八年)，經常路過自己的家門也不進去，最後終於治服了洪水。後以"三過其門而不入"形容專心致志於工作，把個人的事情置之度外。

三十六計，走爲上計

原本指無力與敵人對抗時，最好是避開。後泛指擺脫困難的處境別無妙計。只有一走了事。

〔例〕遊藝會上，大家要<u>李淑貞</u>表演節目，她一再推辭未獲允，～，只好悄悄地離開會場。

三天打魚，兩天曬網

比喻做事或學習沒有恒心，不能堅持到底。跟"一暴十寒"意思一樣。

〔例〕只有經常堅持體育運動，才能使身體健康，～是不行的。

三個臭皮匠，合成一個諸葛亮

比喻人多智慧多，有事情大家商量，就能想出好辦法來。

〔例〕～，只要大家一起想辦法，困難就能解決。

工力悉敵

雙方的功夫和才力完全不分高低。

〔例〕這兩幅山水畫，出於兩位畫家之手，畫法大不相同，但是在藝術造詣上，～，很難評論高下。

工欲善其事，必先利其器

欲: 想要。**善其事**: 把事情做好。**利其器**: 使工具銳利好用。
工匠要想把活兒幹好，一定先要使工具銳利好用。

土生土長

土: 本地。本地生，本地長。

〔例〕他是香港～的。

土崩瓦解

好像土崩塌、瓦破碎一樣。比喻徹底崩潰，不可收拾。

〔例〕經過警方和海關合作進行大規模的掃毒行動後，販
　　　毒集團～。

士爲知己者死

士: 指封建時代知識分子。**知己者**: 瞭解自己、交誼深厚
　　的人。指封建時代某些知識分子甘願爲知心朋友犧牲性
　　命。

士別三日，當刮目相看

讀書人分別幾天，當另眼相看。意思是讀書人在不斷求知
進步，分別幾天後就同以前不一樣了。

才疏學淺

疏: 稀少。才能不多，學問也很膚淺(多用於自謙)。

〔例〕晚輩～，還望前輩多多指教。

下馬威

原指封建時代官吏初到任，先用嚴法對待下屬，顯他的威
風。後借用為一開頭就給人一點厲害看看。

〔例〕新經理到任第一天，就指責那名辦事員辦事不力，
　　　給他來個～。

下不爲例

例: 先例。下次不能用這次作爲例子。表示只能通融一次。

〔例〕這麼危險的鏡頭，我只拍這一次，～。

下車伊始

下車: 舊指新官剛到任。**伊始**: 剛一開始。現比喻剛到一個新的地方，還不瞭解情況。

〔例〕他剛到此地，～，不便亂發議論。

下里巴人

指春秋、戰國時期楚國的民間歌曲，常用來和高雅的"陽春白雪"對舉。後用以比喻通俗的文藝作品。參見"陽春白雪"。

寸步不離

靠緊不離開。

〔例〕張明德和李萬才自從到了學校，成了好朋友，整天在一起，～。

寸步難行

①形容走路困難。

〔例〕這條路在沒有鋪上石子路面以前，一遇大雨就～。

②比喻處境困難。

〔例〕在香港，沒有錢真是～。

寸草不留

連一根小草也不留下。形容侵略軍或土匪的殘暴，所到的地方，燒光殺光，連草也不留一點。

〔例〕那些土匪殘暴成性，所到的地方，殺人放火，～。

寸草春暉

唐孟郊《遊子吟》詩: "誰言寸草心，報得三春暉?"小草難

3 畫

以報答春天陽光的恩澤。比喻兒女難以報答父母的厚恩。

大刀闊斧

形容辦事有魄力。

〔例〕他辦事有魄力，這次一上任，就～地整頓公司。

大千世界

佛教用語：世界的一千倍是小千世界，小千世界的一千倍
是中千世界，中千世界的一千倍是大千世界。後用以指廣
闊無邊的世界。

大公無私

極爲公正，毫無私心。

〔例〕他做事一向～，因此獲得好評。

大方之家

指學識淵博的專家學者。

〔例〕小弟才疏學淺，在大會上演講，恐會見笑於～。

大打出手

打出手：戲曲中的一種武打技術。劇中主要人物與幾個對
　　手相打，形成種種武打場面。形容逞凶打人或相互毆鬥。

〔例〕兩幫黑社會人馬竟然在光天化日之下，～。

大功告成

功：事業。指巨大的工程或重要的任務宣告完成。

〔例〕香港文化中心經過兩年施工已經～，市民又多一處
　　文化活動場所。

大失所望

形容非常失望。

〔例〕我從遠地趕來看戲，但早已客滿，使我～。

大有人在

指某一類的人爲數很多。

〔例〕沒進過高等學校而靠自學成才的人，如今是～。

大有可爲

指事情很值得做，很有發展前途。

大有作爲

作爲：作出成績，有貢獻。能充分發揮才幹，做出重大成績。

〔例〕大學畢業後，我當了記者。我相信這份工作是～的。

大而無當

當：適當，合宜。比喻大而不切合實用。

〔例〕這個體育館大是大了，但燈光暗、設備差，～，誰也不喜歡在這裏舉行運動會。

大同小異

大部分一致，只有微小差別。

〔例〕這兩篇文章的內容～，選用一篇就可以了。

大名鼎鼎

鼎鼎：形容盛大的樣子。名氣極大。

〔例〕他是一位～的物理學家。

大材小用

比喻用人不當，浪費人才。

〔例〕要陳博士去當一名小學教師，這不是～嗎?

大吹大擂

吹: 吹喇叭。**擂**: 打鼓。有大吹牛皮、過分誇張的意思。

〔例〕他在競選時把他的政治主張～一番，企圖獲得選票。

大言不慚

說大話，不害臊。

〔例〕他善於投機取巧，還～地說:"我做生意最老實"。

大快人心

指壞人壞事受到懲罰或打擊，使大家感到非常痛快。

〔例〕殺人的凶手已伏法，真是～。

大放厥辭

厥: 其。原意指寫出很多優美的文字。現指空泛而不切合實際地大發議論。含貶義。

大相徑庭

徑: 門外小路。**庭**: 堂前的院子。**徑庭**: 意指差距很大。比喻相差很遠，大不相同。

〔例〕他在議會上的發言與他以前的說法～，引起議員們的不滿。

大氣磅礴

(磅: páng 粵pɔŋ⁴〔旁〕磚: bó 粵bɔk⁹〔薄〕)

磅礴: 氣勢盛大、雄渾。形容事物氣勢盛大或文章筆力雄渾。

〔例〕岳飛的《滿江紅》是一首～的不朽名篇。

大庭廣眾

大庭: 廣大的地方。眾人聚集的地方。

〔例〕他在～之中講話，起先心裏有點緊張,經過幾次以後,態度便很自然了。

大逆不道

逆: 叛逆。**道**: 道德。原指犯上作亂，違反封建道德。現多指做出違反道德或其他社會準則的壞事或罪行。

〔例〕他向母親討錢不遂，竟然毆打她，簡直是～!

大海撈針

在大海裏撈針。比喻很難尋求得到。含有枉費力氣的意思。

〔例〕沒有地址，要想在<u>上海</u>這樣的大城市中找到他，那真比～還難。

大書特書

書: 寫。指對某事着重地書寫，大力地宣揚。

〔例〕<u>林則徐</u>燒鴉片，這在<u>中國</u>歷史上是應該～的。

大處着墨

原是說繪畫、創作要從主要的地方下筆。也比喻做事從大處着眼，抓住關鍵，解決問題。

大殺風景

殺: 敗壞。敗壞興致。

〔例〕我們正在操場高興地玩，突然下起雨來，真是～。

也作"大煞風景。"

大張旗鼓

張: 布置，鋪排。大規模地擺開旗鼓。比喻聲勢或規模很大。

〔例〕我們正～地開展清潔運動。

大喜過望

過: 超過。**望**: 希望。結果比原來希望的還好，因而感到非常高興。

〔例〕在全校運動大會的競賽中，我們班得了三個冠軍、兩個亞軍，真是～。

大惑不解

感到非常迷惑，不能理解。

〔例〕剛才你說的那一番話，太玄妙了，簡直使我～。

大開眼界

形容大大地增加了見識。

〔例〕進了展覽會，看到這許多形形色色的新產品，使我～。

大智若愚

若: 像。形容真正聰明有學問的人在表面上看來好像很愚笨似的。

也作"大智如愚"。

大發雷霆

霆: 響雷。比喻大發脾氣，高聲斥責。

〔例〕他的性情暴躁，稍不如意就～。

大勢已去

前途已經沒有希望了。

〔例〕籃球賽只剩下三分鐘了，客隊的分數還遠遠落在後頭，雖則～，但隊員們還是堅持戰鬥到終場。

大勢所趨

大勢: 整個局勢。**趨**: 趨向。整個局勢發展的趨向。

〔例〕海峽兩岸互相往來，已是人心所向、～。

大腹便便

（便pián ⑨pin⁴〔駢〕）

便便：肥滿的樣子。形容肚子肥大。多含貶義。

〔例〕那個~的老闆正在點收貨物。

大義滅親

春秋時，衛國的石厚與公子州吁合謀殺死衛桓公，石碏便殺死了親生兒子石厚。歷史上稱石碏能大義滅親。後指爲了維護正義，對違法的親屬不徇私情，使受到應有制裁。

大義凜然

凜然：嚴正不可侵犯的樣子。形容爲了正義事業而堅強不屈。

〔例〕文天祥在獄中寫下了~的《正氣歌》，最後從容就義。

大夢初醒

一場大夢，剛剛清醒。比喻人對某些事物迷惑不解或受到蒙蔽，經過啟示而恍然醒悟。

〔例〕直到他披露了事實真相，我才~。

大敵當前

面對強大的敵人。常用以形容局勢嚴重，不容忽視。

〔例〕~，我們還內鬨，哪有不敗之理!

大器晚成

大的器物需要經過長時間的加工才能做成。比喻大才之人要經過長期的鍛鍊，所以成就較晚。

〔例〕他還年輕，不必苛求，~嘛。

大興土木

興: 興建。大規模地興建土木工程。

〔例〕我們村子正在～, 一座座嶄新的樓房將會代替一片
片破舊的土房。

大聲疾呼

疾: 急。高聲急叫, 提醒人們注意。

〔例〕魯迅在《狂人日記》中～:"救救孩子!"

大權旁落

重大權力落到了別人的手裏。

〔例〕現在很多人説親家的閑話, 説親家請了一名洋人做
管家, ～, 自己一點事不問。

大驚小怪

驚: 驚訝。**怪**: 奇怪。覺得非常驚訝和奇怪。

〔例〕這件事不值得～。

大驚失色

失色: 變臉色。極度驚慌, 臉色變了。形容非常驚慌、害怕。

〔例〕當匪徒發覺已被警隊團團包圍時, ～, 棄械投降。

大顯身手

充分顯露自己的本領。

〔例〕下星期要開演講比賽大會, 你可以～了。

上下其手

比喻玩弄手法, 相互串通作弊。

〔例〕我們公司有幾個高級職員～, 騙取了幾千萬元, 結
果東窗事發, 被廉政公署拘控。

上方寶劍

皇帝御用的寶劍。接受皇帝賞賜上方寶劍的大臣，有權先斬後奏。喻指有最上級充分支持的權力。

上行下效

效：模仿。上面的人怎樣做，下面的人就跟着怎樣做（多用於貶義）。

〔例〕所謂～，你做上級的工作態度不認真，你的下屬自然也馬虎苟且。

上梁不正下梁歪

比喻在上的人行爲不正，下面的人也就會跟着學壞。

〔例〕你不要只責怪他，所謂～，你也有責任。

上天無路，入地無門

形容無路可走，陷入絕境。

〔例〕血戰了七天七夜，我們終於把敵軍重重圍住，在～的情況下，他們只好棄械投降。

小心翼翼

形容十分謹慎，一點也不敢疏忽。

〔例〕他～地捧着一個金魚缸走進來，輕輕地放在桌子上。

小心謹慎

形容説話、作事異常慎重，不敢大意。

〔例〕你一人出門在外，遇事要～。

小巧玲瓏

玲瓏：細緻精巧的樣子。形容器物形體小而精巧。

〔例〕橄欖核雕刻～，是中國特有的民間工藝之一。

小家碧玉

指小戶人家的年輕美貌女子。

〔例〕她雖然是～，但言行舉止卻落落大方。

小試鋒芒

小試: 稍試，略試。**鋒芒**: 刀劍的尖端，比喻人的本領。
稍微顯示一下本領。

〔例〕我校籃球隊成立不久，昨日與鄰校比賽，～，勝了
十分。

小題大做

比喻把小事當作大事來處理，含有不值得、不應當的意思。

〔例〕又不是什麼大病，找個醫生看看就可以了，何必～，
要住進醫院去?

小巫見大巫

巫: 舊時自稱能以燒香、跳神爲人除禍祈福的人。原指小
巫見到大巫，覺得自己的法術沒有大巫高明。後用以比
喻相比之下，一個遠遠比不上另一個。

〔例〕碧天遠比國琴能幹，～。國琴怎能比?

小不忍則亂大謀

對小事不能容忍，就會敗壞大事。

〔例〕～，他要的佣金你要是不給,這筆大買賣不就吹了嗎?

口口聲聲

形容把某一說法經常掛在口頭。

〔例〕你祖父臨終前幾天，～地説: 他離世後，要你將他
的存款兩百萬元捐贈家鄉，作興辦學校之用。

口若懸河

若: 好像。懸河: 激流傾瀉。說話滔滔不絕，像河水傾瀉下來一樣。形容能言善辯，說話滔滔不絕。

〔例〕他每次登上講台都是～，滔滔不絕的。

口是心非

指嘴上說的是一套，心裏想的是另一套。形容心口不一。貶義。

〔例〕～的人雖能蒙蔽別人於一時，但終究要被人識破的。

口誅筆伐

口: 指語言。誅: 譴責。筆: 指文字。伐: 討伐。用語言文字揭露罪狀或批判謬誤。

〔例〕林俊是個極富正義感的記者，對邪惡勢力，他會毫無保留地進行～。

口說無憑

憑: 憑據。單憑口說，不能作爲憑據。

〔例〕～，請你給我打個收條吧。

也作"空口無憑"。

口蜜腹劍

唐朝宰相李林甫妒嫉賢能，與人相處表面親熱，而心存陰謀。故時人稱他"口有蜜，腹有劍"。後用來比喻嘴甜心毒。

〔例〕這傢伙～，跟他共事要小心點。

口惠而實不至

惠: 對別人的照顧。口頭上答應得好，實際上卻沒有做到。

〔例〕他對職員大幅加薪的許諾，永遠是～。

山明水秀

形容風景優美。

〔例〕富春江兩岸～，風景如畫。

也作"山清水秀"。

山珍海錯

山野和海洋出產的各種珍貴食品。泛指豐盛的菜肴。

〔例〕在我們這裏，無論怎樣難得的～，都應有盡有。

山重水複

山巒重疊，河水環繞。

〔例〕漸行漸入佳境，只見～，林蔭濃鬱，百鳥飛鳴，端
的是一處好景致。

山高水低

比喻不測的遭遇。多指死亡。

〔例〕你們快離開，這裏是老虎出沒之地，萬一有個～，
如何了得！

山高水長

像山一樣高聳入雲，像江河一樣長流不斷。喻指人的品德
高尚，永久流傳。也指恩情深厚。

山盟海誓

盟約和誓言像山和海那樣永遠不變，謂忠實於盟誓。多用
於男女相愛之情。

〔例〕愛情的基礎不在～，而在共同的理想、志趣，以及
相互之間的尊重和真誠關懷等方面。

山窮水盡

窮：盡。山和水都到了盡頭。比喻到了無路可走的絕境。

〔例〕你並沒到～的地步，應該振作起來，一切從頭開始！

山雨欲來風滿樓

唐許渾《咸陽城東樓》詩："溪雲初起日沉閣，山雨欲來風滿樓"。後用以比喻重大事件發生之前到處充滿了緊張的氣氛和迹象。

千山萬水

千重山，萬道水。形容路途艱難遙遠。

〔例〕科學考察隊歷盡了～，終於找到黃河源頭。

也作"萬水千山"。

千夫所指

千夫：許多人，衆人。被衆人所指責。

〔例〕宋朝的秦檜是個～、萬人唾罵的大奸臣。

千方百計

想盡一切辦法。

〔例〕爲了當選議員，他～地拉選票。

千里迢迢

（迢：tiáo ⑨tiu⁴〔條〕）

迢迢：遙遠的樣子。形容路途十分遙遠。

〔例〕爲了探望雙親，他～從外國回來。

千里鵝毛

俗語："千里送鵝毛，禮輕情意重。"形容禮物雖輕，情意卻重。

〔例〕你遠在<u>倫敦</u>，現在寄給你一本辭典作爲紀念，～，請你收下吧!

千言萬語

形容話很多。

〔例〕當他見到久別重逢的母親時，心中太激動了，～，不知從哪裏説起好。

千辛萬苦

形容經歷了各種各樣的艱難勞苦。

〔例〕小説《西遊記》裏很大的一部分是描寫<u>唐僧</u>去西天取經時，在路上歷盡～的情形。

千呼萬喚

多次地呼叫邀請，再三地催促。<u>唐</u><u>白居易</u>《琵琶行》詩:"千呼萬喚始出來，猶抱琵琶半遮面。"

千軍萬馬

形容雄壯的隊伍或浩大的聲勢。

〔例〕<u>錢塘江</u>來潮，其勢有如～，迅猛衝來。

千真萬確

確: 真實。形容非常確實，不容置疑。

〔例〕我親眼看見的，～，你還不相信?

千差萬別

形容事物之間有各式各樣的差別。

〔例〕植物園中，各種奇花異草，千姿百態，～。

千鈞一髮

鈞: 古代重量單位，三十斤爲一鈞。一根頭髮繫着千鈞重物。比喻異常危急。

〔例〕山洪暴發，把一個女孩捲入滾滾的洪水中，正當這～
的時刻，他奮不顧身跳進水中，救起了女孩。

也作"一髮千鈞"。

千絲萬縷

（縷: lǚ ⓒ loey⁵〔呂〕）

縷: 線。千根絲，萬條線。形容彼此之間關係複雜或聯繫
密切。

〔例〕香港同內地有着～的聯繫，必須加强合作，促進共
同繁榮。

千載難逢

一千年裏面也難遇到。形容機會極難得。

〔例〕歐洲最有名的芭蕾舞劇團來這裏演出，這是～的盛
事。

千慮一失

慮: 考慮。**失**: 失當，失誤。指聰明的人在多次的考慮問
題中也會有偶然的失誤。

〔例〕平時考慮問題總是很周到，没想到～，這麽重大的
一件事，他卻出了差錯。

千慮一得

得: 得當，正確。指即使是笨人，在多次考慮問題中也總
會有可取的意見。多用作自謙。

〔例〕我的意見雖然很膚淺，但～，權當作引玉之磚吧!

千篇一律

形容許多文章的内容都一樣。也比喻只按一個規矩辦事，沒有變化。

〔例〕我們處理問題要根據具體情況，具體分析，不能～地對待。

千瘡百孔

形容破敗不堪或弊端很多。

〔例〕日寇投降後，他重遊這座小城，八年戰亂，～，滿目荒涼，他默望着一言不發。

千頭萬緒

頭緒很多。

〔例〕相別十年，又重聚在一起。想説的話很多，可是～，不知從哪裏説起。

千錘百鍊

比喻經歷多次艱苦的鍛鍊和考驗。

〔例〕他經過了～，意志愈來愈堅强了。

千難萬險

形容困難、危險極多。

〔例〕唐玄奘經歷～，去印度取經，成爲中印交往史上的一段佳話。

千變萬化

形容變化極多，沒有窮盡。

〔例〕他的魔術表演～，精彩絶倫。

千里之行，始於足下

《老子·六十四章》：“合抱之木，生於毫末；九層之臺，起

於累土; 千里之行, 始於足下。"一千里的路程是從邁第一
步開始的。比喻任何事情的成功都是由小而大逐漸積累的。

千里之堤, 潰於蟻穴

千里的長堤因爲一個小小的螞蟻洞(滲水)而導致潰缺。喻
指小地方不注意會招致大災禍。

川流不息

像河水那樣流個不停。一般比喻來來往往的人羣或車船。

〔例〕在屯門公路上, 汽車來來往往, ~。

久旱逢甘雨

甘: 甜。乾旱了很久, 突然遇到一場好雨。比喻急切的願
　望終於實現。

〔例〕1945年9月日本投降的消息傳來, 備受戰爭折磨的香
　　港市民如~一般, 紛紛湧上街頭歡慶勝利。

亡羊補牢

亡: 丟失。**牢**: 牲口圈。《戰國策 · 楚策四》: "亡羊而補牢,
　未爲遲也。"丟失了羊, 趕快修補羊圈。比喻出了差錯,
　及時設法補救。

〔例〕失敗了不要氣餒, 認真吸取教訓~, 爭取轉敗爲勝。

亡命之徒

命: 人的名字。**徒**: 人。原指改名換姓逃亡在外的人, 後
　指不顧性命而去作惡犯法的人。

〔例〕這一區治安不好, 常有~攔路打劫。

己所不欲, 勿施於人

《論語 · 顏淵》: "仲弓問仁。子曰: '己所不欲, 勿施於人。'"

意思是説：自己所不願意的，不要强加給别人。

〔例〕同事之間要多爲别人着想，～，倘若都這麽做，大家就能和睦相處。

尸位素餐

尸位：空佔着職位而不做事。**素餐**：白吃飯。空佔着職位不做事而白吃飯。

〔例〕人總該力求上進，做出一番有益於社會的事業來，當官的不要～，父母有錢的不要做紈袴子弟。

4畫

四畫

井井有條

井井：整齊不亂的樣子。形容有條有理，絲毫不亂。

〔例〕雖説機構大，部門多，但什麽事都安排得～。

井底之蛙

井底的青蛙，只能看見井口大的天。比喻見識狹小的人。

〔例〕有機會的話，要多到各處走走，擴大見聞，否則容易變成～。

井水不犯河水

比喻互不干擾，各人管各人。

〔例〕我和你～，爲什麽你在别人面前説我壞話！

也作"河水不犯井水"。

天各一方

各在天的一邊。形容相隔遙遠。

〔例〕他們倆一個留在香港，一個去了美國，從此～。

天衣無縫

縫：縫隙。神仙的衣服不用線縫，沒有縫兒。比喻渾然天成，完美自然。

〔例〕他自以爲謊話編得～，不料還是露出了破綻。

天作之合

上天撮合的婚姻。多用來祝頌美滿的婚姻。

〔例〕他們這一對真是～。

天災人禍

指自然的災害和人爲的禍患。

〔例〕我們的國家雖然經歷了無數次的～，但人民生活仍能得到逐步改善。

天長日久

時間長，日子久。

〔例〕～，儘着這麼鬧，可叫人怎麼過呢？

也作“日久天長”。

天花亂墜

佛教傳說：梁武帝時，雲光法師講經，感動了上天，上天降下了五彩繽紛的香花。後用以比喻話說得浮誇動聽。

〔例〕他深知小明爲人浮誇，任他說得～，也不答應。

天昏地暗

天色昏黃不清，大地黑暗不明。也用以形容政治腐敗、社會黑暗。

〔例〕北方地區遇上降沙的陰霾天，黃沙蔽日，～。

天南地北

一個天南，一個地北。形容相隔遙遠。

〔例〕這次離開老家上海到澳洲來，真箇～，不知哪一天才能回去了!

天香國色

原本是稱讚牡丹花的色彩和香味均非他花可比，後用來形容女子容貌非常美麗。

〔例〕人說楊貴妃～，可是這幅貴妃肖像卻顯不出她的美來。

也作"國色天香"。

天怒人怨

天神震怒，世人怨恨。形容爲害作惡非常嚴重，引起普遍的憤怒。

〔例〕明代奸臣劉瑾作惡多端，～，磔於市，苦主爭食其肉。

（磔: 古代的一種酷刑，把肢體分裂。）

天真爛漫

爛漫: 坦率自然，毫不做作。形容兒童純真自然，毫不虛偽做作。

〔例〕一羣～的孩子，正在草坪上盡情玩耍。

天高地厚

形容非常深厚。引伸指事物的複雜艱巨。

〔例〕小小年紀不知～，說起話來口氣大得嚇人。

天崩地坼

（坼：chè ⑨tsak⁸〔冊〕）

崩：倒塌。**坼**：裂開。天塌地裂。比喻重大的事變。也形容巨大的聲響。

〔例〕突然～似的，整幢樓房倒塌下來。

也作"天崩地裂"。

天造地設

形容事物配合得當，天然生成，不必再加人工。

〔例〕這塊大石頭簡直是座～的瞭望臺。

天從人願

上天順從了人的心願。形容事情的發展恰好符合自己的願望。

〔例〕誰知～，他果然考上了這所名牌大學!

也作"天隨人願"。

天涯海角

涯：邊。天的邊，海的角。形容遙遠偏僻的地方。

〔例〕凶徒即使跑到～，也可以通過國際刑警引渡歸案。

天誅地滅

形容罪大惡極，爲天地所不容。

〔例〕"人不爲己，～"，這是自私自利者的人生觀。

天經地義

經：常道。**義**：正理。指絕對正確不能改變的真理。也指理所當然，無可懷疑。

〔例〕殺人償命，欠債還錢，這是～的事。

天網恢恢

天網: 天設的網。**恢恢**: 廣大無所不包。古語: "天網恢恢, 疏而不漏。"人們認爲天道如網, 作惡者決逃不出懲罰。

〔例〕這個冷血凶手終於伏法, 真是～, 疏而不漏。

天翻地覆

形容發生根本的變化。也形容鬧得很凶。

〔例〕爲這件小事, 她鬧了個～。

也作"地覆天翻"。

天羅地網

指在周圍布置了嚴密的包圍圈, 使被圍者無法逃脫。

〔例〕警隊已經布下了～, 這班匪徒真箇插翅難飛了。

天壤之別

壤: 地下。天上和地下的差別。比喻差別非常大。

〔例〕那豪華的別墅同普通百姓的簡陋民居相比, 真有～!

也作"霄壤之別"。

天不怕, 地不怕

形容無所顧忌, 什麼都不怕。

〔例〕這小伙子做起事來總是～的。

天下烏鴉一般黑

比喻天下的壞人都一樣。

〔例〕～, 貪官都是黑心腸, 豈有兩樣的。

天有不測風雲

不測: 無法預測。天有使人無法預測的風雲變幻。常同"人有旦夕禍福"連用。比喻人常會遇到料想不到的災禍。

〔例〕～, 人有旦夕禍福, 要有應付意外的準備。

元元本本

原指追尋事物的來源和本來面目。後多指由頭到尾地按原
來的樣子加以敍述。

〔例〕他把這件事~地說了一遍。

也作"原原本本"。

木已成舟

木材已經做成了船。比喻事情已成定局，無法改變或挽回
了。

〔例〕現在~，後悔也晚了。

五內俱焚

五內：五臟。五臟都像火燒一樣。比喻極度焦慮。

〔例〕她聽見兒子乘坐的那輛旅遊車出了事，急得~。

五方雜處

五方：東、南、西、北、中。**處**：居住。指來自不同地方
的人雜居在一起。

〔例〕這是個~的城市，語言相當複雜。

五光十色

形容色澤豔麗，花樣繁多。

〔例〕櫥窗裏擺滿了各式各樣的新奇玩具，~，孩子們看
得都不想走了。

五花八門

"五花"和"八門"都是古代作戰的陣式，變化很多。現用以
比喻花樣繁多或變化多端。

〔例〕聯歡會的節目真不少，~什麼都有。

五馬分屍

古代的一種酷刑。用五匹馬拴住人的四肢和頭部，然後五馬同時分馳，撕裂肢體。現比喻把一件完好的東西分割得非常零碎。

五彩繽紛

五彩：指各種顏色。繽紛：錯雜繁複的樣子。

〔例〕參加端午節競渡的龍舟掛起~的旗幟，向目的地駛去。

也作"五色繽紛"。

五穀不分

五穀：通常指稻、黍、稷、麥、豆。後用以通稱穀類作物。

中國古代以農立國，分不清各種糧食作物被認為是缺乏起碼常識的人，是被人看不起的。

〔例〕他是個四體不勤、~的書獃子。

五湖四海

泛指全國各地或世界各地。

〔例〕我們班的同學來自~。

五體投地

兩肘、兩膝和頭一起着地。這是佛教最恭敬的行禮儀式。比喻敬佩到了極點。

〔例〕張華寫得一手好字，人稱小王羲之，她佩服得~。

五十步笑百步

語出《孟子·梁惠王上》，說從戰場敗退下來的士兵，退五十步的嘲笑退一百步的。後用以比喻兩者缺點或錯誤的程度雖不同，性質卻是一樣的。

支吾其辭

形容說話用含混的言語搪塞，企圖把真情掩飾過去。

〔例〕問他這次公款丟失的情況，他總是～。

支離破碎

支離：殘缺不完整。形容四分五裂、破破爛爛的樣子。

〔例〕本來是一本很好的書，可是經過他這樣胡亂刪節，
就把一本完整的書弄得～了。

不一而足

指同類的事物或現象很多，不止一種或一次。

〔例〕在他的花房裏，擺着許多花木，有米蘭、梔子、桂
花等，～。

不二法門

佛家語，佛教有許多入道的法門，不二法門在所有法門之
上。比喻最好的或獨一無二的方法。

〔例〕一切計畫事先經過科學的論證，是我們工作中的～。

不了了之

了：完結。事情沒有處理完，就把它放在一邊，權當完事。

〔例〕這件事一直沒有下文，我看是～。

不三不四

有不正經、不像樣或來路不明之類的意思。

〔例〕他常和一些～的人來往，染上了很多壞習氣。

不上不下

既上不去，又下不來。形容進不得，退不得，進退兩難。

〔例〕事情鬧到這般地步，～的，叫我怎麼辦？

不毛之地

不生長莊稼的地方。形容土地荒涼貧瘠。

〔例〕過去的～，如今變成了一片果園。

不分皂白

皂：黑色。不分黑白。比喻是非不分。

〔例〕她經常～地亂罵人，而且愈來愈凶，我實在同她過
不下去了。

不分彼此

彼：那，對方。**此**：這，我方。不分你我。形容關係密切，
情誼深厚。

〔例〕我們倆同事多年，～，情如兄弟。

不亢不卑

（亢：kàng ⑧kɔŋ³〔抗〕）

亢：高傲。**卑**：自卑。不高傲，也不自卑。形容對人的態
度恰當而有分寸。

〔例〕與人交往，要～，落落大方。

也作“不卑不亢”。

不刊之論

刊：修改的言論。謂所言爲至理。無可修改。

〔例〕他那篇評價《紅樓夢》的文章，可稱得上是～，我們
非常欽佩。

不甘示弱

不甘心顯出自己比別人差。

〔例〕他雖然已是六十多歲的老人了，卻～，仍然積極工作。

不甘後人

不甘心落在別人後面。

〔例〕在長跑比賽中，誰也～。

不甘寂寞

甘：甘心情願。**寂寞**：冷落，孤單。不甘心受冷落和孤單，
而要參與其事。

〔例〕退休後，她～，仍然積極參加各種社會活動。

不可一世

以為世上沒有人能同自己相比。形容自命不凡，狂妄到極
點。

〔例〕在事業上稍有成績便～，瞧不起別人的人，最終難
以成就大業。

不可收拾

敗壞到難以整頓或挽救的地步。

〔例〕局勢已～，只有提前大選，或能解決這場政治危機。

不可企及

企及：趕上。形容遠遠趕不上。

〔例〕家兄在醫學上的成就是我～的。

不可名狀

名：説出。**狀**：描述。無法用語言來形容。

〔例〕老師給他的每次回信，都使他感到有一種～的感激
之情從心底升起。

也作"不可言狀"。

4
畫

不可多得

稀少可貴，難以得到。

〔例〕他謙虛好學，誠懇老實，這樣的見習生真是～。

不可言宣

宣：言語。宣：表達。（只能意會）不能用語言表達。

不可思議

原爲佛教用語，指言語思維無法達到的神妙境地。現指無法想像，難以理解。

〔例〕聽說一個植物人兩年後恢復了知覺，真是～！

不可理喻

喻：使明白。由於對方頑固或蠻橫而無法同他講道理。

〔例〕他這個人性情暴躁，當他發脾氣的時候，簡直是～。

不可救藥

病重到沒有藥可以救治。比喻壞到無法挽救的地步。

〔例〕他已經坐過好幾次牢了，還是照樣吸毒，真是～。

不可偏廢

不可以只偏重某一方面而廢棄另一方面。

〔例〕在學校裏每門課程都應學好，～。

不可勝數

（勝：shèng 舊讀 shēng ⑧siŋ¹〔星〕）

勝：盡。形容很多，數不過來。

〔例〕夏夜，仰望天空，晶亮的星星～。

不可開交

交：糾纏在一起。

①糾纏不開。

〔例〕兩個人鬧得～。

②被糾纏住，無法擺脫。

〔例〕他這幾天忙得～。

不可逾越

（逾: yú 粵jy⁴〔如〕）

逾越: 越過。不能越過。

〔例〕事實證明，兩代人之間並不存在～的鴻溝。

不可磨滅

永遠不會消失。

〔例〕岳飛的偉大形象在我們的心中是永遠～的。

不打自招

本指沒用刑，自己就招認了罪行。比喻無意中暴露了自己的壞主意。

〔例〕你沒偷看我的稿，怎知我寫錯了字?～。

不平則鳴

指人遇到不公平的事，就會發出不滿的呼聲。

〔例〕～，有意見就得説，壓是壓不住的。

不以為然

然: 對。不認為是對。表示不同意別人的意見。

〔例〕聽了張先生的發言，他～地笑了笑。

不由分説

不容分辯解釋。

〔例〕他要我陪他上街，我説還有點事，他～拉了我就走。

不由自主

由不得自己。

〔例〕看到這種動人的場面，他～地掉下了眼淚。

不出所料

不出意料之外。

〔例〕果然～，他真的生氣了。

不白之冤

不明不白的冤枉。

〔例〕在專制時代，不知有多少人因受～而被殺害。

不乏其人

乏：缺乏。不缺少那樣的人。形容為數不少。

〔例〕在我校的畢業生中，在科學研究上作出貢獻的～。

不共戴天

戴：頂着。不跟仇敵在天底下並存。形容深仇大恨，勢不兩立。

〔例〕殺父之仇，～，他誓言要報。

不在話下

沒有問題，用不着說。

〔例〕兩百斤的擔子他都挑得起來，挑這兩桶水更～了。

不成體統

體統：指規矩。指言語行動沒有規矩，不成樣子。

〔例〕你對老師這麼粗暴，太～了。

不同凡響

凡響：平平常常的聲響。比喻不平凡，很出色。

〔例〕這篇文章寫得很好，真是～。

不名一文

名: 佔有。一個錢也沒有。形容極度貧窮。

〔例〕到香港後我已經～，只好去找老同學借點錢，應付眼前的困難。

也作"不名一錢"、"一文不名"。

不自量力

指過高估計自己的力量。

〔例〕他們的球隊攻守能力都弱，卻想奪取錦標，太～了。

不合時宜

不符合當時的情況或要求。

〔例〕你的計畫～，須重新制訂過。

不亦樂乎

不也是快樂的嗎?《論語·學而》: "有朋自遠方來，不亦樂乎?"後用以形容事態發展到過甚的地步。

〔例〕這幾天真把我忙得～。

不攻自破

不用攻擊，自己就破滅了。

〔例〕誣蔑他貪污公款的謠言，在事實面前，～了。

不折不扣

沒有折扣。表示完全、十足的意思。

〔例〕責任內的一切工作他都能～地完成。

不求甚解

晉陶淵明《五柳先生傳》: "好讀書，不求甚解，每有會意，便欣然忘食。"原指讀書只求領會要旨，不在字句上多下功夫。後指只求懂得個大概，不求深刻理解。

〔例〕學習要耐心細緻，不能～，馬虎從事。

不見經傳

(傳：zhuàn 粵dzyn⁶〔自願切〕)

經傳：指經典著作。經傳上沒有見過。比喻沒有根據。

〔例〕你說的那位民族英雄，～。

不足爲奇

平常得很，沒有什麼可奇怪的。

〔例〕如今大家的道德水準提高了不少，拾金不昧的事兒已～了。

不足爲訓

訓：規範，準則。不值得作爲遵循的準則。

〔例〕他靠猜測考試題得了高分，這種做法～

不足爲憑

足：值得。**憑**：憑據。不能夠作爲憑據。

〔例〕這個人說謊成性，他說桂雲偷了他的錢，能算數麼？我看～。

不足掛齒

不必掛在口頭上。一點點小事，不值得提起(表示自謙)。

〔例〕這點小事，～；你的過獎，反倒叫我不好意思了。

不足齒數

數不上，不值得一提。含有極端輕視的意思。

〔例〕在他看來，小女兒學業無成，天天梳妝打扮，花錢如流水，～，無論如何，不能同他鍾愛的長子相比。

不言而喻

喻: 明白。不用説就能明白。

〔例〕考上了大學，他心裏的高興是～的。

不吝指教

吝: 吝惜，捨不得。不要吝惜指示教導(請人指教的客氣話)。

〔例〕在下才疏學淺，加上倉促寫成，謬誤必不少，深望各位～。

不即不離

即: 接近。不太接近，也不太疏遠。

〔例〕通過聯誼會的各種活動，她們倆之間的關係變得親近起來，再也不像以前那樣～了。

不拘一格

拘: 拘泥。**格**: 規格，標準。不拘泥於一種規格。

〔例〕他的國畫創作～，無論工筆畫、寫意畫、山水畫、人物畫或花鳥畫都同樣出色。

不拘小節

不注意生活小事。

〔例〕他在工作上非常仔細，但在生活上則～。

不明不白

①糊裏糊塗。

〔例〕阿Q～地被槍斃了。

②含糊，曖昧。

〔例〕他對這個問題的態度總是～的，必須進一步瞭解一下他的真實想法。

不易之論

易：更改。不可更改的言論。指論斷或意見完全正確。

〔例〕知識就是力量，是千古～。

不知自愛

不知道愛惜自己。

〔例〕大家這樣鼓勵你、幫助你，如果你仍不努力，那真是～了。

不知好歹

不知道好壞。常指不能領會別人的好意。

〔例〕我這樣三番五次地規勸，都是為了你好，你還同我爭辯，真是～！

不知所云

不知道說了些什麼。

〔例〕他的發言內容空洞，～。

不知所以

不明白為什麼是那樣。不知道原因。

〔例〕不實地去調查研究，那末對一些現象便會～。

不知所措

措：處理。不知道該怎麼處理。形容受窘或發慌。

〔例〕一個陌生人從路旁向她衝過來，慌亂中她～，被嚇呆了。

不知所終

終：終結。不知道結局或下落。

〔例〕從大前天開始，她的狗就沒有回家，～了。

不近人情

不合人之常情。

〔例〕她向你承認錯誤了，你還不理人家，那就太～了。

不念舊惡

惡：仇怨。不記已往的仇怨。

〔例〕你～，不記前嫌，反倒使他更覺得對不起你了。

不咎既往

不再追究責備過去的錯誤。

〔例〕改正就好了，～，這件事今後不要再提了。

不治之症

指無法醫治的病。也比喻無法挽救的禍患。

〔例〕這種病在當前仍是～。

不屈不撓

撓：彎曲，屈服。不低頭，不屈服。

〔例〕我們的先烈以～的精神為國奮鬥，真值得我們敬仰。

不苟言笑

苟：隨便。不隨便說笑，形容態度莊重。

〔例〕說到好笑的地方，連平日～的李寶也大笑起來了。

不相上下

彼此分不出高低。

〔例〕兩隊的球技～，比賽中一定會出現緊張的場面。

不相聞問

聞: 聽。互相不聞不問。指互不關心，不相往來。

〔例〕兩個朋友吵翻了臉，從此～。

不省人事

（省: xǐng ⑨sing²〔醒〕）

昏迷過去，失去了知覺。

〔例〕因為天氣太熱，他突然暈倒，～，經過急救，才逐漸醒轉過來。

不急之務

不緊要的事。

〔例〕做工作要分輕重緩急，對於那些～，暫時可以不辦。

不計其數

無法計算數目。形容很多。

〔例〕日本侵略中國，屠殺的中國人～。

不約而同

約: 約定。沒有預先約定，行動完全一致。

〔例〕演員們一出場，大家就～地鼓起掌來。

不恥下問

不以向學識或地位比自己差的人請教為可恥。

〔例〕只要勤學苦幹，～，就能很快地進步。

不時之需

不時: 不經常。偶然發生的需要。

〔例〕平時應儲蓄一些錢，以備～。

不修邊幅

邊幅: 布幅邊上毛糙的地方。不把毛邊修剪整齊。比喻不

　　講究儀表。

〔例〕他們兄弟二人，一個～，一個衣著講究，形成鮮明
　　　的對照。

不倫不類

不像這一類，也不像那一類。形容不成樣子。

〔例〕這種～的比喻，是會惹人發笑的。

不留餘地

指言語或行動都到了頭，不留下回旋的地步。

〔例〕做事要留有餘地，～有時會很被動。

不容置喙

（喙：hui　粵fui³〔悔〕）

置喙：插嘴。不許別人插嘴。

〔例〕他說得非常肯定，斬釘截鐵，～。

不容置疑

不容許有什麼懷疑。指完全可以確信。

〔例〕這項重大發明一定會獲得金獎，這一點～。

不屑一顧

顧：看。不值得一看。

〔例〕這種不倫不類的藝術實在～。

不能自拔

比喻陷入很深，自己無法解脫。

〔例〕他吸毒成癮，～；我們要幫助他戒除毒癮，重新做人。

不速之客

速：邀請。沒有邀請而自己到來的客人。

〔例〕不知道你今天請客，我闖來作～了。

不敗之地

不會遭到失敗的境地。

〔例〕這次會考，題目雖難，但只要充分準備，就能夠立於～。

不逞之徒

指為非作歹的不法之徒。

〔例〕倘有～，無視法律而拐騙搶劫，必將嚴懲而不貸。

不動聲色

態度很鎮靜，感情沒有從說話和神色上流露出來。

〔例〕情況愈緊急，他就愈鎮定，～地籌畫應急的對策。

不偏不倚

倚：側。不偏向任何一方，表示中立。

〔例〕在這場激烈的辯論中，要想～地表示中立，是不可能的。

不假思索

假：憑借，倚靠。不加思考。形容做事、答話迅速。

〔例〕他～就答出了這道口試題。

不得人心

得不到民眾的支持和擁護。

〔例〕政府今年預算削減各項社會福利津貼，此舉～。

不得要領

抓不住事物的要點或關鍵。

〔例〕他海闊天空地說了半天，還是使人～。

不脛而走

（脛: jìng ⑧hiŋ⁵〔奚茗切〕 ⑧giŋ³〔敬〕）

脛: 小腿。沒有腿也能跑。形容流行傳播得很快。

〔例〕這種新產品人人喜愛，一定可以～，風行各地。

不務正業

務: 從事。指不從事正當的職業。也指不好好地幹本職工作。

〔例〕從今以後，你不能再遊手好閑，～了。

不堪一擊

堪: 禁得起。禁不起一打。

〔例〕料不到一上戰場，這支配備先進武器的軍隊，竟然～，全軍覆沒。

不堪回首

回首: 回顧，回憶。表示不忍再去回憶往事。

〔例〕傷心的往事，～，讓歲月沖淡它吧!

不堪造就

沒有培養前途。

〔例〕他工作散漫，屢勸不改，實在是～。

不堪設想

設想: 想像，推測。對於事情的結果不能想像。指事情的發展將造成很壞的結局。

〔例〕你既不努力學習，又不走正路，長此以往，後果將～。

不期而然

期: 盼望。**然**: 如此。沒有想到這樣，而竟然這樣。

4畫

〔例〕這事～地得到成功，真使人高興。

不期而遇

期: 約定日期。沒有約定而意外地碰到。

〔例〕我們離別了整整十年，想不到今天在這裏～。

也作"不期而會"。

不稂不莠

（稂: láng 粵lɔŋ⁴〔狼〕　莠: yǒu 粵jeu⁵〔有〕）

稂: 狼尾草。**莠**: 狗尾草。稂莠都是危害禾苗的野草。原指禾苗中沒有野草。後比喻人不成材。

〔例〕那些過去被人認為～的人，今天卻創造了奇迹。

不進則退

不前進就會後退。指人應該力求上進。

〔例〕學如逆水行舟，～。你這樣學一天、停三天，怎麼能學好呢?

不勝其煩

（勝: shèng 舊讀 shēng 粵siŋ¹〔星〕）

煩瑣得使人受不了。

〔例〕說明一個簡單的道理，何必如此～地引用這麼多資料。

不勝枚舉

枚: 個。不能一個個地列舉出來。形容數目多。

〔例〕他們的英勇事迹太多了，簡直～。

不痛不癢

浮泛，無關緊要。

〔例〕這種～的批評，對他是不起作用的。

不着邊際

挨不着邊兒。形容言論空泛，不切實際或離題太遠。

〔例〕發言要切合實際，不要說～的話。

不勞而獲

自己不勞動而享受別人的勞動成果。

〔例〕同學們！我們要自力更生、自食其力，不應該存有～的思想。

不寒而慄

慄：發抖。不寒冷而發抖。形容非常恐懼。

〔例〕看到這種危險的情形，真使人～。

不絕如縷

①像一根快要斷的細線，形容局勢十分危急。②形容聲音微弱。

〔例〕餘音裊裊，～。

不落窠臼

（窠：kē 粵fɔ¹〔科〕 Ⓧwɔ¹〔窩〕）

窠臼：老套子。比喻不落俗套，有獨創風格。

〔例〕他的文章，筆法新穎，～。

不過爾爾

不過如此罷了。

〔例〕他的球技～，沒什麼了不起的。

不置可否

可：對。**否**：不對。不說對，也不說不對。

〔例〕我們講了半天，他始終～，含糊其辭。

不義之財

不義：不正當。不應當得到或用不正當手段得到的財物。

〔例〕他時刻記住父親的一句話：～不可取。

不經之談

經：正常，通常。指荒誕的、沒有根據的話。

〔例〕有人說：有特異功能的人可以用耳朵"看"書，我認爲純屬～，不必相信。

不厭其詳

不嫌詳細。愈詳細愈好。

〔例〕每到一處，他就～地向大家介紹當地的山川地理、民俗風情。

不厭其煩

不嫌麻煩。

〔例〕張老師的確是位好老師，每當我有問題時，他總是～地給我講解。

不聞不問

聞：聽。**問**：過問。不聽，也不過問。形容對事情漠不關心。

〔例〕他只知道死讀書，對外界的事一向～。

不擇手段

擇：選擇。什麼手段都使得出來。

〔例〕爲了謀取高官厚祿，他～地巴結討好上司。

不遺餘力

遺：留。指毫無保留地使出全部的力量。

〔例〕他對朋友託付的事，總是～地去做。

不學無術

沒有學問，沒有才能。

〔例〕這人～，卻愛附庸風雅，吟詩作對，結果常常鬧出
笑話。

不謀而合

事前沒有商量過，意見卻一致。

〔例〕你的意見與我的～，真是太好了。

不辨菽麥

（菽：shū ⑧suk⁹〔淑〕）

菽：豆類。分不出哪是豆、那是麥。形容缺乏常識或沒有
實際生產知識。

〔例〕以前，許多讀書人是～的。

不聲不響

不吭氣，不作聲，不驚動人。

〔例〕他埋頭苦幹，～地做了許多工作。

不翼而飛

不翼：沒有翅膀。沒有翅膀，竟能飛走。比喻一件東西突
然丟失。

〔例〕她的錢包突然～。

不識一丁

丁：代表簡易的字。一個字也不識。後用以指文盲。

〔例〕這個原來～的文盲，經過學習，現在可以讀報了。

不識擡舉

擡舉: 稱讚, 提拔。不懂得或不接受別人對自己的好意。

〔例〕 他聘請你到公司工作, 是有心重用你, 你卻推三搪
四的, 真是～。

不識時務

不認識當前的形勢和時代潮流。

〔例〕 事情已經到了勢在必行的地步, 你如果還猶豫不決,
也太～了。

不關痛癢

比喻和自己沒有切身利害關係。

〔例〕 你不能把大衆的利益看作～的事情。

不露聲色

聲色: 説話的聲音和臉上的表情。心裏的打算不在説話和
臉色上流露出來。

〔例〕 她内心極不平靜, 但表面上卻～, 似乎任何事情也
沒有發生過一樣。

不歡而散

很不愉快地分開。

〔例〕 同業之間舉行的會議, 有時因爲利害衝突, 弄得～。

不打不相識

打: 交手。沒有經過交手較量, 就不能互相瞭解, 成爲意
氣相投的朋友。

〔例〕 ～, 經過這場誤會, 我倒真願意交你這個朋友。

不可同日而語

不能在同一時間内談論。形容兩者差異極大, 不能相提並

論。

〔例〕現在的他同過去的他相比，真是～。

不問青紅皂白

皂: 黑。**青紅皂白**: 多種多樣的顏色。比喻不問情由。

〔例〕父親不准我吸煙。有一天別人在我房間裏吸煙留下
煙的氣味，父親進門後～，訓斥了我一通。

不費吹灰之力

形容不費力氣。

〔例〕事有湊巧，我們～就破獲了這個作案多年的販毒集
團。

不登大雅之堂

大雅: 高雅。不能進高雅的地方。意指粗俗不文雅。

〔例〕這部評話原是～的。

不到黃河心不死

不走到黃河不肯罷休。比喻決心大，非幹到底不可。

〔例〕他這個人性格倔強，～，這個實驗非要搞出來不可。

不敢越雷池一步

雷池: 水池名，比喻界限。不敢超越界限一步。

〔例〕以前，中國的婦女受舊禮教的束縛，生活在一個狹
小的天地中，～。

不管三七二十一

不管一切; 不問情由。

〔例〕他一到，～便把大夥兒斥責一頓，弄得大家丈二金
剛摸不着頭腦。

也作"不問三七二十一"。

不入虎穴，焉得虎子

焉: 怎麼。比喻不經歷艱險，就不能成功。

〔例〕～。警方派幹練探員打入販毒集團臥底，掌握了確鑿證據，終於將毒販一網打盡。

不知人間有羞恥事

不知道世界上有羞恥的事情。意思是不把可恥的事看作是可恥的，完全沒有羞恥之心。常用於怒斥無恥之徒。

不塞不流，不止不行

沒有堵塞，就沒有水的流淌; 沒有停止，就沒有行動。語出唐韓愈《原道》。原意指不抑止佛家和道家的思想，儒家的思想就無法推行。後指不把另一種東西堵塞住，某種東西就不能流行、發展。

不經一事，不長一智

不經歷一件事，就不能增長對那件事的知識。

〔例〕經過這次挫折，他處事踏實多了，～嘛。

犬牙交錯

犬牙: 狗的牙齒。**交**: 交叉。**錯**: 錯落。像狗牙一樣交叉錯落。比喻交界處參差不齊。

〔例〕虎牙礁的四周，明礁暗礁～，船隻來往，要特別小心。

犬馬之勞

犬馬: 古時臣子對君主常自比爲犬馬。比喻心甘情願爲別人效勞。

〔例〕在下(謙稱自己)願效～。

太歲頭上動土

太歲: 指木星。**動土**: 破土。迷信的説法，認爲太歲某一年在某一方，這一方就不能破土興建房屋等，否則就會得禍。比喻敢於冒犯强暴。

〔例〕你好大膽，敢在～，去冒犯他!

太公釣魚，願者上鈎

相傳周朝姜太公曾在渭水河邊，用無餌的直鈎在水面三尺上釣魚，説: "負命者上鈎來!" 後以"太公釣魚，願者上鈎"比喻甘心情願地上圈套。

反戈一擊

戈: 古代的一種兵器。**反戈**: 掉轉手中的武器。比喻回過頭來攻擊自己原來所在的一方。

〔例〕他～，揭發了同夥走私毒品的事實。

反客爲主

客人反過來成爲主人。指違反了通常的主客關係。

〔例〕客隨主便，怎麽能～呢?

反唇相稽

稽: 查、問。反過口來責問別人。

〔例〕他很有修養，即使人家對他説話有些不客氣，他也從不～。

反唇相譏

反過口來諷刺對方。

〔例〕對待別人善意的批評，應該虛心考慮接受，絕不能～。

反躬自省

〔省: xīng　⑨sig²〔醒〕〕

躬: 身體。**省**: 檢查。回過身來作自我檢查。

〔例〕一個人固然可以批評別人，但更應該善於～。

反躬自問

自問: 自己問自己。回過身來想想自己怎麼樣。

〔例〕昨天我們倆發生爭吵，固然是由於你脾氣急躁，不過～，我也有不對的地方。

反覆無常

一會兒這樣，一會兒又那樣，變動不定。形容常常變卦。

〔例〕她的性情～，很難相處。

反其道而行之

採取同對方相反的辦法做(某事)。

〔例〕農曆年年尾理髮店都加價，惟獨這家～，用減價來拉攏顧客。

匹夫有責

匹夫: 指一般平民。俗語: 天下興亡，匹夫有責。每個人都有責任。

〔例〕"天下興亡，～"，我們每個人都要關心國家的命運和前途。

比比皆是

比比: 到處。形容到處都是。

〔例〕在經濟衰退的時候，失業工人～。

比肩繼踵

比肩: 肩並肩。**繼踵**: 腳尖觸着腳跟。形容人多，擁擠。

〔例〕銅鑼灣商業中心，從早到晚，人來人往，～，十分熱鬧。

比上不足，比下有餘

同高的相比，差了點; 同低的相比，還不錯。指居於中間狀態。

〔例〕我們住的房子，～，過兩年再買新屋吧。

切磋琢磨

原指把骨頭、象牙、玉石、石頭等加工製作成器皿的工藝過程。常比喻互相探討研究，取長補短。

〔例〕這位作家在作品寫好後，總喜歡邀請幾位好友在一起～，經反覆修改後，才拿去發表。

切膚之痛

切膚: 切身。親身受到的痛苦(強調是深深感受的)。

〔例〕作爲一個出身草根階層的社會工作者，看到那些露宿街頭，在北風呼嘯中瑟縮的人，他彷彿又回到那苦難的童年似的，感到～。

切齒痛恨

切齒: 咬緊牙齒。形容痛恨到極點。

〔例〕深受戰爭災難的人，對侵略者是～的。

切齒腐心

腐: 融蝕。**腐心**: 等於說"碎心"。

〔例〕南京大屠殺的紀錄片，雖說僅僅露出了日軍在南京殘暴屠殺中國人之一角，但也足以令人～，沒世不忘。

止戈爲武

戈: 古代的一種兵器, 借指戰爭。武字由"止""戈"二字構
成, 它的意義是: 能停止戰爭, 才算得勇武。

少不更事

（少: shào ⑧siu³〔笑〕 更: gēng ⑧geŋ¹〔庚〕）

少: 年紀輕。**更**: 經歷。指年紀輕, 經歷的事情不多。

〔例〕我們雖然～, 但我們有着年青人的熱情和勇氣, 有
着對前途的無比信心, 我們一定能夠幹出轟轟烈烈、
驚天動地的大事來。

少年老成

老成: 老練成熟。人雖年輕, 處事卻十分老練。有時也指
年輕人缺乏朝氣。

〔例〕別看他年輕, 但～, 能把這麼大的企業辦得頭頭是道,
便是明證。

少安毋躁

少: 稍微。**躁**: 急躁。稍微安靜一下, 不要急躁。

〔例〕我勸你～, 再過兩天簽證就辦好了。

少見多怪

見識少, 看到沒見過的事物就覺得奇怪。

〔例〕這種服裝款式有什麼不好? ～!

少壯不努力, 老大徒傷悲

徒: 空。年輕時不努力, 老來悲傷也是白費了。

〔例〕古人曾說: "～", 直到今天, 仍是至理明言。

日上三竿

太陽升得離地面有三根竹竿那樣高。形容時間不早了。

〔例〕我們家裏，每天睡到～的懶漢是沒有的。

日月如梭

梭：織布時牽引緯線（橫線）的工具。太陽和月亮像穿梭似的來去。形容時光迅速地流逝。

〔例〕光陰似箭，～，不覺又過了一年。

日月重光

比喻經過動亂後重新出現社會安定、政治清明的局面。

〔例〕在戰火中飽受痛苦的人民，都盼望能早日～。

日新月異

天天更新，月月有變化。形容發展、進步很快。

〔例〕這座新興城市的建設～，發展很快。

4畫

日暮途窮

天要黑了，路已走到盡頭。比喻已進入沒落階段。

〔例〕這個財團連年虧蝕，已到了～的境地。

日積月累

一天一天、一月一月地積累。

〔例〕豐富的知識都是經過努力學習、刻苦鑽研，～得來的。

日薄西山

晉李密《陳情表》：“但以劉（指祖母）日薄西山，，氣息奄奄，人命危淺，朝不慮夕。”

薄：迫近。太陽快要落山了。比喻人或事物已接近死亡。

中原逐鹿

中原：古時指我國的中部。**逐**：追逐。舊時比喻羣雄並起，在中原爭奪天下。

中流砥柱

砥柱：山名，在河南三門峽市的黃河激流中。砥柱山在河水沖擊中屹然不動。比喻人很堅強，能起支柱的作用，像立在急流中的柱石一樣。

〔例〕岳飛是南宋抗擊金人入侵的～。

中流擊楫

東晉祖逖渡江北伐苻秦，在江流中敲着船槳發誓要收復中原。後用以比喻決心收復失地。

中庸之道

中：不偏。**庸**：不變。儒家的處世哲學，主張處事不能偏激，宜採取調和折衷的態度。

水乳交融

交融：融合在一起。水和乳融合在一起。比喻關係很融洽。

〔例〕他們的關係是～、不可分離的。

水泄不通

泄：流出。水都流不出去。形容非常擁擠或包圍得很嚴密。

〔例〕來參觀大熊貓的人很多，擠得～。

水到渠成

渠：水道。水流到的地方自然會成渠。比喻條件成熟，事情自然會成功。

〔例〕～，瓜熟蒂落，學習外語也是這樣，只要你每天堅持下去，不出幾年，管保你能熟練地閱讀外文書刊。

水深火熱

比喻處境極其艱難痛苦。

〔例〕滿清末年，<u>中國</u>人民處在～中，渴望推翻帝制。

水落石出

比喻真相大白。

〔例〕這個疑難案子經過長期的周密偵查，終於～。

水滴石穿

比喻力量雖小，但如能堅持不懈，再大的困難也能克服。

〔例〕你不要灰心，～，只要你長期努力堅持下去，事情就一定能夠成功。

水漲船高

比喻事物隨着它所憑藉的基礎而提高。

〔例〕物價上漲，～，工資也應隨着增加。

水火不相容

相容：互相容納。比喻互相對立，不能相容。

〔例〕他們兩人常常爭吵，已經到了～的地步。

水清無魚

《漢書·東方朔傳》："水至清則無魚，人至察則無徒。"意思是說水太清了魚就難以存活；對人太苛察，就沒有夥伴。比喻對人不可苛求。

內外交困

交：同時，一齊。裏裏外外各種困難都同時出現。

〔例〕幾個不肖子孫爭奪家產，鬧得天翻地覆；債主催討積欠的債務，日日登門，急如星火；他～，無計可施。

內憂外患

指國內動亂和外來侵略。

〔例〕"多難可以興邦"，對～，要想辦法去戰勝，從而迎
接充滿光明的明天。

牛鬼蛇神

原指妖魔鬼怪。後用以比喻形形色色的壞人。

牛頭不對馬嘴

比喻兩不相合或答非所問。

〔例〕他的發言～，同我們討論的問題毫無關係。

手不釋卷

釋: 放下。卷: 書本。手裏不放下書本。形容勤奮好學。

〔例〕他求知欲強，白天做工，晚上還～。

手忙腳亂

形容做事忙亂。

〔例〕做事要有計畫，免得臨時～。

手足無措

措: 安放。手腳不知安放在哪兒好。形容十分慌亂，不知
怎樣辦好。

〔例〕我們如果平時做好準備工作，那末即使發生意外，
也能應付裕如，不致～。

手到病除

形容醫術高明。

〔例〕華陀有～的高妙醫術。

手急眼快

形容動作機警靈敏。

〔例〕工廠一角突然失火，李成～，拿起滅火筒，把火撲

滅了。

手無寸鐵

手裏沒有一點兒武器。

〔例〕雖然他～，卻很勇敢地與强盜搏鬥。

手舞足蹈

蹈：用腳踏地。形容極其高興時的動作。

〔例〕孩子們聽到這消息後，高興得～起來。

手無縛雞之力

縛：捆綁。一雙手連捆綁一隻雞的力氣都沒有。形容力氣很小。

〔例〕他原來是一個～的人，經過鍛煉後，現在能提起幾十斤重的東西了。

毛手毛腳

形容做事粗心大意。

〔例〕做事要認真仔細，不能～。

毛骨悚然

悚然：驚恐的樣子。形容十分恐懼。

〔例〕小路穿過墳場，天黑漆漆的，竹葉唰啦啦一陣響，他嚇得～，出了一身冷汗。

毛遂自薦

毛遂：人名。**薦**：推舉，介紹。《史記》上說，趙國的平原君出使到楚國去，他手下的毛遂請求跟隨出國。結果幫助平原君在楚國取得了一次外交上的勝利。比喻自我推薦。

〔例〕工廠招聘會計，我便～，寫了一封信應徵，結果被
錄用了。

仁人志士

原指仁愛而有節操的人。現泛指愛國而願意爲革命事業獻
身的人。

〔例〕清朝末年，很多～爲了反對清王朝的統治，艱苦奮鬥，
不斷地進行反封建的鬥爭。

仁至義盡

至、盡：極點。比喻對人的愛護和幫助已經做到最大的限
度。

〔例〕總之，我們對他已做到了～，如果他還不聽勸告，
那責任就不在我們了。

仁者見仁，智者見智

《周易》："仁者見之謂之仁，智者見之謂之智。"指對同一
個問題，由於各人觀察的角度不同，見解也不相同。

也作"見仁見智"。

片言折獄

原指用簡短的言辭判決案件。後泛指用簡短的話正確判斷
雙方爭執的是非曲直。

片言隻語

指簡簡單單的文字或幾句話。

〔例〕老師和我們談話的時候，即使是～，也常常含有很
深刻的教育意義。

斤斤計較

斤斤: 看得很清楚的樣子; 引伸為苛細、瑣屑。形容過分
計較。

〔例〕 自家弟兄何必這樣~, 傳揚出去, 外人會笑話。

化爲泡影

變成水泡和影子。比喻事物很快地消失或希望落空。

〔例〕 他知道身患絕症, 自己的研究計畫終將~, 難過得
流下了眼淚。

化爲烏有

烏有: 無有。變得什麼都沒有。

〔例〕 一場山火, 半山的林木~。

化整爲零

把一個整體分化爲許多零散部分。

〔例〕 當敵人的兵力過於強大的時候, 我軍~, 不斷地襲
擊騷擾敵人, 讓他打不着、捉不住, 毫無辦法。

化險爲夷

夷: 平坦, 平安。化危險爲平安。

〔例〕 在登山途中, 幸虧當地的嚮導熟悉地形, 繞過經常
發生雪崩的地段, 我們才能~, 平安地到達頂峯。

化干戈爲玉帛

干、戈: 古代的兩種兵器, 借指戰爭。**玉帛**: 玉器和絲織品。
諸侯會盟朝聘的禮物。比喻使戰爭變爲和平。

〔例〕 雙方決定互派和談代表, 以便~。

化腐朽爲神奇

變腐朽無用的爲神奇的、美妙的。

〔例〕他正在研究一項垃圾處理的新技術，可以從垃圾中提煉出石油，一旦成功，那可真叫～。

今非昔比

昔: 過去。現在不是過去所能比的了。形容變化很大。

〔例〕你從國外回來，功成名就，～啦!

今是昨非

現在是對的，過去錯了。表示悔悟的意思。

〔例〕他認識了自己的錯誤，感到～，決心開始新的生活。

凶多吉少

指事態的發展凶險多、吉利少。

〔例〕他年紀已經七十多，病勢來得這樣重，恐怕～

凶相畢露

凶惡的面目完全暴露出來。

〔例〕平時態度溫雅的一個人，沒想到爲了遺產，～，竟然鬧到兄弟家裏去，把玻璃打得粉碎。

分門別類

門、類: 指一般事物的分類。根據事物的特性分成各種門類。

〔例〕圖書館新落成，大批圖書資料正在～地上架。

分秒必爭

抓緊時間，一分一秒也不能輕易放過。

〔例〕少年時代記憶力最好，要～，抓緊學習知識。

分庭抗禮

抗: 對等。原指賓主相見，分別站在門庭兩邊，相對行禮，以示平等。後來用以比喻地位相同或勢力、力量相等，可以抗衡。

〔例〕 陳先生只是一個部門的主管，他之所以敢和經理～，是因爲有後台。

分崩離析

崩: 倒塌。離析: 散開。形容國家或集團分裂瓦解。

〔例〕 敵軍屢戰屢敗，傷亡慘重，人心厭戰，敵國正面臨～的厄運。

分道揚鑣

鑣: 馬嚼子。揚鑣: 指驅馬前進。比喻因目標不同而各走各的路。

〔例〕 我們到香港後，第二天便～各幹各的了。

公而忘私

爲了公事而忘了私事。

〔例〕 我們要學習他～、爲大衆服務的精神。

公事公辦

公事按公家的制度和原則辦，不講私人情面。

〔例〕 我們在處理公司的事務時，要～，不能徇私情。

公諸同好

(好: hào 粵hou³〔耗〕)

把自己喜愛的東西向有共同愛好的人公開。

〔例〕 他把自己所藏的名畫陳列出來，～。

公説公有理，婆説婆有理

甲説甲的對，乙説乙的對。

〔例〕你們兩人~，叫我聽哪一個的好?

文人相輕

輕: 瞧不起。指某些知識分子互相看不起。

〔例〕都説"~，自古而然"，我看並不盡然，互敬互重的
　　　文人決不在少，而後者當然是文人的好品格。

文如其人

指文章的思想或風格同作者的為人相似。

〔例〕~，老舍先生的文章同他的性情一樣，真摯幽默。

文從字順

從: 妥貼。文句通順，用詞妥貼。

〔例〕寫文章重要的是~。

文過飾非

文、飾: 掩飾。**過、非**: 過失，錯誤。用各種借口來掩飾
　　過失、錯誤。

〔例〕犯了錯誤，勇於承認，勇於改正，決不~，這才能
　　　長進。

文質彬彬

文: 文采。**質**: 本質。**彬彬**: 文質兼備的樣子。形容人文
　　雅樸實。

〔例〕看上去~，像個君子，其實他很狡猾。

六神無主

道教認為人的心、肺、肝、腎、脾、膽各有神靈主宰，稱
為六神。後以"六神無主"形容心慌意亂，不知所措。

〔例〕廚房裏忽然着了火，嚇得她~，不知如何是好。

六親不認

六親: 父、母、兄、弟、妻、子。也泛指所有的親屬。形容無情無義，跟任何親屬都不來往。

〔例〕他發財以後，同親戚更少往來，～，連貧病交加的弟弟都不肯接濟，知情者都說他是絕情寡義的守財奴。

方枘圓鑿

（枘rui ⑨jœy⁶〔銳〕）

枘: 榫頭。**鑿**: 榫眼。方榫頭插不進圓榫眼去。比喻兩者不能相合。

方興未艾

方: 正在。**艾**: 停止，完結。形容事物或形勢尚在發展，還沒有停止。

〔例〕社會上展開的濟貧養老運動～，出現了不少感人的事例。

火上澆油

比喻使別人更加憤怒或使事態更加激化。

〔例〕爺爺正在爲你的成績下降而生氣，你別去～了。

火中取栗

法國拉·封登的寓言《猴子與貓》說: 狡猾的猴子騙貓去取出火中的栗子。貓用爪子從火中取出幾個栗子，都被猴子吃了。貓吃不着栗子，反倒把腳上的毛燒掉了。比喻受人利用，冒着風險，吃了苦頭，卻沒有得到好處。

〔例〕別被人唆擺利用了，去幹這種～的傻事！

火燒火燎

形容身上熱得難受或心中十分焦灼。

〔例〕眼看火車就要開了，他還沒趕到，急得我～的。

火燒眉毛

比喻情勢十分緊迫。

〔例〕人家～的事，你還拿人家打趣兒，開玩笑也不看個
時候!

火樹銀花

形容燈彩明亮，絢麗璀璨的節日夜景。

〔例〕聖誕節晚上，尖沙咀海旁燈飾齊明，～，好一派節
日景象。

斗轉參橫

（參: shēn 粵sem¹〔心〕）

斗: 北斗星。參: 星宿名。北斗轉向，參星橫斜。指天快
亮的時候。

〔例〕遊艇到達香港，已經是～的時候了。

戶限爲穿

戶限: 門檻。穿: 破。踏破了門檻。形容來往的人很多。

〔例〕自從傳出他免費教畫的消息，幾乎～，慕名來學畫
的大都是有上進心的貧寒子弟。

冗詞贅句

冗、贅: 多餘無用。多餘無用的話。

〔例〕文章要寫得簡明扼要，不要～連篇，讓人讀了不得
要領。

心力交瘁

瘁: 過度勞累。精神和肉體都過度勞累。

〔例〕爲了養育這羣孩子，他夜以繼日地工作，～。

心口如一

心裏怎樣想，口裏就怎麼説。

〔例〕你把他看錯了，他從來都是～，並不是那種口是心
非的人。

心不在焉

焉: 文言虛詞，相當於"於此"。心思不在這裏。形容思想
不集中。

〔例〕他～地在看電視，腦子裏想的仍是上午未解開的幾
何題。

心中有數

心裏很清楚。

〔例〕你不用着急，這件事他～，一定會替你辦好的。

心心相印

印: 合。彼此心意相通。形容彼此思想感情完全一致。

〔例〕這對夫妻～，生活得十分幸福愉快。

心平氣和

心情平靜，態度溫和。

〔例〕儘管別人誤解了他，但他還是～地把事情解釋清楚。

心有餘悸

悸: 害怕。事情雖然過去，但心裏還是感到恐懼。

〔例〕一提起游泳，他便～，因爲年少時游泳被水草纏住，

幾乎喪生。

心灰意懶

灰心喪氣，對什麼都不抱希望。

〔例〕我們不能因偶然的失敗而～，失去繼續奮鬥的勇氣。

也作"心灰意冷"。

心血來潮

形容心裏突然產生某種念頭。

〔例〕<u>小萍</u>迷上了UFO(飛碟)，一天忽然～，揚言要寫一本科幻小説：《地球人大戰外星人》。

心向往之

向往：仰慕。形容對某人或某事物心裏很仰慕。

〔例〕聽説<u>長江三峽</u>奇偉秀美，風景絕佳，多年來～，可一直沒機會親眼去看看。

心安理得

自己認爲所做的事情合乎情理，心裏很安適。

〔例〕人生一世，倘若捫心自問時，能～，縱使沒有輝煌成就，也彌足稱道了。

心如刀割

心裏像刀割一樣。形容極度痛苦。

〔例〕看到爸爸在病牀上輾轉呻吟，他～。

心花怒放

怒放：盛開。形容高興到極點。

〔例〕會考放榜，他知道自己得到七優一良，頓時～。

心直口快

性情直爽，説話爽快，不吞吞吐吐。

〔例〕他是一個性情開朗、～的小伙子。

心明眼亮

頭腦清醒，眼睛雪亮。形容明辨是非，問題看得清楚。

〔例〕陸潔這個人閱歷豐富，～，做事麻利，交給他去辦準没錯。

心服口服

從口頭上到心裏都信服。

〔例〕老師指出我學習的主要缺點是不認真，批評得很中肯，説得我～。

心狠手辣

心腸凶狠，手段毒辣。形容惡人的凶殘狠毒。

〔例〕別看他長得一副白面書生的模樣，辦起事來可是當機立斷，～。

心急如焚

焚: 燒。心裏急得像火燒一樣。

〔例〕孩子不見了，她～，滿街亂喊。

也作"心急如火"。

心神不定

心裏不安穩，情緒不安定。

〔例〕他今天顯得特別煩躁，～，一會兒坐下，一會兒又站了起來。

心悦誠服

悦: 高興，愉快。**誠**: 真心，確實。指真心佩服。

〔例〕對他榮獲藝術家榮譽獎，藝術界同仁～，都説適得
其人。

心勞日拙

指費盡心機，但情況卻愈來愈糟。

〔例〕他在朋友間挑撥離間，然而～，到頭來誰也看不起他。

心照不宣

照：知道。宣：説出。心裏明白，不用説出來。

〔例〕這件事，他們兩人都知道，但彼此～，見了面一句
話也不提起。

心亂如麻

心裏亂得像一團亂麻。形容心緒十分煩亂。

心猿意馬

心思像猿猴那樣跳蕩，意念像快馬那麼奔跑。形容心思不
定。

〔例〕他這兩天丟三落四，～，不知遇到了什麼事?

心煩意亂

心情煩躁，思緒雜亂。

〔例〕到了星期天，樓下商販的叫賣聲吵得他～。

心慌意亂

心裏驚慌，亂了主意。

〔例〕自從接到祖母病危的電報，她～，坐立不安。

心領神會

領：領會。會：理解。心裏領會理解。

〔例〕這孩子很聰明，許多難解的數學題，老師一講，他

就～。

心滿意足

心裏感到十分滿足。

〔例〕那幅名畫，只要能讓我看一眼，我就～了。

心廣體胖

指人心情舒暢，身體發胖。

〔例〕他～，有天大的事，也吃得飽、睡得着。

心潮澎湃

澎湃：波濤衝擊的聲音。形容心情十分激動，像波濤一樣
　　翻滾。

〔例〕眼看久別的故鄉快到了，他禁不住～，百感交集，
　　不能自已。

心膽俱裂

形容受到極大的驚嚇。

〔例〕輪船觸礁，乘客們嚇得～，魂飛魄散。

心曠神怡

心境開朗，精神愉快。

〔例〕山腳是一片深綠色的草原，山腰是一片樺樹，再高
　　則是松樹林，陽光照耀，一片欣欣向榮的景象，看
　　了真叫人～。

心驚肉跳

形容恐懼不安。

〔例〕這個壞消息嚇得他～，惴惴不安。

心驚膽戰

戰: 發抖。形容害怕到極點。

〔例〕"半夜敲門心不驚", 是説人不做壞事, 心情坦然;
　　　倘若壞事做多了, 半夜有人敲門, 必定～。

心有餘而力不足

心裏很想幹, 可是力量不夠。

〔例〕我是很想幫他一點忙的, 可是～。

心有靈犀一點通

傳説犀牛是靈獸, 角上有白紋貫通兩端, 感應靈敏。原比
喻戀愛中的男女心心相印。現泛用來比喻彼此心意相通。

〔例〕～, 曼林的話剛説了一半, 他就領會意思了。

尺短寸長

尺有所短, 寸有所長。比喻各有長短, 彼此都有可取之處。

〔例〕～, 要善於發現你周圍人的長處,好好地向他們學習。

引人入勝

勝: 指優美的境地。把人引導到優美的境地裏去。

〔例〕她總是把故事講得那麼～, 孩子們就像着了迷似的,
　　　不願離開她。

引人注目

吸引人們注意。

〔例〕請把這張宣傳海報放在～的地方。

引吭高歌

吭: 喉嚨。拉開嗓子, 高聲歌唱。

〔例〕老同學相聚, 大家回首往事, 無限感慨, 禁不住～,
　　　唱起了少年時最愛唱的歌。

引爲鑒戒

鑒戒：教訓或警戒。把過去的教訓作爲今後的鑒戒，避免重犯。

〔例〕因吸煙而導致肺癌的人不少，難道還不應～嗎?

引狼入室

比喻把壞人引進來。

〔例〕交友一定要慎重。亂交朋友，難免～，禍害非淺。

引經據典

據：依據。引用經典書籍作爲講話的依據。

〔例〕有些人說起話來，總愛～，顯示自己博學。

五畫

5
畫

玉石俱焚

美玉和石頭一齊焚毀。比喻好的和壞的一同毀滅。

〔例〕抗戰期間，日寇所到之處，燒殺擄掠，～，慘不忍睹。

玉潔冰清

像玉和冰一樣純潔清白。比喻品格或操行高潔。

〔例〕你的女兒～，人見人愛。

未卜先知

卜：算卦。事情沒有發生以前不用占卜就知道了。比喻有預見性。

〔例〕你怎麼知道她一定會出事呢? 難道你～?

未可厚非

不可過分責備。表示雖有缺點，但是還有可取之處。

〔例〕他說的話雖然過火了點，但是也有一些道理，～。

未老先衰

衰：體力減弱。年紀還不大，就衰老了。

〔例〕他還不到四十歲，便滿頭白髮，周身風濕骨痛，很
有點兒～的樣子。

未雨綢繆

綢繆：纏縛。趁着天還沒下雨，先捆好門窗。比喻事先做
好預防工作。

〔例〕安不忘危，在順利的時候，要多想想可能出現的困
難，～，才能立於不敗之地。

打成一片

原指形成一個整體。今用來指不同地位或不同身分的人關
係融洽。

〔例〕經理沒有架子，能同下屬～。

打抱不平

看到不平的事就出面干涉，幫助被欺侮的人。

〔例〕《水滸傳》所描寫的好人，都是梁山泊上劫富濟貧、～
的英雄好漢。

打草驚蛇

打草時驚動伏在草中的蛇。比喻做事泄露了機密，驚動了
對方。

〔例〕不要張揚，悄悄地幹，走漏了風聲，～，就糟了。

打家劫舍

劫: 搶。指強盜土匪的搶掠行爲。

〔例〕這夥匪徒每到一處就～，鬧得雞犬不寧。

打退堂鼓

古代縣官退堂時必擊鼓，今用以比喻作事中途退卻。

〔例〕我告訴你，不管別人怎樣，你可不能～!

打腫臉充胖子

比喻超出能力的許可範圍而勉強去做，以保住面子。

〔例〕他這個人很愛面子，雖然債臺高築，還～，經常請
　　客吃飯。

打破沙鍋璺到底

（**璺**: wèn 粵men⁶〔問〕）

璺: 陶瓷、玻璃等器皿上的裂紋，諧音"問"。比喻對學問
　　或事情追究根底。

〔例〕他勤學好問，對什麼都要來個～。

巧立名目

變着法兒定出些名目來達到某種不正當的目的。

〔例〕政府不應～向市民多徵稅。

巧舌如簧

巧舌: 舌頭靈巧。**簧**: 樂器裏薄葉狀的發聲器。形容花言
　　巧語。

〔例〕事實勝於雄辯。憑你～，也不能把對的説成錯的、
　　錯的説成對的。

巧言令色

巧言: 花言巧語。**令色**: 討好別人的表情。

〔例〕對那些~之輩，不可輕信。

巧取豪奪

巧取: 騙取。**豪奪**: 強搶。用欺詐或暴力奪取財物或權利。

〔例〕過去他在這一帶橫徵暴斂，~，犯下了累累罪行。

巧奪天工

人工的精巧勝過天然。形容技藝巧妙。

〔例〕中國的湘繡製作精妙，~，馳名世界。

巧婦難爲無米之炊

炊: 燒火做飯。巧媳婦沒米也做不出飯。比喻做事缺少必
要條件，很難做成。

〔例〕~，這麼幾個錢叫我怎麼設廠?

正人君子

舊時指正派人物。現在有時用來諷刺假正經的人。

〔例〕你別看他一副~相，實際上他的所作所爲十分卑鄙
無恥。

正中下懷

（中: zhòng　⑨dzuŋ³〔衆〕）

下懷: 謙指自己的心意。正合自己的心意。

〔例〕他說明天晚上不到我家來了，這一下可~，因爲我
明晚正想去看電影。

正本清源

從根本上整頓，從源頭上清理。比喻從根源上徹底解決問
題。

〔例〕公司工作秩序混亂,連年虧損,他就任總經理後,~,
　　　從制度和人事入手,不到半年便扭轉了局面。

正襟危坐

襟: 衣襟。**危坐**: 端正地坐着。整理好衣襟,端正地坐着。
形容恭敬、嚴肅的樣子。

〔例〕進入禪房,只見一位老住持~地在講述佛經。

正顏厲色

正: 嚴肅。**厲**: 嚴厲。形容神情嚴肅。

〔例〕她雖然是一位很和善的老婦人,但是如果孩子犯了
　　　錯誤,她也會~地教育他們。

功成名遂

遂: 達到。建立了功績,名聲也有了。

〔例〕有的人一旦~,便疏遠舊朋友,這不是好品德。

功敗垂成

垂: 接近。事情將要成功的時候遭到了失敗。

〔例〕知難而進,突破難關,乃是成功的關鍵。成功需要"毅
　　　力"和"堅持",缺少"毅力"的人,往往~。

功德無量

功勞和恩德非常大,無法計量。

〔例〕捐錢建老人院,使那些孤苦無助的老人能安享晚年,
　　　真是~。

功虧一簣

簣: 盛土的筐。堆土造山,只差尖頂上的一筐土而不能完
成。比喻做事只差最後一點沒有完成,而前功盡棄。

5畫

〔例〕做事要堅持努力，直到成功，不要半途而廢，更不
　　　能～。

功到自然成

下了足夠的功夫，事情自然就會取得成果。多用於勉勵人
認真、踏實地去幹，不要急於求成。

〔例〕練氣功不能着急，～。

去甚去泰

去: 捨棄，除去。**甚、泰**: 過分。《老子·第二十九章》:
"是以聖人去甚、去奢、去泰。"指做事力戒太過分、太
過頭。

去粗取精

去掉雜質，留取精華。

〔例〕他把採訪得來的材料，～，加以整理，寫了這篇精
　　　彩的報告文學。

去偽存真

偽: 假的。**存**: 留下。剔除虛假的，保存真實的。

〔例〕這一大堆材料，真偽混雜，必須經過一番～的功夫，
　　　才能使用。

甘之如飴

（飴: yí 粵ji⁴〔怡〕）

飴: 麥芽糖。把它看得像糖一樣甜。比喻樂意從事某種艱
苦的工作，勇於承擔最大的犧牲。

〔例〕她熱心為老人服務，無論工作多苦多累，也～。

甘心情願

心裏願意，沒有一點勉強。常指自願作出某種犧牲。

〔例〕雖然他家境困苦，但爲人忠厚老實，嫁給他，我是～的。

也作"心甘情願"。

甘拜下風

下風: 風向的下方。表示真心佩服，自認不如。

〔例〕你的棋下得真妙，我～，以後請多多指教。

世外桃源

桃源: 晉陶潛在《桃花源記》中描寫的一個與世隔絕的安樂而幽美的地方。比喻空想的美好世界。

〔例〕在現實生活中，～是沒有的。幸福、美滿的生活，只能靠踏踏實實的工作去換取。

世態炎涼

世態: 指社會人情。**炎**: 指親熱。**涼**: 指冷漠。形容人們對得勢者親近巴結，對失勢者冷淡疏遠。

〔例〕他在年輕時嘗盡了～的滋味，這對他後來性格的形成有很大的影響。

古今中外

總括時間(過去、現在)和空間(國內、國外)。

〔例〕這樣高的產量是～所沒有的。

古井無波

古: 枯。枯井裏不起波瀾。喻指內心寂然不起波動。舊時多指寡婦不再思嫁。

古色古香

形容很古雅。

〔例〕博物館陳列着那麼多的古代器物和古書古畫，～，
使人不禁發思古之幽情。

古往今來

從古到今。

〔例〕～，杭州西湖一直是中國著名的遊覽勝地。

古爲今用

指吸收古代文化的精華，使之爲今天服務。

〔例〕在學術研究中，我們提倡～、洋爲中用。

古道熱腸

古道：上古時代淳樸的風俗習慣。**熱腸**：熱心腸。形容待
人厚道、熱情。

〔例〕我們校長是一位～的人，別人有困難找他，他總是
盡力幫助。

本末倒置

本：樹根。**末**：樹梢。比喻把主要的和次要的顛倒過來。

〔例〕在語文學習上，他～，不先用心去研讀典範的文學
作品，卻先去閱讀大量的"文章作法"之類的書籍。

本來面目

原爲佛家用語。現指人或事物本來的樣子。

〔例〕通過這件事，大家才看清他的～。

可乘之機

可以利用的機會。

〔例〕加強安全措施，嚴加防範，以免給壞人以～。

可歌可泣

可以使人歡歌，可以使人哀泣。形容事蹟偉大，感人至深。

〔例〕這些抵禦外來侵略的～的英雄故事，一直在民間廣
　　　爲流傳。

可望而不可即

望: 遠看。**即**: 接近。能望得見卻不能接近。形容希望達
　　到而實際難以達到。

〔例〕這所一流大學並不是～的，只要你認真學習，說不
　　　定就能考上了。

左右爲難

怎麼做都有難處。

〔例〕放暑假了，哥哥要我到他的飯館做幫工，姊姊卻要
　　　我到她家裏給小孩補習英語，到底幫誰呢? 真叫
　　　人～。

左右開弓

雙手都能射箭。後用來比喻雙手都能操作或做某件事情幾
方面同時進行。

〔例〕他雙手握筆，～，揮灑自如，在書法界堪稱一絕。

左右逢源

逢: 遇到。**源**: 水源。隨處可以得到水源。比喻處事行文
　　得心應手。非常順遂。

〔例〕他長期從事保險業，經驗豐富，所以工作起來得心
　　　應手，～。

左思右想

反覆思考。

〔例〕這筆錢怎麼籌措呢? 我～, 也想不出個好辦法來。

左道旁門

左道: 邪魔外道。**旁門**: 不正經的門路。指不是正經的東西。
也作"旁門左道"。

左顧右盼

東邊看看, 西邊望望。形容左右打量、察看的樣子。

〔例〕他一路上～, 欣賞沿途的美麗風景, 追尋往日的記憶。

石沉大海

像石頭掉進大海裏。比喻從此杳無消息。

〔例〕他接連寫了幾封信給朋友, 都如～, 不見回信。

石破天驚

李賀詩《李憑箜篌引》:"女媧煉石補天處, 石破天驚逗秋雨。"原用來形容箜篌的聲音忽而高亢、忽而低沉, 出人意外, 有不可名狀的奇境。後多用來比喻對某一事件感到意外的震驚, 或對文章、議論等感到出奇的驚人。

〔例〕他昨天發表的政論, ～, 全市人民議論紛紛。

平分秋色

比喻雙方各得一半。

〔例〕這場足球比賽的結果是一比一和局, 兩隊～。

平心靜氣

不動感情, 心氣平靜。

〔例〕他～地考慮了別人的意見後, 決定修改原來的設計
方案。

平白無故

無緣無故。

〔例〕你～地懷疑別人，有什麼證據?

平地風波

比喻意外的禍事或意想不到的變化。

〔例〕雖算不得上等和睦人家，但也太太平平過得相安無
事，誰料～，兒媳婦突然提出要離婚。

平步青雲

平步: 一般行步，不費什麼力氣。**青雲**: 高空，喻指高位。
輕易地走上高位，指官運亨通。

〔例〕他靠裙帶關係而～，受到人們的非議。

平步登天

平步: 一般步行，不費多少力氣。比喻一下子達到很高的
境界。

〔例〕一個人在事業方面的成就，是要有一定條件和一定
過程的，決不能～。

也作"平步青雲"。

平易近人

形容態度和藹可親，使人容易接近。

〔例〕我們的校長～，常常跟我們聊天。

平起平坐

比喻地位或權力相等。

〔例〕他們倆職位相當，～。

平淡無奇

平平常常，没有什麼特別。

〔例〕這篇文章雖然長達八千字，但是～，没有什麼新的見解。

平鋪直敍

指寫文章或說話没起伏，重點不突出。

〔例〕寫文章要生動活潑，重點突出，避免～。

平地一聲雷

比喻突然發生的重大變動。一般用來指好事。

〔例〕他的發明有如～，震動了整個科技界。

以力服人

用强制的手段使人服從。

〔例〕要以理服人，不要～。

以己度人

（度：duó　粵dɔk⁹〔鐸〕）

度：推測，揣度。用自己的想法去揣度別人。

〔例〕你別～了，人家根本没那麼想。

以文會友

《論語·顏淵》：“君子以文會友，以友輔德。”意思是説君子用文章學問來聚會朋友，用朋友來幫助自己培養仁德。後指通過文章學問結識朋友或朋友聚會研討文章學問。

以耳代目

用耳朵來代替眼睛。形容只聽信別人的話，不親自去瞭解調查。

〔例〕他一貫是～，所以決策常常失誤。

以身作則

則: 榜樣。用自己的行動做出榜樣。

〔例〕這位教師能～，所以他要求的，學生也都盡力去做。

以身殉職

為忠於本職工作而貢獻出生命。

〔例〕為了搶救被困在火中的兒童，他不幸～了。

以身試法

試: 嘗試。為僥倖達到某一目的，而去做明知犯法的事。

〔例〕此人目無法紀，～，理應受到法律的制裁。

以卵擊石

用雞卵去撞石頭。比喻不自量力，自取毀滅。

也作"以卵投石"。

〔例〕以你現在的拳擊水平，要向上屆冠軍挑戰，無異是～。

以直報怨

直: 正直。用正直的心來對待別人的怨恨和不滿。

〔例〕他主張～，消除人與人之間的怨恨和不滿。

以怨報德

用怨恨來回報別人的恩惠。

〔例〕何先生對他很好，經常幫助他解決工作上的疑難，誰知他竟然～，在背後講何先生的壞話。

以理服人

用道理說服別人。

〔例〕批評別人，要～，不能生硬急躁。

以訛傳訛

（訛: è　⑧ŋɔ⁴〔鵝〕）

訛: 錯誤。把錯誤的東西流傳開去，大家都跟着錯。

〔例〕有些地名開始有人念錯了，可是沒改正，結果～，
大家都跟着這樣念，真名反而漸漸地沒人知道了。

以逸待勞

逸: 安閒。指作戰時採取守勢，待敵人疲勞後，再相機出
擊。

〔例〕我軍養精蓄銳，～，乘機出擊，大獲全勝。

以湯沃雪

湯: 熱水，開水。用開水澆在雪上，雪立即融化，喻指效
果顯著或輕而易舉。

〔例〕請她幫弄一席美食佳肴歡宴親友，～啦，她是位烹
飪能手呢。

以貌取人

根據外貌作爲選擇人的標準。

〔例〕～是不對的，因爲這樣會埋沒許多人才。

以儆效尤

（儆: jǐng　⑧giŋ²〔竟〕）

儆: 告誡。**效尤**: 照着壞樣子做。嚴肅處理壞人壞事，以
警告那些想做壞事的後來人。

〔例〕對這夥流氓分子必須以法懲處，～。

以德報怨

用恩惠來報答怨恨。

〔例〕他爲人忠厚，常常～，結果許多曾經怨恨他的人都

成了他的好朋友。

以鄰爲壑

壑: 溝，水溝。拿鄰國當作大水坑，把本國境内的水排泄到那裏。喻指將災禍轉嫁給別人。

〔例〕核大國花錢購買鄰近國家的荒地傾倒核廢料，這不是～嗎？

以子之矛，攻子之盾

矛: 長柄而有刃的攻擊武器。**盾**: 盾牌，防禦的武器。用你的矛去攻擊你的盾。比喻用對方的論據來反駁對方。

以眼還眼，以牙還牙

《舊約全書·申命記》:"以眼還眼，以牙還牙。"人若用怒目瞪我，則我也用怒目瞪他；人若用牙咬了我，我也一定要用牙咬他。比喻用對方的辦法去還擊對方。

〔例〕同事之間相處以寬容爲本，不要計較恩怨，提倡以德報怨，切忌～。

以小人之心，度君子之腹

（度: duó　粵dɔk⁹〔鍍〕）

以卑劣的心意去猜測品德高尚的人的言行。

〔例〕你要這樣理解我的話，那可是～，我決没有這個意思。

目不交睫

交睫: 上下眼睫毛相碰。形容没有睡覺。

〔例〕他自黄昏到次日天亮，～，一氣呵成，寫出了這篇好文章。

目不暇接

暇: 空閑。形容東西太多、太美，眼睛看不過來。

〔例〕工業展覽會上展出的新產品，豐富多采，令人～。

目不窺園

據《漢書》記載: 漢代著名學者董仲舒潛心鑽研學問，三年沒往花園裏看一眼。形容學習、研究專心致志。

〔例〕他兒子從此真個足不出戶，～，日就月將，學業大進。

目不轉睛

睛: 眼珠。形容注意力集中，死盯着看。

〔例〕在太空館裏，孩子們～地看着那奇異變幻的天空。

目不識丁

丁: 代表簡易的字。一個大字也不識。

〔例〕從前他是個～的文盲，現在已經能夠讀報了。

目中無人

眼裏沒有別人。形容驕傲自大。

〔例〕自從他考進大學，處處以才子自居，～，不再與昔日的同學往來。

目光如豆

比喻眼光短淺，缺乏遠見。

〔例〕董事長選他這樣一個～的人出任總經理，公司還能發達得起來麼?

目空一切

一切都不放在眼裏。形容狂妄自大。

〔例〕～的人其實是最淺薄的。

目無全牛

《莊子・養生主》載:一位高明的屠夫説,他初殺牛時,眼睛裏看見的是整條牛;三年後技術熟練,就只看見下刀的筋骨間隙了。形容技藝十分純熟。

目瞪口呆

目瞪:睜大眼睛直盯着不動。**口呆**:説不出話來。

〔例〕那位魔術師出神入化的妙技,使大家看得~。

只可意會,不可言傳

只能用心去體會,不能用話表達出來。

〔例〕他這番話是很有深意的,~,你自己體會吧!

只許州官放火,不許百姓點燈

宋陸游《老學庵筆記》卷五記載:某州州官田登,要百姓用字避諱他的名字(登),元宵節放燈時,州府出布告説:"本州依例放火三日"後來使用"只許州官放火,不許百姓點燈"來形容官僚的專制蠻橫,只許自己爲所欲爲,不許人民有一點兒自由。

史無前例

歷史上從來沒有過先例。

〔例〕改革開放爲中國帶來~的繁榮局面。

叱咤風雲

叱咤:吆喝。一聲吆喝,可以使風雲變色。形容聲勢力量極大。

〔例〕項羽起兵的時候,一時~,秦軍聞風喪膽。

叫苦不迭

不迭:不停。形容連聲叫苦。

〔例〕連日來陰雨綿綿，商販們～。

叫苦連天

不住地叫苦。

〔例〕這個工廠的噪音晝夜不斷，附近的居民～。

另起爐竈

比喻放棄原來的，重新做起。

〔例〕原來的教材已經過分陳舊，這次編寫實際上是～。

另眼相看

用另外的一種眼光看待。形容特別重視。

〔例〕嫌貧愛富，對窮人嗤之以鼻，對富人～，巴結唯恐不及，實在不是一種好品德。

四大皆空

佛教用語，指世界上一切（包括人本身）都是虛幻的。這是一種消極思想。

四分五裂

割裂成很多塊。形容支離破碎，不完整，不統一。

〔例〕維護大局，同心同德，對每個人都有利；不顧大局，各謀私利，勢必～，對誰都沒有好處。

四平八穩

形容說話、做事、寫文章非常穩當。亦指處事保守、缺乏積極創造的精神。

〔例〕有些人做事總是～，怕出毛病。

四面八方

指各個地方或各個方面。

〔例〕參觀展覽會的人羣從～湧向會場。

四面受敵

四面：東、南、西、北，周圍。四面都被敵人包圍。

〔例〕現在～，情況異常危急。

四面楚歌

<u>楚霸王項羽</u>被<u>劉邦</u>包圍在<u>垓下</u>。一天夜裏，<u>項羽</u>聽見<u>漢軍</u>中盡是<u>楚</u>人的歌聲，疑心楚地已全被<u>劉邦</u>佔領了。比喻陷於四面受敵、孤立無援的困境。

〔例〕社會輿論無情的抨擊，使他陷於～的境地。

四海爲家

四海：指天下。指人漂泊無定所，什麼地方都可以當作自己的家。

〔例〕他一向居無定所，～。

5
畫

四通八達

通、達：暢通無阻。四面八方都有路可以通行。形容交通十分便利。

〔例〕<u>香港</u>是一個～的城市。

四海之內皆兄弟

四海：指天下。**皆**：都。普天下的人都可以親如兄弟。

〔例〕～，我們應該有這樣的胸懷。

四體不勤，五穀不分

四體：四肢。**五穀**：稻、麥、黍、稷、菽。不參加勞動，不能分辨五穀。形容不事農業生產，不能識別農作物。

生死存亡

　　生存或者死亡。比喻局勢危急，已到最後關頭。

　　〔例〕現在是本公司～的緊要關頭，希望大家同心協力，
　　　　　共渡難關。

生死攸關

　　（攸: yōu　⑨jeu⁴〔由〕）

　　攸: 所。生死所關。指與生死存亡有重大關係。

　　〔例〕保護大氣臭氧層，是人類～的大事，必須充分重視。

生吞活剝

　　比喻生硬地接受或模仿。

　　〔例〕學習理論不能～，死背條文。

生花妙筆

　　比喻傑出的寫作才能。

　　〔例〕在《紅樓夢》中，作者用～，生動地描寫了賈寶玉與
　　　　　林黛玉的愛情。

　　也作"妙筆生花"。

生氣勃勃

　　生氣: 生命力，活力。**勃勃**: 旺盛的樣子。形容生命力旺盛，
　　　　富有朝氣。

　　〔例〕哪裏有青年人，哪裏就～。

生殺予奪

　　生: 讓人活。**殺**: 叫人死。**予**: 給與。**奪**: 剝奪。指掌握
　　　　任意處置別人生命財產的權力。

　　〔例〕在封建社會，皇帝有至高無上的權力，對老百姓有～
　　　　　的大權。

生搬硬套

指不根據實際情況，一味模仿別人的方法和經驗。

〔例〕在學習人家的好經驗時，必須結合本公司的具體情況，不能～。

生龍活虎

比喻生氣勃勃，富有朝氣。

〔例〕這些小伙子幹起活兒來，個個～。

生離死別

死別：永別。指難以再見或永不再見的離別。

〔例〕在那動盪不安的歲月裏，他飽嘗了～的痛苦。

生靈塗炭

生靈：指人民。**塗炭**：爛泥和炭火。比喻人民處於極其困苦的境地。

〔例〕北宋末年，政治腐敗，內憂外患，～。

生於憂患，死於安樂

憂患能促使人勤奮，因而得生；安樂使人喪志懈怠，因而致死。

〔例〕～，做父母的不可溺愛子女，從小衣來伸手，飯來張口，長大了決不會有出息。

矢口否認

矢：發誓。一口咬定，不承認。

〔例〕小光～花瓶是他打破的。

矢口抵賴

一口咬定，否認所犯的過失或錯誤。

〔例〕做人要敢於正視錯誤，勇於改正錯誤，在事實面前
　　　還要～，錯上加錯，如何能走上正路呢？

失之交臂

交臂: 胳膊碰胳膊。走得很靠近，擦肩而過。形容當面錯
　　過了好的機會。

〔例〕尋找她多年，昨天偶然在<u>銅鑼灣</u>看到她，但人羣擁擠，
　　　我還來不及趕上去時，她已消失在人流中了，～，
　　　太遺憾了。

失魂落魄

形容心神不安或極度驚慌。

〔例〕失業在家，又連遭債主催逼，他整日～似的短嘆長吁，
　　　茶飯不思。

失敗乃成功之母

指善於從失敗中吸取教訓，就能獲得成功。

〔例〕～，只要不灰心，好好地吸取教訓，以後一定能穩
　　　操勝券。

失之東隅，收之桑榆

東隅: 東方一角，指日出處。**桑榆**: 落日的餘暉照在桑樹
　　榆樹之間，指日落處。早上丟失的，在晚上找回來；比
　　喻在此時此地遭到失敗或損失，而在彼時彼地得到成功
　　或收穫。

〔例〕股票雖然栽了跟頭，可是在<u>青島</u>的投資卻贏利不少，
　　　可謂～。

付之一炬

一炬：一把火。一把火把它燒掉。

〔例〕一氣之下，書稿被他～。

付之一笑

付：給予。給他一笑算了。指不值得理會。

〔例〕有人在背後非議他，他得知後，～。

付諸東流

諸：之於。**東流**：向東流的江河。投之東流水，一去不復回。比喻希望落空，前功盡棄。

〔例〕張老師突然患上關節炎，他百米奪冠的抱負也只能～了。

仗義執言

執言：堅持說公道話。堅持正義，說公道話。

〔例〕在法庭上，他～，提出有力的反證，指出市長的胞弟才是殺人真凶，而被告卻是無辜的。

仗義疏財

主持正義，拿出錢財幫助別人。

〔例〕我引薦你結識這～的好男子。

仗勢欺人

倚仗權勢欺壓別人。

〔例〕他靠着父親是高官，常常～。

白日見鬼

大白天看見鬼。比喻絕不可能出現的事。

〔例〕他硬說看見我推走了他的摩托車，真是～！

白日作夢

大白天在作夢。比喻幻想些根本不可能實現的事情。

〔例〕以你這種懶散作風，要想當大律師，簡直是～！

白手起家

白手：空手。比喻原來沒有基礎或條件很差，靠勤勞苦幹
創立起新事業。

〔例〕這個大企業是他爺爺憑着～的精神和堅忍不拔的毅
力創立起來的。

白駒過隙

白駒：小白馬。**隙**：縫隙。像小白馬在縫隙間飛馳而過。
形容時間過得極快。

〔例〕歲月如流，若～，人生一世，務要珍惜時光，奮發
有為，切莫得過且過。

白頭偕老

白頭：白髮。**偕**：一同。指夫妻和好地共同生活到老。

〔例〕願你們倆互敬互愛，～。

白璧無瑕

璧：扁圓形、中心有孔的玉器。**瑕**：玉上的斑點。白璧上
沒有小斑點。比喻人或事物十全十美，沒有缺點。

白璧微瑕

微：小。**瑕**：玉上的斑點。比喻人或事物整個兒很好，只
是有點小毛病。

〔例〕沒有十全十美的事物。即便是詩聖杜甫的詩作，～，
也可挑出一些小缺點。

瓜田李下

從前有"瓜田不納履，李下不整冠"的話，因爲在瓜田裏拔鞋子，在李樹下整帽子，將會被人懷疑在偷瓜、李。比喻容易遭受嫌疑。

〔例〕店員的眼睛之所以老盯着你，皆因你行動鬼鬼祟祟的，有～之嫌。

瓜剖豆分

剖：破開。像瓜被破開，像豆子從莢中分裂出來。比喻被分割，被瓜分。

〔例〕稅收大都被地方政府～，因此國庫日見空虛。

瓜熟蒂落

瓜熟了，蒂自然會脫落。比喻時機成熟，事情自然會成功。

〔例〕這兩個多月來，大家爲公司的開業做了許多籌備工作，現在該是～的時候了。

令人作嘔

嘔：吐。叫人噁心。比喻使人非常厭惡。

〔例〕那種扭扭捏捏、裝腔作勢的樣子真是～。

令人神往

使人一心向往。

〔例〕在電視上看到長江三峽的秀麗風光，真～。

令人髮指

叫人憤怒得頭髮都豎立起來。形容使人憤怒到極點。

〔例〕這名匪徒的殘暴行徑，～。

外强中乾

外表看似很强大、實際上內裏很空虛。

〔例〕雖說這幾年硬撐着門面，外人不知究裏，實際上虧空很大，已是～，我看支持不了多久了。

外圓內方

指人外表隨和，內心卻嚴正。

〔例〕別看吳琪隨和謙遜，他可是～，在原則問題上從不讓步。

包藏禍心

禍心：害人之心。心裏懷着壞主意。

〔例〕明眼人一看就清楚，這個壞東西幫助那女孩子是～的。

包羅萬象

包羅：包容。萬象：宇宙間的一切東西。形容內容豐富，無所不有。

〔例〕百貨公司裏陳列着各式各樣的貨品，真可說是～，無所不有。

立足之地

站得住腳的地方。

〔例〕我在這裏生活了大半輩子，好不容易才有了一個～。

立身處世

做人處世、對待生活的態度。

〔例〕“各人自掃門前雪，莫管他人瓦上霜”是許多人～的信條，而他則認爲一個文明的社會應該提倡互助互愛的精神。

立竿見影

在陽光下把竿子豎起來，可以立刻看見影子。比喻收效很快。

〔例〕只要你按時服食這藥，保證～，病症很快就消除。

立錐之地

插下錐子的地方。形容極小的空間。

〔例〕祖父說他初到香港時，貧無～，後來靠自己勤勞和節省，才買了屋，漸漸富裕起來。

半斤八兩

一個半斤，一個八兩，輕重相等。比喻彼此一樣，不分上下。

〔例〕他兩個兒子的本事都是～的，長相也差不多。

半信半疑

有點相信，又有點不相信。對是非真假不能肯定。

〔例〕對於這個消息，在沒有證實以前，我是～的。

半推半就

推：推開，推辭。**就**：靠上去。形容假意推辭的樣子。

〔例〕客人送給他的禮物，他～地收了。

半途而廢

廢：停止。事情做了一半就停下來。比喻不能堅持到底。

〔例〕如果就此回國，這裏的事～，白吃一趟辛苦。

半路出家

出家：舊指脫離家庭去當和尚或尼姑。現多用來比喻不是本行出身，半路兒才學的。

〔例〕我原來是學建築的，～，四十歲才轉到金融業方面來。

半壁江山

半壁: 半邊。**江山**: 指國土。半個天下。多指在敵人侵略
　下所殘存的國土。

〔例〕金人南侵，宋朝只剩下～，偏安一隅。

穴居野處

穴: 洞。上古原始人沒有屋子，住在山洞、曠野裏。

〔例〕原始人～，過着漁獵的生活。

永垂不朽

垂: 傳留後世。指光輝的榜樣和偉大的精神永遠流傳，不
　會磨滅。

〔例〕黃花崗七十二烈士～！

司空見慣

司空: 古代官名。唐朝司空李紳請詩人劉禹錫喝酒，劉禹
　錫在席上作詩，有"司空見慣渾閒事"一句。現在用作見
　慣了不足爲奇的意思。

〔例〕物價年年上漲，～，習以爲常，大家也不再議論了。

司馬昭之心，路人皆知

據《三國志·魏書》注引載: 魏帝曹髦在位時，司馬昭任大
　將軍，獨攬大權，一心篡位。曹髦氣憤地說:"司馬昭之心，
　路人所知也。"後泛指人所共知的陰謀野心。

〔例〕他對老闆脅肩諂笑、事事逢迎，～。

民不聊生

聊: 依賴。指人民無法活下去。

〔例〕連年內戰，生靈塗炭，～。

民怨沸騰

人民的怨恨像開水那樣地沸騰。形容人民對政府當局不滿，怨恨到了極點。

〔例〕政府連年加稅，搞得～。

民脂民膏

比喻人民用血汗換來的財富。

〔例〕貪官污吏素來都宣稱自己兩袖清風，其實囊中盡是～。

民窮財盡

指專制統治下，人民生活窮困，國家財力耗盡。

〔例〕一連幾年戰禍不斷，又值水旱頻仍，～，人心思亂。

也作"民窮財匱"。

出風頭

比喻好表現自己。

〔例〕她最討厭那種虛榮心重、喜歡～的人，因爲這種人不會踏踏實實地工作。

出人頭地

形容超過一般人，高人一等。

〔例〕憑你的學識、經驗，再加上積極肯幹，你總有一天會～。

出口成章

話說出口就成文章。形容文思敏捷。

〔例〕他知識廣博，語文修養高，口才又好，演講的時候滔滔不絕，～。

出生入死

形容冒着生命危險。

〔例〕戰地記者為搶先報導戰訊，～，深入前線採訪。

出言不遜

不遜: 不禮貌，傲慢。講話沒禮貌，態度傲慢。

〔例〕這傢伙目中無人，～，總有一天要撞板。

出沒無常

忽而出現，忽而隱沒，沒有一定的規律。

〔例〕尼斯湖的怪獸～，引起科學界的極大興趣。

出其不意

出於對方意料之外。

〔例〕幾名緝私隊員～地衝上船去，搜出大批走私貨物。

出奇制勝

奇: 奇兵，奇計。**制勝**: 奪取勝利。指用別人意料不到的奇兵、奇計取得勝利。

〔例〕我校足球隊～，連進三球。

出神入化

形容技藝達到神奇絕妙的境界。

〔例〕雜技團團員～的表演，使觀眾讚不絕口。

出將入相

出征可以為將，入朝可以為相。指文武兼備的全才。

〔例〕當年他太公才兼文武，～，可威風了。

出爾反爾

爾: 你。原語出於《孟子·梁惠王》，意思是你怎樣去對待

別人，別人也會同樣對待你。現指反覆無常，言行前後
自相矛盾。

〔例〕這人總是～的，我無法再同他合作下去。

出頭露面

在公衆的場合出現。也指在公衆場合表現自己。

〔例〕他生活閑適，很少與人交往，更不願～。

出類拔萃

拔：超。**萃**：羣。形容才德超羣出衆。

〔例〕他是個～的學生。

奴顏婢膝

奴顏：奴才相。**婢**：丫鬟，使女。形容卑鄙無恥地向人奉
承討好。

〔例〕做人要方正不阿，～，諂媚事人，是正人君子所不
齒的。

皮開肉綻

綻：裂開。皮肉都裂開了。

〔例〕周瑜用苦肉計，當衆把黃蓋打得～，再讓黃蓋去向
曹操詐降。

也作"皮開肉爛"。

皮裏春秋

指心裏對人對事有褒貶，但表面上不作評論。相傳孔子曾
刪定《春秋》，意含褒貶。；因此，"春秋"指代批評、褒貶。
《晉書・褚裒傳》："季野有皮裏春秋。"因晉簡文帝母名春，
晉人避諱，以"陽"字替代"春"字，故也作"皮裏陽秋"。

皮笑肉不笑

故意做作，笑得虛偽。形容極不自然的假作笑臉。

〔例〕此人虛偽成性，～，討厭!

皮之不存，毛將焉附

焉: 哪兒。**附**: 依附。皮已經沒有了，毛還附在哪兒? 比
　　喻基礎沒有了，依附在這基礎上的東西也就無法存
　　在。

〔例〕倘若朕的江山不保，你們不是也跟着家破人亡? ～!

丟三落四

（落: là ⑧lai⁶〔賴〕）

形容善忘或做事馬虎粗心，不是丟了這個，就是忘了那個。

〔例〕你看他這個人總是～的，真沒辦法。

丟盔棄甲

盔: 用來保護頭的金屬帽子。**甲**: 用皮或金屬做的護身衣
　　服。吃了敗仗後把盔甲丟掉。形容戰敗後逃跑的狼狽情
　　形。

〔例〕在那一次戰役中敵人被打得～，狼狽而逃。

舌敝脣焦

話說得太多，以致舌頭破了、嘴脣乾焦了。形容苦心勸說。

〔例〕費了一天一夜跟他分析利害，勸他及早回頭，説到
　　大家～，他就是不聽。

扣人心弦

形容詩文、事迹、情節或表演、演講等具有感染力，激動人心。

〔例〕老師講的故事～，同學們聽得入神。

老牛破車

老牛拉着破車。形容做事慢吞吞的，效率很低。

〔例〕像你這樣～似的做事，不被辭掉才怪。

老牛舐犢

舐：舔。犢：小牛。老牛舔小牛。比喻父母對子女的疼愛。

〔例〕他從未見過自己的女兒，離去的時候女兒還沒有誕生，然而他寄自異國的來信，卻深懷～之愛。

老生常談

老書生經常講的話。指沒有新意的老話。

〔例〕有人說"少壯不努力，老大徒傷悲"是～，其實是放之四海而皆準的至理名言。

老成持重

指人閱歷深，辦事老練穩重。

〔例〕別看他年紀不大，辦起事來卻～，令人刮目相看。

老奸巨猾

奸：奸險。猾：狡猾。形容人老於世故，奸險狡猾。

〔例〕他經商大半生，～，慣於算計人，你如何鬥得過他!

老馬識途

《韓非子·説林上》記載，管仲跟隨齊桓公去打仗，回來時迷了路。管仲放老馬在前面走，就找到了道路。比喻富有經驗，可以做先導。

〔例〕此地我們都沒有來過，～，還是請你帶路吧！

老氣橫秋

老氣：老成練達的氣派。原指老練而自負的神態。現常用以形容青年人沒有朝氣。

〔例〕他年紀不大，可總是一副～的樣子。

老羞成怒

羞慚到極點而發怒。

〔例〕李先生聽罷，～，拂袖而去。

也作"惱羞成怒"。

老弱殘兵

原指年老體弱、喪失戰鬥力的士兵。現喻指衰老體弱的人。

〔例〕多帶些常備藥品，旅遊團中的"～"由你負責照顧。

老當益壯

益：更加。年紀愈老，志氣愈壯。用來讚揚或勉勵他人。

〔例〕他六十多歲了，～，幹起工作來還跟小伙子一樣。

老態龍鍾

龍鍾：年老衰弱行動不靈便的樣子。形容年老衰弱。

〔例〕和祖父分別快十年了，近年聽說祖父身體不好，今天回到家裏，看到他確是有些～了。

老謀深算

老：老練。**深**：深遠。形容人辦事計畫周詳、思慮深遠。

〔例〕～的劉邦最終戰勝了恃勇無謀的項羽。

老驥伏櫪

曹操《步出夏門行》詩:"老驥伏櫪,志在千里;烈士暮年,壯心不已。"

驥:千里馬。**櫪**:馬槽。千里馬伏在槽頭,卻仍想奔馳千里。比喻上了年紀的人仍懷有雄心壯志。

〔例〕他在海外奮鬥了五十年,現雖已年逾七十,卻仍回到故鄉投資建工廠,事事親力親為,~,令人欽佩。

老死不相往來

《老子》:"雞犬之聲相聞,老死不相往來。"雞叫聲狗吠聲互相都能聽見,但是直到老、直到死,彼此也不來往。現形容人們互不交往。

〔例〕當今的社會人人都忙忙碌碌,連門對門的鄰居也~。

老鼠過街,人人喊打

比喻害人的東西,人人痛恨。

〔例〕這大毒梟被捕時,真是~。

地大物博

博:多,豐富。疆土遼闊,資源豐富。

〔例〕中國~固然是個好條件,但還須在科技上迎頭趕上,才能富強起來。

地老天荒

形容時代的久遠。

〔例〕《山海經》、《列子》等書裏,告訴了我們許多~時代的有趣故事。

地利人和

地利:地理條件好。**人和**:得人心,人心齊。指地理條件和民衆基礎都好。

〔例〕亞運會在北京舉行，中國奪取了過半數的金牌，～是一個重要的因素。

地曠人稀

曠：空闊。**稀**：少。地方大、人煙少。

〔例〕中國的大西北～，有待開發。

耳邊風

從耳邊吹過的風。比喻不注意，沒有聽進去。

〔例〕別人的忠告，你不能當作～。

耳目一新

聽到的、看到的都跟以前的完全不同。形容情況改變很大。

〔例〕重臨闊別了二十年的香港，變化巨大，令人～。

耳提面命

提着耳朵，當面指點。形容懇切地教導。

〔例〕念書得靠個人的努力，如果自己不上勁，那怕天天有人在旁～，也不能取得很好的成績。

耳聞目睹

親自聽見看見。

〔例〕關於他不辭勞苦、熱心爲大衆服務的動人事迹，大家是～的。

也作“耳聞目擊”。

耳熟能詳

聽得多了，熟悉得能夠很詳細地講出來。

〔例〕他雖不是山裏人，可是山裏的故事，他聽得很多，已經~了。

耳濡目染

（濡: rú 粤jy⁴〔如〕）

濡、染: 浸染。耳朵時時聽到，眼睛時時看到，不知不覺地受着環境的影響。

〔例〕小明的爸爸是位作曲家，媽媽是位歌唱家，~，所以小明對音樂也很愛好。

耳聽八方

八方: 東、南、西、北四方加上東南、東北、西南、西北四隅的總稱。同時能注意到各方面的動靜。形容機警和消息靈通。

〔例〕從事金融行業想信息靈通，要眼觀六路、~。

耳鬢廝磨

鬢: 面頰兩旁的頭髮。**廝磨**: 互相摩擦。形容兒童或男女之間的親密相處。

〔例〕咱們從小~，你不曾拿我當外人待，我也不敢怠慢了你。

耳聞不如目睹

耳朵聽到的不如眼睛看到的真實、可靠。

〔例〕常聽人説"黃河之水天上來"，今日親眼看見浩浩大河真像自天而降，這才感受到"天上來"有多形象，真是~。

朽木糞土

朽木: 爛木頭。**糞土**: 髒土臭泥。比喻無用之物或不堪造就的人。

〔例〕林青指着兒子怒斥:"你説你哪次考試能一次過關?
次次補考,～,白養了你二十年。"

互古未有

(互: gèn ⑨geŋ²〔梗〕)

互: 延續不斷。從古到今沒有過。

〔例〕老畫家足足用了三年時間,才完成這幅～的巨型國
畫。

再接再厲

接: 交鋒。**厲**: 通"礪",磨利。**唐韓愈孟郊**《鬥雞聯句》:
"一噴一醒然,再接再厲乃。"指公雞在每次相鬥前,必
先磨一下嘴。後用以比喻一次又一次地努力。

在劫難逃

指將以逃脱命中注定要遭受的災難。有時借指不可避免的
嚴重後果。

在所不惜

表示決不吝惜。

〔例〕爲了保衛國土,我們應當獻出一切,甚至犧牲自己
的生命也～。

在所不辭

表示決不推辭。

〔例〕他説:"爲報答您的知遇之恩,即使是赴湯蹈火,我
也～!"

在所難免

表示難於避免。

〔例〕一個人犯錯誤，這是～的；重要的是要認識和改正
　　　錯誤，吸取教訓，不再重犯。

百川歸海

川: 江河。所有的江河都流入大海。比喻衆望所歸或一切
　都朝着一個共同的方向發展。

百孔千瘡

孔: 小洞。瘡: 瘡口。形容破壞的程度極爲嚴重或毛病特
　別多。

〔例〕當時，中國的民族工業～，他是學造船的，懷着振
　　　興祖國現代造船業的決心，毅然從海外歸來。

也作"千瘡百孔"。

百折不撓

折: 挫折。撓: 彎曲。無論受到任何挫折都不屈服。

〔例〕探險家必須具有～的精神。

也作"百折不回。"

百年不遇

上百年也碰不到。形容很少見或很不容易碰到。

〔例〕～的大水災，給湖濱居民帶來嚴重的災難。

百年樹人

形容培養人材需要很長的時間。

〔例〕常言說十年樹木，～，國家培養我們不容易，我們
　　　應該積極地工作，作出自己的貢獻。

百步穿楊

能夠在百步之外射中楊樹葉子。形容射箭技術高強。

〔例〕他自幼練就一身好武藝，尤其擅長射箭，弓弦響處
　　　箭無虛發，真比～的<u>養由基</u>還高明。

百依百順

要什麼給什麼，怎麼説就怎麼做。形容一切都依從別人。

〔例〕有夫權思想的人，總希望他的妻子對他～。

百思不解

怎麼想也不能理解。

〔例〕她為什麼忽然精神失常呢？我真是～。

也作“百思不得其解”。

百無一失

失：差錯。很有把握，絕不會出差錯。

〔例〕他的投籃技術很好，球不虛發，～。

百無一是

沒有一件是對的。形容錯誤很多。

〔例〕他雖然有許多缺點，但也有一些優點，絕不能就説
　　　他～。

也作“全無是處”。

百無聊賴

聊賴：依靠，寄托。指生活或感情上沒有依托。現多指精
　　神空虛，做什麼都沒意思。

〔例〕妻子一氣之下去了娘家，他一個人～地在大街上閑
　　　逛。

百無禁忌

禁忌: 忌諱。完全没有忌諱和束縛。謂可以自由地談論或
  行動。

〔例〕我們這裏是～，大家可以暢所欲言。

百發百中

每次把箭射出去，都能命中目標。形容射擊準確。

〔例〕在這次射擊比賽中，他彈無虛發，～。

百感交集

百: 言其多。**交**: 交織。各種感觸都交織在一起。

〔例〕他回到闊別多年的故鄉，睹物思人，不禁～，老淚
  縱橫。

百煉成鋼

比喻一個人必須經過長期的磨煉，才能成為堅強的人。

〔例〕我們是～的探險隊員，任何困難都嚇不倒我們。

百端待舉

端: 項目，事情。**舉**: 興辦。指有很多事情等待着要興辦。

百廢待舉

百廢: 指許多廢置的事。許多被廢置的事情都等着興辦。

〔例〕戰後，～，全國人民努力奮鬥，在五年之內便完成
  了經濟恢復工作。

百廢俱興

許多被廢棄的事情都興辦起來了。

〔例〕瀕臨倒閉的公司，經他整頓半年，工作井然有序，～，
  一天比一天興旺。

百戰百勝

每戰必勝。形容所向無敵。

〔例〕這是一支～的軍隊。

百讀不厭

厭: 厭倦。形容詩文寫得很好，反覆閲讀也不厭倦。

〔例〕這部名著真叫人～。

百聞不如一見

聽得再多，不如親眼看見一次。指看到的比聽到的更形象、更真實、可靠。

〔例〕以前總聽人説<u>錢塘</u>大潮如何壯觀，～，今天親眼看到那排山倒海而來的潮水，才體會到别人所説並非誇大之辭。

百尺竿頭，更進一步

百尺竿頭: 比喻最高處。謂不滿足於已有的成就，還要在原來的基礎上繼續努力前進。

〔例〕進入大學後，希望你～，爭取更好的成績。

百足之蟲，死而不僵

百足: 蟲名，由許多環節組成，每節有足一二對，身體斷開，頭尾仍能各自爬行。**僵**: 僵硬。百足蟲死後，軀體也不僵硬。比喻有勢力的人或團體雖然死去或垮台，但其勢力或影響仍然存在。

〔例〕幫會頭子雖然死了，但～，他手下的匪徒仍奉之若神，照舊無惡不作。

有口皆碑

碑: 這裏指記載功德的石碑。比喻對突出的好人好事，人人歌頌和讚揚。

〔例〕陳先生仗義輕財，急人之難，做了很多好事，～。

有口難分

有嘴也難以分辯。指蒙受冤屈，無法申辯。

〔例〕他耍弄兩片快嘴兒，把一盆污水都潑在荀老爹身上，把個荀老爹氣得手腳冰涼，～。

有口難言

由於有顧慮，有話不好意思說或不敢說。

〔例〕父母反對我倆談戀愛，見到她我該說什麼好呢？真叫我～。

有目共睹

睹：看見。人人都看得見。強調事實的存在。

〔例〕香港變化之大是～的。

有加無已

已：停止。不斷增加，沒有停止的時候。表示愈來愈厲害。

〔例〕物價飛漲，～，薪酬跟不上，低下階層叫苦連天。

也作“有增無已”。

有血有肉

活生生的。形容描寫得生動逼真。

〔例〕這部小說中的人物個個～，栩栩如生。

有名無實

只有虛名，沒有實際。

〔例〕你要好好地讀書，努力充實自己，不要做個～的大學生。

有求必應

有人請求就一定答應。

〔例〕別人請他幫忙，他只要手上沒工作，總是～。

有言在先

把話說在前頭。指事先打過招呼。

〔例〕明天春遊，～：如果九點鐘還沒到集合地點，我們可就不等了。

有的放矢

的：箭靶。**矢**：箭。對準靶子射箭。比喻說話或作事有明確的目的。

〔例〕解決思想問題，要針對每個人的具體情況，～地進行。

有始有終

有開頭也有收尾，指做事能堅持到底。

〔例〕工作應該～，即使碰到困難，也要堅持下去，不應該半途而廢。

也作"有頭有尾"。

有始無終

有開頭沒有收尾，指做事不能堅持到底。

〔例〕一個有毅力的人做事是決不～的。

也作"有頭無尾"。

有恃無恐

恃：倚仗，依靠。**恐**：害怕。靠着有人撐腰，什麼都不怕。

〔例〕他父親有財有勢，所以他～，常常借故鬧事。

有勇無謀

只有膽量而没有計謀。

〔例〕指揮官要智勇雙全，~的人斷斷不能指揮打仗。

有氣無力

形容人氣力衰弱，無精打采的樣子。

〔例〕看你説話~的，一定是病了。

有教無類

類：類別。不論對哪一類人都一樣給以教育。

〔例〕在兩千多年以前，孔子就已提出了~的進步主張。

有眼無珠

珠：眼珠。没有眼珠的眼睛就成瞎眼，意思是看不見。比喻没有辨別事物的能力。

〔例〕我真是~，竟相信你這個騙子！

有條不紊

紊：亂。條理清楚，一點兒不亂。

〔例〕他無論遇到怎樣頭緒紛繁的事，總是~、從容不迫地加以處理。

有朝一日

朝：日，天。指如果將來有一天。

〔例〕~我能儲夠錢，就一定到外國進修音樂。

有備無患

事先有準備，就可以避免禍患。

〔例〕天氣陰晴不定的，你帶上傘，~。

有聞必錄

聽到什麼，全都記錄下來。

〔例〕他這次到<u>歐洲</u>旅行，～，爲自己將要寫的《歐陸風情》
　　　儲備豐富的資料。

有機可乘

有機會可以利用。

〔例〕<u>桂嘉</u>同<u>劉偉</u>不和，見<u>劉偉</u>同<u>張茜</u>吵了一架，認爲～，
　　　便到<u>張茜</u>面前説<u>劉偉</u>的壞話。

有頭無尾

有開頭没有結尾，形容做事不能堅持到底。

〔例〕做事務求全始全終，不能～，半途而廢。

有聲有色

形容説話、寫文章或表演具體、生動、精彩。

〔例〕他把事情的經過～地講了一遍。

有志者事竟成

竟: 終於。只要有志氣、有毅力，事情一定能夠成功。

〔例〕這幾個小伙子的決心很大，經過刻苦學習、鑽研，
　　　反覆試驗，～，終於成功了。

也作"有志竟成"。

有眼不識泰山

<u>泰山</u>，<u>中國</u>五嶽之一，在<u>山東省</u>。此處借喻大人物或有本
領的人。長着眼睛卻認不出<u>泰山</u>。常用作向對方表示道歉
的客氣話。

〔例〕對不起，請恕我～。

也作"不識泰山"。

有一利必有一弊

利: 利益，好處。**弊**: 弊病，害處。指事物在帶來利益好
處的同時，也帶來弊害。

〔例〕世界上的事都是～，你不要太苛求了。

有過之而無不及

過: 超過。**不及**: 趕不上。比較起來，只有超過的，沒有
趕不上的。

〔例〕香港人工作效率之高，跟世界各國的人比起來，是～
的。

有則改之，無則加勉

勉: 勉勵，努力去做。《論語・學而》: "吾日三省吾身。"意
思是每天從三個方面反省檢查自己的言行。宋代朱熹解
釋說，這話的涵義是: 真誠地反省自己，有則改之，無
則加勉。後用來勉勵別人虛心接受他人的勸告或批評。

存亡繼絕

使將要滅亡的國家得以保存，使將要絕嗣的得以延續下去。

〔例〕～，任務艱巨，歷代忠臣義士多抱憾而歿。

存而不論

把問題保留下來，暫不討論。

〔例〕為了抓緊時間，這問題暫時～，先討論其他的問題吧。

匠心獨運

形容藝術家有獨創性地運用巧妙的心思。

〔例〕齊白石的名畫《十里蛙聲》的畫面上僅有幾隻活潑可
愛的小蝌蚪，真是～，意在畫外。

灰心喪氣

形容失去信心。

〔例〕我們應當繼續努力，不要因爲遭到挫折而～。

死不足惜

死了也沒有什麼值得可惜。

〔例〕他壞事做盡，～！

死不瞑目

瞑目：閉眼。死了也不能閉眼。形容死不甘心，或心裏還有什麼放不下的事。

〔例〕他年逾七十，還天天伏案編辭典，他常說：“編不完這部辭典，我～。”

死心塌地

打定了主意，死不改變。

〔例〕你不要再～跟那批人鬼混了，你要考慮自己的前途。

死去活來

昏死過去了又蘇醒過來。形容極度悲傷痛苦。

〔例〕她在母親死時，很是傷心，哭得～。

死生有命

《論語·顏淵》：“死生有命，富貴在天。”意思是說死生是命運注定，富貴是由天意安排。

〔例〕古人相信～，但我卻相信事在人爲。

死而後已

已：結束。一直到死才罷休。指活着就堅持去做（某事）。

〔例〕爲了改造沙漠，張教授把整個生命獻給了這個事業，忘我工作，～。

死有餘辜

辜：罪。形容罪大惡極，即使處以死刑也抵償不了他的罪過。

〔例〕這些罪大惡極的漢奸，認賊作父，賣國求榮，真是～。

死灰復燃

燃燒後留下的灰燼又燃燒起來。比喻失勢的人重新得勢。或已經消亡了的又重新活動起來。

〔例〕絕對不允許<u>日本</u>軍國主義～。

死於非命

指遭受意外的災禍而死亡。

〔例〕這次大空難，一百零八人～。

死無對證

證：核實。當事人已死去，無法核對實情。

〔例〕事主和目擊證人都因傷重不治，這宗案件是～了。

死裏逃生

從極危險的境地中保全了性命。

〔例〕他這場病來勢凶險，全虧醫生醫術高明，才得以～。

死馬當作活馬醫

比喻在完全絕望的時候，還要盡力挽救。

〔例〕病到這個程度，也只好是～了。

成人之美

成全別人的好事。

〔例〕常言道君子～，不成人之惡，做人要做善心人。

成千累萬

形容數量很多。

〔例〕~的越南難民湧入香港，給香港造成極大的壓力。

也作"成千上萬"。

成仁取義

古語"殺身成仁"、"捨生取義"，都是説爲正義事業而不惜犧牲自己的生命。

〔例〕宋末民族英雄文天祥在敵人面前誓不投降，~，因此爲後世人民所景仰。

成家立業

舊指男子建立家庭，有了職業，能夠獨立生活。

〔例〕你年紀不小了，是~的時候了。

成敗利鈍

利: 順利。鈍: 不順利，挫折。成功、失敗、順利、挫折。指事情的種種結果。

〔例〕他只知道按經理的旨意去辦，其它~，一概不管。

成事不足，敗事有餘

不能把事情辦好，反而把事情辦糟。指人的辦事能力差。

〔例〕這件事可不能交給他去辦。你還不太瞭解他，~。

成則爲王，敗則爲寇

指雙方爭奪統治權，成功的便稱王稱帝，失敗的就被稱爲賊寇。

〔例〕在封建社會，~。

至高無上

高於一切，沒有更高的了。

〔例〕 <u>文天祥</u>的殉國，表現了～的英雄氣概。

至理名言

至理：真理。**名言**：合乎真理的、精闢的話。指最正確、
　　最有價值的話。

〔例〕 "滿招損，謙受益"，是顛撲不破的～。

此起彼伏

此：這。**彼**：那。這個起來，那個下去。形容一起一落，
　　接連不斷。

〔例〕 在慶祝會上，歡呼聲～，場面感人。

此地無銀三百兩

　　民間故事：某人將銀子埋在地裏面，怕人知道，就在上面
　　豎一塊木板，寫道："此地無銀三百兩。"隔壁的阿二看到
　　後，將銀子挖去了，也怕人發覺，就在木板的另一面寫上
　　一句："隔壁阿二勿曾偷。"比喻想要隱瞞、掩飾，結果反
　　而愈加暴露。

光天化日

光天：晴朗的天空。**化日**：指白天。比喻大家都能看得很
　　清楚的場合。

〔例〕 這一區黑幫橫行，～之下，逐攤逐戶強迫商販交保
　　護費。

光明正大

　　胸懷坦白，正派無私。

〔例〕 他為人～，從政數十年，事事以國家民族利益為重，
　　內外欽敬。

光明磊落

磊落: 胸懷坦白。形容心地坦白, 光明正大。

〔例〕他的態度和藹可親, 作事~, 所以和朋友相處得很好。

光怪陸離

光怪: 奇異的光彩。**陸離**: 色彩繁雜。形容奇形怪狀、色彩斑斕的種種東西。

〔例〕從一些電影上, 我們可以看到海底這一個奇異的世界, 那裏有無數奇奇怪怪的動物植物, ~, 吸引了所有的觀眾。

光宗耀祖

子孫做了官或取得某種成就, 爲宗族爭光, 使祖先顯耀。

〔例〕管教兒子, 也爲的是日後有出息, ~。

光風霽月

霽: 雨、雪後天晴。形容雨、雪停止後風清月明的景象。也比喻人心地光明正大、品格高尚。

〔例〕黃暉是家父世交, 胸懷灑落, 人品高潔, 如~。

光彩奪目

奪目: 耀眼。形容光澤和顏色鮮豔耀眼。

〔例〕這種新生產的綢緞, ~, 人見人愛。

光陰似箭

比喻時間消逝得極快。

〔例〕~, 日月如梭, 畢業至今, 轉眼就是十年。

光輝燦爛

燦爛: 光彩鮮明耀眼。色彩鮮明, 光亮耀眼。

〔例〕我們的祖先，創造了～的古代文化。

曲高和寡

（和: hè　⑧wɔ⁶〔禍〕）

寡: 少。樂曲的格調愈高雅，能和的人愈少。比喻高深的藝術，能欣賞的人很少。

曲意逢迎

違反自己的心意，奉承迎合別人。貶義。

〔例〕漢奸、賣國賊爲了私利，不惜出賣國家民族利益，對敵人無恥地～。

曲盡其妙

曲: 委婉細緻。委婉細緻地把微妙之處充分表達了出來。形容技藝純熟，表達能力很強。

〔例〕這篇小説描寫一名青年浪子回頭、重獲新生的心理變化，真是～。

同日而語

日: 時日。同時來講，比喻把兩者一樣看待。一般用於否定式。

〔例〕我們家鄉的面貌變化得太大了，與你二十年前離開時不可～。

同仇敵愾

（愾: kài　⑧kɔi³〔概〕）

同仇: 共同對付仇敵。**愾**: 仇恨，憤怒。懷着同樣的仇恨和憤怒，共同對付仇敵。

〔例〕全國軍民～，團結一致，抵抗侵略者。

6
畫

同心同德

同德: 同一信念。同一心願，爲同一信念而努力。

〔例〕全港市民~，爲香港的繁榮安定而繼續努力。

同心協力

思想一致，共同努力。

〔例〕鄉親們，希望大家~，積極投入抗洪工作，確保家鄉安全。

同甘共苦

有福同享，有難同當。

〔例〕這對夫妻能~，所以感情很好。

同舟共濟

濟: 渡河。大家坐一條船過河。比喻共同處在困難的環境中，團結互助。

〔例〕經理呼籲大家："願我們全體職工，~，渡過目前的困難時期。"

同牀異夢

雖然同睡一牀，卻各自做着不同的夢。比喻雖共同生活或一起共事，卻各有各的打算。

〔例〕這是一對貌合神離、~的夫妻。

同室操戈

同室: 同處一室。**操**: 拿。**戈**: 古代有長柄的兵器。一家人動起刀槍來。比喻內部相鬥。

〔例〕兩兄弟爲了爭家產，~，兩敗俱傷，何苦呢!

同病相憐

憐: 憐憫，同情。比喻有同樣不幸、同樣痛苦遭遇的人互相同情。

〔例〕我們兩個人都因為得罪了老闆，先後丟掉了飯碗，真個是～。

同流合污

流: 流俗。**污**: 污濁的世風。比喻跟着壞人一起幹壞事。

〔例〕他寧願過清苦的生活，也不肯同那些當權者～。

同惡相濟

濟: 幫助。指惡人互相支持，共同做壞事。

〔例〕遇到貪官當道，官官相護，～，小老百姓有苦無處訴。

同歸於盡

盡: 完結，滅亡。一同死亡或消滅。

〔例〕戰鬥到最後，他引爆炸藥，和敵人～。

吃苦耐勞

經受得住艱苦的生活和繁重的工作。

〔例〕青年人要能～，不要貪圖享樂。

吃裏爬外

享受着這一方的好處，暗地卻為另一方效力。

〔例〕父親拿着木棍，追打兒子，嘴裏罵道：「我打死你這～的東西！」

吃力不討好

費了很大力氣，得不到讚揚。

〔例〕高考作文人家規定是寫一千字，你怎麼寫了一千五百字？真是～！

也作"費力不討好"。

吃軟不吃硬

形容有些人只能接受委婉的勸告，不肯接受尖銳的批評。

〔例〕他是一個～的人，慢慢地解釋，問題自然會解決的。

吃一塹，長一智

（塹: qiàn ⑧tsim³〔雌厭切〕）

塹: 溝，比喻挫折，失敗。受一次挫折，長一分見識。

〔例〕你要記取今次的教訓，～嘛，以後就不會再犯同樣的錯誤了。

因小失大

因爲貪圖小利而受到重大損失。

〔例〕他貪便宜，買了不新鮮的蝦來吃，結果又拉又吐，進醫院住了兩天，這回真是～了。

因地制宜

因: 依。宜: 適當。根據當地的實際情況，採取適當的措施。

〔例〕我們應該虛心學習別人的經驗，但必須～，不能機械地搬用。

因材施教

施: 進行。針對不同對象的年齡、性格、水平、志趣等，運用不同的方式，施行不同的教育。

〔例〕教師應該注意學生們在各方面的差異，以便～。

因事制宜

根據事情的實際情況，制定適當的措施。

〔例〕我們要按照設計要求，～，調整生產程序，保證產品質量。

因陋就簡

因: 依着。**陋**: 簡陋。**就**: 將就。指利用原來簡陋的條件，節約辦事。

〔例〕這家工廠～，利用原有的設備、資金，增加了生產。

因時制宜

根據不同時期的具體情況，採取與之適應的措施。

〔例〕時代已經不同了，不能再機械地搬用老經驗了，應該～，靈活運用。

因循守舊

因循: 沿襲。死守老一套，不求革新。

〔例〕我們要打破成規，大膽創新，絕不能～。

因勢利導

順着事情發展的趨勢，向有利的方向引導。

〔例〕教師應該善於發現每個學生的長處和短處，～，使學生的長處得到發展，缺點得到改正。

因噎廢食

噎: 食物卡住喉嚨。因爲怕噎塞而不再吃飯。比喻因遇到困難或受到挫折，就停頓不幹了。

〔例〕萬事起頭難，不能因爲遭受挫折，就～，要勇於朝着既定目標，大膽地幹下去。

回心轉意

改變原來的態度或主張，重新考慮。

〔例〕他們倆鬧翻了，經過大家的勸解，才～，又和好起來。

回光返照

原指日落時，由於光線反射，天空中出現短時發亮的現象。常用以比喻人快死時，精神突然清醒或興奮。亦比喻事物在衰亡前，表面上暫時有些好轉。

〔例〕我知道，他的兒子已經把家底敗光了，如今不知想個什麼法子，好像又紅火起來了，其實不外是～，長不了。

回味無窮

回味：食物吃過後的餘味，從回憶裏體會。**窮**：盡。比喻事後愈想愈覺得意味深長。

〔例〕與他雖是一夕閑談，卻令人～。

回頭是岸

比喻做壞事的人只要悔改，就有生路。

〔例〕俗話說："苦海無邊，～。"你只要徹底悔改，重新做人，將來一樣是有前途的。

年高德劭

劭：美好。年紀大，品德好。

〔例〕張老先生～，大家都很尊敬他。

年富力強

年富：未來的年歲還多。指年輕力壯。

〔例〕你～，應該勇於挑重擔。

朱門酒肉臭，路有凍死骨

朱門：紅色的大門，專指富貴人家。<u>唐杜甫</u>《<u>自京赴奉先詠懷五百字</u>》："朱門酒肉臭，路有凍死骨。"形容過去社

　　會貧富懸殊，有的人生活奢侈，有的人無衣無食。

先入之見

指成見。

〔例〕如果他對這事已有了～，就很難叫他改變看法了。

先入爲主

指先聽了一種話或被灌輸了某種思想後，再聽內容不同的話或接觸到別的思想時，總以爲在先的才是正確的。

〔例〕有了～的看法，往往就不大容易接受別人的意見了。

先天不足

原指生下來體質就不強，後來也指事物的基礎差。

〔例〕這孩子不足月便生了，～，養護要特別小心。

先見之明

先見: 預見。**明**: 指眼力。有預見事物發展的眼力。

〔例〕你很早就說過，現有的機場將不勝負荷，必須興建新機場，實在是有～。

先斬後奏

斬: 砍頭。**奏**: 臣子對皇帝報告。封建帝王把自己用的"上方寶劍"賜給親信的大臣，允許他可以先殺人、後上奏。現用以比喻先把事情處理了再向上級報告。

〔例〕你們事先不向廠長請示，竟然擅自處理，這樣～，是違反規章的。

先發制人

發: 發動。**制**: 制服。指先動手爭取主動以制服對方。

〔例〕這一仗所以取得勝利，是我們～，敵人腳跟還沒有站穩，就被我們打垮了。

先睹為快

睹：看。**快**：快樂。以先看到為快樂。

〔例〕他的小說剛出版，人人以～，爭相購買。

先聲奪人

先用強大的聲勢來壓倒對方。比喻做事搶先一步。

〔例〕球賽一開始，我們就展開攻勢，～，以挫對方的士氣。

先禮後兵

先同對方講道理，如果對方不接受，再使用強硬手段或武力。

〔例〕我們跟他～，如果他還不識趣，那就怪不得我們了。

先下手為強

趁對方還沒有充分準備，先動手，佔取優勢。

〔例〕～，後下手遭殃，凡事都要搶先一步，掌握主動權。

先天下之憂而憂，後天下之樂而樂

這是北宋著名政治家、文學家范仲淹的話。憂慮在天下人之先，享福在天下人之後。指吃苦在前，享福在後。

任人唯親

任：任用。**唯**：只。任用人不管德、才如何，只是選擇那些同自己關係密切的。

〔例〕老闆～，大家都有怨言，工作不很積極。

任重道遠

任：負擔。擔子重而路途長。比喻責任重大，並要經歷長期的艱苦奮鬥。

〔例〕足下年輕有爲，新任經理，～，大家都寄予厚望。

任勞任怨

不怕勞苦，不怕埋怨。

〔例〕要想做好工作，就應該有～的精神。

休戚與共

休: 喜慶歡樂。**戚**: 憂愁悲哀。形容同甘共苦。引伸爲關
係密切，利害一致。

〔例〕這兩個國家只有一水之隔，它們歷來脣齒相依、～。
也作"休戚相關"。

休養生息

休: 休息。**養**: 保養。**生息**: 繁殖人口。指在社會經過大
動蕩之後，使人民過着安定的生活，發展生產，繁殖人
口，以恢復元氣。

〔例〕經過秦末的戰亂，漢初採取～的政策，經濟獲得發展，
社會比較安定，爲後來的文景之治打下了基礎。

似是而非

好像對，實際不對。

〔例〕我們要全面看問題，如果只看局部，只看個別，就
容易得出～的結論。

似曾相識

好似曾經認識。形容見過的人或事物又出現。

〔例〕"您認識這位朋友嗎?""～，不記得在哪裏見過了。"

仰人鼻息

仰: 依賴，依靠。**鼻息**: 呼吸。仰賴別人的鼻息。比喻要

倚賴別人生活，看別人的臉色行事。

〔例〕他當了幾十年雜役，～，受盡欺辱。

自力更生

靠自己的力量把事情辦起來。

〔例〕我們～，全鄉的人有錢出錢、有力出力，很快就把水電站建成了。

自以爲是

自己認爲自己是對的，形容主觀、不虛心。

〔例〕關於這件事，你不要～，應該多聽取別人的意見。

自由自在

形容沒有約束，安閑舒適。

〔例〕自從辭官回鄉，他倒～，生活得很寫意。

自生自滅

自然地生長，自然地死亡，指沒人過問，聽其自然。

〔例〕他不忍心看見小狗在荒嶺上～，就把牠帶回家了。

自成一家

形容在某種學問或技術上有獨創的見解和風格，能自成體系。

〔例〕他在人物雕塑上～，有其獨創的風格。

自投羅網

投：進入。**羅網**：捕鳥和魚的網。比喻自己進入絕境。

〔例〕那些警察布置了圈套，讓逃犯～。

自吹自擂

吹：吹喇叭。**擂**：打鼓。自己吹喇叭，自己打鼓。比喻自我吹噓。貶義。

〔例〕這個成績是靠大家的努力爭取得來的，你個人有什麼可以～的呢?

自告奮勇

自己主動請求擔當某項任務。

〔例〕他～地要求進入火場搶救被困的人。

自我作故

自: 由，從。**作故**: 作古，權作古人，即創始的人。指由我創始，不拘泥舊例。

〔例〕文藝創作，～，何必師古。

自我陶醉

形容盲目地自我欣賞。

〔例〕你別再～了，應該走出那狹隘的小圈子，到外邊世界看看去。

自我解嘲

嘲: 譏諷。自己爲自己受到的嘲笑進行辯解或掩飾。

〔例〕他～地把自己的怯懦說成是"好漢不吃眼前虧"。

自私自利

私心太重，只爲個人的利益打算。

〔例〕她爲人～，親友都不願跟她來往。

自作自受

自己做錯了事，自己來承受壞的後果。形容禍由自取。

〔例〕他把兒子從小縱壞了，兒子長大後不務正業，還夥同一班流氓到家裏偷東西，真是～。

自作聰明

自以爲聰明而逞能。

〔例〕古代畫蛇添足的寓言故事講: 兩人比賽畫蛇, 先畫
好蛇的, ～, 又給蛇添上足, 結果畫的不是蛇, 反
倒輸了。

自言自語

自己跟自己說話。

〔例〕那個瘋子常常坐在樹下～。

自取滅亡

自己找死。

〔例〕吸食毒品是～。

自知之明

自己瞭解自己的情況(多指缺點)和能力。

〔例〕人貴有～, 這個重任實非我所能勝任。

自命不凡

自命: 自己認爲。自以爲與衆不同, 比別人高明。

〔例〕學無止境, 如果有了一點成績, 便～, 就會妨礙以
後的進步。

自始至終

從開頭到末了。

〔例〕在整個長跑比賽過程中, ～, 他都跑在前頭。

自相矛盾

矛: 長矛, 古代用來攻擊敵人的兵器。**盾**: 盾牌, 古代用
作防禦的武器。《韓非子》的寓言: 有一個賣矛和盾的人

先誇他的盾可以抵擋任何鋒利的東西，一會又誇他的矛可以戳穿任何堅固的東西。有個人要他拿自己的矛去刺一下自己的盾，看看結果怎麼樣，他就無法回答了。這個寓言比喻自己説話、做事前後抵觸。

〔例〕説話要合邏輯，不要～。

自相殘殺

殘：傷害。自己人互相殺害。

〔例〕在歷史上，皇族爲了爭奪統治權，父子兄弟～，是屢見不鮮的事。

自食其力

依靠自己的勞力來生活。

〔例〕他雖然雙腿癱瘓，但仍然堅持～，不要親友救濟。

自食其言

指不守信用，説了話不算數。

〔例〕你答應辦的這件事，一定要辦，不能～。

自食其果

指自己做了壞事，自己承受惡果。

〔例〕得逞於一時的壞人，往往只會自鳴得意，想不到將來會～。

自怨自艾

自怨：悔恨自己的錯誤。艾：割草。喻改正。自艾：改正自己的錯誤。現在一般只指一個人悔恨自己的錯誤，不包括有改正自己錯誤的意思。

〔例〕犯了錯誤要勇於改正，只是～是無濟於事的。

自高自大

自以爲了不起。

〔例〕這人一向～，口出狂言，惹人反感。

自掘墳墓

自己爲自己挖墳墓。形容自找死路。

〔例〕法西斯德國發動侵略戰爭，結果是～，加速自己的
滅亡。

自得其樂

自己能體會到其中的樂趣。

〔例〕他日夜辛勞地工作，別人說他太累了，而他卻～。

自欺欺人

欺騙自己，也欺騙別人。

〔例〕一切作僞的行爲都是～的，到頭來都會被拆穿。

自愧不如

因自己不如別人而感到慚愧。

〔例〕在刻苦耐勞方面跟他相比，我～。

自給自足

（給：jǐ ⑭kep⁷〔級〕）

給：供給，供應。用自己的生產來滿足自己的需要。

〔例〕我們國家的糧食已能～。

自圓其說

指所說的道理從某一個角度、立場來看，可以說得通。

〔例〕他這段話表面上聽起來好像還能～，可是仔細一想，
裏面卻有不少漏洞。

自鳴得意

鳴: 表示，認爲。自己表示很得意。

〔例〕當工作有了些成就的時候，決不要～。

自慚形穢

慚: 慚愧。**形穢**: 相貌不體面。因爲自己相貌舉止不如別人而感到慚愧。後泛指自愧不如別人。

〔例〕自己水平低、根底淺，在這羣學者面前，總有些～。

自暴自棄

自暴: 糟蹋自己。**自棄**: 鄙棄自己。形容自甘落後，不求上進。

〔例〕你不應因考不上大學而～啊! 今年考不上，明年可以再考嘛!

自顧不暇

連照顧自己都來不及(哪裏還能顧及別人)。

〔例〕你不用想向他借錢了，他如今～。

血口噴人

比喻用極惡毒的話誣衊別人。

〔例〕那個壞蛋經常顛倒是非，～，掩蓋自己的劣迹。

血肉相連

比喻關係極其密切。

〔例〕在艱苦卓絕的抗日戰爭中，我們是休戚與共、～的戰友。

血肉橫飛

形容在發生爆炸時死傷的慘狀。

〔例〕匪徒向着人羣扔出一枚炸彈，一聲隆然巨響，頓時～，
　　　屍橫遍地。

血雨腥風

血像雨一樣，風帶有血腥味。形容在殘酷大屠殺中，傷亡
慘重的景象。

血流如注

注：往外噴。形容血流得多且急。

〔例〕兩車相撞，司機頭部受傷，～。

血流成河

形容被殺的人極多。

〔例〕這次戰役～，見者傷心。

血流漂杵

杵：搗東西用的棒槌。血流很多，把棒槌都漂起來了。形
　容戰爭中殺人很多。

〔例〕周武王伐紂，大敗紂兵，～。

血氣方剛

血氣：指精力。**方**：正。**剛**：旺盛。形容年輕人精力正旺盛。

〔例〕青年人～，遇事更要冷靜思考，避免因一時衝動而
　　　魯莽行事。

血海深仇

形容因殺人太多而引起的極深的仇恨。

〔例〕他慘遭滅門之禍，～，永不能忘。

向隅而泣

隅：牆角。**泣**：無聲地哭。向着牆角哭泣。現也形容因孤

　　獨失意或絕望而悲哀。

〔例〕 除夕舞會，大家都興高采烈地在唱歌跳舞；他卻突
　　　然接到父親在鄉間病逝的消息，不禁～。

向壁虛造

　　對着牆壁，憑空捏造。

〔例〕 如果不深入生活，積累大量的素材，而靠～，那就
　　　無論怎樣也寫不出好作品來的。

行之有效

　　實行起來確有成效。多指已經實行過的措施、辦法等。

〔例〕 這是一套～的新產品推銷術，今次你照辦好了。

行同狗彘

　　彘: 豬。人的行爲同豬狗一樣。形容人行爲卑鄙無恥。

〔例〕 這類人賣國求榮，～，可恥！

行屍走肉

　　走着的屍體，沒有靈魂的肉體。諷刺人雖然能夠行走動作，
　　卻完全沒有頭腦，同已經死了一樣。

〔例〕 人生在世，重要的是不斷上進，做出有益於社會的
　　　成就，倘若終其一生吃喝玩樂，豈不是～一般。

行將就木

　　木: 指棺材。快要進棺材了。指人臨近死亡。

〔例〕 此人～，還要爲非作歹，可恨！

行遠自邇

　　自: 從。邇: 近。走遠路必須從最近的一步走起。比喻學習、
　　做事都要由淺入深，一步步前進。

〔例〕做任何事情都應～，不能好高騖遠，想一步登天。

行行出狀元

（行：háng　粵hoŋ⁴〔杭〕）

行：指每一種行業。任何一種行業都可以產生優秀人物。

〔例〕～，在任何工作崗位都可以對社會作出巨大的貢獻。

行百里者半九十

要走一百里路的人，走完了九十里，只能算是走了一半。比喻做事情愈接近成功愈難。常用以勸勉人做事要善始善終。

〔例〕俗話說"～"，做事不可不"善始"，然而更要"善終"。

全心全意

一心一意，不夾雜其他念頭。

〔例〕你應該～地安心工作，不要做不到幾天又想轉工。

全力以赴

赴：往，到。把全部力量投進去。

〔例〕我們一定要～，完成公司今年的業務指標。

全軍覆沒

整個軍隊被消滅。比喻事情徹底失敗。

全神貫注

貫注：精神集中。形容注意力高度集中。

〔例〕偵察員兩眼緊貼在望遠鏡上，～地搜索着海上的敵人。

夙夜匪懈

夙夜：早晚。**匪**：不。**懈**：懈怠。從早到晚都不懈怠。形容勤勉奮鬥。

〔例〕他做事一向認真負責，自從主編這套歷史鉅著以來，更是～，令人感佩。

夙興夜寐

夙: 早。**興:** 起。**寐:** 睡眠。很早就起來幹事，很晚才睡。形容十分勤勞。

〔例〕相傳諸葛亮～，事必躬親，終於累垮了。

危在旦夕

旦夕: 早晚之間。形容危險就在眼前。

〔例〕他病得很重，已經～了。

危如累卵

累: 堆砌。**卵:** 蛋。像一層層壘起來的蛋一樣，隨時可能垮下來。比喻情況非常危險。

〔例〕這幢危樓早已搖搖欲墜，今晚更值狂風暴雨，真是～，隨時有可能倒塌。

危言聳聽

危言: 嚇人的話。**聳:** 驚動。故意說嚇唬人的話，使人聽了吃驚。

〔例〕你別那麼～，實際情況並不那麼嚴重。

危機四伏

到處都隱藏着危險的禍根。

〔例〕這個國家連年內戰，國庫空虛，民不聊生，～。

旭日東升

早上的太陽從東方升起。形容朝氣蓬勃的新生氣象。

〔例〕這座新興城市正在加速發展，有如～。

刎頸之交

（刎: wěn 粵men⁵〔敏〕）

刎頸: 割脖子。**交**: 交情。有深厚交情的、可以同生死的
朋友。

〔例〕在患難中，他們倆成了～。

各有千秋

千秋: 千年之後。各人都有可以永遠流傳下去的東西。引
伸爲各有所長，各有特點。

〔例〕晉朝王羲之的字、顧愷之的畫，可以説是～。

各自爲政

各自行使他的權力。引伸爲各做各的一套，不同別人配合。

〔例〕大家要互相協作，互相幫助，不能～。

各行其是

各人按照自己認爲對的去做。形容思想、行動不一致。

〔例〕人多口雜，～，沒有一位有權威的人統一指揮，所
以他們的事做不好。

各抒己見

抒: 表達，發表。每個人都發表自己的見解。

〔例〕這次會議很成功，與會者都能～，提出許多可行的
有參考價值的方案。

各奔前程

各人走自己的路。

〔例〕我們就此分手，～吧！

6
畫

各持己見

各人都堅持自己的意見。

〔例〕會議開了幾天，在關鍵問題上，雙方都～，爭論不休。

各得其所

所: 處所，位置。各人都得到了適當的安排。

〔例〕公司改組時，對在職人員做了適當的安排，使他們都～。

各盡所能

每個人把自己的能力全拿出來。

〔例〕真誠合作，各展所長，～，一定會取得成功，達到目的。

各人自掃門前雪，莫管他人瓦上霜

比喻只管自己的事，別人的事一概不管。

〔例〕我們不能～，對鄰居發生的困難，應當盡力幫助解決。

名不副實

副: 相稱。指空有虛名，名聲和實際不相稱。

〔例〕這家飯館叫"美而廉"，其實價錢貴得驚人，廚藝也不夠水平，～。

名不虛傳

名聲流傳開來，與事實相符。

〔例〕人人都說"桂林山水甲天下"，到桂林一看，果然～。

名正言順

名義正當，道理也講得通。指做事理由正當而充分。

〔例〕古人道"名不正則言不順"，做事要有相應的名分，有了名分，才能展開手腳，才好説話，此所謂～。

名存實亡

名義上存在，實際上不存在。

〔例〕這個名勝地已經～，因爲許多名勝都已燬廢。

名列前茅

古時軍隊拿茅草做軍旗上的標誌，在行軍時，軍旗在前。比喻名次列在前面。

〔例〕這個學生每次考試都～。

名利雙收

既得名，又得利。

〔例〕這次大會演，場場爆滿，歌星們～。

名副其實

副：相稱。名稱與實際相稱。

〔例〕你的作品今次得獎，大家一點也不感到意外，因爲你是一位～的優秀藝術家。

名落孫山

宋范公偁《過庭錄》記載：有個叫孫山的人考取了末名舉人。回鄉後，有人問他："我兒子考取了沒有？"孫山説："解名盡處是孫山，賢郎更在孫山外。"意即他的兒子沒有考取。後用以比喻參加考試或選拔未被錄取。

〔例〕他對這次考試很有信心，結果卻～，令他懊喪不已。

名繮利鎖

繮：駕牲口用的繩子。鎖：鎖鏈。指名和利像繩和鎖一樣把人束縛住。

〔例〕必須擺脫開～，你才能愉快地爲社會貢獻一生。

也作"名繮利索"。

多才多藝

具有多種的才能和技藝。

〔例〕她～，不僅精通詩詞，而且能歌善舞。

多此一舉

這一舉動是多餘的，表示完全沒有必要。

〔例〕封面的設計應該和書的内容配合。一本講語法的書，

封面上畫上些花呀草呀，簡直是～。

多多益善

益：更加。指愈多愈好。

〔例〕讀書不嫌多，～，知識就是力量，知識多，成就大。

多事之秋

指變故或事故很多的時期。

〔例〕在這～，人民到處流徙，衣食無着，百病叢生，處

境堪憐。

多愁善感

善：容易。形容人的感情脆弱，老是發愁、感傷。

〔例〕曹雪芹在《紅樓夢》裏，把林黛玉描寫成一個～的女

子。

多難興邦

（難：nan　⑧nan⁶〔尼限切〕）

邦：國家。意思是國家多災多難，可以激勵人民發奮圖强，

戰勝困難，從而使國家强盛起來。

6
畫

〔例〕在中國歷史上，有很多～的實例。

多行不義必自斃

不義：指違背正義的事。**斃**：死。壞事幹多了，一定會自取滅亡。

〔例〕～，希特勒多行不義自殺了，東條英機多行不義被絞死了，這便是明證。

色厲內荏

荏：軟弱。外表剛強，內心怯懦。

〔例〕他表面上好像很神氣，其實是外強中乾、～。

冰天雪地

形容冰雪漫天蓋地，非常寒冷。

〔例〕哈爾濱的冬季，給我印象最深的是：窗外～，室內溫暖如春。

冰消瓦解

像冰一樣融化，像瓦片一樣破碎。比喻完全消失或消除。

〔例〕經過了一番解釋後，他們兩人之間的誤會就～了。

冰清玉潔

見"玉潔冰清"。

冰炭不相容

冰是冷的，燃燒着的炭是熱的。比喻兩種對立的事物彼此排斥，不能相容。

〔例〕我公司有兩個部門的主任常因工作鬧矛盾，積怨很深，～。

亦步亦趨

步: 慢走。趨: 快走。人家慢步, 自己也跟着慢走; 人家
　　快走, 自己也跟着快走。比喻一味摹仿別人或追隨別人。
〔例〕他從不頂撞上司, ～, 所以深得信任。

交口稱譽

衆口同聲稱讚。

〔例〕村長組織人力進行大規模的清潔行動, 改善了全村
　　的環境衛生, 村民～。

交淺言深

交淺: 交情不深。言深: 話説得懇切。指對交情淺的人懇
　　切地説出意見。

〔例〕聽他一席話, ～, 受益不淺。

交頭接耳

頭挨着頭, 嘴貼着耳朵。形容兩個人靠得很近, 低聲私語。

〔例〕考試不准東張西望, ～, 否則按作弊處理。

衣冠楚楚

楚楚: 鮮明整潔的樣子。形容穿戴得很整齊、很漂亮。

〔例〕你一家人都～的, 是不是參加宴會去?

衣冠禽獸

冠: 帽子。穿着衣服戴着帽子的禽獸。形容人道德敗壞,
　　行爲如同禽獸。

〔例〕父親怒道:"如此不孝, 所謂～, 空長着一副好面容
　　又有何用?"

衣錦還鄉

〔衣: yì 粵ji³〔意〕〕

衣: 穿。**錦**: 絲織品。穿着錦繡的衣服返回故鄉。指富貴以後回到家鄉。

〔例〕你今日是～，鄉民那有不夾道歡迎之理。

充耳不聞

充: 塞住。塞住耳朵不聽。形容存心不聽別人的話。

〔例〕他對別人的規勸～，依舊揮金如土，過着花天酒地的生活。

妄自菲薄

妄: 胡亂。**菲薄**: 輕視。毫無根據地看不起自己。指自輕自賤。

〔例〕年青人不要～，應該有充分信心趕過前人。

妄自尊大

狂妄地自高自大。

〔例〕他失敗的原因就在於～，目空一切。

羊質虎皮

披着虎皮的羊，外貌是虎，實質是羊。比喻外表上看很威武，實際軟弱不中用。

〔例〕別看他身材高大，其實是～，不要說遇見強盜，就算碰見隻大老鼠也要嚇跑的。

汗牛充棟

汗牛: 指用牛拉車運書，累得牛出汗。**充棟**: 指書堆滿一屋子。形容書籍極多。

〔例〕我們圖書館裏的書雖說不上～，但也有幾萬本了。

汗馬功勞

指在戰爭中建立功。現在也指在工作中作出貢獻。

〔例〕他在南極科學考察站的建站過程中，立下了～。

汗流浹背

（浹: jiā ⑧dzip⁸〔接〕）

浹: 濕透。汗流得滿背都是。形容極度驚恐或慚愧。現在
也用以形容天氣炎熱，滿身是汗。

〔例〕灼熱的太陽曬得人們～。

江河日下

江河的水天天朝下游流去。比喻情況一天天壞下去。

〔例〕近年公司的業績有如～，再不想辦法挽救，後果堪虞。

江郎才盡

江郎: 南朝梁江淹少有文譽，時人稱他"江郎"；晚年時才
思減退，大家說他"才盡"了。後用"江郎才盡"比喻人文
思減退。

〔例〕近年他因身體多病，很少給報刊寫稿，但他卻謙稱
是～了。

江山易改，本性難移

江山容易改變，人的習性很難改變。形容多年養成的思想、
習慣、作風等不容易改變。

〔例〕你答應過我會戒賭的，爲什麼現在又賭馬呢？真是～
了。

守口如瓶

形容説話非常慎重或嚴守秘密。

〔例〕對於這個消息，我們應該～。

守株待兔

株: 樹樁。《韓非子·五蠹》上說: 戰國時, 宋國有一個農民, 看見一隻兔子撞死在樹樁上, 他便整天守候在樹樁旁邊, 希望再得到撞死的兔子。後用以比喻希望得到意外收穫的僥倖心理。

〔例〕人當壯年, 一定要努力向上, 奮發有爲; ～, 坐享其成的心理實在要不得。

安土重遷

（重: zhòng 粵dzuŋ⁶〔仲〕）

土: 鄉土。**重**: 不輕易。在本土住慣了, 不願輕易遷移到外地。

〔例〕～, 誰願意背井離鄉, 到異國他邦去謀生, 我實在是迫不得已才出來的。

安分守己

（分: fèn 粵fen⁶〔份〕）

規矩老實, 安於本分。

〔例〕他一向～, 投機取巧的事他絕不幹。

安如泰山

像泰山一樣地安穩。

〔例〕幾十年過去了, 海邊的燈塔依然～。

安步當車

慢慢地步行, 當作坐車。

〔例〕他從不坐車, 上班和出街買東西都是步行, 別人問起他, 總是笑着說: "～。"

安居樂業

居: 住處。**業**: 職業。形容生活安定，喜愛自己的職業。

〔例〕 這個小國政治開明，物產豐富，社會安寧，人民都～，
　　　過着幸福的生活。

安常處順

指習慣於平穩的日子，處在順利的境況。

〔例〕 他一向過慣了～的生活，對於今次生活上的突變，
　　　實在難以適應。

安然無恙

沒有疾病或災禍。形容人很平安或事物安好無損。

〔例〕 汽車撞向燈柱，司機受傷，乘客幸而～。

字裏行間

（行: háng　粵hɔŋ⁴〔杭〕）

文章的一字一行。指整篇文章的每一處地方。

〔例〕 他這篇文章～都洋溢着愛國的熱情。

字斟句酌

斟酌: 指推敲。對每一個字、每一句都仔細地考慮、推敲。
　　　形容寫作或講話態度認真，用辭嚴謹。

〔例〕 他無論寫什麼文章，總是～，反覆推敲，精益求精。

如火如荼

荼: 茅草的白花。像火一樣紅，像荼一樣白。形容氣勢旺
　　盛。

〔例〕 改革的浪潮席捲全球，許多國家的政治、經濟改革～。

如出一轍

轍: 車輪碾軋的痕跡。像出自同一車轍。比喻彼此的言論或行爲非常相似。

〔例〕這兩間公司的經營手法和宣傳技巧～。

如坐針氈

像坐在插着針的氈上。比喻心神慌亂不安。

〔例〕我聽了這個消息以後，～，不知如何是好。

如虎添翼

翼: 翅膀。像老虎添了翅膀。比喻強者增添了新的力量更加強大。

〔例〕貴公司聘請張先生主持開發部的工作，可是～啊!

如法炮製

（炮: páo 粵pau³〔豹〕）

依照成法用烘、炒等方法製造中藥材。比喻依照現成的方法辦事。

〔例〕請你按這張圖紙，～一件仿製品，留作展覽會上用。

如飢似渴

像餓了急着要吃飯、渴了急着要喝水一樣。形容要求極爲迫切。

〔例〕追求知識～，小小年紀，遍讀中外名著，難能可貴，令郎前途未可限量。

如狼似虎

比喻很凶暴。

〔例〕他被～的貪官污吏逼得走投無路，只好遠走他鄉。

如魚得水

好像魚得到水一樣。比喻與人相處得十分融洽，或環境對自己很適合。

〔例〕他進了這家廣告公司後，～，創作天才得以發揮，事業一帆風順。

如喪考妣

考：指父親。**妣**：指母親。像死了父母一樣。形容非常傷心。

〔例〕一位為國為民、德高望重的國家領導人辭世，人民是會～的。

如雷貫耳

貫：穿過。像響亮的雷聲傳入耳朵一樣。比喻人的名聲極大。

〔例〕久仰先生大名，～，今得拜見，三生有幸。

如意算盤

比喻完全照自己主觀願望而作的設想、打算或計畫等。

〔例〕他閉上雙眼，在心裏打他的～：如何能用更低的價錢將那幢房子買下。

如夢初醒

像做夢剛醒一樣。比喻從糊塗、錯誤中醒悟過來。

〔例〕聽了她的分析，我才～，看來那班傢伙確實布下了圈套。

如數家珍

家珍：家裏的珍寶。像數家裏的珍寶那樣清楚。比喻對所講的事情十分熟悉。

〔例〕博物院的講解員～地介紹各種展品。

如影隨形

像影子老是跟着形體一樣。比喻兩個人或兩件事的關係十分密切, 不可分割。

〔例〕這兩個人好得不得了, ～, 無論什麼場合, 總是在一塊兒。

如膠似漆

像膠和漆一樣黏結在一起, 無法分開。形容關係極其親密, 彼此難捨難分(多指男女之間)。

如臨大敵

像面對着强大的敵人一樣。

〔例〕一條大蟒蛇爬進村子, 大家～般拿着鋤頭、斧子把牠圍住。

如獲至寶

像得到了最寶貴的東西。形容對於所得到的東西非常珍惜喜愛。

〔例〕上星期六, 我在朋友家借到了一本《攝影指導》, ～, 回到家裏, 當晚一口氣就看完了。

如願以償

償: 滿足。滿足了自己的願望。

〔例〕他幾次請求經理調動他的工作, 最後～, 終於調成了。

如釋重負

釋: 放下。**負**: 挑着或扛着的東西。像放下一副重擔子那樣的輕鬆。

〔例〕他把全部債務還清以後, 感到有一種～的愉快。

如入無人之境

比喻打仗時連連勝利，敵人無法抵抗。

〔例〕整個團的戰士一聽到衝鋒號響，就勇猛地撲向敵人陣地，～。

如聞其聲，如見其人

聞：聽見。像聽到他的聲音，像看到他本人一樣。形容人物形象刻畫得十分逼真。

〔例〕這部小說描寫的幾個形象栩栩如生，讀後使人～。

好大喜功

（好: hào ⑧hou³〔耗〕）

原指封建帝王喜歡對外用兵，建立威振四海的大功業。現多用爲不管條件是否許可，一心要做大事立大功。

〔例〕工作要踏實，不能～。

好事多磨

磨：阻礙，困難。好事情常常會遇到許多阻礙（多指男女相愛難以如願）。

〔例〕他倆的婚事由於種種原因，一再推遲，真可謂～。

好爲人師

（好: hào ⑧hou³〔耗〕）

喜歡做別人的老師。指驕傲自滿的人，自己不虛心向別人學習，卻喜歡教訓別人。

〔例〕他爲人驕傲自滿，～，自以爲了不起。

好高騖遠

（好: hào ⑧hou³〔耗〕）

好: 喜歡。**騖**: 追求。脫離實際，而追求目前還做不到的事情。

〔例〕在學習上應當循序漸進，不能～。

好景不長

好的景況不會永遠存在。

〔例〕這家公司雖然有過輝煌的歷史，但是～，這兩年虧蝕甚巨，面臨倒閉的危機。

好逸惡勞

（好: hào ⑧hou³〔耗〕 惡: wù ⑧wu³〔烏故切〕）

貪圖安逸，厭惡勞動。

〔例〕青年人如果～，很難在社會上立足。

好整以暇

（好: hào ⑧hou³〔耗〕）

整: 整齊，有秩序。**以**: 而。**暇**: 空閑，從容。形容既嚴整而又從容不迫。

〔例〕在這種兵荒馬亂、人心惶惶的時候，養齋卻～，大有輕裘緩帶的氣象。

羽毛未豐

小鳥還沒長成，身上的毛很稀。比喻年紀輕或經歷淺，不成熟。

〔例〕別看他是個～的小伙子，説起話來卻頭頭是道。

七畫

弄巧成拙

弄巧: 耍弄聰明。**拙**: 愚笨。本想耍弄聰明，結果卻做了蠢事。

〔例〕他本想在大家面前顯示自己有本領，不料卻～，鬧了一場大笑話。

弄虛作假

虛: 虛假。形容人不老實，用虛假的一套來騙人。

〔例〕做生意貴在講信譽，不能～。

弄假成真

本來是假意做作，結果卻變成了真事。

〔例〕他本想騙騙父親的，不料～，慌得他不知如何是好。

弄璋之喜

璋: 玉器。**弄璋**: 古人把璋給男孩子玩，希望他將來有玉一樣的品德。後用以祝賀別人生了男孩。

〔例〕近聞兄台有～，可喜可賀!

形形色色

形容事物品種繁雜，各種各樣。

〔例〕參展的汽車～，吸引了無數客商。

形迹可疑

舉動和神色使人懷疑。

〔例〕要提高警惕，隨時注意～的人。

形單影隻

形: 形體。**影**: 影子。形體和影子都是一個。形容孤獨没有同伴。

〔例〕戰火毀了他的家園，奪去了他父母兄妹的性命；想到今後～，流落天涯，他真不知如何是好！

形影不離

身形和人影緊緊相隨，永不分開。形容關係密切。

〔例〕兩個小夥伴一同上學，一同玩耍，～。

形影相弔

弔: 慰問。身體和影子互相慰問。形容孤單無靠。

〔例〕獨居海島一隅，兒女不在身邊，整日裏～，他實在寂寞得無法忍耐。

形勢逼人

形勢迅速發展，逼使人不得不更加努力去適應它。

〔例〕這類產品的牌子多，競爭激烈，～，我們一定要不斷創新、不斷改進，才能立於不敗之地。

戒驕戒躁

戒: 警惕，防備。警惕產生驕傲或急躁的情緒。

〔例〕無論是工作或學習，我們都應該謙虛謹慎，～。

扶老攜幼

扶: 攙扶。**攜**: 拉着。攙扶着老人，領着孩子。形容男女老少一齊出動。

〔例〕清明節那天，許多人～到墳場拜祭祖先。

扶危濟困

扶: 幫助。**濟**: 接濟。幫助處境危急的人，接濟生活困苦的人。

〔例〕他總是不斷地行善: 修橋補路，～，因而在鄉里中享有好名聲。

也作"濟困扶危"、"救困扶危"。

扶弱抑強

抑: 壓制。扶助弱小，壓制強暴。

〔例〕除暴安良，～，是英雄本色。

扶搖直上

扶搖: 自下而上的旋風。乘着旋風急劇上升。形容上升的速度快。

〔例〕物價～，斗米萬錢，如今的日子真是愈來愈難過了。

走投無路

投: 投奔。無路可走; 已到絕境。

〔例〕那名商人破產以後，～，便投海自殺了。

走馬上任

走馬: 騎馬奔馳。指官吏到職。

〔例〕他爸爸還未～，誣告信就來了。

走馬看花

走: 跑。騎着奔馳的馬看花。原形容得意愉快的心情。後用來比喻匆匆忙忙粗略地看一看，沒有仔細觀察。

〔例〕上一次參觀書畫展覽會是～，今次得好好地觀摩一番。

也作"走馬觀花"。

芒刺在背

芒刺: 植物果實，莖葉上的小刺。像芒刺扎在背上一樣。形容惶恐不安。

〔例〕她一語道破了他的陰謀，使他如～，再也坐不住了。

攻其無備

趁對方沒有防備時進攻。

〔例〕我們要出其不意，～，敵人就來不及組織抵抗了。也作"攻其不備"。

攻無不克，戰無不勝

攻城，沒有攻不下的; 打仗，沒有不獲勝的。形容在戰鬥中永遠獲得勝利。

〔例〕那是一支～的無敵軍隊。

赤子之心

赤子: 初生的嬰兒。比喻人的心地純潔、善良。

〔例〕老人到了暮年,仍懷念着故土,表現了海外遊子的～。

赤手空拳

赤手: 空手。兩手空空。比喻什麼也沒有或沒有可憑藉的東西。毫無憑藉。

〔例〕他真行，～，就把持槍劫匪逮住。

赤膽忠心

赤: 忠誠。形容十分忠誠。

〔例〕岳飛的英雄事迹，充分表現了他對國家、對人民的～和對敵人的仇恨。

抑揚頓挫

抑揚：降低和升高。**頓挫**：停頓和轉折。形容聲音高低、轉折，節奏鮮明，和諧悅耳。

〔例〕他講起話來，聲調～，非常動聽。

投其所好

投合別人的愛好。

（好：hào ⑧hou³〔耗〕）

〔例〕這人沒有理想、沒有主張，只會揣摩上司的心理，轉彎抹角地～。

投桃報李

投：投送。**報**：回報。他送我桃子，我用李子回敬他。比喻雙方互相贈答或友好往來。

〔例〕禮尚往來，～，乃交友的基本道理。

投筆從戎

從戎：參加軍隊。《漢書·班超傳》記載：班超家貧，靠給官府抄寫維持生活，一天扔掉筆息歎說："大丈夫應當到邊疆去建立功業，哪能在筆硯之間討生活呢？"後用以指文人棄文從武。

〔例〕蘆溝橋事變後，熱血青年紛紛～，參加保家衛國的抗日戰爭。

投鼠忌器

投：拿東西擲過去。**忌**：顧忌。**器**：用具。拿東西擲老鼠，又怕砸壞老鼠附近的用具。比喻心懷顧慮，做事不敢放手。

〔例〕本想將他辭退，懲一儆百，無奈他是董事長的親戚，～，只好權且忍耐一時。

投機倒把

投機: 利用時機。**倒把**: 轉手買賣。指利用時機，進行非法買賣，謀取暴利。

〔例〕打擊～，保護合法經營。

志大才疏

疏: 淺薄。志向遠大而才能不足。

〔例〕常言道"人貴有自知之明"，人的能力有大小，倘有自知之明，扎扎實實努力下去，總能取得成功; 如果～，好高騖遠，而又急於求成，難免一切都落空。

志同道合

道: 道路。亦指信仰。雙方志向相同，信仰一致。

〔例〕他倆不僅有共同的理想，還有共同的志趣和愛好，真是一對～的好朋友。

劫富濟貧

劫: 奪取。**濟**: 救濟。奪取富人的財物，救濟窮苦的人民。

〔例〕宋朝時的梁山好漢，專殺貪官污吏，～。

克己奉公

克己: 嚴格約束自己。**奉公**: 奉行公事。嚴格約束自己，一心為公。

〔例〕他一貫～，贏得人們的尊敬。

克勤克儉

克: 能，能夠。能夠勤勞，又能節約。

〔例〕青年人應該艱苦樸素，～。

杞人憂天

《列子》的寓言: 有個杞國人, 老是擔心天會坍下來。比喻不必要的憂慮。

〔例〕不要~了, 這又不是什麼絕症, 只要能按時吃藥、安心靜養, 病很快就會好的。

李代桃僵

李、桃: 李樹和桃樹。**僵**: 僵死, 枯死。古樂府《雞鳴》: "桃生露井上, 李樹生桃旁。蟲來嚙桃根, 李樹代桃僵。" 比喻乙代甲死。後用以指互相頂替或代人受過。

求全責備

全: 完全。**責**: 要求。**備**: 齊備。對人對事, 要求十全十美, 毫無缺點。

〔例〕這篇文章基本上算是好的, 我們不要過分挑剔它的缺點, 對初中學生的習作不應~。

求同存異

求: 尋求。**存**: 保留。尋求共同之處, 保留不同意見。

〔例〕我們之間雖然有一些不同的意見, 但只要本着~的精神, 仍然可以很好地合作。

車水馬龍

車子行走像水流那樣不斷, 馬多得連起來像一條龍。形容車馬很多, 場面熱鬧。

〔例〕一到上下班時間, 這條大街上便~, 人來人往。

車載斗量

用車裝載, 拿斗來量。比喻數量極多, 不足爲奇。

〔例〕 香港是塊臥虎藏龍之地，精英輩出；受過高等教育
　　　的人～，不可勝數。

更深人靜

更深: 古人把一夜分成五更，更深就是到了三、四更後天
　　快亮的時候。**人靜**: 沒有人聲。形容夜深了，沒有人聲，
　　非常寂靜。

〔例〕 她學習英語非常積極，往往到～還不肯休息。

束手待斃

捆起手來等死。比喻遇到困難不想辦法解決而坐等死亡。

〔例〕 我等還沒到山窮水盡的地步，豈能～?

束手就擒

捆起雙手等別人來活捉。形容無力抵抗或無法脫身。

〔例〕 逃犯被追得無處可藏，只好～。

束手無策

像雙手被捆住了似的，毫無辦法。

〔例〕 要將這龐然大物遷走，又無起重設備，真是～。

步人後塵

後塵: 人走路時腳後面揚起的塵土。跟在別人後面走。比
　　喻追隨、模仿別人。

〔例〕 藝術家在塑造藝術形象時，要發揮自己的想像力和
　　　創意，不應～。

步步爲營

營: 營壘。古時軍營四周的防禦工事。軍隊每前進一步就
　　設下一道營壘。形容進軍謹慎。也比喻行事謹慎。

〔例〕他做事一向謹慎，籌畫縝密，行事小心，～。

步調一致

步調: 走路時腳步的大小快慢。比喻行動一致。

〔例〕希望大家對今次的行動能目標明確、～地共同努力去完成。

步履維艱

步履: 行走。**維**: 文言語助詞。行動很困難。

〔例〕他近來患關節炎，～，很少出門。

見多識廣

見到的多，知道的廣。

〔例〕你在此地住久了，～，我們要向你請教。

見利忘義

見有利可圖，就不顧道義。

〔例〕投機者一向～，爲了自己發財，不惜出賣朋友。

見笑大方

大方: 大方之家，行家。後泛指有專長的人。讓行家見笑。多用作謙辭。

〔例〕鄙人才疏學淺，所寫的幾篇拙文不敢輕易示人，恐～。也作"貽笑大方"。

見異思遷

看見不同的事物就改變主意。指意志不堅定、喜愛不專一。

〔例〕他很愛他的妻子，絕不是一個～的人。

見義勇爲

見到正義的事就勇敢地去做。

7
畫

〔例〕他天生一副剛正性格，～，以助人爲樂，深受同事
推崇。

見機行事

根據具體情況辦事。

〔例〕你這次代表公司去談判，千萬不要過於死板，一定
要～。

見縫插針

見到有縫隙就插根針進去。比喻盡量利用一切可利用的時
間、空間。

〔例〕我在庭院裏～地種了各種花草。

助紂爲虐

紂：商朝最後一個君主，歷史上有名的暴君。**虐**：殘暴。
比喻幫助壞人幹壞事。

〔例〕這羣漢奸～，壞事做盡，人神共憤。

呆若木雞

呆得像木頭雞一樣。形容呆笨或因驚懼而發呆的樣子。

〔例〕我跑去告訴他這突發事件，他嚇得面無人色，～。

吠形吠聲

一隻狗看見人影而吠叫，許多狗也隨聲叫起來。比喻不辨
是非，不察真假，跟着別人隨聲附和。

〔例〕其實許多文人並不明瞭什麼是愛國主義，什麼是賣
國主義，如果某人因主張學習外國先進經驗而被指
責爲賣國主義，許多人便也～地攻擊起賣國主義來。

足智多謀

足: 充足。**智**: 才智。**謀**: 計謀。智慧足，計謀多。

〔例〕此人～，深通韜略，不可輕敵。

困知勉行

遇到困難，刻苦學習，就能獲得知識；有了知識，就勉力實行。

〔例〕～是成功人士的座右銘。

困獸猶鬥

被圍困住的野獸還要作最後的掙扎。比喻在絕境中還要掙扎頑抗。

〔例〕這幾名逃犯雖然處於我們的包圍之中，但～，我們不能掉以輕心。

壯志未酬

壯志: 宏偉的志願。**酬**: 實現。宏偉的志願沒有實現。

〔例〕他～，卻遽罹絕症而死，真是可悲!

壯志凌雲

凌雲: 直上雲霄。形容志向非常高遠。

〔例〕他～，刻苦練習，誓要在本屆奧運會上刷新幾項世界紀錄，爲祖國爭光。

吹毛求疵

求: 尋找。**疵**: 小毛病。比喻故意挑剔別人的缺點、差錯。

〔例〕批評應着重於原則問題上，不要在生活細節上～。

吸風飲露

吸清風，飲露水。指神仙不食五穀，以風露爲食物飲料。

〔例〕他受道家影響很深，經常想到深山老林中去修煉，～，長生不老。

囤積居奇

囤積: 積存。**居奇**: 把稀罕的貨物儲存起來。指把商品囤積起來，等待高價賣出去。

〔例〕～是奸商牟取暴利的慣用手法。

參看"奇貨可居"。

別出心裁

另想出一種與眾不同的新主意。

〔例〕我們要敢於創新，～地設計出具有獨特風格的春裝。

別有天地

比喻另有一番境界。

〔例〕出了山洞口，只見小橋流水，蒼松翠柏，～。

別有用心

用心: 企圖。指另有不可告人的企圖。另有壞主意。

〔例〕他這種沒有事實根據的批評，是～的。

別具一格

另有一種風格。

〔例〕國際繪畫展覽會的觀眾對～的中國畫很感興趣。

別具匠心

匠心: 巧妙的心思(多指文學藝術方面的獨特構思)。具有與眾不同的巧妙構思。

〔例〕這篇文章不仿古、不落俗，言之有物，運筆流暢而～，真是一篇佳作。

別來無恙

恙: 病。分別以來，身體很好吧。久別重逢或書信中的問候語。

〔例〕張兄：～否？

別無長物

（長: zhàng ⓿dzœŋ⁶〔丈〕）

長物: 多餘的東西。再也沒有別的東西。形容家境清貧或生活簡樸。

〔例〕他棲身於閣樓，屋內僅有一牀、一椅，～。

也作"身無長物"。

別開生面

另創一種新的風格、局面。

〔例〕今日林小姐這五首詩，也可謂命意新奇，～了。

別樹一幟

樹: 樹立。**幟**: 旗子。另外樹立一面旗幟。比喻自成一家。

〔例〕他的畫與衆不同，～。

岌岌可危

岌岌: 危險的樣子。形容非常危險。

〔例〕清朝末年，列強企圖瓜分中國，當時國勢～。

7畫

囫圇吞棗

（囫: hú ⓿fet⁷〔忽〕 圇: lún ⓿lœn⁴〔倫〕）

囫圇: 整個兒。把棗子整個兒吞下去，不加咀嚼，沒細辨是什麼味兒。比喻學習時不加分析、思考就接受。

〔例〕對於學到的原理，他都要深入思考和做試驗，務求做到徹底瞭解，決不～。

迅雷不及掩耳

雷聲突然響起，人都來不及摀住耳朵。比喻動作或事情突然而來，不及防備。

〔例〕那支球隊以～之勢，攻入前場，一下子把球踢進對方球門。

我行我素

按照自己平素的一套去做，不加改變。

〔例〕笑罵由人，～而已。

利令智昏

智：理智。因貪圖私利而喪失理智，不辨是非。

〔例〕～，這幾個海關關員竟然知法犯法，利用職權包庇走私活動。

利益均沾

得到利益，大家都有份兒。

〔例〕凡是入股的，都會得到好處; 等到年終分紅的時候，大家來個～。

利害攸關

攸：所。**關**：相關。指有密切的利害關係。

〔例〕這項工作與大家～，因此我們每個人都應該加倍努力地去做好。

利欲熏心

欲：欲望。**熏心**：迷住了心。貪圖私利的欲望迷住了心竅。

〔例〕不法商人～，把糧食價格不斷提高，以牟取暴利。

每下愈況

愈: 更加。況: 由對比而顯明。《莊子.知北遊》:"正獲之間於監市履豨也,每下愈況。"正: 官名。指市官。獲: 人名。履: 踐踏。豨: 豬。意思是說,市官問市場上的牙儈之人爲什麼要用腳踏豬來估量豬的肥瘦?那是因爲愈是踏在豬的下部(即豬脛的部位),愈能看出豬的肥瘦。比喻愈是從低微的事情上推求,愈能瞭解事情的真相。後來成語意思有變化,指情況愈來愈壞。

〔例〕 父親的病情~,合家大小急得團團轉。

也作"每況愈下"。

每況愈下

情形愈來愈壞。

〔例〕 他患病以後,工作情緒~。

參看"每下愈況"。

兵不血刃

兵: 武器。刃: 刀鋒。武器的鋒刃沒有沾血。形容戰事順利,未經血戰就取得了勝利。

〔例〕 大軍一擁而入,~,佔領了潼關。

兵荒馬亂

形容戰時動蕩不安的景象。

〔例〕 東漢末年~,蔡文姬被劫到了匈奴左賢王那裏。

兵貴神速

用兵最重要的是行動要極其迅速。

〔例〕 ~,司令部命令我們立刻出擊這支敵軍,不讓敵人逃走一個。

何去何從

去: 離開。**從**: 跟隨。指在重大問題上的抉擇。

〔例〕分析了當前形勢、權衡了各種利弊之後，～，是你作出抉擇的時候了。

何足掛齒

掛齒: 掛在嘴邊，提起。意思是不值得一提。表示謙虛客氣的話。

〔例〕區區小事，～。

何樂而不爲

爲什麼不樂意去做呢?

〔例〕節約能源對社會對自己都有好處，我們～呢?

延年益壽

增加歲數，延長壽命。

〔例〕經常進行體育鍛煉，能使身體健康，～。

作奸犯科

作奸: 做壞事。**犯科**: 違犯法律。

〔例〕他爲人忠厚老實，決不是～之徒。

作法自斃

自己立法，結果自己受害。比喻自作自受。

〔例〕商鞅是～的典型。

作威作福

作威: 興威，指給人處罰。**作福**: 賜福於人。原指統治者獨攬威權，擅行賞罰。後指憑藉權勢，橫行霸道。

〔例〕這些黑社會分子恃着人多勢衆，經常在我們屋邨裏~。

作壁上觀

語本《史記・項羽本紀》："諸侯軍救鉅鹿，下者十餘壁，莫敢縱兵。及楚擊秦，諸將皆從壁上觀。"站在壁壘上看人家交戰。比喻置身事外，袖手旁觀。

〔例〕迫於情面，我參加了幾個好友舉辦的家庭音樂會，我不會唱不會彈，只能在一旁~。

作繭自縛

蠶吐絲作繭，把自己纏裹起來。比喻自己束縛自己或使自己受困。宋陸游《書嘆》詩："人生如春蠶，作繭自縛裹。"

伶牙俐齒

伶、俐：聰明、靈巧。形容能説會道。

〔例〕立足於社會，要靠説話做事合乎情理，單憑~，可以一時佔上風，但不會永久佔上風。

低三下四

形容地位卑微，低人一等。也形容卑躬屈膝、討好人的樣子。

〔例〕你別把服務性行業的人看作~的人。

低聲下氣

形容説話恭順小心的樣子。

〔例〕他寧肯餓死、凍死，也不肯~地去借錢。

你死我活

形容鬥爭激烈。

〔例〕我們和敵人展開了一場~的戰爭。

7畫

身不由己

由不得自己作主。

〔例〕在從前，許多女孩子～，被迫去做奴婢。

也作"身不由主"。

身心交瘁

瘁: 勞累過度。身體和精神都十分勞累。

〔例〕若再這樣加班下去，我真的是要～了。

也作"心力交瘁"。

身外之物

自己身體以外的東西。多指名利錢財(含有無足輕重的意思)。

〔例〕細想起來，名譽、地位都是～，何必看得那麼重呢!

身先士卒

身: 親自。先: 走在前面。指打仗時將帥親自帶頭，衝在前面。現多用來比喻在工作中帶頭走在屬下的前面。

〔例〕當高級經理要特別注意自己的表率作用，夙興夜寐，～，為屬下樹立一個全心全意幹工作的好榜樣。

身敗名裂

身: 身分，地位。敗: 毀壞。裂: 破損。身分喪失，名譽掃地。

〔例〕他一時財迷心竅，盜竊公款，結果東窗事發，被警方檢控，～。

身價百倍

身價比過去提高了一百倍。形容人的名聲大為提高。

〔例〕他在上一場足球比賽的出色表現，登時令他～，成
為各球隊爭相羅致的對象。

身臨其境

身：親身。**臨**：到。**境**：境地，處境。親身到了那個境地。

〔例〕這本小說寫得太逼真生動了，讓人看了真如～一般。

身懷六甲

指婦女懷孕。

〔例〕你太太～，別讓她幹那些重活了。

身體力行

身：親身。**體**：體驗。**力**：努力。親身體驗，努力實行。

〔例〕僅在口頭上說說是不行的，必須～。

身在曹營心在漢

漢：指志在復興漢室的劉備。《三國演義》故事：關羽和劉
備失散以後，被曹操所留，雖然很受優待，但一聽到劉
備消息以後，便離開曹營，過五關，斬六將，回到劉備
那邊。比喻人雖在敵人這裏，但心仍在自己人那邊。

坐井觀天

坐在井底看天。比喻目光狹小，看到的很有限。

〔例〕今聽到先生高論，方知自己從前見識淺薄，實在是～。

坐以待旦

待：等待。**旦**：早晨，天明。坐着等天亮。

〔例〕爬到泰山的日觀峯，已經半夜了，大家～，準備看
日出的壯麗景象。

坐以待斃

坐着等死。

〔例〕在災禍面前，我們不能～，要抗災自救。

坐立不安

坐着也不是，站着也不是。形容心事重重的樣子。

〔例〕錄取名單快公布了，他～，心裏很緊張。

坐吃山空

只吃不勞動，財產即使多到像山一般，也要吃空。

〔例〕我身體不好，偏偏又失業，～，怎麼得了？

坐臥不寧

寧：安寧。形容十分憂懼的樣子。

〔例〕這幾天來，他～的，莫非他家出了什麼事了？

坐享其成

自己不勞動而享受別人的勞動成果。

〔例〕要培養子女自食其力。不要拿錢供他們～，那對他們絕無好處。

坐視不救

看見別人有危難，自己坐着旁觀，不肯救助。

〔例〕災情嚴重，人民流離失所，我們豈可～！

坐觀成敗

冷眼旁觀別人的成功或失敗。

〔例〕你對弟弟投考學校一事，絕不能～，必須幫助他補習功課。

坐山觀虎鬥

比喻在別人互相爭鬥時，自己坐着旁觀，等到兩敗俱傷時從中取利。

〔例〕看過《紅樓夢》的人都知道，鳳姐爲人陰險，慣於～、
火中取栗、借刀殺人，但最後，也没落個好下場，
世人不能不引以爲戒。

含血噴人

比喻捏造事實，誣賴好人。

〔例〕明明是他監守自盜，卻～，真是無恥之尤!

含辛茹苦

辛: 辣味。**茹**: 吃。形容忍受多種辛苦。

〔例〕她～地把兩個孩子撫養成人。

含沙射影

古代傳說有種蟲子叫蜮，能在水中含着沙噴射人的影子，
使被射的人得病。比喻暗中攻擊或陷害人。

〔例〕他常在文章中～地攻擊他所不滿意的人。

含飴弄孫

飴: 麥芽糖。**弄**: 哄逗。嘴含着糖哄逗小孫子。形容老年
人清閑恬適的生活。

〔例〕人到老年，～，也是一種樂趣啊!

含糊其辭

辭: 言語。故意把話説得含含糊糊。

〔例〕盤問再三，他還是～，支支吾吾，不肯説出實情。

肝腦塗地

塗地: 流在地上。肝血、腦漿都流在地上。形容人的慘死。
後用以比喻竭盡忠誠，不怕犧牲。

〔例〕抗日戰爭時期，無數青年投身抗日，不惜～。

肝膽相照

肝膽：肝臟和膽囊。比喻真心誠意。**相照**：互相照見。指朋友相交，赤誠相待。

〔例〕他們倆同事多年，情同骨肉，～。

言不及義

說話沒一句是正經的。

〔例〕這幾個人不務正業，好食懶做，～。

言不由衷

由：從。**衷**：內心。指說出的並不是真心話，形容心口不一。

〔例〕真不願聽他那一套～的鬼話。

言不盡意

常用於書信末尾，表示還沒有把心意完全表達出來。

〔例〕好了，就寫到這兒吧，紙短情長，～，望你以後多多來信。

言之成理

話說得有道理。

〔例〕對問題瞭解得愈深愈透，談論起來就愈能～。

言之無物

指著作或言論空洞，沒有內容。

〔例〕我們的雜誌版面有限，今後不要再登這類～的文章了。

言外之意

沒有在話裏明說，但能使人察覺出來的意思。

〔例〕他一再説自己忙，~是不願意來我們學校任教。

言必有中

（中: zhòng ⑧dzuŋ³〔衆〕）

中: 中肯。指不説則已，一説就説到點子上。

〔例〕他不輕易説話，如果發表意見則是頭頭是道，~。

言而無信

信: 信用。説話不講信用。

〔例〕他臨時改變主意，没來參加聚會是有原因的，你説他~，批評重了點。

言行一致

説的和做的一致。

〔例〕他向來~，怎麽説就怎麽做。

言近旨遠

語言淺近，含意卻意深遠。

〔例〕當年孫中山先生的講演~，深入淺出，聽衆總是報以陣陣掌聲。

言爲心聲

語言是思想的反映。

〔例〕~，要想瞭解一個人，最好是聽聽他説話。

言過其實

實: 實際。原指言語浮誇，超過實際才能。現比喻説得過分，和實際情況不符。

〔例〕看人不能只看到人家的缺點，也要看到人家的長處；你對他的非議，未免有點~吧！

言簡意賅

（賅: gāi ⑧goi¹〔該〕）

賅: 完備，概括。話説得少，意思卻透徹詳盡。

〔例〕 他的話～，生動有力。

言歸正傳

正傳: 本題。把話頭回到正題上來。

〔例〕 綠珠一看不對頭，趕緊～，預備説完了好告辭。

言歸於好

言: 文言語首助詞，無義。重新和好。

〔例〕 兩人異國相逢，很自然地～，又走到了一起，昔日的隔閡與誤解都煙消雲散了。

言必信，行必果

信: 守信用。**果:** 果斷。説話一定要守信用，行動一定要堅決、果斷。

〔例〕 我們説到做到，～。

言者無罪，聞者足戒

批評者的意見即使不正確，也是無罪的；被批評者即使沒有這種錯誤，也應引以爲戒。

〔例〕 在上者要提倡～，鼓勵人們大膽提意見。衆人之見可以使在上者心明眼亮，少犯錯誤。

忘年之交

不拘年齡輩分而結成的深厚友誼。

〔例〕 他倆在藝術創作上都取得卓越的成就，經常互相切磋，兩人已成～。

忘恩負義

忘記別人對自己的恩德，做出對不起別人的事。貶義。

〔例〕怎麼也沒料到他竟是個～的人。

冷言冷語

冷冰冰的諷刺話。

〔例〕在舊式家庭裏，婆媳妯娌之間經常會聽到許多～，鬧得很不和睦。

冷若冰霜

冷得像冰霜一樣。比喻待人很冷淡，毫不熱情。

〔例〕這女孩子豔如桃李，～

冷眼旁觀

用冷淡的態度從旁觀察。多指不想介入或不願參加。

〔例〕科學工作者對於一切新的發明創造應該積極鼓勵和支持，決不應採取～的態度。

冷嘲熱諷

用明言暗語譏笑諷刺。

〔例〕《儒林外史》對當時的讀書人，極盡～之能事。

沐雨櫛風

見"櫛風沐雨"。

沙裏淘金

從沙子裏淘出黃金。比喻從大量物料中選取精華。也比喻用力大而收效小。

〔例〕如果你能動腦筋，認真讀，花一點～的功夫，那麼從你讀過的每一本書中都會得到有益的東西，即使是那些被視爲無聊的書，也是如此。

泛泛而談

泛泛：一般的，不深入的。一般地談談。

〔例〕～的發言，對大家並沒有什麼幫助。

泛濫成災

泛濫：河水向外漫溢。河水漫出，造成水災。

〔例〕我們開始了治河工程，不單要改變河水～的舊況，
還要使河水所經的地方成爲一個豐產的魚米之鄉。

没精打采

采：精神。形容精神不振作或不高興的樣子。

〔例〕他這幾天心情不好，總是～的。

也作"無精打采"。

没齒不忘

没：消失。**齒**：牙齒。**没齒**：一輩子。終生不會忘記。

〔例〕你對我的大恩，我～。

沆瀣一氣

〔沆：hàng 粵hoŋ⁴〔杭〕 瀣：xiè 粵hai⁶〔械〕〕

沆瀣：夜間的水氣。本指唐朝的崔沆、崔瀣二人。宋、錢
易《南部新書》記載：崔瀣是崔沆的門生。崔瀣去考試，
主考官崔沆錄取了他。當時有人說他們"座主(主考官)
門生沆瀣一氣"。後用以比喻氣味相投的人互相交結。

〔例〕你有所不知，許久以來，他二人便～，狼狽爲奸，
只是瞞着你。

沉舟破釜

見"破釜沉舟"。

沉冤莫白

沉冤: 長期得不到昭雪的冤屈。**莫白**: 無法辯白。指多年的冤屈得不到昭雪。

〔例〕當事人幾次申訴, 至今～, 此案案情複雜, 一時恐難水落石出, 請容我再深入調查, 瞭解確實後再議。

沉魚落雁

形容女子貌美, 可使魚沉水底, 雁落平沙。

參看"閉月羞花"。

〔例〕她有～之容, 氣質高雅, 談吐大方, 集東方女性美於一身。

沉默寡言

性情沉默, 不喜歡多說話。

〔例〕他爲人～, 不輕易在人前顯露自己的才智。

決一雌雄

雌雄: 比喻勝敗、高低。較量一下勝敗高低。

〔例〕他決定大量拋售股票, 同鈞益公司～。

快馬加鞭

對飛快跑的馬再抽上幾鞭。比喻快上加快。

〔例〕我們要～, 爭取將工程提前完成。

快刀斬亂麻

比喻辦事果斷, 抓住要害, 很快地解決複雜的問題。

〔例〕在這緊急的關頭, 我們必須～, 不能糾纏在一些無關重要的枝節問題上。

完美無缺

完備美好，沒有缺點。

〔例〕他珍藏着幾件完美無缺的周代文物。

完璧歸趙

璧：一種美玉。《史記》記載：秦王騙趙國說，願意用十五座城換趙國的一塊璧。趙國大臣藺相如去到秦國獻了璧，見秦王沒有給城的意思，就憑自己的機智和勇敢，把璧從秦王手裏騙了回來，並派人送回趙國去。比喻把原物完好地交還給原主。

牢不可破

異常堅固，不可摧毀。

〔例〕我們兩校關係密切，我們的友誼是～的。

良師益友

對自己有教益的老師和朋友。

〔例〕這本詞典非常實用，出版後，成了青年學生的～。

良莠不齊

（莠: yǒu　⑧jeu⁵〔友〕）

莠：狗尾草，損害莊稼的野草，比喻壞人。指好人壞人，混雜在一起。

〔例〕人多了，難免～，這是不足為奇的。

良藥苦口

能治病的藥有時味苦。比喻有些尖銳的批評勸戒，會使人聽了覺得不舒服，但對人有益。

〔例〕他對你的批評是嚴厲了些，但是～，對你會有幫助。

初出茅廬

茅廬: 茅草房。初出來做工作。比喻初入社會, 經驗不多。

〔例〕 他雖然是~, 工作起來卻是有條有理的。

初露鋒芒

鋒: 刀劍的刃。**芒**: 穀物的芒。比喻剛顯露出某種才能或力量。

〔例〕 在這次全市音樂比賽會上, 他~, 取得了優異的成績。

初生之犢不畏虎

犢: 小牛。比喻年輕人大膽勇敢。

〔例〕 年輕人有~的精神, 敢於向傳統的思想挑戰。

也作"初生牛犢不怕虎"。

尾大不掉

掉: 擺動。尾巴太大難以擺動。比喻部屬勢力強大, 難以駕馭。

〔例〕 他重用的幾個親信, 卻悄悄地培植起自己的勢力, 待到他發覺, 已是~, 其勢已成。

局促不安

局促: 拘束。形容拘謹不自然的樣子。

〔例〕 他剛見到經理時, 顯得有些~, 但經理態度溫和親切, 他慢慢也就很自然了。

改邪歸正

摒棄錯誤, 改過自新, 走上正路。

〔例〕 只要~, 他會有好前途的。

改弦更張

改弦: 更換琴弦。**更張**: 調整安裝。更換或調整琴弦，使樂聲和諧。比喻改革制度或改變方針、計畫或方法。

〔例〕在人事制度上要～，為人才成長創造公平競爭的機會。

改弦易轍

轍: 車輪碾過的痕跡。比喻道路。琴改換弦，行車改換道路。比喻變更方法、計畫或態度。

改頭換面

指只是表面上改變一下，實質上和原來的還是一個樣。

〔例〕這篇文章的論點原是抄襲來的，他只不過是～一下，就當作是自己的。

妖言惑眾

妖言: 荒誕無稽的邪說。**惑**: 迷亂。用荒誕無稽的邪說迷惑羣眾。

〔例〕在偏遠落後的山區，常有巫婆裝神弄鬼，～，騙取錢財。

妙不可言

美妙得無法用語言來表達。形容美妙到了極點。

〔例〕那鐘乳石洞，蜿蜒曲折，千姿百態，宛若仙境，～。

妙手回春

妙手: 指高超的醫術。**回春**: 使春天返回。比喻把快死的人醫治好了。比喻醫術高明，能使病危的人痊癒。

〔例〕全靠醫生～，把我爸爸的病醫好了。

忍俊不禁

忍俊: 含笑。**禁**: 忍住，制止。忍不住要發笑。

〔例〕這個五歲孩子裝出的一副大人相，看了令人～。

忍辱負重

忍受屈辱，承擔起重大的責任。

〔例〕在這多難之秋，國家需要更多的～之士。

忍氣吞聲

忍住氣憤，不敢吭聲。

〔例〕老張分明知道罵的是他，也只得～，敢怒而不敢言。

忍無可忍

再也忍受不下去了。

〔例〕那些學生～，告到校長那裏，聲言如果不解決就罷課。

孜孜不倦

孜孜: 勤勉的樣子。**倦**: 疲勞。形容勤奮好學，不知疲勞。

〔例〕他父親今年已經八十多歲了，每天仍～地學外語。

阮囊羞澀

阮囊: 指晉代人阮孚的錢袋。**羞澀**: 難為情。原意是阮孚為錢袋錢少而害羞。形容手頭無錢，經濟困難。

〔例〕到了書市一看，想買的書很多，怎奈～，只好作罷。

防不勝防

防備不過來。

〔例〕那裏的扒手特別多，～，一不小心，錢就被偷走了。

防患未然

在禍患沒有形成的時候預先防備。

〔例〕各工廠必須增添防火設備，以～。

也作"防患於未然"。

防微杜漸

微: 微小，指錯誤或壞事剛冒頭。**杜**: 堵住。**漸**: 逐漸，指發展。在壞事或邪念剛露頭的時候及時防止，不讓它發展。

〔例〕對子女的不良傾向，要及時教育，～，引導他們健康成長。

八畫

奉公守法

奉: 奉行。**公**: 公事。奉行公事，遵守法紀。

〔例〕人人都該～。

奉若神明

奉: 敬奉。**若**: 如同。**神明**: 神。敬奉某些人或事物，就像宗教徒敬奉神一樣。形容對人過分崇拜。

〔例〕理論總有其片面性，把一種理論～，絕對排斥其他理論，完全忽視其他理論的有益成分，顯然是錯誤的。

玩火自焚

焚: 燒。玩火的人最後燒死了自己。比喻幹壞事的人最後自食其果。

〔例〕無數事實證明，發動戰爭的人其結果必然是～。

也作"玩火者必自焚"。

玩世不恭

不恭: 不嚴肅。用戲弄的態度來對待世事。

〔例〕 在封建社會裏，有些讀書人常用～的態度來表示對當時社會的不滿。

玩物喪志

迷戀於所玩賞的事物，以致消磨了志氣。

〔例〕 這個人終日玩古董，一點正經事都不幹，真是～。

青出於藍

青: 靛青。**藍**: 蓼藍，草名，可作藍色染料。《荀子‧勸學》: "青，取之於藍，而青於藍。" 靛青是從蓼藍提煉而成的，但是顏色比蓼藍更深。比喻學生超過老師，後人勝過前人。

〔例〕 青年人一定要有後來居上的氣概，要向理想的目標前進，做到～而勝於藍。

青梅竹馬

青梅: 青色的梅子。**竹馬**: 將竹竿放在襠下當馬。李白《長干行》: "郎騎竹馬來，繞牀弄青梅。同居長干里，兩小無嫌猜。" 形容男孩女孩天真無邪，在一起玩耍。常與 "兩小無猜" 連用。

青黃不接

青: 青禾苗。**黃**: 黃熟的穀物。陳糧已經吃完，新糧未接上來。比喻人力、物力暫時難以接續的現象。

〔例〕 由於有不少人轉業，我們這行業正處於～的時期。

青雲直上

青雲: 高空，比喻高位。形容人的地位直線上升。

〔例〕有的人屢遭貶黜，有的人～。

表裏如一

外表與內心一致。比喻人的思想和言行完全一致。

〔例〕他是個～的人，心裏怎麼想，嘴上就怎麼說。

長生不老

永遠不老，長壽。

〔例〕世上哪有～的藥!

長此以往

老是這樣下去。

〔例〕你要及時改正壞習慣，否則～，前途是不堪設想的。

長吁短嘆

不住地嘆氣。形容沮喪的神氣。

〔例〕遇到挫折，應該振作起來，不要整天～。

長年累月

長年: 整年，多年。**累月**: 一月又一月。形容經歷了很長的時期。

〔例〕他的豐富工作經驗是～積累起來的。

長命百歲

壽命很長，活到一百歲。常用作對人的祝願語。

〔例〕像你這樣注重飲食，經常運動，樂天知命，一定會～。

長歌當哭

(當: dàng　粵doŋ³〔檔〕)

當哭: 權當痛哭(以寄托悲憤之情)。長聲歌詠，指寫詩文。

〔例〕悲憤之餘，惟有～，以慰先烈在天之靈。

長篇大論

指內容空泛、大而無當的言論或文章。

〔例〕短小精悍的文章遠遠勝過那些言之無物的～。

長驅直入

形容軍隊長距離不停頓地快速前進。

〔例〕消除了後顧之憂，他揮兵南下，～。

長他人志氣，滅自己威風

（長：zhǎng 粵dzœŋ²〔掌〕）

形容助長別人的聲勢，輕視自己的力量。

〔例〕你別～，客隊雖強，我隊也不弱，勝負高下，要較量過才知。

拋頭露面

拋：暴露。露出頭和面孔。原指婦女出現在大庭廣眾之中。現泛指人公開露面（多含貶義）。

〔例〕你大概又要說她來這裏～，不知羞恥了吧！

拋磚引玉

拋出磚頭，引來美玉。比喻以自己粗淺的意見或粗劣的作品引出別人成熟的意見或完美的作品。常用作謙辭。

〔例〕我的這些看法是極不成熟的，希望能起到～的作用。

拒諫飾非

諫：勸告。**飾**：遮掩。拒絕勸告，掩飾錯誤。

〔例〕任何人都應該虛心接受別人的意見，絕不能～。

拒人於千里之外

形容堅決拒絕別人，不留一點餘地的態度。

〔例〕 他對別人的批評，開頭採取～的態度; 經過別人多次的幫助，他終於接受了意見。

花天酒地

形容沉迷酒色、荒淫腐化的生活。

〔例〕 這傢伙終日遊手好閑，過着～的生活。

花好月圓

花開得好，月亮正圓。象徵美好圓滿。舊時用作祝賀新婚的頌辭。

〔例〕 祝願你們夫妻恩愛，～。

花言巧語

用漂亮好聽的話進行欺騙。

〔例〕 不管他怎樣～，也無法掩蓋他的陰謀。

花枝招展

招展: 迎風飄動。形容婦女打扮得十分豔麗。

〔例〕 新春佳節，姑娘們都打扮得～，十分動人。

拐彎抹角

①形容行路曲曲折折。

〔例〕 一路上，我跟着他～地穿過很多小巷，才來到他家。

②比喻講話不爽直，繞彎子。

〔例〕 柳先生，你有話請直說，不必～。

拖人下水

比喻拉別人去幹壞事。

〔例〕 他常常用小恩小惠，～。

拖泥帶水

比喻作事、説話、寫文章不簡潔。

〔例〕他爲人爽快，做事乾脆，從不～。

拍手稱快

拍着手喊痛快。多用以形容由於正義得到伸張時的痛快心情。

〔例〕大家見到這批惡人的下場，無不～。

拍案叫絕

案: 几案。**絕:** 指極好。拍着桌子叫好。形容非常讚賞。

〔例〕這幅漫畫深刻而富幽默感，令人～。

抱殘守缺

守着殘缺破舊的東西不放。形容不接受新事物。

〔例〕在思想上～的人，就不能進步。

也作"抱殘守闕"。

抱頭鼠竄

竄: 逃。形容逃跑時的狼狽相。

〔例〕敵人被我們打得～，再也不敢來犯了。

抱薪救火

薪: 柴草。抱着柴草去滅火。比喻用錯誤的方法去消滅災禍，結果災禍反而擴大了。

〔例〕因經營不善而瀕臨破產的企業，倘若只提供貸款而不促其改善經營管理,譬如～，遲早難逃破產的命運。

幸災樂禍

別人遭遇災禍，不但不同情，反而感到高興。

〔例〕他聽說這兩家人鬧翻了，～地到處去講。

拂袖而去

一甩袖子就走了。形容因生氣、不滿而走開。

〔例〕席間，他聽到一些對他家族冷嘲熱諷的話，就～。

招兵買馬

招：徵集。徵集人馬，組織隊伍。比喻招集人員，擴充力量。

〔例〕聽說二哥到處遊說，～，他籌畫的裝修公司快要開張營業了。

招搖過市

招搖：張揚，炫耀。大搖大擺地走過鬧市。形容故意在眾人面前炫耀自己，以引起人們注意。

〔例〕市面治安不好，她還是戴着炫目的金飾～，總有一天要惹禍的。

招搖撞騙

招搖：張揚，炫耀。**撞騙**：找機會行騙。假借名義，到處炫耀，進行詐騙。

〔例〕只是不肖兒子在外頭～，鬧出事來，我就耽不起。

披沙揀金

披：撥開。撥開沙子揀出金子。比喻從大量事物中選擇精華。

〔例〕好的選本能夠做到～，使讀者用極少的時間，讀到最好的作品。

也作“披沙簡金”。

披星戴月

形容早出晚歸或連夜趕路。

〔例〕派報人爲了及時把報紙送到讀者手裏，常常～地工作。

披荊斬棘

披: 劈開。**荊、棘**: 叢生多刺的植物。比喻克服困難，掃除障礙。

〔例〕我們～，克服了無數困難，終於把我們的工廠建成了。

披堅執銳

披: 穿。**堅**: 指堅固的鎧甲。**銳**: 指銳利的兵器。身穿鎧甲，手持兵器。形容全副武裝投入戰鬥。

其味無窮

比喻意味深長。

〔例〕他這句話，仔細研究起來，～。

其奈我何

其: 助詞，表示反問。**奈何**: 怎麼樣。能把我怎麼樣。

〔例〕人正不怕影子斜。他誣告我們，怕什麼？我們沒做虧心事，～？

其貌不揚

其: 他的。**不揚**: 不好看。形容人的外貌醜陋。

〔例〕你不要瞧他～，卻寫得一手好字。

取之不盡，用之不竭

盡、竭: 完。形容極其豐富。

〔例〕要積極發展教育，提高國民質素，使智力資源～。

取而代之

奪取別人的地位、權力而代替他。也指用此事物去代替另一事物。

〔例〕 不思進取的人被奮發上進的人～，這是必然的。

取長補短

吸取別人的長處來彌補自己的短處。

〔例〕 這兩種操作方法各有優點，如能～，就可以提高產量。

邯鄲學步

《莊子・秋水》上說：戰國時燕國有一名青年到趙國的都城邯鄲去，看到趙國人走路姿勢很美，就跟著學起來，結果不但沒學好，連自己原來的走法也忘掉了。比喻摹仿別人不得法，反而連自己原有的本領也丟掉了。

〔例〕 對於別人的經驗要認真吸取其精華，不能～地表面學習。

直抒己見

抒：發表。痛痛快快地說出自己的意見。

〔例〕 今天會上，大家都熱烈發言，～。

直言不諱

諱：避忌。有話直說，毫不避忌。

〔例〕 他～地指出了哥哥的缺點。

直言賈禍

（賈：gǔ 粵gu²〔古〕）

賈禍：招禍。說直話的人會惹禍。

〔例〕 ～，這只是一種情況，仗義直言不是很受人尊敬麼？

直截了當

形容説話、做事乾脆爽快，不繞彎子。

〔例〕大家有意見請~地説出來，讓我們早點擬出可行的方案。

枉費心機

枉: 白白地。白白地耗費心思。

〔例〕他挑撥離間，妄圖破壞我們的友誼，完全是~。

杯弓蛇影

《晉書·樂廣傳》説: 有一個人在別人家裏飲酒時，看見酒杯裏有一條蛇，喝完後嚇得生了一場病。後來知道原來是屋角上一張弓的影子照在杯子裏，他的病也就好了。比喻疑神疑鬼，妄自驚擾。

杯水車薪

車薪: 一車子柴草。一杯水救不了一大車着火的柴草。比喻力量太小，對於解決嚴重的困難，起不了作用。

〔例〕這次學術討論會需會議費五萬元，現在才籌集到兩千元，~，無濟於事。

杯盤狼藉

狼藉: 雜亂。形容酒飯後桌上杯盤亂七八糟地放着。

〔例〕一席酒過後，~。

杳無音信

杳: 不見踪影。一點消息也沒有。形容消息斷絕。

〔例〕他不辭而別，去了歐洲至今已四個月，~。

來日方長

將來的日子長着呢。

〔例〕這樣冷的天氣，你要去遊覽長城，我看不大適宜，～，急什麼?

來者不拒

對於一切來人概不拒絕。

〔例〕她向來熱心幫助人，只要有找上門的，她總是～。

來龍去脈

原是迷信風水的人說的話，他們把接連着的山比作一條龍，認爲從頭到尾都像血脈似地連貫着，可以很清楚地看出它從哪兒來，向哪兒去。現在指一件事情前後關聯都有線索可找。

〔例〕每件事情，先要弄清它的～，處理起來就容易得多。

枕戈待旦

戈: 古代的一種兵器。旦: 天亮。睡覺的時候把武器當枕頭，等待天亮。形容一刻也不鬆懈，隨時準備迎敵。

〔例〕士兵們個個摩拳擦掌，～，只等一聲令下，就立刻出發。

東山再起

東晉時謝安退職後在東山做隱士，後又出來做了大官。借用爲重新出來掌權得勢。

〔例〕明代有些官吏隱居北京香山，身在山野而心在朝廷，隨時準備～。

東施效顰

效: 仿效。顰: 皺眉。《莊子·天運》載: 美女西施病了，皺着眉頭、按着心口在路上走。醜女東施看見，覺得很美，也學西施的樣子，結果醜得可怕。比喻不根據具體情況，胡亂模仿，結果適得其反。

東窗事發

宋朝奸臣秦檜曾與其妻王氏在東窗下密謀殺害岳飛。秦檜死後，王氏叫方士招魂，看見秦檜在陰司受刑。秦檜對方士說：「可煩傳語夫人，東窗事發矣。」後指陰謀敗露。

〔例〕他身居要職，多次接受賄賂，終於～，身敗名裂。

東鱗西爪

原指畫中的龍被雲霧所遮，東露一鱗，西露一爪，看不到龍的全貌。現比喻事物零碎、不全面。

〔例〕這篇遊記不過是我歐遊見聞的～，寫得很不全面。

臥薪嘗膽

春秋時代，越國被吳國打敗，越王勾踐立志要為國家報仇雪恨。為了使自己不忘艱苦，激勵鬥志，他夜間睡在柴草上面，並在住處懸掛苦膽，經常嘗嘗膽的苦味，用以激勵自己報仇雪恨。結果終於打敗了吳國，復興了越國。比喻刻苦自勵，發奮圖強。

事不宜遲

宜：應當。不應當再延誤，必須抓緊時機去辦。

〔例〕說的是，～，及早決定。

事不過三

指按照一般情理，同樣的事不得超過三次。

〔例〕我已經一再退讓了，～，如果他再胡攪蠻纏，我將訴諸法律。

事半功倍

用一半的氣力，收到加倍的功效。指費力小，收效大。

〔例〕我們應該努力提高業務水平，使我們的工作收到～
的效果。

事必躬親

躬親: 親自去做。凡事都親目去做。

〔例〕他一到任，不分内外鉅細，～，忙得不可開交。

事出有因

因: 原因。事情的發生有它的原因。

〔例〕她突然出走了，我相信是～的。

事在人為

事情是靠人去做的。

〔例〕俗語説"～"，只要你好好地幹，一定可以作出成績來。

事倍功半

指工作效率低，費力大，收效小。

〔例〕由於他粗心大意，中途幾次改變計畫，結果～，浪
費了不少人力、物力。

事過境遷

事情已經過去，情況發生了改變。

〔例〕你來信中談到了五年前的許多事，～，我已經記不
大清楚了。

事與願違

事實與願望相違背。

〔例〕有的地區毀林造田，結果～，破壞了生態環境，糧
　　　食反而減產了。

事不關己，高高掛起

認爲事情跟自己無關，就不聞不問。

〔例〕鄰里之間要互相關心，遇事不能採取～的態度。

兩小無猜

猜: 猜疑。謂天真無邪的幼男幼女相處融洽，感情純真，
互相沒有猜疑。

〔例〕他倆同年出生，自幼～，長大後在同一家公司工作，
　　　相處得非常好。

兩全其美

全: 顧全。指使兩方面都能圓滿地照顧到。

〔例〕這樣不好，那樣也不行，能不能想個～的辦法呢?

兩面三刀

比喻當面一套，背後一套，耍兩面派手法。

〔例〕知人知面不知心。世上有那麼一種人，嘴甜心苦，～，
　　　上頭笑着，腳底下就使絆子。

兩袖清風

原形容迎風行走時瀟灑的姿態。後多比喻爲官清廉。

〔例〕他爲官清廉，～，難能可貴。

兩敗俱傷

爭鬥的雙方都受到損傷。

〔例〕這件事本來可以合理解決,但他們大打出手,結果～。

雨後春筍

春天下雨後，竹筍一下子就長出來很多。比喻新事物大量湧現。

〔例〕這個地區自從劃爲工業區以後，工廠有如～地建立起來。

雨過天青

陣雨過後，天空碧青。原指雨過天晴時天空的顏色。後比喻情況由壞變好。

〔例〕八年抗戰總算熬過去了，～，人人心裏都有說不盡的喜悅。

也作"雨過天晴"。

奔走相告

奔、走：跑。指振奮人心的消息傳來，人們奔跑着互相轉告。

〔例〕這條新聞一發表，人們～，很快就從城裏傳到鄉下。

奇形怪狀

奇怪的形狀。

〔例〕這裏的山石，有的像人，有的像動物，～，什麽樣的都有。

奇珍異寶

稀奇難得的寶物。現也用來比喻各種有用的資源。

〔例〕勘探隊員走遍各地，向大自然索取～。

奇恥大辱

極大的恥辱。

〔例〕一九一九年袁世凱和日本訂立賣國的"二十一條"，

這是中國歷史上的～。

奇貨可居

居：囤積。指商人把稀少的貨物囤積起來，等待高價賣出去。

〔例〕出國學到了些知識，不要認爲～，而要無保留地奉獻給社會。

奇裝異服

指與衆不同、奇特古怪的服飾。

〔例〕化裝舞會上，各種各樣的～，令人眼花繚亂。

奇談怪論

稀奇古怪、不合事理的言論。

〔例〕對這種～，我們只能嗤之以鼻。

奄奄一息

奄奄：氣息微弱的樣子。形容將要死亡。

〔例〕他的病很沉重，已經是～了。

返老還童

由衰老回復到青春。

〔例〕在我們家鄉，老年人生活安定，精神愉快，工作起來，興致勃勃，真箇是～了。

妻離子散

一家人被逼得分離四散。

〔例〕敵人把我害得～，家破人亡，這血海深仇，我一定要報。

卓爾不羣

卓爾: 特出的樣子。**不羣**: 跟衆人不同。形容超出尋常，
　與衆不同。

〔例〕他文才出衆，風度翩翩，～。

虎口餘生

從老虎嘴裏逃出的性命。比喩從極危險的境地中逃出，僥
倖保存了性命。

〔例〕他帶着滿身傷痕，摸過敵人的幾道崗哨，才回到自
　己的陣地，真是～。

虎背熊腰

老虎的脊背，熊的腰身。形容身體魁梧健壯。

〔例〕這些山東大漢，個個～，身强力壯。

虎視眈眈

眈眈: 注視的樣子。形容惡狠狠地盯着，隨時要撲過去攫
取。

〔例〕李家的幾個不孝之子，撇下臥牀不起的老太爺不管，
　個個～，都在算計遺產。

虎頭蛇尾

頭大得像老虎頭，尾細得像蛇尾。比喩辦事開頭聲勢很大，
後來勁頭很小。

〔例〕我們做事要有始有終，不能～。

具體而微

內容大體具備，不過規模比較小。

〔例〕這座模型中的花草樹木、山水亭臺是這個公園～的
　仿製品。

味同嚼蠟

味道像吃蠟一樣。形容說的話或寫的文章枯燥無味。

〔例〕文章好壞，不在長短；如果言之無物，或廢話連篇，都會給人～的感覺。

也作"味如嚼蠟"。

明日黃花

明日: 指重陽節後的一天。**黃花**: 菊花。宋蘇軾《九日次韻王鞏》詩:"相逢不用忙歸去，明日黃花蝶也愁。"重陽節後的菊花將逐漸枯萎，失去欣賞價值了。後用以比喻過時的事物。

〔例〕此文務請早日刊登，延遲發表，恐成～。

明火執仗

明火: 點起火把。**執仗**: 手拿武器。指毫無顧忌地公開搶劫、爲非作歹。

〔例〕這幫人平日就欺壓鄉親，如今時機一到，更是～，當起强盜來了。

明目張膽

張膽: 放大膽量。原指有膽有識，敢作敢爲。後用以指公開地、毫無顧忌地做壞事。

〔例〕開始時他們還是秘密行事，後來就～地幹起來了。

明知故犯

明明知道不該這樣做，卻故意違犯。

〔例〕你知道倉庫內禁止吸煙，可是你還要吸，不是～嗎?

明知故問

明明知道，卻故意詢問。

〔例〕你早就知道他們之間鬧得很不愉快，卻～，讓人尷尬。

明爭暗鬥

明裏暗裏都在互相爭鬥。形容雙方鈎心鬥角。

〔例〕兩個黑社會組織爲爭地盤而～，都想吃掉對方。

也作"暗鬥明爭"。

明哲保身

原指明智的人能遠離危險，保全自己。現常用以形容爲了自己的安全，迴避原則鬥爭的處世態度。貶義。

〔例〕這人一向～，別想他會在這次爭論中説上幾句公道話。

明珠暗投

把閃閃發光的珍珠扔在暗處。比喻有才能的人落在不適當的地方。也比喻珍貴的東西落在不識貨的人手裏。《三國演義》第五十七回："(龐)統曰：'吾欲投曹操去也。'(魯)蕭曰：'此明珠暗投矣。'"

明察秋毫

察：看到。**秋毫**：鳥獸在秋天長出的毛，特別細微。比喻對很小的事情都看得清楚。

〔例〕本人實在是冤枉，望法官～，爲小民伸冤。

明察暗訪

公開察看，暗地訪問。指從各方面進行調查瞭解。

〔例〕他們到處～，費了半年工夫，終於把這宗疑案解決了。

也作"明查暗訪"。

易如反掌

反: 翻。像翻一下手掌那樣容易。比喻非常容易。

〔例〕你精通英文，小說都譯了幾本，請你譯這封信，還
不是～?

固若金湯

金: "金城"，指像用金屬鑄的堅固城牆。**湯**: "湯池"，像
放滿滾水的護城河。形容防禦工事無比堅固。

〔例〕這山城～，請你放心，誰也攻不破。

固執己見

頑固地堅持自己的意見，不肯改變。

〔例〕老太太～，兒女們奈何不得。

忠心耿耿

耿耿: 忠誠的樣子。形容非常忠誠。

〔例〕諸葛亮～地輔佐劉備，歷史上傳爲美談。

忠言逆耳

忠言: 忠誠的勸告。**逆耳**: 刺耳，不中聽。好話不中聽。

〔例〕"～，良藥苦口"，這是至誠的話。

忠貞不渝

忠貞: 忠誠堅貞。**渝**: 改變。忠誠堅定，永不改變。

〔例〕文天祥對宋王朝的～，爲世人所景仰。

呼之欲出

一喚他就要出來。形容畫像逼真，像活的一樣。

〔例〕晉朝大畫家顧愷之畫中的人物，往往給人以～的逼
真感覺。

8
畫

呼風喚雨

本指神仙道士的神通廣大，能呼風喚雨。現在比喻人的能耐大，可以改造自然或社會，從而造成某種局勢。

〔例〕春暖花開，正是英雄用武之時；大好河山，正是～之地。

呼之即來，揮之即去

呼：呼喚。**揮**：揮手。一呼喚他就來，一揮手他就去。指任意役使別人。

〔例〕他是一位學者，由不得你～。

咄咄怪事

（咄：duō ⑧dœt[7]〔多㤰切〕 dzyt[8]〔拙〕）

咄咄：歎詞，表示驚詫。形容使人驚詫的怪事。

〔例〕噫！一本小說居然對社會造成如此大的影響，豈非～？

咄咄逼人

咄咄：驚詫的聲音。形容氣勢洶洶，盛氣凌人。

〔例〕這姑娘看起來很溫順，爭論起來卻～。

非同小可

小可：尋常。形容不尋常，不同於一般。

〔例〕這是筆數千萬美元的交易，～，一定要等董事長回來再作決定。

非愚則誣

愚：愚昧。**誣**：誣蔑。不是愚昧，便是造謠誣蔑。

〔例〕他這種說法～，你不必介意。

非驢非馬

不像驢也不像馬。比喻什麼也不像。

〔例〕寫文章不要硬搬外國語法，以免把句子弄得～，生硬難懂。

知人善任

知：瞭解。**任**：任用。瞭解屬下並且善於使用。

〔例〕他～，旗下精英雲集，各盡所長，把企業經營得蒸蒸日上。

知己知彼

如果對自己和敵人都能徹底瞭解，打起仗來就總能勝利。

〔例〕～，百戰百勝。

知法犯法

知道是法律所不容許的，卻故意違犯。指明知故犯。

〔例〕他身為警務人員，卻夥同黑幫，綁架地產富商，～，罪加一等。

知無不言

把自己知道的全說出來。

〔例〕在會議中，大家本着"～，言無不盡"的精神，廣泛地討論了我們工廠各方面的業務。

知難而退

原作作戰時知道不可能取勝就退卻下來。後指遇到困難就後退。

〔例〕成功，是用克服困難換來的，勇於進取，而不是～，才能建立輝煌的事業。

8畫

知其一，不知其二

知道一方面的情況，不知道另一方面的情況。指對事物沒作全面瞭解。

〔例〕你對這個問題的看法不全面，～，還須作深入的調查研究。

物以類聚

同類的東西常聚在一起。現多指臭味相投的人總聚集在一起。常與"人以羣分"連用。

〔例〕他跟這羣小流氓整天廝混在一起，真所謂～，人以羣分。

物極必反

極：極點。**反**：朝相反的方向轉化。事物發展到了極點，必然向它的反面轉化。

〔例〕殊不知～，是固有的道理。

物換星移

景物改變，星辰移位。形容時序景物變遷。

〔例〕日往月來，～，不覺又十年了。

物傷其類

傷：悲傷。指因同類遭到不幸而感到悲傷。

〔例〕～，他同劍青情同手足，劍青意外罹難，他能不悲傷麼？

物華天寶

物華：萬物的精華。**天寶**：天上寶貴的東西。指各種珍貴的物品。

〔例〕 <u>江浙</u>一帶山明水秀，～，人傑地靈，向爲富庶文明
　　　之地。

物盡其用

讓所有的東西都能充分發揮作用。

〔例〕 我們要做到人盡其才，～。

刮目相看

擦擦眼睛。另眼相看。意思是別人已大有進步，不能再用
舊眼光去看他。

〔例〕 想不到分別了三年，你在事業上竟取得這麼大的成
　　　就，可真要～了。

和衷共濟

衷: 心。**和衷**: 同心。**濟**: 渡河。同心協力，渡過江河。
　比喻同心協力，克服困難。

〔例〕 我們在一切工作中都應該～。

和風細雨

溫和的風，飄飄的細雨。比喻態度溫和，不粗暴。

〔例〕 幫助人解決思想問題，要～。

和盤托出

將所有東西全盤托了出來。比喻全都說出來，一點也不保
留、隱瞞。

〔例〕 他把自己的心裏話向我～，毫無保留。

和顏悅色

形容態度十分和藹親切。

〔例〕 他對同事總是～的，我從來沒有看見他動過氣。

委曲求全

勉強遷就，以求保全。

〔例〕在重大問題上，必須據理力爭，不能～。

委靡不振

委靡：頹喪。形容意志消沉，不振作。

〔例〕在我們這兒，沒有～的人；如果有，也早被淘汰了。

也作"萎靡不振"。

佶屈聱牙

佶屈：曲折，不順。**聱牙**：拗口。形容文章艱澀古奧，讀起來不順口。

〔例〕有些文章半文不白，～，讀起來真吃力。

也作"詰屈聱牙"。

供不應求

供給不能滿足需要。

〔例〕由於工業發展，商品大量增加，市場上～的現象消失了。

供過於求

供應多過於實際的需要。

〔例〕各地的商品大量運到這裏來推銷，市場上出現了～的現象。

例行公事

原指官府按照慣例處理的公事。現指形式主義地照章辦事。

〔例〕有人把警員按時到固定地點簽薄看作是～，其實這制度有利於更有效地維持社會治安。

侃侃而談

形容理直氣壯、從容不迫地談話。

〔例〕他和人討論問題時那種～的神態，給我留下深刻的印象。

依依不捨

依依: 留戀的樣子。形容非常留戀，捨不得離開。

〔例〕我離開家鄉那天，弟弟妹妹們～地拉着我的手不放。

依然如故

依舊和過去一樣。

〔例〕離別多年，他的習慣卻～，並未改變。

依然故我

故我: 舊日的我。形容自己的情況跟過去一樣，沒有變化。

〔例〕離開學校十年了，許多同學都已事業有成，而自己卻～。

依違兩可

依: 贊成。**違:** 反對。**兩可:** 這樣也可以，那樣也可以。形容態度含糊，模棱兩可。

〔例〕討論問題時，你究竟是贊成還是反對，應當態度明確，不要～。

依樣畫葫蘆

比喻照樣模仿，沒有新意。

〔例〕要積極思考，大膽創新，不要老是～的。

也作"依葫蘆畫瓢"。

卑躬屈膝

卑: 低下。躬: 身。卑躬: 自居卑賤。屈膝: 下跪。形容
沒有骨氣，諂媚奉承。

〔例〕人生要努力奮鬥，用才智和勤力去爭取一切，豈可
爲錢財而～，討好於人?

欣欣向榮

欣欣: 草木茂盛的樣子。原形容草木長得很茂盛。後比喻
事業蓬勃發展，興旺昌盛。

〔例〕這個地區的教育事業呈現出～的氣象。

欣喜若狂

歡喜得像發狂了似的。形容歡喜到了極點。

〔例〕接家裏長途電話，妻子平安分娩，自己第一次做爸爸，
不禁～。

近水樓臺

是"近水樓臺先得月"的縮語。建築在水邊的樓臺，先得到
月光。比喻由於接近某些人或事物而得到優先的機會。

〔例〕這次他擢升是～，這道理你還不明?

近在咫尺

咫: 古代長度單位，合現在市尺六寸二分二釐。形容距離
極近。

〔例〕商場離我住的旅館～，別人託我買的東西，不費多
少時間就辦完了。

近朱者赤，近墨者黑

朱: 朱砂，紅色的顏料。指客觀環境對人有很大的影響。

〔例〕擇友一定要慎重，要記住～的道理。

往返徒勞

徒: 白白地。指來回白跑。

〔例〕你要去找他，最好事先打電話聯繫好，以免～。

所向披靡

披靡: 草木被吹倒。風吹到的地方，草木都隨風倒伏。比喻力量所到之處，一切阻礙全被掃除。

〔例〕上尉帶領數百名士兵衝入敵陣，～，殺死無數敵人。

所向無敵

所到之處，沒有對手。

〔例〕這位將軍統率的軍隊～。

金口玉言

舊指皇帝講的話。後也用以恭維別人講話或指說話不能改變。

〔例〕老闆的～，你敢不照辦?

金玉良言

像黃金美玉那樣寶貴的話。比喻非常寶貴的意見。

〔例〕老哥哥教導的話，句句是～。

金石為開

金石: 指最堅硬的東西。像金石那樣堅硬的東西也被打開。形容對人真誠就能產生極大的感動力。常與"精誠所至"連用。

〔例〕精誠所至，～。妻子的耐心勸導，終於使這浪子回頭，走上正路。

金枝玉葉

原形容花木枝葉美好。後借以美稱帝王子孫。

〔例〕 京劇《打金枝》演的是駙馬打了~的公主。

金相玉質

相: 外表。**質**: 内容。比喻文章的形式和内容都十分完美。

〔例〕 屈原的作品,可謂~,百世無匹,永放光彩。

金科玉律

科、律: 法律條文。比喻法律條文盡善盡美。後指必須遵守的信條。

〔例〕 不應該把個別權威的話當成~。

金針度人

金針: 喻指一種技巧,秘訣。**度**: 傳授。將金針秘法傳授他人。

〔例〕 這是我賴以生存的技藝,豈可隨便~?

金城湯池

金: 金屬。**金城**: 指堅固的城牆。**湯**: 熱水。**池**: 護城河。形容有嚴密防守設施的城池。

〔例〕 激戰三月,終於攻克號稱~的太原城。

參看"固若金湯"。

金碧輝煌

金: 金色。**碧**: 翠綠色。**輝煌**: 光彩奪目。形容建築物裝飾華麗、光彩耀眼的樣子。

〔例〕 只見殿宇廊廡,~,耀眼奪目,儼若天宮一樣。

金蟬蛻殼

金蟬: 昆蟲名,俗稱"知了"。金蟬變為成蟲時,要蛻去原來的殼。比喻用計脫身逃走。

〔例〕此賊非常狡猾，圍捕幾次，都被他～，逃之夭夭了。

金玉其外，敗絮其中

外表像黃金美玉般美好，內裏卻盡是爛棉絮。比喻外表好看，內裏卻很糟糕。

〔例〕年輕人要慎於擇友。張家的長子，～，你跟他混在一起，日後能有好麼?

受寵若驚

寵：寵愛，賞識。**驚**：驚喜。受到寵愛，感到意外的驚喜。

〔例〕聽說董事會決定選他做總經理，他不禁～，坐立不安，不知如何是好。

爭分奪秒

形容時間抓得很緊，不放過一分一秒。

〔例〕為了準備明天的晚會，大家～地在緊張排練。

爭先恐後

爭着向前，唯恐落後。

〔例〕電影院突然失火，大家～地逃命。

爭長論短

長短：是非。爭論誰是誰非。

〔例〕對細小問題不必～。

也作"爭長競短"。

爭權奪利

爭奪權勢利益。

〔例〕舊日軍閥往往為了～而互相殘殺。

乳臭未乾

臭: 氣味。吃奶的氣味還沒退掉。指人年幼無知。

〔例〕別把他當成是～的小青年，他的思想已經很成熟了。

朋比爲奸

朋比: 互相勾結。壞人勾結在一起幹壞事。

〔例〕貪官污吏表面上裝着一副正人君子相，背地裏卻～，營私舞弊。

周而復始

周: 環繞一圈。**復始**: 重新開始。形容不斷地運轉。

〔例〕人不能像春夏秋冬一樣，年復一年，～，總要有所進步，不斷做出新的成就。

昏天黑地

形容一片昏暗。也比喻社會黑暗。

〔例〕烏雲低壓，陰沉沉的，～，他高一腳低一腳地一路走了回去。

兔死狗烹

《史記·越世家》記載: 范蠡寫信給他的朋友文種(越王勾踐的謀臣)說:"鳥打完了，好弓便收起來; 兔子死光了，獵狗便被殺了煮來吃。越王這人只可跟他共患難，不能跟他共安樂，你爲什麼還不走呢？"文種不聽，終於被殺。後用以比喻事成之後出過力的人被殺害。

兔死狐悲

比喻因同類的死亡而感到悲傷。多用於貶義。

〔例〕黑幫大阿哥罹難，小兄弟們都有～的傷感。

狐狸尾巴

像狐狸的尾巴般藏不住。用以比喻壞人的本來面目或陰謀罪證。

〔例〕起初他還狡辯，但盤問多幾句後，他的～的終於露出來了。

狐假虎威

《戰國策·楚策》記載：老虎要吃狐狸，狐狸狡猾地說："你不能吃我! 天帝命令我做百獸的長官，你吃了我，就等於違抗天帝的命令。你要不信，跟在我後面走一趟，看看那些野獸見了我哪個敢不走開。"老虎聽了就跟着狐狸走，果然一路上許多野獸都急忙躲開牠們。其實野獸怕的是老虎。比喻奴才憑藉主子的權勢，作威作福。

〔例〕奴才～，在外邊做盡壞事，有時比主子還壞。

狐疑不決

狐疑：猶豫，疑慮。形容遇事猶豫不決。

〔例〕商場如戰場，凡事要眼明手快，切忌～，坐失良機。

狐羣狗黨

比喻結夥作惡的壞人。

〔例〕大哥哥這幾年在外頭交遊的都是些什麼人! 連一個正經的也沒有，都是些～。

狗仗人勢

比喻倚仗主人的威勢欺壓人。

〔例〕這傢伙有人撐腰，～，到處欺人。

狗血噴頭

形容罵人罵得很凶。

〔例〕他做事不稱上司的意，被罵得～。

狗苟蠅營

比喻為了追逐名利，像狗那樣無恥，像蒼蠅那樣鑽營。

〔例〕他不肯～，寧願過着清苦的生活。

狗尾續貂

古代皇帝的侍從官員用珍貴的貂尾做帽子的裝飾。由於官封得太濫，貂尾不夠用，只好用狗尾來替代。當時民間流傳有"貂不足，狗尾續"的諺語。比喻拿不好的東西續在好東西的後面，顯得前後不相稱。多指文學作品。

〔例〕你已經寫了一半，就該繼續寫下去，我絕不敢～。

狗急跳牆

比喻壞人在走投無路時，會不顧一切地蠻幹。

〔例〕這人把公款輸掉了，～，去幹搶劫的勾當。

狗彘不如

彘：豬。形容人的品格卑劣到連豬狗都不如。

〔例〕他為了爭奪遺產，竟殺害胞兄，～。

狗嘴裏吐不出象牙

比喻壞人嘴裏說出來的不會是好話。

〔例〕跟這種人有什麼話說，有什麼理說，～。

咎由自取

咎：禍。禍是自己招來的。

〔例〕他違反交通規則，超速行車，結果翻車受傷，真是～。

咎有應得

咎: 罪。指違法犯罪者得到應有的懲罰。

〔例〕 他從高空擲物傷人，引來一場官司，真是～。

炙手可熱

炙: 烤。手一靠近就感覺到熱得燙人。比喻權力很大，氣
焰很盛。

〔例〕 此人仗着他的老子，飛黃騰達，～。

迎刃而解

迎: 對着。刃: 刀口。解: 分開。比喻很順利。

〔例〕 雖說這件事情難辦，但只要他出來講一句話，一切
都會～。

迎頭痛擊

迎頭: 當頭。當頭給以狠狠的打擊。

〔例〕 敵軍來偷襲，遭到我軍的～。

夜不閉戶

夜裏不用關門就可以安心睡覺。形容社會治安良好。常與
"路不拾遺"連用。

〔例〕 這個地區～，路不拾遺，仍保持着質樸的古風。

夜以繼日

繼: 繼續。用夜晚接上白天。形容日夜不停。

〔例〕 爲了保護大熊貓，這裏正～地趕建大熊貓保護中心。

夜長夢多

比喻時間一拖長，情況會有變化。

〔例〕 他看中一層樓，價錢不算高，他怕～，當天便付了
訂金。

8
畫

夜郎自大

夜郎: 漢時中國西南部的小國，在今貴州省西北部。《漢書‧西南夷傳》記載: 夜郎國王對漢朝使臣說: "漢朝與我哪個大? "以後用來比喻不知天高地厚，妄自尊大。

〔例〕一個~的人，一定會失敗的。

放任自流

聽憑自然發展，不聞不問。

〔例〕對各種工作，都要積極領導，不能~。

放虎歸山

把老虎放回山林。比喻自留禍根。

〔例〕把壞人放走了，無異於~。

放蕩不羈

羈: 束縛。任性放縱，不受約束。

〔例〕~，目空一切，必然得不到別人的尊重。

放之四海而皆準

四海: 指四海之內的中國。引伸爲全世界。**準**: 正確。指真理無論用到什麼地方都是適用的。

〔例〕真理是~的。

放下屠刀，立地成佛

立地: 立刻。原是佛教勸人改惡從善的話，指屠夫只要能懺悔，放下殺生的屠刀，馬上就可以成佛。後指作惡的人認識了自己的罪行，決心改過，便可轉變成爲好人。

盲人摸象

盲人: 瞎子。瞎子摸象，只能摸象的一個部分，看不見象的整體。比喻看問題片面。

〔例〕你們對這問題最好都來個全面性的瞭解，然後再討
論，別再～，爭個不停。

盲人瞎馬

古語: "盲人騎瞎馬，夜半臨深池。"比喻亂碰亂闖，十分
危險。

刻不容緩

一刻也不能拖延。形容形勢緊迫。

〔例〕鄰居發生大火，情況危急，～，速報火警。

刻舟求劍

《呂氏春秋‧察今》記載: 楚國有一個人過江，把劍掉在水
裏。他就在劍落水的船身上刻上記號。等船到達目的地停
下，按船上刻了記號的地方下水去找劍，結果自然找不到。
比喻拘泥刻板，不知變通。

刻骨銘心

銘: 在石頭或器物上刻字。形容留下極其深刻的印象，永
遠難忘。也形容感恩至深，永遠忘不了。

〔例〕他的恩情，使我～，終生難忘。

怙惡不悛

(怙: hù ⑱wu⁶〔戶〕　悛: quān ⑱syn¹〔酸〕)

怙: 堅持。**悛:** 悔改。堅持作惡，死不悔改。

〔例〕對於～的壞人，必須給以嚴厲的懲辦。

怪誕不經

怪誕: 荒唐，古怪。**不經:** 不正常，不合情理。

〔例〕～的刊物對青少年十分有害。

卷帙浩繁

卷帙: 書籍或書籍的篇章。形容書籍或書面資料眾多紛繁。

〔例〕《四庫全書》～, 找點資料很費事, 如今出了影印本,
查閱起來方便多了。

並行不悖

（悖: bèi　⑧bui⁶〔焙〕）

並行: 同時進行。**悖**: 違反, 衝突。同時進行, 不相衝突。

〔例〕不必再爭論誰先誰後了, 我看二者～, 可以同時進行。

並駕齊驅

並駕: 幾匹馬並排駕駛。**齊驅**: 一齊快跑。比喻齊頭並進,
不分前後、高下。

〔例〕我們要在經濟、科學等方面和其他的國家～。

沾沾自喜

形容得意、自滿的樣子。

〔例〕在工作上獲得一些成績, 切不可～, 否則就會使自
己滿足於現狀, 停滯不前。

沾名釣譽

沾: 買。**釣**: 賺取。賺取名譽。

〔例〕他這樣慷慨助人, 絕不是為了～, 而是濟人之急。

油腔滑調

形容說話油滑輕浮。

〔例〕我不喜歡跟這種～的人來往。

油頭滑腦

形容油滑輕浮的樣子。

〔例〕這個會所的名聲很壞，參加的盡是些～的人。

油嘴滑舌

耍嘴皮子，説話油滑。

〔例〕他過去講話～的，現在正經得多了。

泣不成聲

泣: 抽泣，低聲哭。哭得哽噎住了，發不出聲音。形容非常悲傷。

〔例〕流浪兒向他傾訴自己的遭遇，説到傷心處，～。

泥牛入海

泥塑的牛進入大海。比喻一去不復返。

〔例〕他這一去，竟如～，永無消息。

泥塑木雕

用泥做的和木頭刻的，指偶像。形容人的表情、動作呆板。

〔例〕這個人兩眼無神，一言不發地坐着，好似～一般。

波瀾壯闊

瀾: 大浪。比喻聲勢雄壯或規模宏大。

〔例〕～的改革運動正在蓬勃發展。

治病救人

爲人治病，把人救活。後用以比喻善意地幫助別人改正缺點錯誤。

〔例〕大家抱着～的態度，對那名犯了錯誤的青年進行了批評教育。

治絲益棼

治: 整理。盆: 更加。棼: 紛亂。整理蠶絲, 愈理愈亂。比喻做事抓不住要領, 愈弄愈亂。

〔例〕 先要弄清楚問題的癥結在哪兒, 然後對症下藥, 才能順利解決; 如果在枝節上糾纏不休, 難免～, 費時誤事。

定於一尊

尊: 具有最高權威的。指思想、學術、道德等以一個最有權威的人或學說作爲唯一的標準。

〔例〕 在封建時代, 中國儒家的學術思想幾乎～, 完全以孔子的學說爲依據。

官官相護

官吏之間互相包庇。

〔例〕 如今以法治國, 違法必究, 不容許～了。

官逼民反

統治者殘酷地壓迫人民, 人民不得不起來反抗。

〔例〕 ～, 梁山泊許多好漢都是因爲受盡統治者迫害而被迫上梁山的。

官樣文章

從前衙門裏發布的法令告示。比喻不能解決問題的例行公事, 或是只有形式而沒有實際內容的空話。

〔例〕 寫報告不要寫成～, 要反映實際情況。

空城計

《三國志・蜀志・諸葛亮傳》記載: 諸葛亮屯兵陽平, 派魏延等將領帶兵去攻打魏軍, 只留萬人守城。魏軍統帥司馬懿率領二十萬大軍殺來。將士聞報，無不失色。諸葛亮卻傳令大開城門，派兵士去城門口灑掃道路；自己在城樓上端坐彈琴，意氣自若。司馬懿來到城前，見此情況，疑有伏兵，不敢攻城，下令退兵。後來用"空城計"泛指以表面鎮定或不設防來掩飾力量的空虛、騙過對方的策略。

〔例〕別看這間公司的氣派還是那麼堂皇，其實是擺～，聽説老闆面臨破產，準備逃之夭夭呢。

空中樓閣

建築在半空中的樓閣。比喻脫離實際的幻想。

〔例〕專家們應該吸取經驗，充實自己，使自己的專門知識不致成爲沒有根據的～。

空洞無物

空空洞洞，沒有什麼内容。

〔例〕他的一套議論～，既沒有提出問題，也不能解決問題。

空前未有

從來沒有過。

〔例〕時代是進步的，人們時刻可能創造出～的奇迹。

空前絕後

以前沒有過，以後也不會再有。多用來形容某種成就或盛況極其難得，獨一無二。

〔例〕愛因斯坦做出的偉大貢獻，使他成爲～的科學鉅匠。

空頭支票

不能兌現的支票。比喻不準備實現的空口諾言。

〔例〕他所應允的條件到頭來只不過是欺騙我們的一張～。

門戶之見

門戶: 比喻派別。**見**: 成見。因派別關係而產生的成見。

〔例〕他們已經打消了～，都能互相請益，互相幫助。

門可羅雀

羅雀: 張網捉鳥。門前可以張網捉鳥。形容來訪者少，門庭冷落。

〔例〕張局長自卸任之後，～，使他傷懷不已。

門庭若市

庭: 庭院。**市**: 集市。門前和庭院裏好像集市。形容來的人很多。

〔例〕他下台之後，門可羅雀；一旦官復原職，忽然～，人情冷暖，由此可見一斑。

門當戶對

當: 相當。**對**: 適合。指男女雙方的經濟條件、社會地位相當，適宜通婚結親。

〔例〕如今青年人盛行自由戀愛，～的觀念漸漸淡薄了。

居心叵測

（叵: pǒ ⑨pɔ²〔頗〕）

叵: 不可。存心險惡，不可推測。

〔例〕他這人詭計多端，～，我們必須提高警惕。

居安思危

在安定的時候，要想到可能出現的危險和災難。

〔例〕～，有備無患。

居高臨下

佔據高處，俯臨低處。

〔例〕 我們佔領了這個山頭陣地，～，可以完全控制山下
的公路。

屈打成招

用嚴刑拷打，使無辜者認罪。

〔例〕 他被貪官污吏～，弄得家破人亡。

屈指可數

扳着手指頭就可以數得過來。形容數目很少。

〔例〕 以前，我們這裏的醫生～，現在已經增加很多了。

弦外之音

弦：弦樂器上的發音的絲線。比喻言談話語中的言外之意。

〔例〕 他這一番話的～，似乎是表示想聘用你了。

姑妄言之

姑且隨便説説。表示所説的並不一定有什麼道理。

〔例〕 你既然問到，我就～，是真是假，還得你自己去核
實呢!

姑妄聽之

妄：隨便，姑且隨便聽聽，不一定就相信。

〔例〕《聊齋志異》講的多是神鬼狐狸的故事，所以題辭中
説這是姑妄言之，讀者們～吧! 其實這裏面的文章
大多有深刻的意義。

姑息養奸

無原則的遷就、寬恕，會助長壞人壞事。

〔例〕 對他的錯誤行為，必須加以勸導，督促他改正，不

能～。

姍姍來遲

姍姍: 形容走路緩慢從容的樣子。不急不忙地晚到了。

〔例〕你怎麼～，讓大家等得你好急。

始終不渝

渝: 變。始終不變。

〔例〕謝謝各位多年來～地支持我。

始終如一

自始至終一個樣子。形容有堅持性。

〔例〕數十年來，他～辛勤地工作着。

承上啟下

承接上面的並引起下面的。多用於指文章的結構。

〔例〕這一句話，對前後兩段文章有～的妙用。

承先啟後

繼承前人的成果，用以啟發後人。多用於指學問、事業等。

〔例〕他是一位～的大畫家。

阿諛逢迎

(阿: ē 粵ɔ¹〔柯〕)

迎合別人的心意，巴結討好。

〔例〕他爲了升官發財，對上司百般～。

附庸風雅

附庸: 依附，追隨。舊指官僚、地主、商人依附名士，裝成文雅而有風度的樣子。

〔例〕滿身銅臭的他一向喜歡～，頻頻出現在各種文化社交活動中。

附贅懸疣

附贅: 附生在皮膚表面的疙瘩。**懸疣**: 皮膚上突起的瘊子。比喻多餘無用的東西。

〔例〕他受傷致殘後，不願意成爲社會的～，立志要爲社會盡一點微薄之力。

孤立無援

單獨一個，沒人援助。形容處境十分孤單。

〔例〕人與人之間要有來有往。平時不肯幫助別人，一旦自己遇到困難，就會～，人家也不願幫助你。

孤芳自賞

把自己當作一枝獨特的香花而自我欣賞。比喻自命清高。

〔例〕他～，遠離塵俗，閑來與書卷及僧侶爲友，過着悠然自得的生活。

孤注一擲

注: 賭博時所下的錢。**孤注**: 把所有的錢併作一注。賭錢的人輸急了，把全部賭本都押上去，以決最後輸贏。比喻在危急時將所有的力量作最後一次冒險。

〔例〕敵人把全部軍力作～，結果一敗塗地。

孤苦伶仃

伶仃: 單獨無靠。困苦孤單，沒人照顧。

〔例〕從前他是個～、無依無靠的孤兒，現在卻生活在一個幸福的家庭中。

孤軍奮戰

一支孤立無援的軍隊單獨對敵奮戰。

〔例〕得不到糧食、彈藥補充的八百壯士，～，堅持了一個多月，終於勝利突圍。

孤陋寡聞

陋：淺陋。形容學識淺薄，見聞不廣。

〔例〕如今社會發展得很快，人必須迅速累積知識，～，就難以駕御生活。

孤掌難鳴

一個巴掌拍不響。比喻一個人力量單薄，難以成事。

〔例〕他繼承了一筆遺產，很想用來幹一番事業，但～，不知該如何着手。

九畫

政出多門

政：政令。門：家門。本指春秋時一些諸侯國的政權爲幾家卿大夫所把持。後泛指權力分散，政令不統一。

〔例〕政令統一則興盛，～則衰敗，這是古往今來的歷史教訓。

政通人和

指政事順利，人民和樂，社會穩定。

〔例〕自推行改革以來，經濟迅速發展，上下齊心，～，國家一天比一天繁榮。

9
畫

春風得意

原形容科舉考試成功後的喜悅心情。唐孟郊《登科後》:"春風得意馬蹄疾,一日看盡長安花。"後常用以形容被錄取或事成後欣喜的心情。

〔例〕郵差送來錄取通知書,他～,喜上眉梢。

春風滿面

形容滿臉喜悅得意的樣子。

〔例〕她從球場回來後,每逢說到比賽得勝的情形,總是～的。

春秋筆法

古人認爲孔子修訂《春秋》,暗寓褒貶,其中增一字減一字都有"微言大義"。後指文筆曲折、意含褒貶的文字爲"春秋筆法"。

〔例〕對社會不公正現象,還是少來一點～,多來一點秉筆直書。

春華秋實

(華: huā ⑱fa¹〔花〕)

華: 花。實: 果實。春天開花,秋天結果。舊時比喻人的文采和德行都好。

〔例〕學習就像種果樹一樣,開始時要花力氣培植,將來收穫果實,所謂～。

春暖花開

春天天氣和暖,百花盛開。形容春景美好,也比喻良好的環境或時機。

〔例〕～，正是郊遊的好日子。

春蘭秋菊

比喻各有專長，就像春天的蘭草，秋天的菊花各有其美一樣。

〔例〕畫冊中的人物，～，各具特色。

封妻蔭子

封建官吏由於有功，妻子可以得到封號，子孫可以承襲官爵和特權。

〔例〕時代不同，想法也不同，比如古人講究～，光宗耀祖，我們則講究建功立業，爲社會作出貢獻，古往今來，差別很大。

封官許願

指以名利地位拉攏別人爲自己做事。

〔例〕爲了想大家給他賣命，他就逢人都～。

苦口婆心

苦口：不嫌煩勞地反覆勸說。**婆心**：心腸像老婆婆般仁慈。形容善意而又耐心的勸導。

〔例〕爲了幫助他脫離黑社會，姐姐一再～地勸導他。

苦心孤詣

苦心：刻苦用心。**孤詣**：獨到的境界。指刻苦鑽研，達到獨創的境界。

〔例〕這個進一步拓展市場的新方案是他～設計出來的。

苦心經營

形容費盡心思地籌畫、安排、管理。

〔例〕 經過了多年的～，他們的企業已經在世界各地建立了近百家分公司。

苦盡甘來

甘: 甜，美好。比喻苦難的日子過完了，美好的日子來了。

〔例〕 他們過了幾十年牛馬不如的生活。現在才～，過起好日子來。

也作"苦盡甜來"。

英雄所見略同

傑出人物的見解大致相同。常用以讚美意見相同的雙方。

〔例〕 開發新市區，發展電腦工業，兩人意見不謀而合，真是～。

英雄無用武之地

比喻才能沒處施展。

〔例〕 放手讓他充分發揮自己的才能，別教～。

若有所失

若: 好像。好像丟掉了什麼東西似的。形容心神不定的樣子。

〔例〕 自從那次挨了一頓批評，便惶惶不安，～，不知他擔心什麼。

若有所思

好像在想什麼。

〔例〕 他默默地站在那兒，～。

若即若離

即: 靠近。好像接近，又好像不接近。形容與人保持一定

　　距離，不親不疏。

〔例〕通過談心，她們兩人之間的關係再也不像以前那樣~了。

若無其事

好像沒有那麼回事似的。表示不把事情放在心上，不動聲色。

〔例〕爲了不影響大家的情緒，她强忍住病痛，裝出一副~的樣子。

若要人不知，除非己莫爲

要想別人不知道，除非自己不去做。比喻做了壞事，隱蔽不住，終究會被人知道。

〔例〕~，做了壞事，遲早要暴露出來的。

荒時暴月

指災荒、五穀不收的年月。

〔例〕父親告訴我，我們家鄉河南在歷史上是有名的災區，~，祖父就帶領着一家人到處乞討謀生。

赴湯蹈火

赴：走向。**湯**：滾水。**蹈**：踩。走向滾水，踩着烈火。形容不避艱險，奮不顧身。

〔例〕爲了正義事業，就是~，我也幹。

苟且偷安

得過且過，只圖眼前安逸。

〔例〕如果中國人是~，抗日戰爭就不可能取得勝利了。

苟延殘喘

苟延: 勉强延續。**殘喘**: 臨死前的喘息。比喻暫時勉强維
持生存。

〔例〕他們明白了這樣～地活下去不是辦法，一定要爭取
獨立自主，才有真正的生路。

茅塞頓開

心裏原像被一團茅草塞住一樣，現在一下子被打開了。比
喻忽然對問題理解、領會了。

〔例〕聽了先生一席話，使我～。

也作"頓開茅塞"。

甚囂塵上

囂: 喧囂，喧擾。**塵上**: 塵土飛揚。《左傳·成公十六年》:
"甚囂，且塵上矣。"原形容軍隊中喧囂忙亂的情況。後
用以形容消息盛傳，衆説紛紜。也形容錯誤的言論十分
囂張。

革故鼎新

革: 改變，去掉。**故**: 舊的。**鼎**: 立。把舊的改變成新的。

〔例〕這間商店的經營管理經過不斷的～，營業額直線上
升。

故伎重演

伎: 伎倆，花招。老花招又再施展。

〔例〕這次他～，當堂被識破了。

故弄玄虛

玄虛: 使人迷惑、空洞不可捉摸的東西。指故意耍弄花招
迷惑人。

〔例〕這個問題大家都懂，你別～了。

故步自封

故：舊的。**封**：封閉，限制。自己停留在原地。比喻安於現狀，不求上進。

〔例〕世界科技發展一日千里，要想趕上潮流，千萬別～。

故態復萌

故態：老樣子。**復萌**：重新出現。老毛病又犯了。

〔例〕如果不下定決心，改正錯誤，那末過不了多久可能又～，重犯錯誤。

胡作非為

非為：幹壞事。肆無忌憚地幹壞事。

〔例〕他一向目無法紀，～。

也作"胡作妄為"。

胡言亂語

瞎扯，亂說。

〔例〕每逢喝多兩杯，他就～。

胡思亂想

不切實際、毫無根據地瞎想。

〔例〕他仰望着天上的行雲，又～起來。

胡說八道

說話不符合事實或沒有道理。

〔例〕說話要有根據，不要～。

城下之盟

盟：盟約。指由於戰敗或強敵壓境而被迫簽訂的屈辱性條約。

〔例〕辛丑和約是腐朽的清朝與英、俄、法、德、日、美、奧、義、比、荷諸國訂立的～。

城門失火，殃及池魚

池：護城河。城門失火，人們用護城河的水去救，結果河乾魚死。比喻無故遭牽連而受到禍害或損失。

〔例〕樓上某一單位煤氣爐爆炸，整座大廈多戶門窗被震毀，真是～。

城狐社鼠

社：土地廟。鑽在城牆裏的狐狸，藏在土地廟裏的老鼠。要消滅牠們，就會破壞了城牆和土地廟。比喻有所依恃的壞人，難以剷除。

〔例〕明刀明槍的敵人他不怕，倒是自己隊伍裏的～，他覺得很難對付。

相去無幾

相去：相距。兩者在程度上差別不大。

〔例〕他雖然從小失學，但是經過刻苦自修，中文水平跟一般高中畢業生已是～了。

相安無事

指彼此之間和睦相處，沒有什麼矛盾衝突。

〔例〕這兩個世代爲仇的山寨，近些年來卻～，再沒有什麼不愉快事件發生了。

相形見絀

形：對照，比較。**絀**：不夠。互相比較，就顯出了一方的不夠。

〔例〕 我的英語跟你的一比，真是～了。

相知恨晚

知: 認識，瞭解。指新結交而十分相得，因未能早相識而感到遺憾。

〔例〕 你我一見如故，～。

相依爲命

互相依靠着過活，

〔例〕 她母女二人～，共同度過那段艱苦的歲月。

相映成趣

兩者互相映襯而顯得更有情趣。

〔例〕 粉紅色的荷花，綠油油的荷葉，經大雨一洗，更是～。

相得益彰

有了相互間的配合和幫助，雙方的能力、長處更能顯示出來。

〔例〕 小妹的歌唱有他伴奏，真是～，使人聽了心曠神怡。

相提並論

指把不同的人或事不加區別地同等看待。

〔例〕 如果把這兩個女孩子～起來，正是豔麗爭妍，聰明相等。

相敬如賓

形容夫妻間互相尊敬，像對待賓客一樣。

〔例〕 他們夫婦倆～。

相煎太急

■空城計

見"煮豆燃其"。

相輔相成

指兩件事物共存並行、相互爲用。

〔例〕要想把孩子教育好，學校教育和家庭教育都同樣重要，兩者是~的。

查無實據

經過調查，沒有得到確實的證據。

〔例〕這宗命案結果以~不了了之。

要言不煩

指言論簡明扼要，不煩瑣。

〔例〕他的發言雖然只有簡單的幾句，但每一句話都能抓住問題的中心，真是~。

威武不屈

權勢、武力不能使之屈服。形容堅貞剛強。

〔例〕京劇藝術大師梅蘭芳在抗日戰爭期間，~，蓄鬚明志，表現了崇高的民族氣節。

也作"威武不能屈"。

威信掃地

形容威望和信譽完全喪失。

〔例〕這次他家族的貪污醜聞被揭露，使他在政壇上立即~。

威脅利誘

威脅: 用暴力脅迫。**利誘**: 用財物引誘。形容爲使別人屈服而軟硬兼施。

〔例〕　<u>文天祥</u>被俘後，面對敵人的～，毫不畏懼，最後壯烈殉國。

厚顏無恥

厚着臉皮，不知道羞恥。

〔例〕　這幾個漢奸賣國求榮，甘心做傀儡，真是～。

面目一新

樣子一下子變新了。形容出現了嶄新的氣象。

〔例〕　這個商場經過裝修，～了。

面目可憎

可憎：令人憎惡。形容人的容貌醜陋猥瑣，令人厭惡。

〔例〕　這個人語言無味，～，與他同席，實在難受。

面目全非

面目：相貌，樣子。樣子完全不同了。形容改變很大。

〔例〕　時隔三十年重歸故土，江山依舊，而人事已～，令人感嘆不已。

面如土色

臉上的顏色變得跟土色一樣。形容驚恐到極點。

〔例〕　聽說丈夫出了車禍，她嚇得～。

面面相覷

覷：看。你看我，我看你。形容大家互相觀望，束手無策。

〔例〕　望着父親氣得鐵青的臉，大家都不敢吭聲，～。

面面俱到

俱：都。形容設想、安排得周到，沒有遺漏。

〔例〕　這次作文可挑一兩個問題來寫，不一定要～。

9
畫

面紅耳赤

臉和耳朵都紅了。形容因害臊、着急或發怒而致臉色漲紅。

〔例〕他是個性急的人，每次辯論會上都和別人爭論得～。

面黃肌瘦

面色蠟黃，身體消瘦。形容人身體瘦弱或有病的樣子。

〔例〕這批從海上漂流來的難民，一個個～。

面無人色

臉上沒有血色。形容極端恐懼。

〔例〕聽三叔一說，他嚇得～。

耐人尋味

形容意味深長，值得人仔細體會。

〔例〕這首詩寓意甚深，～。

南征北戰

形容轉戰各地，經歷過多次戰鬥。

〔例〕我家世代忠良，赤心爲國，～，想不到落得這等下場。

南柯一夢

唐李公佐《南柯太守傳》說：淳于棼做夢到大槐安國作南柯太守，富貴榮顯，醒來才知是一場大夢。原來大槐安國就是住宅南邊大槐樹下的蟻穴。後用"南柯一夢"指夢境或比喻一場空。

〔例〕才待用武，怎奈四肢無力，平日那本領氣力，一些也使不出來，登時急得一身冷汗，啊呀一聲醒來，卻是～。

南腔北調

形容説話口音不純，夾雜南北方言。

〔例〕我們這些人是從各省來的，講起話來～，請別見笑。

南轅北轍

轅: 車前駕牲口的長木。**轍**: 車輪壓過的痕迹。本要向南行，車子卻往北開。比喻行動和目的相反。

〔例〕減肥是爲了健康，如果一味減肥而損害健康，那簡直是～。

皆大歡喜

皆: 都。人人都高興、滿意。

〔例〕這次員工要求改善福利的問題得到圓滿解決，～。

拭目以待

擦亮眼睛等待着。形容殷切期望。

〔例〕他這次能不能改正，我們且～。

也作"拭目而待"。

持之以恒

持: 保持。**恒**: 恒心。有恒心地堅持下去。

〔例〕凡事～，就能成功。

持之有故

指論點、學説有一定的根據。

〔例〕在辯論問題時，應該每句話都做到～，這樣才能説服人。

持平之論

持平: 保持公正，没有偏向。指公平的言論。

〔例〕對的就是對，錯的就是錯，這才是～。

拾人牙慧

牙慧: 這裏指別人説過的話。比喻襲用別人説過的話。

〔例〕他這份建議書毫無新意，不過是～而已。

拾金不昧

昧: 隱藏。拾到財物不隱藏起來，而設法交還原主。

〔例〕她拾到一枝自來水筆，立即交給老師。老師對她這種～的行爲，特別提出表揚。

挑肥揀瘦

挑挑揀揀，這嫌肥，那嫌瘦。比喻十分挑剔。

〔例〕這人凡事都～，很難與他共事。

挑撥離間

（間: jiàn 粵gan³〔諫〕）

離間: 使別人的情誼破裂。挑撥是非，使人不團結。

〔例〕他經常～，使人家的家庭不和。

挖空心思

費盡心思，想盡辦法。

〔例〕他～騙人，撒謊成性，極不老實。

按兵不動

讓軍隊駐紮下來或控制軍隊，暫不出動，以等待時機。現常指要做某件事而暫不行動。

〔例〕本來説要抛售十萬股票，可是一連三天陳經理都～，着實令手下納罕。

按部就班

部、班: 門類，次序。形容做事按照一定的步驟和次序。

現也比喻按老規矩辦事。

〔例〕你就是急死，他們還是～，不慌不忙。

按圖索驥

索：尋找。驥：千里馬。照圖上畫的去尋找駿馬。比喻按
照線索或圖樣去尋找需要的東西。

〔例〕《香港遊覽指南》這本小冊子裏面，有地圖，有交通
路線，也有公共場所的地址和電話號碼，即使第一
次來香港的旅客，也能～，找到所要去的地方。

指不勝屈

指：手指。屈：彎曲。形容數量很多，扳着指頭都數不過來。

〔例〕此人作惡多端，歷年來被他害死的人～，民憤極大。

指日可待

指日：不久的將來。形容不久就可以實現。

〔例〕這座廠房早已落成，機器也已安裝完畢，開工的日
子已～了。

指手畫腳

形容說話時做出各種手勢動作示意。現在多用來指不負責
任地亂加指點、批評。

〔例〕他正在～地給大家講故事呢。

指桑罵槐

比喻指着張三，罵李四。

〔例〕直截了當地說好了，何必～，弄得人家不明不白的。

也作“指雞罵狗”、“指東罵西”。

指鹿爲馬

秦時丞相趙高故意把鹿説成馬。以後用以比喻有意顛倒黑白、混淆是非。

〔例〕行事詭詐、~的人，必不可交。

指揮若定

若: 如。定: 定局。形容指揮時胸有韜略，從容不迫，穩操勝算。

〔例〕諸葛亮“安居平五路”，~，確實是大將風度。

指腹爲婚

指舊時父母爲尚未出生的子女訂定婚約。

〔例〕他們兩家是世交，長子長女~。

背井離鄉

井: 古制八家爲井。引伸指鄉里。指離開家鄉，到外地生活。

〔例〕他剛長大成人，就跟隨父親~，到南洋去謀生。

背信棄義

違背諾言，不講道義。

〔例〕爲一己私利，~，出賣朋友，人所不齒。

背城借一

背向自己的城堡，決一死戰。

〔例〕内無糧草，外無援兵，爲今之計，只有鋌而走險，~。

削足適履

履: 鞋子。鞋小腳大，爲了要穿上鞋子而把腳切去一塊。比喻不合理地遷就或勉强湊合。

〔例〕不顧具體情況，機械地搬用別人的經驗，這是~的辦法。

是可忍，孰不可忍

是: 這個。**孰**: 什麼。《論語。八佾》"孔子謂季氏，'八佾舞於庭，是可忍也，孰不可忍也。'"（八佾: 古代舞蹈奏樂，八人爲一行叫一佾。八佾共六十四人。周禮規定，天子用八佾，諸侯用六佾，大夫用四佾，士用二佾。季氏是大夫。）如果這個都可以容忍，還有什麼不可以容忍的。謂絕不可容忍。

冒名頂替

假冒別人的姓名去做事或竊取權益。

〔例〕聽説德昌爲了讓兒子逃避兵役，花了十幾萬，請人家~，不料事機敗露，被查了出來。

冒天下之大不韙

冒: 冒犯。**不韙**: 不是，錯誤。指不顧天下人的反對，公然去幹壞事。

〔例〕如果誰敢~而發動侵略戰爭，他一定會遭到全世界人民的迎頭痛擊。

星火燎原

星火: 一點兒小火星。**燎**: 延燒。是"星星之火，可以燎原"的縮語。一點小火星可以燒遍整個原野。比喻微小的新生事物可以發展到極大的規模。

星移斗轉

斗: 北斗星。星的位置隨着四季的變換而轉移，由星的轉移知道季節的更換。比喻時間起了變化。

〔例〕撞頭一看，～，不覺已是三更時分。

也作"斗轉星移"。

星羅棋佈

羅: 羅列。像天上的星星和棋盤中的棋子那樣分佈各處。
形容散佈到極廣的範圍，到處都能看到。

〔例〕現在，大小工廠已在這個城市中～，到處可見。

昭然若揭

昭然: 明顯的樣子。**揭**: 高舉。形容真相畢露，無可掩蓋。

〔例〕他巴結上司的目的～，旁觀者都看得清楚，只有上
司信以爲真誠。

畏首畏尾

前也怕，後也怕。比喻疑慮多，膽子小。

〔例〕這個人膽子小，做起事來～的。

畏縮不前

畏懼退縮，不敢前進。

〔例〕青年們在困難面前不應該～，而要勇猛前進。

也作"畏葸不前"。

（葸: xǐ　⑧sai²〔徙〕畏懼。）

哄堂大笑

哄: 好多人同時發出笑聲。形容滿屋子的人同時大笑起來。

〔例〕他在朗讀課文時，將小說《靜靜的頓河》念成了"頓頓
的靜河"，引起～。

咬文嚼字

過分地斟酌字句。形容死摳字眼。

9畫

〔例〕你應該領會文章的精神實質，不可～。

咬牙切齒

形容憤恨到極點的樣子。

〔例〕他一向重視民族氣節，提起賣國賊、大漢奸汪精衛，
　　　他～，恨之入骨。

迴然不同

迴然: 差得很遠。形容差別極大。

〔例〕一個謙和，一個傲慢，兩人性格～。

看風使舵

看風向轉動舵把。比喻相機行事，善於隨機應變。現多用
於貶義。

〔例〕那種善於～、投機鑽營的人，不能重用。

垂死掙扎

垂: 接近。臨近死亡還拼命掙扎。

〔例〕黑社會勢力絕不甘心失敗，他們還要作～。

垂涎三尺

口水流出來有三尺長。形容極其貪饞。

〔例〕看見櫥窗裏陳列的各色美食，他不禁～。

垂涎欲滴

饞得連口水都要滴下來了。形容非常饞嘴。也比喻見到好
的東西想據為己有。

〔例〕想到這次去應徵的那個工資既高、福利又好的職位，
　　　他就～。

垂頭喪氣

低着頭，神情沮喪。形容失望沮喪的神情。

〔例〕幾門功課都沒考好，這兩天他～，少言寡語。

秋毫之末

秋毫：動物到秋天要換毛，這時毫毛又細又尖。**末**：末梢，
尖端。秋天動物身上毫毛的尖兒。比喻極微細的東西。

〔例〕大事上看得清楚，就算明白人；若要事事都能明
察～，這樣的人上哪裏去找呢?

秋毫無犯

絲毫不侵犯。常用以形容軍紀嚴明。

〔例〕這支軍隊紀律嚴明，所到之處，～，得到了民眾的
熱愛與支持。

秋風掃落葉

一陣秋風把落下的葉子都掃光。比喻力量強大，迅速掃除
殘餘的腐朽勢力。

〔例〕我們以～之勢消滅了敵人的殘餘部隊。

重見天日

比喻脫離黑暗，重新見到光明。

〔例〕1945年8月15日寇無條件投降，佔領區的人民～，
一片歡騰。

重溫舊夢

比喻重新經歷或回憶過去的光景。

〔例〕他喜歡站在那能俯瞰全村的高山上，一次又一次
地～。

重蹈覆轍

蹈: 踏上。**覆**: 翻倒，**轍**: 車輪軋出的痕迹。再走翻過車的老路。

〔例〕要從過去的失敗中吸取教訓，以免今後～。

重整旗鼓

重新整頓旗鼓。比喻失敗之後，重新組織力量，準備再幹。

〔例〕他發誓要～，擊敗對方，一雪前恥。

重於泰山，輕於鴻毛

泰山: 山東省境內的著名高山。**鴻毛**: 大雁的毛。漢司馬遷《報任安書》: "人固有一死，或重於泰山，或輕於鴻毛。"意思是說有的人死得有價值，比泰山還重; 有的人死得無價值，比鴻毛還輕。

促膝談心

靠近坐着談心裏的話。

〔例〕他們倆經常～，互相關心，互相勉勵。

信口開河

原作"信口開合"。指不加思索地隨口亂說。

〔例〕批評別人要有事實根據，不要～。

信口雌黃

雌黃: 即雞冠石，黃褐色，可作顏料。古人在黃紙上寫字，寫錯了用雌黃去塗抹。形容毫無根據地隨口亂說。

〔例〕你怎麼能～，說話是要負責任的。

信手拈來

信手: 隨手。**拈**: 用指頭捏取。隨手拿來。多形容寫作時熟練地運用詞語典故。

〔例〕平時資料積累得多，寫作時～，左右逢源。

信以爲真

把假的信爲真的。

〔例〕傅先生聽人傳說股市會下跌，～，即刻叫兒子把手中的股票賣出，不料次日股市卻上揚了兩個百分點。

信馬由韁

信：聽憑。**韁**：韁繩。騎着馬無目的地閑逛。比喻隨便溜達。

〔例〕他～地來到運河碼頭。

俗不可耐

庸俗得令人受不了。

〔例〕有些人，自以爲打扮得很好看，其實在別人看來，真是～。

迫不及待

急迫得不能再等待，形容迫切盼望。

〔例〕飛機還有兩個鐘頭才到達，但他早已～地跑到機場去接她了。

迫不得已

迫：逼迫。逼於無奈，不得不如此。

〔例〕家鄉疫症流行，他～趕忙把孩子們送到南方姐姐處。

迫在眉睫

迫：迫近。**眉睫**：眉毛和眼睫毛。形容事情已到眼前，十分緊急。

〔例〕雙方調兵遣將，加緊軍事準備，一場殊死決戰～。

待價而沽

等待高價出售。比喻等待有高的職位或好待遇才肯出來做事。

〔例〕失業很久了，張先生仍然～，不肯低就。

後生可畏

後生: 後輩，年輕一代。年輕一代值得敬畏。

〔例〕～，如今的年輕人知識豐富，頭腦機敏，信息靈通，小小年紀就可以當經理。

後來居上

《史記·汲鄭列傳》: "陛下用羣臣，如積薪耳，後來者居上。"原意是表示不滿的話，認爲皇帝用人不能像堆柴禾那樣，把新進的放在舊臣之上。後轉用以稱讚後來的人或事勝過先前的。

〔例〕青出於藍而勝於藍，～，這是常理。

後起之秀

年青一輩中的優秀人物。

〔例〕在每一個劇團、每一間戲曲學校都湧現出不少～。

後患無窮

給將來留下的禍患無窮無盡。

〔例〕事實證明: 污染環境，破壞生態平衡，～。

後顧之憂

顧: 回頭看。指在外出或前進過程中，後方有使自己擔憂的事情。

〔例〕他把鄉間父母的生活都安排好，然後才到外國經商，免除～。

後繼無人

指沒有繼承的人。

〔例〕他的兒子既勤儉又學業有成，他不用再擔心這家族
企業～了。

後浪推前浪

比喻新生的事物促進或替換陳舊的事物。

〔例〕喜看～，已識今年勝去年。

食不甘味

甘：味美。形容心中有事，吃東西都吃不出它的美味來。

〔例〕他感到肩負的責任重大，幾天來寢不安席，～。

食古不化

指對所學習的古代知識理解得不深不透和不善於結合現實
情況加以運用，就像吃了東西不能消化一樣。

〔例〕一個人如果不用新觀點去研究古書，必定～。

食而不化

東西吃下去沒有消化。比喻對學過的知識沒有真正理解，
不能變成自己的東西。

〔例〕這些條文你儘管會背，然而～，仍然毫無用處。

食肉寢皮

吃他的肉，剝他的皮來墊着睡。形容仇恨極深。

〔例〕在看南京大屠殺的展覽時，他咬牙切齒，彷彿～也
難解心頭之恨。

食言而肥

食言：說話不算數。《左傳・哀公二十五年》記載，有一次

　　魯哀公請吃飯，席間大夫孟武伯故意問哀公的寵臣郭重
說："你怎麼長得這樣胖啊?"因爲孟武伯屢次不履行諾
言，哀公便借機譏諷他説:"是食言多矣。能無肥乎?"
意思是説，經常吃下自己的諾言，怎麼能不胖?後用以
比喻爲了私利而不履行諾言。

肺腑之言

肺腑: 指内心。指發自内心的真話。

〔例〕這件事關係重大，請你認真地想想，我説的可是～啊!

負荊請罪

負: 背着。**荊**: 荊條。古時鞭打人的刑具。《史記·廉頗藺
相如列傳》記載: 趙國大將廉頗因官位在藺相如之下，
心中不服，揚言要侮辱藺相如。藺相如爲了國家利益，
處處退讓。後來廉頗知道自己不對，便"肉袒負荊"。到
藺相如家請罪。後用以比喻認錯賠罪。

負笈遊學

負: 揹。**笈**: 書箱。**遊學**: 到外地求學。形容不辭辛苦到
外地求學。

〔例〕他積極工作，待儲夠學費後，便～。

負隅頑抗

負: 憑靠。**隅**: 同"嵎"，山勢險要的地方。憑藉着險要的
地勢，頑固抵抗。

〔例〕儘管敵人～，但終於被我軍全部殲滅。

風平浪靜

沒有風浪。比喻平靜無事。

〔例〕我們的小汽船出海之後，～，不到三小時就到達目
　　　的地。

風行一時

在一個時期裏，像刮風那樣迅速吹遍。形容某種事物在一
個時期裏很流行。

〔例〕這種款式的手袋在這裏曾經～。

風吹雨打

原指花木被風雨摧殘。現常用以比喻經受鍛煉或考驗。也
比喻受到惡勢力的迫害。

〔例〕這批年輕的知識分子經過十年動亂的～，變得更加
　　　深沉了。

風吹草動

比喻輕微的動蕩不安。

〔例〕敵人吃了敗仗以後，成了驚弓之鳥，一遇～，就驚
　　　慌失惜。

風言風語

指沒有根據的帶惡意中傷的議論。

〔例〕她進電影界拍戲不久，就有不少～傳了出來。

風花雪月

原泛指四時的景色。也指描寫四時景色、內容空泛的詩文。
又指男女情愛或花天酒地的荒淫生活。

〔例〕她抱着及時行樂的態度，過着～的生活，意志愈來
　　　愈消沉了。

風雨同舟

在狂風暴雨中同乘一條船。比喻同舟共濟，共同經歷患難。

〔例〕 多年來，我們倆～、苦樂與共，結下了深厚的情誼。

風雨交加

原指既刮風，又下雨。也比喻災難重重。

〔例〕 在那～的苦難歲月裏，如果沒有你們的支持與幫助，我熬不到今天。

風雨無阻

刮風下雨也阻擋不住。

〔例〕 明天早上八點開會，請大家準時出席，～。

風雨飄搖

在風雨中飄蕩不定。形容局勢動蕩不安。

〔例〕 這間工廠正處在～之中，眼看不久就要停工。

風捲殘雲

大風一下子刮走了殘雲。比喻一下子全部掃光。

〔例〕 他餓極了，飯菜剛端上來，就如～般吃個精光。

風起雲湧

大風刮起，浮雲奔湧。比喻新生事物相繼興起，發展迅速，聲勢浩大。

〔例〕 非洲人民反種族歧視的鬥爭～。

風流雲散

比喻飄零離散。

〔例〕 我們姐妹們在一起好歹也有幾年，眼看～，大家可別忘了我。

風雲人物

指其言行對社會產生影響的人。

〔例〕 他一登影壇，便擔任主角，連拍三部賣座率很高的影片，家喻戶曉，一時成為～。

風雲變幻

比喻局勢變化迅速而複雜，難以預料。

〔例〕 民國初年，軍閥混戰，國內局勢～，人民生活動盪不安。

風馳電掣

像風一樣飛速吹過，像閃電一樣一閃而過。形容速度極快。

〔例〕 決賽開始，只見一輛輛新型跑車～地從眼前飛過。

風塵僕僕

風塵：比喻旅途勞頓辛苦。**僕僕**：奔波勞累的樣子。形容旅途辛勞。

〔例〕 他沿絲綢之路西行考察，一路上～，備受艱辛，然而收穫很大。

風調雨順

風雨均勻適度，適合農作物的需要。

〔例〕 今年～，一定是個豐收年。

風聲鶴唳

唳：鳥叫。風的響聲和鶴的叫聲。《晉書·謝玄傳》記載，東晉時，北方苻堅在淝水被晉軍打得大敗，一路上聽到風聲鶴叫，都以為是晉軍追擊。形容人在非常恐慌時，聽到一點聲音，就非常緊張。

〔例〕 敵軍不斷受到我軍的襲擊，～，膽戰心驚。

九
畫

風燭殘年

風燭: 風中飄搖的燈燭。比喻人已到晚年，壽命不長了。

〔例〕到了～，他愈發思念遠方的親人。

風餐露宿

在風裏吃飯，在露天睡覺。形容旅途或野外生活的辛苦。

〔例〕勘探隊員攀山越嶺，～，尋找地下寶藏。

風靡一時

靡: 倒下。形容事物在一個時期裏非常流行，像風把東西刮倒一樣。

〔例〕以描寫反抗封建禮教爲主題的小說，在"五四"前後，曾經～。

風馬牛不相及

《左傳·僖公四年》："君處北海，寡人處南海，唯是風馬牛不相及也。"意思是說，齊、楚兩國相距甚遠，牛馬散失，也不會跑到對方境內。後以"風馬牛不相及"比喻彼此之間毫不相干。

〔例〕這件事你別問我，同我～。

狡兔三窟

窟: 洞穴。狡猾的兔子有三個洞穴。比喻藏身的地方多。

〔例〕這夥人狡猾得很，～，聽說在新加坡、加拿大都置了產業，錢騙到手，遠走高飛，你上哪裏找去？

怨天尤人

尤: 責怪，歸罪。一味埋怨天，歸罪別人。形容遇事不如意，一味歸罪於客觀。

〔例〕 處境不好，要想方設法，積極奮鬥，才能改善，～
是沒有用的。

怨聲載道

載道: 滿路。怨恨的聲音充滿道路。形容怨恨的人很多。

〔例〕 物價不斷上漲，小百姓叫苦連天，～。

急中生智

智: 智慧。在危急的時候，猛然間想出了辦法。

〔例〕 樓下失火，他～，順着一根繩子，逃了出來。

急功近利

急於取得成效和眼前利益。

〔例〕 此人目光短淺，～，不可託以重任。

急起直追

立刻行動起來，迅速趕上去。

〔例〕 形勢發展得很快，我們不能落在後面，必須～。

急轉直下

形容情況一下轉變很快。

〔例〕 自從那次戰役後，形勢～，敵軍節節敗退。

急來抱佛腳

俗話說:"平時不燒香，急來抱佛腳。"比喻事到臨頭，才
想辦法。

〔例〕 學習要靠經常性的努力，～，應付考試，那是自己
騙自己。

哀兵必勝

《老子·六十九章》:"抗兵相加，哀者勝矣。"原意是說: **勢**

力相當的兩軍對敵，悲憤的一方獲得勝利。後指由於受壓
抑而悲憤地奮起反抗的軍隊，必然取得勝利。

哀毀骨立

毀：毀壞。指嚴重損害身體。**骨立**：指身體極度消瘦。因
　哀痛過度而損害了身體。

〔例〕你祖母辭世，希以禮節哀；～，於事無補，反而有害。

哀鴻遍野

哀鴻：慘聲鳴叫的大雁。比喻災民。到處都是災民。

〔例〕在抗日戰爭期間，很多地區～，民不聊生。

哀莫大於心死

原意指最可悲哀的莫過於喪失天性。後指最可悲的莫過於
　心灰意冷、無任何進取要求。

亭亭玉立

亭亭：聳起的樣子。**玉立**：比喻身長而美麗。形容女子身
　材細長秀美或花木等形體挺拔。

〔例〕庭院中央種有一棵小松樹，～。

度日如年

過一天像過一年那樣長，形容日子很不好過。

〔例〕他離家出走後，來到陌生的S市，生活艱難，～，
　　　希望掙點路費，早日返回。

美不勝收

不勝：不能盡，不能完。形容美好的東西太多，一時欣賞
　不完。

〔例〕國畫展覽會，佳作紛呈，～。

9畫

美中不足

雖然很好，但仍有缺點。

〔例〕那天的舞會真熱鬧，～的是場子太小，擠了一點。

前仆後繼

仆: 倒下。前面的人倒下去了，後面的人緊跟上來。形容不怕犧牲，英勇奮鬥。

〔例〕孫中山先生領導革命，志士仁人～，終於推翻了滿清皇朝。

前功盡棄

功: 功績。**棄**: 失掉。以前的功績或努力完全白費。

〔例〕王教授身患絕症，但仍抓緊寫他的《中國通史》，他說"用我生命的最後一刻寫完這部書，決不讓它～"。

前因後果

事情的起因和結果。指事情的整個過程。

〔例〕你別急着走，先把事情的～原原本本地講給我們大家聽聽。

前呼後擁

前面有人吆喝開路，後面有人圍着保護。原形容達官顯貴外出時隨從很多。

〔例〕只見～，一羣學生簇擁着楊教授向講堂走來。

前所未有

從來沒有過的。

〔例〕在腎移植方面能取得這樣的成績，可算是～的奇迹。

前所未聞

從來沒有聽說過。

〔例〕 在這次搶險救災中，出現了許多～的動人事迹。

前無古人

指以前的人從來沒有做過的、空前未有的。

〔例〕 中國的詩歌發展到李白、杜甫，格調爲之一變，渾厚雄奇，可謂～。

前怕狼，後怕虎

比喻顧慮太多。

〔例〕 做事既要膽大又要心細，如果～，勢必寸步難移。

前人栽樹，後人乘涼

比喻前人爲後人造福。

〔例〕 前人爲我們造福，我們爲子孫造福，正所謂～。

前事不忘，後事之師

記取過去的經驗教訓，作爲今後的借鑒。

〔例〕 ～，我們應該從過去工作的錯誤中吸取教訓，避免以後重蹈覆轍。

首屈一指

扳手指計數時先彎大拇指。比喻第一。

〔例〕 在中國古代衆多的歷史學家中，司馬遷的成就～。

首當其衝

衝：要衝，交通要道。處在衝要的地位。指首先成爲受攻擊的目標。

〔例〕 當年希特勒發動侵略戰爭，奧地利、捷克斯洛伐克～。

首鼠兩端

首鼠: 躊躇。**兩端**: 兩頭。形容躊躇不決或動搖不定。

〔例〕股票行情大漲, 他～, 遲遲下不了拋售的決心, 待
　　股市回落, 又懊悔不已。

恃才傲物

仗着自己有才能, 看不起別人。

〔例〕我們應當謙虛謹慎、戒驕戒躁, 那種～、目中無人
　　的態度是要不得的。

恍然大悟

恍然: 猛然醒悟的樣子。形容一下子明白過來。

〔例〕我一直沒有弄明白這個道理, 聽他一説, 這才～。

恬不知恥

恬: 安然。指做了壞事還安然自得, 不覺得羞恥。

〔例〕誰都知道他這經理職位是靠吹牛拍馬得來的, 他還～
　　地到處招搖。

恰如其分

形容説話、做事正合分寸, 恰到好處。

〔例〕對每個職工工作的評定要～, 不要隨便擡高或貶低。

恰到好處

形容説話或辦事正好達到最適當的地步。

〔例〕他把公司大大小小的事情都處理得～。

恨鐵不成鋼

恨鐵不能變成鋼。比喻對所期望的人不長進感到不滿。

〔例〕～, 你的心情可以理解, 但對孩子採取打罵的做法
　　就不對了。

9畫

炯炯有神

炯炯: 光亮的樣子。眼光明亮有神。

〔例〕他年紀很輕，目光～，一看就知道是個能幹的青年。

洪水猛獸

比喻禍害極大的人或事物。

〔例〕清政府視孫中山先生為～，到處捉拿他，必欲除之而後安。

洞若觀火

洞: 透徹。形容觀察得非常清楚明白，好像看火一樣。

〔例〕歷史是一面鏡子，用這面鏡子來觀察歷史上的各類人物，～。

洞燭其奸

洞燭: 洞察。看透了他的陰謀詭計。

〔例〕不管他耍什麼花招，我們都會～，不為所惑。

也作"洞察其奸"。

洗心革面

洗心: 清除思想上的污垢。**革面**: 改變面目。比喻徹底悔改。

〔例〕要耐心教育失足青年，使之幡然改悔，～，重新做人。

洗耳恭聽

形容恭恭敬敬地聽別人講話。

〔例〕你有什麼高見，請說吧，我們～。

活龍活現

形容說話或寫文章生動逼真，使人好像親眼看到一樣。

〔例〕 他講《水滸》故事講得～。

也作"活靈活現"。

洶湧澎湃

洶湧: 波濤翻騰上湧。**澎湃**: 波浪互相撞擊。形容聲勢浩大，無法阻擋。

〔例〕 商船在～的巨浪中繼續前進。

洋洋大觀

洋洋: 衆多、盛大的樣子。形容事物繁多，使人眼界大開。

〔例〕 這個博覽會～，各色各樣的東西都有。

洛陽紙貴

《晉書·文苑傳》載: 左思寫成《三都賦》後，"豪貴之家，競相傳寫，洛陽爲之紙貴"。後形容好的作品爭相傳誦。

〔例〕 據說朱生豪翻譯的莎士比亞劇本問世後，知識界爭相購買，一時～。

津津有味

形容特別有興味。

〔例〕 大家圍着篝火，～地吃着剛烤熟的野味。

津津樂道

津津: 興趣濃厚的樣子。**樂道**: 樂於談論。指很感興趣地談論某事。

〔例〕 到什麼地方去踏青，常常成爲清明節前後人們～的話題。

冠冕堂皇

冠冕: 古代帝王、官員戴的帽子。**堂皇**: 很有氣派。形容莊嚴正大或很有氣派的樣子。

〔例〕他總是用許多~的話來欺騙他的部屬。

突飛猛進

形容進展特別迅速。

〔例〕這一地區的旅遊事業有了~的發展。

穿針引線

比喻從中聯絡、拉攏、撮合。

〔例〕這次兩家聯婚，他舅舅是~人。

穿雲裂石

穿破雲層，震裂石頭。形容聲音高亢激越。

〔例〕他的歌聲~，博得全場熱烈的掌聲。

穿鑿附會

穿鑿：把講不通的道理牽強解釋。**附會**：把不相干的事硬扯在一起。比喻生拉硬扯，強作解釋。

〔例〕這篇論文~，言不成理，**辭**不達義，真難以想像竟是他寫的！

咫尺天涯

咫：周制八寸為咫，合現今的市尺六寸二分二釐。**咫尺**：指距離很近。**天涯**：天邊。比喻近在眼前，卻被隔離得像遠在天邊。

〔例〕他們兩人雖然住得很近，但~，很少見面。

也作"咫尺萬里"、"咫尺千里"。

眉清目秀

形容面目清秀。

〔例〕 這孩子今年五歲，生得～，聰明伶俐，人見人愛。

眉開眼笑

形容非常高興的神情。

〔例〕 孩子們聽說要帶他們去海洋公園，高興得～，手舞足蹈。

眉飛色舞

色: 神色。形容人高興得意的樣子。

〔例〕 聽說公司要派他到日本主管分公司，他不禁樂得～，笑逐顏開。

怒不可遏

遏: 止住。憤怒得難以抑制。

〔例〕 回到家裏，發覺財物被傭人偷跑了，氣得他無名火三丈起，～。

怒火中燒

憤怒的火焰在心中燃燒。

〔例〕 紫荊想，從小把他收養大，如今為了獨吞遺產，卻誣陷自己，不禁～。

怒形於色

形: 顯露。**色**: 臉色。怒氣在臉上顯露出來。

〔例〕 他在說這些話的時候，氣憤填膺，～。

怒髮衝冠

憤怒到頭髮把帽子都頂起來了。形容憤怒到了極點。

〔例〕 窮鄉僻壤，有這樣善良的讀書君子，卻被贓官如此凌虐，足令人～。

9畫

勇往直前

勇敢地一直向前進。

〔例〕在他面前雖然困難重重，但他還是披荊斬棘，～。

飛沙走石

沙土飛揚，石塊滾動。形容風力極大。

〔例〕出了嘉峪關向西走，漸入荒漠，陣陣強風，～。

飛針走線

形容縫紉技術非常熟練。

〔例〕工作服破了個大口子，他妻子～，一會兒就縫好了。

飛蛾投火

飛蛾撲向火焰。比喻自找死路，自取滅亡。

〔例〕再三勸說，偏偏不聽，如今又同黑社會的渣滓混在一起，正所謂"～，自取焚身"。

也作"飛蛾赴火"。

飛揚跋扈

飛揚：放縱。**跋扈**：蠻橫。形容蠻橫放肆，胡作非爲。

〔例〕他是一個～、欺壓人民的惡霸。

飛黃騰達

飛黃：傳說中跑得飛快的神馬。**騰達**：上升。像神馬般騰空奔馳。

〔例〕他說正月初一日，夢見一個大紅日頭落在他頭上。他這年就～了。

飛檐走壁

飛檐：在屋檐上飛越。**走壁**：在牆壁上行走。舊小說中形容武藝高強的人身體輕快，翻越動作靈巧。

〔例〕電影中的武林高手個個身輕如燕，～。

降龍伏虎

降、伏：使馴服。制伏龍虎。形容力量強大，能戰勝一切。

〔例〕大家都說他身材高大，虎背熊腰，生就的～好材料。

約法三章

約：約定，議定。約定三條法例。《史記·高祖本紀》："與父老約，法三章耳，殺人者死，傷人及盜抵罪。"後泛指共同議定必須遵守的規章條款。

〔例〕今天我們～，共同遵守，誰也不准違反。

約定俗成

指一些事物的名稱或社會風俗習慣，經過人們長期實踐被認同而獲共同遵守。

〔例〕語言是～的，有的新詞初始用的人很少，甚至有人反對，久而久之用的人多了，也就成了詞。

紈袴子弟

紈：細絹。**袴**：同"褲"。穿著細絹褲子的子弟。指不勞而食、游手好閒、衣著華美的富貴人家子弟。

〔例〕～多出自官宦富貴人家。這些子弟大都嬌生慣養，不懂人間疾苦，不知上進。

9
畫

十畫

馬後炮

比喻事情已經過去了，才發議論、提意見。

〔例〕那天開會你又不説，現在才放～，有什麼用?

馬不停蹄

比喻一刻也不停留地前進。

〔例〕剛視察過安徽的災情，便又～地趕到江蘇去視察。

馬到成功

指戰馬一到，立即取得勝利。常與"旗開得勝"連用。形容
工作一開始就取得勝利。也常在比賽前或某項任務開始前
用作祝福語。

〔例〕預祝你們在這屆全國運動會旗開得勝、～!

馬首是瞻

瞻: 看，望。原指作戰時士兵看着主將馬頭的方向而行動。
後比喻一切聽從某人指揮或追隨某人。

〔例〕他一切唯上司之～，從不提半點意見。

馬革裹屍

馬革: 馬皮。用馬皮包裹屍體。形容英勇殺敵，戰死疆場。

〔例〕與其飽食終日，老死家中，倒不如馳騁沙場，～，
報效國家!

馬齒徒增

馬的牙齒隨着年齡的增加而增長，所以看馬齒就可以知道

馬的年齡。後用以比喻人的年齡增長而沒有作出成就。多
用作自謙之辭。

〔例〕這幾年來我忙忙碌碌，～，與成功的你相比，真不
勝慚愧。

鬥志昂揚

昂揚: 情緒高漲。形容鬥爭意志旺盛。

〔例〕為了預防山洪暴發，大家～地在防洪壩上連夜苦戰。

泰山其頹

像泰山崩塌一樣。用作對衆人敬仰的人逝世的悼辭。

〔例〕葉聖陶逝世的消息傳來，父親沉痛而緩慢地說:
"～，～!"

泰然自若

泰然: 安然的樣子。**自若**: 像往常一樣。形容遇事鎮靜、
自然，不慌亂。

〔例〕飛機突然發生顛動，機長～，迅速排除了故障，使
飛機安全着陸。

泰然處之

（處: chǔ ⑭tsy⁵〔柱〕）

泰然: 安然，不爲所動。**處**: 對待。形容對待困難或緊急
情況毫不在意，沉着鎮定。

〔例〕他對這種無端的非議～，表現出高度的教養。

也作"處之泰然"。

素昧平生

素: 向來。**昧**: 不明白、不瞭解。指彼此向來不相識。

〔例〕我和他～，不瞭解他的情況，請你還是問別人吧。

素負盛名

盛名: 很高的名望。向來享有很高的名望。

〔例〕我這位世叔在醫學界～，遐邇皆知。

珠聯璧合

璧: 玉。珍珠和美玉串聯在一起。比喻人才或美好的事物結合在一起。

〔例〕新郎是位手術高明的醫生，新娘是位勤於職守的護士。大家都説這對新人真是～。

珠圓玉潤

像珠子一樣圓，像玉一樣滑潤。比喻歌聲或文辭優美流暢。

〔例〕她的歌聲～，十分動聽。

班門弄斧

班: 魯班，古代有名的木匠。在魯班面前擺弄斧子。比喻不知自量。

班荊道故

班: 鋪開。**荊**: 荊條。**道**: 説。**故**: 往事，舊事。鋪開荊條在路上，談論以往的事。指老朋友重逢，共敍舊情。

〔例〕到美國不久，人地生疏，正在寂寞的時候，突然碰見了闊別多年的老朋友，欣喜之餘，忙拉老友到一處小酒店～，暢敍離情。

班師回朝

把出征的軍隊調回首都。也指出征的軍隊勝利歸來。

〔例〕血戰了三年，今天終於～，回到久別的家鄉，和家人團聚，真高興!

草木皆兵

把野草和樹木都當成敵兵。《晉書・符堅載記》記載: 前秦符堅領兵進攻東晉，晉軍打敗秦軍的前鋒，符堅登城看見晉軍布陣嚴整，"又望見八公山上草木，皆以爲晉兵"，感到十分恐懼。形容內心驚恐，疑神疑鬼。

草草了事

草草: 馬虎，率率。馬馬虎虎地把事做完了。

〔例〕這人一向工作不認真，幹什麼都是～。

草行露宿

在草野中趕路，在露天睡覺。形容行旅艱苦急迫。

〔例〕爲了爭分奪秒，這支抗洪支援大軍連日來～，趕赴災區。

草菅人命

(菅: jiān ⑱gan¹〔奸〕)

菅: 一種野草。把人命看得和野草一樣。指統治者不把人命當回事，任意殺害。

〔例〕像他這樣做官，真是～。

茶餘飯後

指休息或閑暇的時間。

〔例〕～，心情舒暢，大家天南地北扯個沒完沒了。

也作"茶餘酒後"。

荒淫無恥

放蕩淫亂，不知羞恥。指生活糜爛。

〔例〕這些封建貴族過着~的生活。

荒誕不經

不經: 不合情理。指荒謬, 不合情理。

〔例〕這種~的推論, 是不值得一駁的。

荒誕無稽

荒誕: 荒唐離奇。**稽**: 考查, 考核。形容非常荒唐, 不可憑信。

〔例〕神話裏關於開天闢地的故事雖然~, 但在一定程度上反映了當時人們對自然界的認識和對理想的追求。

荒謬絕倫

倫: 類別, 同類別的。**絕倫**: 超過同類。形容荒唐、錯誤到了極點。

〔例〕他所發表的~的言論, 受到我們有力的批駁。

茹毛飲血

茹: 吃。連毛帶血地生吃禽獸的肉。喻指原始人的原始生活。

〔例〕現代生活過膩了, 有的人異想天開, 竟然到原始森林中去過一段~的日子, 嘗嘗原始人的生活風味。

起死回生

把要死的人醫活。形容醫術高明。

〔例〕他是一位能~的名醫。

桃李滿天下

桃李: 桃樹和李樹。比喻所培育的學生很多, 遍布各地。

〔例〕他教了三十多年的書, ~。

桃李不言，下自成蹊

蹊: 小路。《史記·李將軍列傳》:"諺曰:'桃李不言，下自成蹊。'此言雖小，可以喻大也。"司馬貞索隱:"桃李不能言，但以華(花)實感物，故人不期而往，其下自成蹊徑也。"比喻人只要真誠、忠實，就會感動人，受到尊敬。

〔例〕他為公司勤勤懇懇工作了三十年，業績卓著，但他毫無驕矜之色，雖然已退休多年，公司卻仍以他為勉勵同事的榜樣，此所謂～。

格格不入

格格: 阻礙，抵觸。形容彼此抵觸，互不相容。

〔例〕他們兩人，一個好動，一個好靜，個性～。

格殺勿論

格殺: 打死。**勿論**: 不論罪。指把違反禁令或行凶、拒捕的人當場打死，不以殺人論罪。

〔例〕有膽敢持械搶劫者，～。

根深柢固

根: 樹的鬚根。**柢**: 樹的主根，呈錐狀。鬚根扎得深，主根才牢固。比喻基礎深厚，不容易動搖。

〔例〕他一直和～的黑暗勢力搏鬥，從未停息。

也作"根深蒂固"。

蒂: 花或瓜果跟枝莖相連的地方。

栩栩如生

栩栩: 生動的樣子。形容生動逼真，好像活的一樣。

〔例〕齊白石老人筆下的蝦～。

軒然大波

軒然: 波濤高湧的樣子。常用以比喻大的糾紛或風波。

〔例〕誰也沒有料到，因爲一點小事竟然引起了這樣一場～。

厝火積薪

厝: 放置。**薪**: 柴草。把火放在柴堆下面。比喻隱藏着很大危險。

破天荒

天荒: 從未開墾過的荒地。指從來不曾有過。

〔例〕他是個有名的"煙囱"，今天竟～戒煙了，真是一大奇聞。

破釜沉舟

釜: 鍋。打破了鍋，弄沉了船。比喻下定決心，幹到底。

〔例〕看來他是下了～的決心，孤注一擲，幹到底了。

破涕爲笑

涕: 眼淚。停止哭泣，露出笑容。指由悲轉喜，情感急遽起了變化。

〔例〕兒子在街上走失了，她急得哭起來，突然看見一名警員拖着兒子朝她走來，不禁～。

破綻百出

綻: 衣服上的裂縫。比喻説話、做事漏洞非常多。

〔例〕他雖然使盡了撒謊欺騙的伎倆，但仍免不了～，暴露出他的本來面目。

破鏡重圓

六朝時候，有個人在戰亂中跟妻子分離，各拿半邊破鏡，作爲日後互相尋找的憑信。後來就靠着這半邊鏡子，找到妻子，重新會合。後比喻夫妻分散或離異後重又團聚。

〔例〕一聽到他們夫妻～的消息，親友們都很高興。

殊塗同歸

殊：不同。**塗**：道路。**歸**：趨向。走的道路不一樣，可是都能達到目的地。引伸爲方式、方法不一樣，都能獲得同樣的結果。

〔例〕在證明一個幾何題目時，常常有好幾種方法，但是～，結果完全一樣。

"塗"也作"途"。

原形畢露

畢：完全。本來面目完全暴露。

〔例〕在辦公室，他態度溫文，彬彬有禮；回到家裏，對妻子兒女卻～，呼呼喝喝，沒完沒了。

原封不動

封：封口。**原封**：沒有開封。完全照原來的樣子一動也沒動。

〔例〕他把寄存的箱子～地送回姐姐家。

真才實學

真實的才能、學問。

〔例〕具有～的青年人，會受到用人單位的歡迎。

真知灼見

灼：明白，透徹。正確的認識、透徹的見解。

〔例〕他論文寫了不少，然而大多是平庸之論，缺少～。

真相大白

真實的情況完全明白。

〔例〕這個案件雖然很複雜，但經多次的嚴查，終於～了。

真僞莫辨

分不出真假。

〔例〕這幾張流傳下來的古畫，因爲時代久遠，畫面模糊，已經是～了。

真憑實據

真實的憑據。

〔例〕既要伸寃，又指不出～，這寃案如何翻得？

真金不怕火煉

比喻正直堅强的人經得住考驗。

〔例〕他是～，受的挫折愈多愈堅强。

振振有詞

形容自以爲正確，說個不停。

〔例〕他做錯了事，還～地爲自己辯解，真不像話。

振聾發聵

聵：耳聾。指響聲很大，能使聾人都聽見。比喻言論文章有使人清醒感奮的作用。

〔例〕你這一番議論，真可謂～。

也作"發聾振聵"。

捕風捉影

比喻說話、做事沒有事實根據。

〔例〕不能輕信～的話。

捉襟見肘

捉：拉。拉一下衣襟就露出了胳膊肘。形容衣服破爛，生活窮困。也比喻顧此失彼，無法應付。

〔例〕回想剛工作時，由於沒有經驗，常常～，鬧出不少笑話。

挺身而出

挺：直立，挺直。指在遇到困難或危險時勇敢地站出來。

〔例〕青年人在國家需要的時候，應該～，保衛祖國。

郢書燕説

郢：楚國的都城。**燕**：古國名。**説**：解説，解釋。《韓非子·外儲説左上》記載：郢地有人晚上給燕國丞相寫信，因燭光不亮，命拿燭的人舉燭，於是不自覺地把"舉燭"二字寫在信裏。**燕**相讀後，高興地説，舉燭是崇尚光明，崇尚光明就是選用賢德的人。比喻穿鑿附會，曲解原意。

時來運轉

時：時機。**運**：命運，運氣。時機到來，命運好轉（運氣也來了）。

〔例〕今年他是～，既找到了一份優差，又結識了一位體貼照顧他的女朋友。

時不我待

時間是不等我們的。指要抓緊時間。

〔例〕青年人應及時努力求學，～，不要"老大徒傷悲"。

時乖命蹇

乖、蹇：不順利。指時機和命運都不好。

〔例〕 他們相信命運，把受苦受窮看成是～。

骨肉相連

像骨頭和肉一樣互相連接着。比喻關係非常密切，不可分離。

〔例〕 他倆情同兄弟，～，在戰火紛飛的歲月，更顯真情。

骨瘦如柴

形容很瘦。

〔例〕 窮苦人的孩子由於營養不足，大多～。

蚍蜉撼大樹

蚍蜉: 大螞蟻。**撼**: 搖動。螞蟻想搖動大樹。比喻不自量力。

〔例〕 以他這點功力，卻妄想在這次拳擊賽中打敗歷居冠軍，真是～，可笑不自量。

恩將仇報

用仇恨來回報所受的恩德。指忘恩負義。

〔例〕 落難的時候，是章潤雨慷慨解囊扶他渡過難關，如今他卻把潤雨的公司擠垮了，這不是～麼?

豈有此理

豈: 哪裏。哪有這樣的道理。

〔例〕 一羣流氓無賴闖到一家小吃店，酒足飯飽後，分文不給，揚長而去，真是～!

剛柔相濟

剛強的同柔和的互相調劑。形容兩種對立的事物互相調劑、促成。

〔例〕 做了三年總經理，他終於懂得了恩威並用、～的道理。

剛愎自用

剛愎: 固執。**自用**: 自以爲是。指人固執、任性, 不聽取別人的意見, 獨斷專行。

〔例〕此人一慣~, 誰勸他都得碰釘子。

剛亦不吐, 柔亦不茹

剛: 硬的, 指强者。**柔**: 軟的, 指弱者。**茹**: 吃。形容對强暴的人不怕, 對弱者不欺侮。

〔例〕~, 固然是做人的美德, 但不少人卻反其道而行之, 欺軟怕硬, 這實在是世風的一大弊端。

乘人之危

乘: 趁。趁人家有危難時進行要挾、侵害。

〔例〕他慣於~, 做損人利己的事。

乘風破浪

趁着風勢, 破浪前進。形容行船迅速。也比喻志向遠大, 迎着艱難險阻, 奮勇向前。

〔例〕他站在船頭, ~, 遠眺茫茫的大海、碧藍的天空, 頓覺神清氣爽, 彷彿胸懷也爲之開闊起來。

乘風轉舵

看風勢, 轉換船舵。比喻見機行事或看人眼色行事。一般含貶義。

〔例〕他說話做事都毫無原則, 慣於~。

也作"隨風轉舵"、"看風使舵"。

乘虛而入

趁着虛弱或沒有防備而進入。

〔例〕勞累過度，免疫能力降低，疾病～，所以，平時要注意勞逸結合。

乘興而來

懷着很好的興致而來。

〔例〕對於遠道來參觀的人，我們要特別仔細地講解，特別周到地招待，免得人家～，敗興而歸。

秣馬厲兵

秣: 餵。**厲**: 磨。**兵**: 兵器。餵飽戰馬，磨利兵器。形容積極做好戰備。

〔例〕雙方～，不分晝夜在進行部署，一場大戰迫在眉睫。也作"厲兵秣馬"。

氣宇軒昂

氣宇: 人的儀表、氣概。**軒昂**: 精神飽滿、高揚。形容精神飽滿，氣概不凡。

〔例〕只見此人年紀約有二十上下，～，一看就知道決非等閑之輩。

氣吞山河

氣勢可以吞掉高山大河。形容氣魄很大。

〔例〕西湖旁岳廟，有岳飛寫的"還我河山"四個大字，筆力萬鈞，有～之勢。

氣壯山河

像高山大河那麼氣勢雄偉。形容氣勢雄偉，使山河壯麗生色。

〔例〕文天祥對敵人不屈服的精神，真是～，令人景仰。

氣味相投

投: 投合。指性格、愛好都互相投合。現多用於貶義。

〔例〕 <u>李格成</u>脾氣古怪, 落落寡合, 只有<u>楊達仁</u>同他～, 二人配合得很緊密。

氣急敗壞

形容十分慌張或懊怒時, 上氣不接下氣、狼狽不堪的樣子。

〔例〕 他～地對着電話筒大叫:"不好了, 大水沖進客廳來了!"

氣息奄奄

奄奄: 氣息微弱的樣子。形容氣息微弱, 快要斷氣的樣子。

〔例〕 這個病人已經是～了。

氣象萬千

氣象: 景象。形容景象壯麗而又千變萬化。

〔例〕 每當夕陽西下的時候, 一天煙霞燦爛若錦繡, 映照着巍巍羣山, 此時此刻的<u>雲貴</u>高原, 真個是～。

氣貫長虹

貫: 貫穿。**虹**: 雨後天晴時空中出現的七彩圓弧。氣勢可以貫穿長虹。形容氣勢極其盛大。

〔例〕 談到未來企業的發展, 他～, 信心十足, 似乎整個世界的電子工業都操縱在他的手中。

氣勢洶洶

洶洶: 聲勢盛大的樣子(含貶義)。形容來勢十分凶猛。

〔例〕 你有意見可以好好地說, 這樣～的能解決什麼問題!

借刀殺人

比喻自己不出面。假借別人的手來害人。

〔例〕只因疑心兄弟毀於季枚之手，他便～，使個計謀讓
　　　季枚吃了一場官司，家財蕩盡。

借花獻佛

比喻用別人的東西做人情。

〔例〕這本書是朋友送給我的；既然你喜歡，那就～吧。

借屍還魂

比喻已經死亡的東西，又借着別的名義或另一種形式出現。

〔例〕陳舊過時的思想意識很頑固，不易清除，往往變幻
　　　面孔，～，一而再、再而三地表現出來。

借題發揮

假借某件事作為題目來發表自己的意見。

〔例〕蒲松齡《聊齋志異》中的許多故事，都是～，意在揭
　　　露當時政治的黑暗腐朽。

倚老賣老

倚: 仗着。仗着歲數大，賣老資格。

〔例〕他雖已年過六十，但在工作中從不～，總是虛心地
　　　聽取別人的意見。

倒行逆施

指所做的事違背常理和時代潮流。

〔例〕這種～的做法，必然會遭到可恥的失敗。

隻雞斗酒

一隻雞，一壺酒。祭品。常用於祭文中。

〔例〕～，聊致薄祭，想起他壯志未酬，英年早逝，不禁

唏噓。

俯拾皆是

俯: 低頭。一低頭就可以撿到。形容爲數很多，到處都有，極容易得到。

〔例〕這種貝殼在<u>北戴河</u>海灘上～。

俯首貼耳

低着頭，耷拉着耳朵。形容卑躬順從的樣子。

〔例〕人若爲幾個錢、爲一官半職而～，搖尾乞憐，不是太沒有出息了嗎?

臭名昭著

昭著: 顯著。壞名聲人人都知道。

〔例〕<u>清</u>代<u>慈禧</u>太后手下的太監<u>李蓮英</u>壞事做絕，～。

臭名遠揚

壞名聲傳得很遠。

〔例〕這傢伙在政壇數十年，壞事幹盡，～。

臭味相投

指有同樣壞作風或不良嗜好的人很合得來。

〔例〕他和<u>張</u>家小兒子都嗜賭如命，～，兩人天天混在一起。

息事寧人

平息糾紛，使人安寧。

〔例〕他這次出來說幾句公道話，無非是爲了～，免得鬧到雞犬不寧。

烏合之眾

像烏鴉一樣暫時集聚的一羣。比喻雜湊起來的一羣人。

〔例〕 這種~，即使人數多，也是不堪一擊的。

烏煙瘴氣

瘴氣: 熱帶山林裏的一種濕熱氣。比喻環境嘈雜、秩序混亂或社會黑暗。

〔例〕 這家酒樓最近被醉漢鬧得~，生意驟減。

鬼使神差

差: 派遣。好像有鬼神在暗中指使着似的。比喻事出意外，不由自主。

〔例〕 他帶着幾分醉意，一腳高一腳低，~地竟然走到了李家大門口。

鬼斧神工

形容建築、雕刻、塑像等藝術技巧高超，不像人工製成的。

〔例〕 敦煌石窟的雕像，簡直是~，使人讚歎不已。

鬼哭狼嚎

嚎: 大聲叫。形容哭叫聲非常淒厲。

〔例〕 敵人被打得~，四散逃命。

鬼鬼祟祟

（祟sui ⑧sœŋ⁶〔遂〕）

鬼頭鬼腦，偷偷摸摸。指行動不光明正大。

〔例〕 只見兩個人縮在角落裏~的，不知說些什麼。

鬼蜮伎倆

蜮: 傳說中在水裏能暗中含沙射影而傷人的怪物。**伎倆**: 花招，手段。指陰險卑劣的害人手段。

〔例〕 我們已經識破他們的那種~了。

師出無名

師: 軍隊。出兵征討沒有正當的理由。

〔例〕那支軍隊的士氣非常低落，自然有種種原因，而最主要的是～，失去人心。

追本窮源

本: 樹木的根。**窮**: 追究到底。比喻追究事情發生的根源。

〔例〕他的鑽研精神很好，對重大的問題總是～，不弄清楚不罷休。

追根究底

追究根底。一般指追問事情的原由。

〔例〕對於這次食物中毒的事，他是要～的。

針鋒相對

針尖對針尖。比喻雙方的主張、策略或行動都尖銳對立。

〔例〕張三主張這樣，李四主張那樣，兩個人的意見～，誰也說服不了誰。

拿手好戲

比喻最擅長的本領。

〔例〕調解糾紛是他的～，你交給他辦好了。

徒勞無益

白費氣力，毫無用處。

〔例〕你便百般問他求他，也是～。

徐娘半老

徐娘: 指南朝梁元帝妃徐氏。《南史·后妃傳》:"徐娘雖老，猶尚多情。"後用以指雖到中年而風韻猶存的婦女。

殷鑒不遠

殷鑒: 商朝的教訓。《詩經・大雅・蕩》: "殷鑒不遠, 在夏后之世", 是説殷朝帝王的教訓, 就是發生在不久前被滅掉的夏朝。意思是今天周朝在治國安民上, 要以殷的滅亡爲鑒戒。借指不要忘記不久前發生的教訓。

釜底抽薪

釜: 鍋。**薪**: 柴草。從鍋底抽去柴火。比喻從根本上解決問題。

〔例〕依我看公司裏幫派對立, 關鍵在林亦民和李仲野兩人, 如果~, 將這兩人辭退, 問題便可迎刃而解。

釜底游魚

在鍋底游動的魚。比喻身處絶境或事物即將滅亡。

〔例〕若我軍從西山一線迂迴到敵後, 則敵二十七師便成~, 必可全殲。

笑不可抑

笑得撐不起頭來。

〔例〕想起剛才他在餐桌上出的洋相, 大家~。

笑逐顔開

面帶笑容, 非常高興。

〔例〕足球隊獲勝了, 隊員們個個~, 喜氣洋洋。

笑容可掬

掬: 用雙手捧取東西。形容滿臉堆笑的樣子。

〔例〕他~地同每一位到會的人打招呼。

笑裏藏刀

形容表面和善而内心陰險。

〔例〕他是個～、言清行濁的人。

豺狼成性

像豺和狼一樣凶惡成性。

〔例〕這羣土匪～，到處打家劫舍，殺害鄉民。

豺狼當道

當道：攔住大路。比喻壞人掌權。

〔例〕～，老百姓哪有不倒霉的!

逃之夭夭

《詩經·周南·桃夭》："桃之夭夭，灼灼其華。"原形容桃樹長得很茂盛。因"桃"與"逃"諧音，後人就詼諧地借以指稱逃跑。

〔例〕開荒的拖拉機的轟鳴聲，驚動了荒原上的野兔和松鼠，不等人到跟前，這些可愛的小動物早就～了。

胸有成竹

在下筆畫竹之前，心中早已有了竹子的形象。比喻做事前早有了一定的主見。

〔例〕這件事，他～，我們就不必擔心了。

胸無城府

城府：城市和官府。指難以推測的心機。比喻胸懷坦蕩，無所隱藏。

〔例〕傅俞爲人敦厚寡言，～，別人也不忍心欺侮他。

胸無點墨

形容没有學問。

〔例〕他雖然讀了幾年書，但每次上課都魂遊天外，到頭
　　來還是～。

勉爲其難

勉: 勉強。**爲**: 做。勉強去做力所不能或不願做的事。

〔例〕母親不在家，小妹～地做了幾天廚子。

狹路相逢

在狹窄的路上相遇。常用以比喻仇人相逢，難以相容。

〔例〕這兩人～，一言不發，便動起武來。

狼子野心

狼崽子雖小，卻已具有野獸凶殘的本性。比喻壞人殘暴的
本性和瘋狂的欲望。

〔例〕此人外表恭順，其實～，我早看透他了。

狼心狗肺

像狼和狗一般凶狠、貪婪。形容凶狠、貪婪到沒有人性的
地步。也指忘恩負義。

〔例〕他後悔不迭地說:"我有眼無珠，錯把這個～的東西
　　當作好人。"

狼吞虎嚥

形容吃東西像狼和虎吞咽食物一樣又猛又急。

〔例〕走了幾個鐘頭的路，大家的肚子都餓極了，午餐時，
　　個個～，一下子把飯菜全吃光。

狼狽不堪

狼狽: 傳說狼和狽是同類的野獸，狽前腿極短，必須趴在
　　狼的身上才能行動。形容非常窘迫的樣子。

〔例〕騎摩托車去朋友家，半路遇上下雨，衣服全淋濕了，～。

狼狽爲奸

比喻壞人勾結在一起幹壞事。

〔例〕這幾個人～，專權跋扈，民憤極大。

留得青山在，不愁沒柴燒

比喻只要留有最基本的條件，就不愁做不出更多的事來。

〔例〕～，只要你把病醫好，有個好身體，一切都好辦。

桀驁不馴

桀驁: 性情暴烈倔强。**不馴**: 不馴服。形容性情暴烈，不服約束管教。

〔例〕他這兒子很聰明，學習能舉一反三; 只是性子～，頑劣異常。

討價還價

指買賣雙方要價還價。也比喻進行某項工作前或舉行談判時雙方提出種種條件，計較得失。

〔例〕雙方爲利潤分成而～，相持不下。

訓練有素

素: 平時，平素。指平時有嚴格的訓練。

〔例〕我們這支足球隊，隊員基礎好，根底厚，又～。

記憶猶新

過去的事，至今印象還非常清楚(多指慘痛的回憶)。

〔例〕日本軍國主義者帶給中國人民的災難，我們～。

神乎其神

形容非常神秘奇妙。也指故弄玄虛，顯得神秘。

〔例〕他把人體的特異功能説得～，令人難以置信。

神出鬼沒

原比喻用兵神奇靈活。後形容出沒無常，難以捉摸。

〔例〕上司見汪革蹤迹～，愈加疑慮。

神采奕奕

神采：指精神風貌。**奕奕**：精神煥發的樣子。形容人的精
神旺盛，容光煥發。

〔例〕銀幕上出現了這樣的鏡頭：德高望重的孫中山先生
滿面笑容，～地走下車來，羣衆立即熱烈歡呼。

神思恍惚

神思：精神，心緒。**恍惚**：神志不清。形容心神不安，精
神渙散。

〔例〕前幾天她遭到些意外打擊，有些～，現在已經好了。

神通廣大

神通：原爲佛教用語，指神奇的法力。後指超凡的本領。
現有時用於諷刺。

〔例〕都説他交遊廣闊，～，生意做得愈來愈興旺。

神魂顛倒

指人迷到了極點。

〔例〕她極富魅力的表演，使我～，如癡如醉。

神機妙算

形容機智過人，謀略高明。

〔例〕諸葛亮～，料定司馬懿疑心重，不敢貿然進軍，於

是設下"空城計"。

高人一等

比別人高出一個等級。有時用於貶義。

〔例〕上了大學，自以爲～，這種想法是幼稚可笑的。

高山流水

《列子·湯問》記載，春秋時伯牙善彈琴，鍾子期善聽琴。一次伯牙彈琴時，琴聲時若高山，時若流水，只有鍾子期能領會其中的含意。後來就用"高山流水"來比喻知音或知己。也比喻樂曲高妙。

也作"流水高山"。

高不可攀

高得無法攀登。形容難以達到。

〔例〕世界科學水平不是～的，只要我們努力，一定可以達到。

高枕無憂

墊高枕頭，無憂無慮地睡大覺。形容無憂無慮。

〔例〕房子經過修補，牢固多了，即使遇上強風，也可～。

高朋滿座

高貴的客人坐滿了席位。後來也用以形容賓客很多。

〔例〕今天～，勝友如雲，我能出席這樣一次盛會，榮幸之至。

高風亮節

高風: 高尚的風格。**亮節**: 堅貞的節操。形容品格高尚，節操堅貞。

〔例〕 <u>文天祥</u>的～，爲世人所景仰。

高視闊步

高視: 眼睛向上看。**闊步**: 大步走路。形容器宇不凡或傲慢看不起人。

〔例〕 如果你～，獨來獨往，自以爲了不起，朋友們便會疏遠你了。

高屋建瓴

建: 傾倒。**瓴**: 盛水的瓶子。從高屋上傾倒瓶水，水直瀉而下。形容居高臨下，不可阻擋。

〔例〕 一聲號令，鐵騎南進，～，勢如破竹，不消幾個月，已經平定了大半個江南。

高深莫測

莫測: 無法揣測。無法揣測有多高有多深。形容使人難以捉摸。有時也用以諷刺故弄玄虛的人。

〔例〕 美學，對我來說實在是～，恐怕靠自學啃不動。

也作"莫測高深"。

高談闊論

原指高雅廣博的談論。後指空洞、不切實際的議論。

〔例〕 有些人僅僅是一知半解，就指手畫腳地～起來。

高瞻遠矚

站在高處望，注視遠方。比喻眼光遠大。

〔例〕 成功的企業家都是～的人。

高不成，低不就

高的雖然合意，卻難以得到；低的看不起，又不願意遷就。

常在選擇配偶或職業時用。

〔例〕 年過三十還是獨身，朋友都替她着急，可是～，一
　　　拖又是兩年，她還是依然故我。

席不暇暖

席：坐墊。**暇**：閑空。連坐墊也沒坐熱就走了。形容忙着
東奔西跑，坐一會兒的時間都沒有。

〔例〕 他爲了工作，整年東奔西跑，簡直是～。

席地而坐

席地：以地爲坐席。指坐在地上。

〔例〕 郊遊玩得興起，直到正午才想到找地方休息，大家
　　　背靠大樹，在樹蔭下～。

座無虛席

虛席：空位子。座位沒有空着的。形容客多或客滿。

〔例〕 那劇團來港演出時，每場都是～。

病入膏肓

（肓：huāng　粵fong¹〔荒〕）

古人認爲，疾病要是深入到肓（心臟與膈膜之間）之上、膏
（心尖脂肪）之下，那就任何藥力都不能達到。形容病情嚴
重到了無法醫治的地步。也比喩事態嚴重到了不可挽救的
地步。

〔例〕 董事會還想挽救，暫不申請破產，依我看虧損太
　　　多，～，無濟於事。

病從口入

疾病是由於飲食不慎而得的。

〔例〕～，禍從口出，爲人處事，説話不可不慎。

疾言厲色

説話急躁，臉色嚴厲。形容待人粗暴的樣子。

〔例〕他對什麼人都很和氣，從來没見過他～的。

疾風知勁草

疾風: 大而急的風。**勁草**: 堅韌的草。勁草是不會被風吹折的。比喻在嚴重的考驗下，才顯出誰是堅强的。

〔例〕～，日久見人心，誰個一心爲公，誰個假公濟私，時間一長便一清二楚了。

也作"疾風勁草"。

疾風掃落葉

猛烈的風把落葉全掃光。比喻來勢迅猛，很快就解決問題。

〔例〕在決戰大勝之後，我軍更以～之勢横掃殘敵。

疲於奔命

奔命: 奔走於執行命令。原指因受命奔走而弄致精疲力盡。現指東奔西走，弄得非常疲乏。

〔例〕她既要上班，天天又要到醫院探望長期臥病的母親，每日～。

剖腹藏珠

剖開肚皮來收藏珍珠。比喻爲愛惜財物而傷身，輕重倒置。

〔例〕跌了燈值錢呢，還是跌了人值錢？怎麼忽然又變出這～的脾氣，叫這麼小的孩子爬上去修燈呢？

旁若無人

旁: 旁邊。**若**: 好像。旁邊好像没有人。指不把身旁的人放在眼裏。

〔例〕他們在會場裏高談闊論，～。

旁敲側擊

比喻說話不直接說出本意，卻從側面隱晦曲折地暗示。

〔例〕你有意見可以痛快地說出來，何必這樣～的?

旁徵博引

旁: 廣泛。**引**: 引證。指從多方面廣泛地引用很多材料作
爲依據和例證。

〔例〕說明這樣簡單的一個問題，有幾句中肯的話就夠了，
不必～。

也作"繁徵博引"。

旁觀者清

指第三者的觀察比當事人可能更清楚。

〔例〕我們處理任何事情，都應該考慮別人的意見。古話
說"～"，這話是很有道理的。

烘雲托月

烘: 渲染。比喻從旁面渲染來襯托或突出主體。

〔例〕他寫文章往往用～的方法，把主題襯托得更鮮明。

煙消雲散

像煙一樣消失，像雲一樣散開。比喻消失得乾乾淨淨。

〔例〕由于他將事情的經過作了全面的說明，人們的疑團
便～了。

拳不離手，曲不離口

比喻勤學苦練，不中斷。

〔例〕～，書法要天天練，才能進步。

差强人意

差: 稍微，大致。强: 使人滿足的意思。還算能使人滿意。

〔例〕我們的工作雖然～，但是還是比不上先進的，必須
迎頭趕上。

也作"差可人意"。

差之毫釐，失之千里

差: 相差。毫釐: 很小的計算單位。形容微細。開始時錯
了一點點，結果就會距離很遠。

〔例〕製造精密儀器不能稍有誤差，否則就會～。

粉身碎骨

身體粉碎而死。形容爲了報效或爲了某種目的而承受最大
的犧牲。

〔例〕爲了正義事業，爲了祖國，即使～，我也在所不辭。

粉飾太平

掩飾黑暗混亂的現狀，裝扮成太平景象。

〔例〕那些文人的～之作，並不代表這一時期文學創作的
主流。

粉墨登場

粉墨: 指化妝品。化妝登台演戲。現多用以比喻經過喬裝
打扮，登上政治舞台或出現於某種場合。

〔例〕他要弄遠交近攻、諂諛逢迎的手法，做足了見不得
人的功夫，終於擠走了李主任，～，取而代之，坐
上了主任的交椅。

料事如神

形容預料事情非常準確。

〔例〕何經理胸有韜略，～。

迷途知返

返：回，回來。比喻覺察到自己犯了錯誤，知道改正。

〔例〕只要你～，家人和朋友都會歡迎你、支持你的。

兼收並蓄

兼收：從多方面去吸收。指從多方面去收集人才或事物。

〔例〕對古代文化遺產，我們不能～，要酌爲選擇。

兼容並包

指對各類的人或事物都盡量容納。

〔例〕這是體育協會，不能～，把老老少少都吸收進去。

逆水行舟

逆：迎。迎着水流的方向行船。比喻不努力向前就會退後。

〔例〕學如～，不進則退。

逆來順受

指對外界的壓力或無理的待遇，採取容忍承受的態度。

〔例〕他事事都～，結果是更多人欺負他。

酒色財氣

酒：貪酒。**色**：好色。**財**：貪財。**氣**：逞能賭氣。這四者最容易給人帶來禍害，所以古人以此作爲人生"四戒"。

〔例〕～，害人不淺。

酒肉朋友

指不務正業，只知在一起吃喝玩樂的朋友。

〔例〕多交些勤儉好學的朋友，不要交那些～。

酒後失言

醉酒後，説出不該説的話。

〔例〕他被人灌了幾杯，～，把公司的新計畫洩露了。

酒囊飯袋

像盛酒裝飯的口袋一樣。形容只會吃喝不會做事的人。

〔例〕凡事經他手都被弄得一團糟，正是～。

涇清渭濁

涇、渭：涇水、渭水，兩河發源於甘肅，流經陝西合流後入黃河。相傳涇水清澈，渭水渾濁。比喻人品的清濁好壞有明顯的差別。

〔例〕這兩人是～，從他們的言論、行事就知道。

涇渭不分

比喻是非、好壞不分。

〔例〕你這樣説就是～了，誰是誰非，大家是心中有數的。

涇渭分明

涇水水清，渭水水濁，合流時，兩水清濁不混。比喻界線清楚，是非分明。

〔例〕他任職四年，處事果斷，～，如今雖然走了，大家還很懷念他。

參看"涇清渭濁"。

海市蜃樓

在夏季的海邊或沙漠地區，由於光線的反射或折射作用，會出現一種把遠處景物顯示在空中或地面的奇異幻景。古人誤以爲是蜃(蛤蜊)吐氣形成的。後用以比喻虛幻的事物。

〔例〕 他想像過宏大的計畫、驕人的業績，他也曾爲之努力過，但由於脫離實際，最後都成了～。

海外奇談

指沒有根據的、稀奇古怪的談論或傳說。

〔例〕 這些事我可從來沒聽說過，全屬～。

海底撈月

比喻白費氣力，根本辦不到。

〔例〕 希望要符合實際，不然的話，縱使花上九牛二虎之力，到頭來還是～，這不叫希望，這是幻想。

海底撈針

比喻極難找到。

〔例〕 找了他許久，至今無影無踪，要捉這個人，只怕比～還難。

海枯石爛

指經歷的時間極爲長久。表示意志堅定，永不改變。多用於誓言。

〔例〕 別聽他那一套～不變心的話，此人作風飄浮，他的話能信麼?

海闊天空

像海那樣遼闊，像天空那樣空曠。形容大自然的廣闊無邊。也比喻說話、寫文章漫無邊際。

〔例〕 他們倆一見面就談，一會兒是國際形勢，一會兒是科學發展; 後來又議論起最近上映的電影; 就這樣～

地談了一晚。

海誓山盟

盟: 盟約。表示愛情要像海和山一樣永恒不變。

〔例〕他倆雖也曾～，但始終未成婚; 如今卻都已各自兒
女成行了。

海水不可斗量

海太大了，是不能用斗來量的。常與"人不可貌相"連用。
比喻評定一個人不能只憑表面來估量。

〔例〕人不可貌相，～，別看他五短身材，可是很有遠見，
聰明絕倫，做事精明穩健，前途未可限量。

流言蜚語

毫無根據的話。多指在背後議論、誣衊或挑撥離間的話。

〔例〕他到處散布～，企圖達到不可告人的目的。

也作"流言飛語"。"蜚語"同"飛語"。

流芳百世

芳: 花草的香氣，比喻美名。美名永遠留傳於後代。

〔例〕盡忠報國，～。

流連忘返

原指沉迷於遊樂而忘記回去。後指因留戀而捨不得離去。

〔例〕西湖的湖光山色，美麗極了，真使人～。

流離失所

流離: 離開本鄉本土，到處流浪。**失所**: 失去安身的地方。

〔例〕抗日戰爭時期，淪陷區人民家破人亡，～。

流離轉徙

形容離開家鄉，輾轉遷徙。

〔例〕過去黃河泛濫，許多人～，跑到南方來。

流水不腐，戶樞不蠹

戶樞：門的轉軸。流動的水不會腐臭，經常轉動的門軸不會被蟲子蛀。比喻經常運動的東西不易受侵蝕。

〔例〕注意運動，鍛煉身體，可以收到卻病延年的功效，這正是所謂～。

浮光掠影

水面的反光，閃過的影子，很快就消逝。比喻觀察不細緻，印象不深刻。

〔例〕這本小說我曾忽忽看過，～，現在想也想不起來了。

浮想聯翩

浮想：飄浮不定的想像。**聯翩**：鳥飛的樣子，比喻連續不斷。指許許多多的想像不斷地湧現腦際。

〔例〕讀完這封海外來信，她～，夜不成寐。

恣意妄為

恣意：任意。**妄為**：胡作非為。任意地胡作非為。

〔例〕他我行我素慣了，以致～，最後觸犯了刑律，方才悔恨，然而為時已晚。

害羣之馬

比喻危害集體的壞人。

〔例〕流氓土匪擾害民衆，是社會的～。

家徒四壁

徒：僅，只。**壁**：牆壁。家裏只有四面牆壁。形容十分貧窮，一無所有。

〔例〕以前我非常貧困，～。

家破人亡

家庭破碎，家人死亡。形容遭受天災人禍後的悲慘境遇。

〔例〕在那動亂的年月裏，他被逼得妻離子散，～。

家常便飯

比喻極平常的事兒。

〔例〕以前她是個使女，過着牛馬不如的生活，挨打受罵成了～。

家貧如洗

家裏窮得像被水沖洗過一樣，什麼都沒有。形容貧窮到了極點。

〔例〕他是個弱智人士，求生無術，～。

家喻戶曉

喻：明白。曉：知道。家家戶戶都明白、知道。

〔例〕冬季防火防盜，經過宣傳，已經～。

家醜不可外揚

內部的醜事不可向外宣揚。

〔例〕～，倘若傳到外邊，被人恥笑。

剜肉補瘡

挖下身上的好肉來補傷口。比喻只顧眼前，用有害的方法來救急。

〔例〕靠借債來還債，這是～，最根本的還是要妥善地安排生活，做到量入爲出。

容光煥發

容光: 臉上發出光彩。**煥發**: 光彩四射。形容精神飽滿，面容豐潤有光彩。

〔例〕離開家鄉多年的表哥今天回來了，看上去～，比以前更年輕了。

袖手旁觀

袖手: 把手放在袖子裏，站在旁邊觀看。比喻置身事外。

〔例〕弟弟妹妹爭吵不休，你應該出來調解一下，不應～。

冥思苦想

冥思: 深沉地思索。**苦想**: 絞盡腦汁地想。現多用於形容不作調查研究，單憑主觀想像考慮問題。

〔例〕為使廣告圖案富有新意，要多看看別人的新作，不能光靠自己～。

也作"冥思苦索"。

冤家路窄

冤家: 仇人。仇人狹路相逢，無處迴避。常比喻不願見到的人，偏偏碰到。

〔例〕他倚在車窗旁邊，看着剛走進車廂的一個中年男人，暗暗思忖: 這可叫～，怎麼碰到了他?

書生氣十足

書生: 讀書人。指思想幼稚、看問題簡單的書獃子氣。

〔例〕他只知道看書，對實際生活缺乏瞭解，～。

退避三舍

舍: 古時行軍三十里為一舍，三舍為九十里。《左傳·僖

公二十八年》記載: 晉、楚在城濮交戰, 晉文公為遵守
　　以前的諾言, 主動後撤九十里。後用以表示向對方讓步,
　　避免爭鋒。也表示謙遜。

閃爍其辭

形容説話躲躲閃閃。

〔例〕老闆見他説話吞吞吐吐、～的樣子, 更加心生疑竇。

弱不禁風

身體太弱, 連風吹都經受不起。形容身體嬌弱。

〔例〕林黛玉是一個～的女子。

弱不勝衣

弱得連衣服都承受不起。形容身體很弱。

〔例〕他的病愈來愈重, 行動艱難, ～, 真是可憐。

弱肉强食

弱者的肉被强者吞食。比喻弱者被强者欺凌、侵害。

〔例〕如今已不是～的時代了, 大國小國應當平等合作。

娓娓而談

形容委婉而不停地談論。

〔例〕一提起這件事, 他就～, 把前後經過原原本本地説
　　了一遍。

娓娓動聽

娓娓: 説話委婉不停的樣子。説話委婉生動, 使人喜歡聽。

〔例〕她講故事講得真好, ～, 孩子們都聽得出神。

脅肩諂笑

脅肩: 聳起肩膀, 做出恭順的樣子。**諂笑**: 爲了奉承人而

　裝出笑臉。形容逢迎巴結的醜態。

〔例〕爲了向上爬，他對上司～，逢迎備至，令人側目。

能者多勞

　能幹的人多勞累一些。

〔例〕你在公關方面最有辦法，～，還是你跑一趟吧!

能屈能伸

　能彎曲能伸直。比喻不論環境的好壞，都能適應。

能説會道

　形容口才好，善於説話。

〔例〕這個人天生一張巧嘴，～，講起話來總是一大套。

紛至沓來

　紛：紛繁。沓：重複。形容接連不斷，來的很多。

〔例〕各方面的好消息～，大家高興得歡呼起來。

紙上談兵

　只會空談卻上不得陣。比喻空發議論，不能解決實際問題。

〔例〕他慣於～，講得頭頭是道，但一經接觸實際，就往
　　　往沒有辦法了。

除惡務盡

　清除壞人壞事一定要徹底乾淨。

〔例〕對於流氓集團，要～，不能心慈手軟。

除暴安良

　剷除強暴，安撫善良的人。

〔例〕《水滸傳》中宋江等一百零八人，個個都是～的英雄
　　　好漢。

除舊布新

布: 安排，展開，建立。去除舊的，安排新的。

〔例〕不能再用舊的一套去管理這間新廠了，一定要~，
去適應新的形勢。

陷身囹圄

（囹: ling ⑨lig〔零〕 圄: yǔ ⑨jy⁵〔語〕）

囹圄: 古代指監獄。指被關進監獄。

〔例〕他因貪財受賄，致陷身囹圄，後悔莫及。

十一畫

責有攸歸

攸: 所。**歸**: 歸屬。責任各有歸屬。多指不能推卸責任而言。

〔例〕這次事故各部門~，希望大家開會切實檢討一下。

責無旁貸

責: 責任。**貸**: 推卸。指自己應負的責任不能推到別人身上。

〔例〕供養年老的雙親，子女們~。

理所當然

按道理應該如此。

〔例〕學生勤奮學習乃是~的事。

理屈辭窮

理屈: 理虧。理由站不住，再不能說出什麼話了。

〔例〕經過多次辯論，他終於~，只好認錯了。

理直氣壯

理由正確充足，氣勢很盛。

〔例〕他～地說："事實證明，我沒有錯。"

現身說法

比喻用親身的經歷或體會，對人進行講解或勸導。

〔例〕他～，說明吸煙危害健康。

規行矩步

比喻言行謹慎，按照規矩辦事。

〔例〕林黛玉和衆人不一樣，她並不勸賈寶玉～地走封建
　　　統治者給他規定的高官厚祿的道路。

莫須有

宋朝奸臣秦檜誣害抗金將領岳飛要謀反，有人問他有什麼
證據，秦檜說："莫須有。"意思是：也許有，恐怕有。後用
以指憑空捏造罪名。

莫名其妙

名：說出。原指說不出其中的奧妙。現用來表示事情很奇
怪，難於理解。

〔例〕我實在是～，我從哪裏得着這麼一個門生，連我也
　　　不知道。

莫逆之交

逆：違反。莫逆：思想情感一致。交：朋友。指彼此志同
道合、感情深厚的朋友。

〔例〕二人本爲～，想不到爲這件事情竟至鬧翻了。

莫衷一是

衷: 折衷。**是**: 對。不能斷定哪個對，哪個不對。指得不出一致的結論。

〔例〕有的説這，有的説那，大家你一言，我一語，～。

教學相長

（長: zhǎng 粵dzœŋ²〔掌〕）

長: 促進。教和學是互相促進的。

〔例〕～，教書不單是輸出知識，其實也有收穫。

執迷不悟

執: 固執。**迷**: 迷惑。指堅持錯誤而不覺悟。

〔例〕做錯了事就要趕緊回頭，如果～，那是非常危險的。

聊以自慰

姑且用來自我安慰一下。

〔例〕遠處異鄉，生活孤寂，彈彈琴，寫寫詩，～而已。

聊復爾耳

聊: 姑且。**爾**: 這樣。姑且這樣罷了。表示非滿意或必須。

《世説新語・任誕》載: 古時七月七日有曬衣服的習慣。富家曬的都是紗羅錦綺。阮咸家貧，用竹竿掛了一條大布短褲在庭院裏曬。有人奇怪，問他，他説: "未能免俗，聊復爾耳。"

彬彬有禮

彬彬: 文雅。文雅而有禮貌的樣子。

〔例〕他給我的印象是誠懇、認真、～。

斬草除根

鏟草要連根除掉。比喻徹底鏟除禍根。

〔例〕要消滅蚊蟲，必須～，徹底消滅孑孓!

斬釘截鐵

比喻說話、辦事堅決果斷，毫不含糊。

〔例〕他～地說，絕不會跟這班人同流合污。

軟硬兼施

兼施：同時施展。軟的和硬的手段都用上了。多用於貶義。

〔例〕敵人～，都無法使他屈服。

連篇累牘

累：堆積；重疊。**牘**：古代寫字用的木板。形容文辭冗長或篇幅過長。

〔例〕～都是不着邊際的空話。

專心致志

形容非常專心。

〔例〕屋內非常悶熱，但大家依然～地工作着。

專橫跋扈

跋扈：霸道，蠻不講理。專斷蠻橫，不講道理。

〔例〕～的人是聽不進別人的意見的。

速戰速決

快速地戰鬥，快速地解決戰鬥，奪取勝利。也指辦事快，結束得快。

〔例〕做事情不要拖拖拉拉，要有～的精神。

盛氣凌人

盛氣：驕橫的氣勢。**凌**：欺凌。形容用驕橫的氣勢壓人。

〔例〕他總是擺出一副老闆相，～。

盛極一時

形容一時非常興盛或流行。

〔例〕世界著名的維也納交響樂團來這裏演出，觀眾成千上萬，～。

雪上加霜

比喻連接遭受災難。

〔例〕去年他死了母親，今年又死了妻子，真是～。

雪中送炭

大雪天裏給人送炭取暖。比喻在別人最困難或最急需時給予幫助。

〔例〕我正需要這筆錢，你就送來了，～，感謝感謝！

頂天立地

頭頂着天，腳立大地。形容形象高大，氣概非凡。

〔例〕他在少年時代，就立志要做一個～的英雄。

措手不及

形容事出突然，來不及動手對付。

〔例〕對待敵人，我們要打他個～。

掛一漏萬

掛：牽住。形容説的或寫的提到的少，漏掉的多。

〔例〕我講的這些是我一時所想到的，不免～，請大家多多補充。

掛羊頭，賣狗肉

比喻用好的名義作幌子，實際上名實不符或者做壞事。

〔例〕～，説一套做一套，這樣的人能信任麼？

掉以輕心

指對事情採取輕率、漫不經心的態度。

〔例〕爲保護森林資源，對某些地區的亂砍亂伐現象，我們不能～。

推己及人

以自己的心意去推測別人的心意。比喻設身處地替別人着想。

〔例〕你要是能～，替他想一想，也就不會生他的氣了。

推心置腹

比喻真心待人。

〔例〕他對朋友～，因此朋友們都很信任他。

推波助瀾

波、瀾：波浪。比喻推動事物的發展，擴大影響。也比喻鼓動助長事態擴大。

〔例〕本來局勢已很緊張，經他煽風點火，～，益發不可收拾。

推陳出新

陳：舊的。除掉舊的，創造新的。多指通過批判繼承，在舊文化的基礎上創造新文化。

〔例〕整理舊劇本，要～，在原有的基礎上不斷提高。

掩人耳目

遮掩別人的耳朵和眼睛。比喻以假象欺騙別人。

〔例〕受賄事件被報界揭露後，他以攻爲守，慷慨陳詞，不過是想～而已。

掩耳盜鈴

捂着耳朵去偷鈴。比喻自己騙自己。

〔例〕明知錯了，但礙於面子，硬說沒錯，堅持不改，這種自欺欺人的做法正如～，只會對自己不利。

捷足先登

捷足：腳步快的人。**先登**：首先走到上面。形容行動敏捷的人先達到目的。

〔例〕在通向科學頂峯的道路上，是沒有任何捷徑好走的，只有那些不畏艱難、努力鑽研的人才能～。

救死扶傷

救活將死的人，扶助受傷的人。

〔例〕紅十字會發揚了～的人道主義精神，搶救受災的災民，受到人們的稱讚。

接二連三

一個接着一個，連續不斷。

〔例〕勝利的捷報～地傳來。

接踵而來

踵：腳後跟。一個跟着一個到來。形容來得多。

〔例〕始皇陵兵馬俑博物館建成，海內外參觀者～。

排山倒海

推開高山，翻轉大海。形容力量強，聲勢巨大。

〔例〕錢塘江每年中秋節的大潮，那～之勢，給人留下難忘的印象。

排除異己

指排擠、清除與自己立場、觀點不同的人。

〔例〕他上任後，～，安插親信，以鞏固擴大自己的權勢。也作"排斥異己"。

排難解紛

原指爲人排除危難、解決紛爭。《戰國策·趙策》："此貴於天下之士者，爲人排患釋難解紛亂而無所取也。"後多指解決困難，調解糾紛。

〔例〕在同事中疏通調解，～，改變了矛盾重重、亂糟糟的局面。

捨己救人

犧牲自己，拯救別人。

〔例〕他不顧自己的生命危險，跳進急流裏，救出了落水的孩子，這種～精神，令人欽敬。

捨己爲人

爲了別人而放棄個人利益。

〔例〕在危難的時候，爲了國家的利益，能～的人，永遠是受到尊敬的。

捨本逐末

捨: 放棄。**本**: 根本。**末**: 枝節。放棄根本的、主要的而去追求枝節的、次要的。比喻輕重主次倒置。

〔例〕如果只注意形式而不管內容，便是～。

也作"捨本求末"。

捨生忘死

犧牲生命，忘記死亡。形容不怕犧牲，把生死置之度外。

〔例〕他～地衝進火場，奮力搶救傷員。

捨生取義

義: 正義，真理。爲正義而犧牲生命。

〔例〕～，視死如歸的英雄永遠受人們的尊敬。

捨身爲國

爲國家犧牲自己的生命。

〔例〕烈士們～的英雄事迹，永遠爲人們所傳誦。

捨近求遠

放棄近的，找尋遠的。比喻所求不切合實際。

〔例〕我們本地也出產這種日用品，你何必～，一定要跑到外地去採購?

探囊取物

囊: 口袋。伸手進口袋裏拿東西。比喻事情很容易辦到。

〔例〕以他的大才，解決這樣的小問題，豈不是～?

頂禮膜拜

頂禮: 行禮時五體(四肢和頭)投地，用頭頂着所尊敬人的腳。**膜拜**: 兩手放在額上，長跪而拜。這是佛教徒最高的敬禮。現多用以形容對人極端崇拜。

〔例〕在法門寺，那些善男信女向佛像～，表現了最大的虔誠。

捫心自問

捫: 按。手按着胸口問自己。表示自我反省。

〔例〕～，我覺得十分內疚，在他困難的時候，沒有幫助他。

捲土重來

比喻失敗之後，集結力量，力圖再起。

〔例〕匪首被抓後，這裏太平了一陣子，但時隔不久。土
　　　匪們又～，四處搶劫。

處之泰然

泰然：安然。形容對待困難或意外情況都能沉着鎮定，不
　　以爲意。

〔例〕他對於一切突然發生的事情都能～，從容應付。

處心積慮

處心：存心。**積慮**：謀算了很久。指千方百計地長時間謀
　　算去幹某件事。多含貶義。

〔例〕從上任的第一天起，他就～地要擠掉別人，坐上這
　　　總裁的職位。

眼中釘

常與"肉中刺"連用。比喻心目中最憎恨的人。

〔例〕視他爲～、肉中刺，必欲除之而後快。

眼花繚亂

繚亂：紛亂。形容紛繁、耀眼的東西，使眼睛看得發花。

〔例〕植物園中的奇花異草數不勝數，令人～。

眼明手快

眼光銳利，動作敏捷。

〔例〕他打起籃球來～，是個出色的籃球健將。

畢其功於一役

畢：完。不分階段，不分先後順序，一下子把事情都做完。

〔例〕求學的過程，只能由一個階段轉到另一個階段，不

能～。

野心勃勃

勃勃: 旺盛的樣子。謂野心很大。

〔例〕<u>袁世凱</u>～，妄想作皇帝，結果遭到全國人民的反對。

逍遙自在

形容無拘無束，自由自在。

〔例〕他現在無官一身輕，～地到世界各地去旅遊。

逍遙法外

逍遙: 自由自在，不受拘束。指犯法的人沒有受到法律制裁。

〔例〕凶徒至今仍～，警方懸賞五十萬緝捕歸案。

逞性妄為

逞: 放任。**妄**: 胡亂。任着性子亂來。

〔例〕由於父母溺愛，他自小嬌生慣養，漸漸成了一個～的人。

晨鐘暮鼓

指寺廟中早晚用以報時的鐘鼓。形容僧尼的孤寂生活。後常用以比喻能引起人們警悟的語言。

〔例〕看過近日出版的一本警世格言，～，受益非淺。

也作“暮鼓晨鐘”。

啞口無言

像啞巴一樣説不出話來。形容理屈辭窮。

〔例〕一番言語，問得他～。

異口同聲

不同的嘴說同樣的話。形容所有人的説法完全一致，意見相同。

〔例〕大家都～地稱讚導遊小姐服務態度好。

異乎尋常

異: 不同。同平常的不同。

〔例〕你覺不覺得他最近的態度有點～?

異曲同工

曲: 曲子。**工**: 精，巧。不同的曲調演奏得同樣好。比喻不同的做法收到相同的效果。

〔例〕根據《紅樓夢》改編的這兩部電影有～之妙。

異軍突起

異軍: 另一支軍隊。比喻另一種新生力量突然出現。

〔例〕這支～的足球隊是由我校校友組成的。

異想天開

異: 奇特。比喻想法離奇，不切實際，很難實現。

〔例〕有人認爲要醫好聾啞病是～的事，而在針灸療法日益發展的今天，這種願望已經實現了。

異端邪説

異端: 被"正統派"指爲異己的學派。**邪説**: 被"正統派"指爲有害性的學説或主張。

〔例〕偉大科學家伽利略證明地球繞日而行的學説，曾被當時的教會視爲～。

眾口難調

調: 調和。原指飯菜很難適合每個人的口味。比喻很難讓所有的人都滿意。也比喻眾人意見很難協調一致。

〔例〕 ～，做一件事，總是有人說好有人說不好。

眾矢之的

的: 箭靶的中心。很多箭射擊的靶子。比喻大家攻擊的對象。

〔例〕 在會上，他無理地把過失都推到別的同事身上，立刻成了～。

眾目睽睽

睽睽: 瞪大眼睛。形容大家的眼睛都在注視着。

〔例〕 在～之下，他竟然毆打老人，激起羣憤，紛紛上前指責。

眾星捧月

像許多星星托着月亮一樣。比喻許多東西圍繞着一個中心。

〔例〕 這所大學的主樓建在山腰，四周是錯落有致的教學樓、實驗樓、圖書館等，如～，使主樓顯得更加宏偉了。

眾叛親離

叛: 背叛。**離**: 離開。眾人反對，親信離去。形容不得人心，陷於孤立。

〔例〕 ～，大勢已去。

眾怒難犯

犯: 觸犯。眾人的憤氣不可觸犯。

〔例〕 他本來還想要無賴，但一看到大家都在指責他，他感到～，就只好溜走了。

眾望所歸

望: 仰望。**歸**: 歸向。大家一致歸向的。形容在羣眾中享有很高的威信，是大家一致期望和歸向的。

〔例〕由您來擔任協會主席是～，請不要推辭了。

眾寡懸殊

懸殊: 差別很大。指雙方人力多少差別很大。

〔例〕在敵我～的形勢下，由於我們緊密團結，奮勇作戰，終於戰勝了敵人。

眾擎易舉

擎: 往上托。眾人一齊用力往上托，就容易把東西舉起來。比喻大家一起做，事情就容易成功。

〔例〕大家一齊動手，～，在短短的時間內就做好了這項工作。

眾人拾柴火焰高

比喻人多力量大。

〔例〕～，只要大家動手做，我們的工作就會有很大的發展。

趾高氣揚

趾: 古漢語中趾指腳。走路時腳擡得高高的，神氣十足。形容驕傲自滿，得意忘形。

〔例〕當工作有些成績時，不要～，看不起別人。

略見一斑

斑: 斑點，指一部分。大致看到事物的某一部分。

〔例〕在商品展覽會上，有各式各樣的商品。從這些展覽品中，對本市工業發展的情況可以～。

參見"管中窺豹"。

略勝一籌

籌: 古時計數目的用具。比較起來，稍微強一點兒。

〔例〕從實力上看，S羽毛球隊比K羽毛球隊～。

國色天香

原形容色香俱佳的牡丹花。後也用以形容女子容顏豔麗。

〔例〕荷澤牡丹盛開的時候，十里雲錦，你彷彿置身於～的汪洋花海中。

國計民生

指國家的財政經濟和人民的生活。

〔例〕南水北調(調長江水解決華北缺水問題)，事關～，要十分慎重，不能有任何差錯。

國泰民安

泰: 安寧，安定。社會安定，人民安樂。

〔例〕但願～，普天之下，共享太平。

患得患失

患: 擔心。《論語·陽貨》:"其未得之也，患得之; 既得之，患失之。"意思是說: 沒有得到時，擔心得不到; 已經得到後，又擔心會失掉。後指憂慮個人的利害得失。

〔例〕切莫做～、目光短淺、胸無大志的人。

患難之交

交: 交情，朋友。指共同經歷過憂患和困難的朋友。

〔例〕想當初，我們一起下南洋謀生計，歷盡艱辛，結成～。

患難與共

共同承擔災禍與困難。

〔例〕這一對夫妻幾十年來～，老來感情彌篤。

唾手可得

唾手：往手上吐唾沫。比喻非常容易得到。

〔例〕"此事不難，只須略施小計，～。"她附耳低言一番，
處長點頭稱是。

唾面自乾

《大唐新語·容恕》記載：婁師德的弟弟要去代州上任，辭
別時婁師德告誡他遇事要容忍。他弟弟說："如果有人把
唾沫吐在我臉上，我擦掉就是了。"婁師德說："這還不好，
應該讓它自己乾。"比喻受到侮辱，極力容忍，絕不反抗。

唯唯諾諾

唯、諾：謙卑恭順的答話聲。形容一味順從，不敢表示不
同意見的樣子。

〔例〕他對工作積極負責，勇於提出不同的意見來改進工
作，完全不是一個～的人。

崇山峻嶺

崇、峻：高大。高大的山嶺。

〔例〕粵北處處都是好景致，有～，有青蔥的林木，有百
囀的鳥鳴。

造謠中傷

（中：zhòng　⑧dzuŋ³〔眾〕）

中傷：攻擊別人，傷害別人。製造謠言來陷害別人。

〔例〕大丈夫行得正、坐得正，絕不怕～。

造謠生事

製造謠言，挑起事端。

〔例〕那家報紙常常～，因此銷路愈來愈差。

甜言蜜語

像蜜糖般甜的話語。指為騙人而說的動聽的話。

〔例〕他一貫用～欺騙別人，很多人上了他的當。

移山倒海

移動大山，倒翻大海。原形容神仙法術的神奇。後用以形容人類征服自然、改造自然的力量之強大和氣魄之雄偉。形容力量非常強大。

〔例〕我們的意志無比堅強，我們要用～之力，建設一個更美好的<u>中國</u>。

移花接木

把一種花木的枝條或新芽嫁接到另一種花木上。比喻暗中使用手段更換人或事物。

〔例〕他暗中～，成就了兩人的姻緣。

移風易俗

移: 變動。**易**: 改換。改變風俗習慣。

〔例〕<u>秦孝公</u>重用<u>商鞅</u>推行改革，興利除弊，～，<u>秦國</u>很快富強起來。

移樽就教

樽: 酒杯。端着酒杯到別人席前共飲，以便請教。後也指向別人請教。

〔例〕今日到府上來，是想就幾個語言學方面的問題～。

動人心弦

形容文藝作品或事物使人感動而引起共鳴。

〔例〕司馬遷的《報任安書》是用血淚寫成的，情真意切，～。

動輒得咎

輒: 就，總是。**咎**: 過失，罪過。一舉一動都會造成過失，受到指責。

〔例〕他整日提心吊膽地工作，結果還是～。

偃旗息鼓

偃: 放倒。放倒旗子，停擊戰鼓。原指行軍時隱蔽行踪，不讓敵人察覺。也比喻停止戰鬥或不聲不響地停止行動。

〔例〕正在大刀闊斧地進行的整頓，忽然～，大家都莫名其妙，不知究裏。

做賊心虛

比喻做了壞事怕被人發覺，總是心虛，疑神疑鬼。

〔例〕本來這件事起先誰也不知道，是他自己～弄穿的。

側目而視

側目: 斜着眼睛。斜着眼睛看。不敢或不願正視，表示畏懼或憤恨的神氣。

〔例〕倘若做官做得人家都～，那他做官的氣數也就盡了。

偶一為之

偶然地做一下。

〔例〕我一向不喜歡打麻將，但有時為了商務上的需要，也會～。

偷工減料

指有些商人爲謀取非法利潤而暗中削減工料。

〔例〕那家建築公司常常～，新房子住不久就到處滲水。

偷天換日

比喻暗中改變事物的内容，進行蒙混欺騙。

〔例〕目前街市上的小販經常以次充好，以假冒眞，用～
的手法賺取不義之財。

偷梁換柱

比喻玩弄手法，暗中改變事物的本質或内容。

〔例〕趁老人病危，他買通律師，～，把老人的遺囑改了。

貨眞價實

貨品不是冒牌的，價錢實在。原是商業用語。引伸爲實實
在在，一點不假。

〔例〕此君道貌岸然，其實是一名～的僞君子。

停滯不前

停滯：停留。停留下來，不繼續前進。

〔例〕只有採取這些有力措施，才能改變目前經濟～的狀
況。

偏聽偏信

只聽信一方面的話。

〔例〕你～，不能秉公而斷，所以大家不服。

鳥語花香

鳥語：鳥叫聲。鳥兒啼叫，花香陣陣，形容春天美好的自
然景象。

〔例〕春天來了，到處～。

鳥盡弓藏

飛鳥打光了，彈弓就收藏不用了。比喻事情成功後，就把出過力的人殺害或廢棄。

〔例〕他開發的新產品市場爲公司帶來豐厚的利潤，可是他卻被辭退了。人們評論說：功高震主，～，只可惜了他這個人才。

假仁假義

僞裝仁慈善良。

〔例〕他靠放高利貸，坑害貧苦人家發了橫財，如今～辦個護老院，難道就能贖回他的罪過麽？

假公濟私

假：借。假借公家的名義，取得私人的利益。

〔例〕他借着考察業務的名義，到處遊覽，同事們都說他是～。

飢不擇食

餓急了，不管什麼都吃。比喻需要急迫時，顧不得選擇。

〔例〕～，寒不擇衣，慌不擇路，貧不擇妻，人在困窘無奈時是沒有選擇餘地的。

飢寒交迫

無食無衣，又餓又冷。形容生活貧困。

〔例〕丈夫因車禍死亡，遺下他們孤兒寡婦，生活無着，～，着實可憐。

飢者易爲食

飢餓的人不會苛擇食物，有什麼吃什麼。比喻需要急迫時

就容易滿足。《孟子·公孫丑上》：“飢者易爲食，渴者易
爲飲。”

得寸進尺

得到一寸又想得到一尺。比喻貪欲愈來愈大。

〔例〕見她生活困苦，送了點錢給她；誰知她～，又說想
要架電視機。

得天獨厚

具備特殊的優越條件。多指人或環境。

〔例〕長江三角洲物產豐富，交通便利，基礎好，人才多，
在發展經濟上有～的條件。

得不償失

得到的利益抵償不了所受的損失。

〔例〕這簡直是用金彈子打鳥，～。

得心應手

得於心而順應於手。比喻技藝純熟，心手相應。

〔例〕他的作品具有豐富的想像力，不論是長篇抒情詩，
還是短小的歌詞，他都處理得～。

得魚忘筌

筌：用草或竹編的捕魚用具。得到了魚就忘了筌。比喻成
功以後就忘了本來依靠的東西。

〔例〕蒙先生栽培，日後倘有功成名就之時，決不會～，
必報厚恩。

得過且過

只要能過得去，就姑且湊和着過下去。指只顧眼前，不作

長遠考慮。

〔例〕我在這裏只住幾天就走了，～，不必爲小事同他爭
吵了。

得意忘形

形容高興得失去常態。

〔例〕當我們在工作上取得成績而受到表揚時，絕不能～。

得意洋洋

洋洋: 得意的樣子。形容十分稱心得意的樣子。

〔例〕發榜後他見自己又考了個好名次，便～地離開了學
校。

也作"得意揚揚"、"揚揚得意"。

得隴望蜀

隴: 隴西，古地名，約當今甘肅省六盤山以西地區。**蜀**:
巴蜀，約當今四川地區。《後漢書·岑彭傳》記載：光武
帝令岑彭攻佔隴西後移師攻蜀，他下詔令說："人苦不
知足，既平隴，復望蜀。"後用以比喻貪得無厭。

〔例〕人心不足，～。大凡貪心不足，往往弄巧成拙，我
看適可而止，恰到好處，最爲穩便。

得道多助，失道寡助

道: 真理，正義。合乎正義就能得到多方面的支持與幫助，
違背正義就必然陷於孤立。

〔例〕～，請看古往今來的無道之君，或被殺，或自殺，
或遺臭萬年，有哪一個不被人唾棄的。

從容不迫

從容: 鎮定，沉着。形容處事鎮定沉着，不慌不忙。

〔例〕在畢業論文答辯時，他～地回答了老師們提出的各種問題。

從容就義

從容: 鎮定，沉着。**就義**: 爲正義而死。形容非常鎮靜、毫無畏懼地爲正義而犧牲。

〔例〕文天祥對吏卒説"吾事畢矣"，～。

從長計議

從長: 用長些的時間。慢慢地考慮、商量。

〔例〕這個問題很複雜，我建議大家～。

從善如流

接受別人好的意見，就像流水一樣快和自然。形容很樂意聽從別人的善意規勸和批評。

〔例〕他能主動虛心地向別人徵求意見，並能做到～，因此大家都很尊敬他。

貪小失大

因貪小利而遭受大損失。

〔例〕～，爲人切不可做那討便宜的苟且之事。

貪天之功

天: 指造物主。原指將造物主的功績説成是自己的功勞。現指把別人的或集體的功勞歸於自己。

〔例〕他～爲己功，到處吹噓，把同事們共同做的成績都算在他一個人頭上。

貪生怕死

貪戀生存，害怕死亡。

〔例〕 都似你這等懦弱匹夫，畏刀避劍，～，豈不誤了國家大事?

貪多務得

務得: 務求取得。原指鑽研學問決心大、求知欲強。後指欲望大，貪得無厭。

〔例〕 此人一貫～，吃自助餐也拼命往肚子裏裝，結果把胃弄壞了。

貪得無厭

厭: 滿足。貪心沒有滿足的時候。

〔例〕 俄國詩人普希金《金魚與漁夫》的故事裏，寫了一個～老太婆。

"厭"也作"饜"。

貪贓枉法

贓: 盜竊、貪污得來的錢財。**枉法**: 歪曲法紀，破壞法紀。貪污受賄，破壞法紀。

〔例〕 《官場現形記》揭露了清末封建官僚～的醜惡面目。

貧病交迫

交: 一齊，同時。**迫**: 逼，壓。貧窮和疾病一齊壓在身上。

〔例〕 大詩人杜甫晚年～，到處流浪，結果病死在一隻小船上。

也作"貧病交加"。

殺一儆百

儆: 警戒。殺掉一個人，警戒許多人。

〔例〕如果遇到抗拒，就～。

殺人如麻

形容殺的人多得數不清。

〔例〕日寇所到之處，姦淫擄掠，～。

殺人越貨

越: 搶劫。殺害人命，搶劫財物。

〔例〕平時看上去文質彬彬，待到東窗事發才明白，原來他是一夥～的盜匪頭子。

殺身成仁

成: 成全。**仁**: 仁義。《論語·衞靈公》："志士仁人，無求生以害仁，有殺身以成仁。"意思是説志士仁人，不肯貪生怕死而損害了仁義，只有勇於犧牲自己來成全仁義。現指爲真理而犧牲生命。

〔例〕文天祥慷慨就義，～，表現了威武不屈的英雄氣概。

殺雞取蛋

比喻爲貪圖眼前的一點好處而損害了長久的利益。

〔例〕目光短淺的人才會做～的事。

殺人不見血

形容殺人的手段非常陰險毒辣，殺了人一點不露痕迹。也比喻用毒辣的手段坑害人。

〔例〕他陰險毒辣，～，很多人都被他害得傾家蕩產。

殺人不眨眼

形容極其凶狠殘忍。

〔例〕他是個～的凶徒，雖然殘忍狡詐，詭計多端，最後還是落入了法網。

殺雞給猴看

比喻懲罰一人來警戒另外的人。

〔例〕公司這次解僱了他，無非是～，顯示廠規是一定要遵守的。

欲速不達

速：快。**達**：到，成功。想要快，反倒不成功。

〔例〕研究學問必須循序漸進，倘使好高騖遠，想走捷徑，反而會～。

也作"欲速則不達"。

欲蓋彌彰

彌：更加。**彰**：明顯。本想掩蓋事實真相，結果反而暴露得更加明顯。

〔例〕這種此地無銀三百兩、～的做法，真叫人好笑。

欲擒故縱

擒：捉拿。**縱**：放縱。要捉拿他，故意先放開他。

〔例〕警方採用～的策略，將匪徒一網打盡。

欲加之罪，何患無辭

欲：想要。**患**：擔心。**辭**：言辭，這裏指藉口。要想給他加上什麼罪名，還愁找不到藉口嗎？意思是說要想加罪於人，不愁找不到藉口。

〔例〕這不明擺着是要整他嗎？～？

笨鳥先飛

比喻動作慢、能力差的人怕落後，做事比別人提前行動。

常用作謙辭。

〔例〕跟你們這幾位精英分子在一起，我只好～了。

魚目混珠

以魚的眼睛冒充珍珠。比喻以假亂真。

〔例〕他對於古代書畫法帖。有幾十年鑒別的經驗，在他
面前，你別想～。

魚龍混雜

比喻好的和壞的混和攙雜在一起。

〔例〕很多電子遊戲機中心～，經常有些不三不四的人，
孩子們還是少去為佳。

腳踏實地

比喻做事踏實認真。

〔例〕他是一個精明能幹、～的人，可託以重任。

腳踏兩隻船

比喻為了投機取巧，對不同的兩方面都討好或保持關係。
也比喻搖擺不定，拿不定主意。

〔例〕做事要光明磊落，不要學～的壞模樣。

也作"腳踩兩家船"。

脫口而出

形容不加思索就順口說出。

〔例〕他文學功底厚，靈感又豐富，佳辭美句～。

脫胎換骨

原為道教修煉術語。認為修道者得道，能脫去凡胎成為聖
胎，換凡骨為仙骨。後借指徹底改正錯誤，重新做人。

〔例〕進戒毒所後，他決心聽從教導，～，走向新生。

脫穎而出

穎: 指錐子的尖端。錐子的尖端穿過布袋露了出來。比喻
人的才能全部顯示出來。

〔例〕一批後起之秀～。

脫繮馬

掙脫開繮繩的馬。比喻沒有了拘束的人或失去了控制的事
物。

〔例〕他父母新近去了外國，身邊無人管束，他便像～，
每天到處遊逛，連家也不回。

逢人說項

項: 項斯，唐朝人。唐楊敬之《贈項斯》詩: "平生不解藏人
善，到處逢人說項斯。"後用以比喻到處稱讚某人。也指
爲人說情。

逢場作戲

原指江湖藝人遇到適合的場合就開台表演。現泛指爲隨俗
應酬或偶爾湊湊熱鬧。

〔例〕他這次粉墨登場，是因朋友力邀，無法推辭，只好～
而已。

設身處地

設想自己處在別人那種境地。

〔例〕你如果～一想，就不會反對這件事了。

毫釐不爽

毫、釐: 比喻極少的數量。**爽**: 差，不合。連極細微的差

錯也沒有。形容非常準確。

〔例〕這家量具刃具廠的產品非常精密，連一根頭髮的千分之一也不差，真可說是～。

麻木不仁

不仁: 沒有感覺。本指肢體麻木，感覺遲鈍。後用以比喻思想遲鈍，或對外界事物漠不關心。

〔例〕他不是那種～的人，只要把道理說清楚，他是會醒悟的。

麻痹大意

比喻失去警惕性，粗心大意。

〔例〕這次事故完全是因為～造成的。

鹿死誰手

鹿: 動物名。此指獵取的對象，比喻政權。《史記・淮陰侯列傳》: "秦失其鹿，天下共逐之。"原意是不知政權會落到誰的手裏。後用以指不知最後勝利會屬於誰。

庸人自擾

庸人: 平庸的人。《新唐書・陸象先傳》: "天下本無事，庸人擾之為煩耳。"庸人無事找事，自惹麻煩。

〔例〕錢先生太多疑，妻子的老同學打來一個問候的電話，他也要生氣、苦惱，真是～。

康莊大道

康莊: 寬闊、四通八達的道路。比喻光明的前途。

〔例〕老師已向你指出走向光明的～，你應該如何努力呢?

旋乾轉坤

〔乾: qián 粵kin⁴〔虔〕〕

乾坤: 天地。把天地扭轉過來。比喻根本改變局面。也比喻人的魄力或權威極大。

〔例〕新科技推動歷史的進程，具有～的力量。

望子成龍

龍: 古代傳說中的一種神異動物。比喻傑出的人物。希望兒子能成為出人頭地的人物。

〔例〕他～心切，節衣縮食，為孩子儲備出洋留學的費用。

望文生義

文: 文字，字面。不瞭解文字的確切含意，只按字面作出牽強附會的解釋。

〔例〕不論一名一物，都要有切實證據，才能下論斷，不能～。

望而生畏

畏: 害怕。看見就害怕。

〔例〕我們對人的態度要和藹可親，不要使人～。

望而卻步

卻步: 往後退。形容遇到危險或困難就往後退縮，不敢前進。

〔例〕這種投資所冒風險太大，張先生～了。

望穿秋水

秋水: 秋天的水特別清亮，用來比喻眼睛。把眼睛都望穿了。形容盼望的迫切。

〔例〕他出國後，杳無音訊，一家人～地等了十年，現在他回來了，一家子高興得笑不攏嘴。

望洋興嘆

望洋: 舉目仰視的樣子。《莊子·秋水》記載: 河伯(黃河神)自以為大得了不得。後來來到海邊，望見無邊無際的海洋，才感到自己的渺小，於是仰望着海神，發出了嘆息。原指在偉大事物面前感嘆自己的渺小。現多比喻因力量不夠或條件不充分而感到無可奈何。

〔例〕全家都將移居加拿大，他卻因健康問題走不了，只好～了。

望風而逃

風: 風聲，踪影。遠遠看見對方的踪影就嚇得逃跑了。比喻心懷畏懼，不攻自潰。

〔例〕大軍所到之處，敵人～。

望風披靡

披靡: 草木隨風倒伏。形容軍隊毫無戰鬥力，看見對方軍隊來勢強大便潰敗奔逃。

〔例〕我軍乘勝追擊，敵軍～，不戰而逃。

望眼欲穿

眼睛都要望穿了。形容盼望的殷切。

〔例〕爸爸答應聖誕節回家度假時，帶禮物回來，孩子們便天天～地在等。

望梅止渴

《世說新語·假譎》記敍: 曹操的軍隊在某次行軍時，兵士都很口渴，但找不到水。曹操順口說: "前面有片很大的梅林，到前面吃梅子去！"兵士一聽是酸梅子，嘴裏就有了口水，因而不渴了。後用以比喻拿空想來安慰自己。

〔例〕你一文不名，卻說給我錢，這不是教我～、畫餅充飢麼？

望塵莫及

莫及：趕不上。看着前面人馬行走時飛揚起來的塵土，卻追趕不上。比喻遠遠地落在後面。常用爲表示對人敬佩的謙辭。

〔例〕你學英語，進步得這麼快，我真是～。

牽強附會

牽強：勉強。**附會**：把不相干的事拉在一起。指把不相干的事物勉強拉在一起。

〔例〕他這種解釋～，缺乏科學根據，根本不能說服別人。

牽腸掛肚

形容非常掛念，放心不下。

〔例〕孩子在外地上學，我這個做母親的，日夜～，天天等信等電話。

牽一髮而動全身

比喻觸動一個極小的部分就會影響全局。

〔例〕你們別看這是小問題，可千萬不能搞糟了。否則，～，會影響我們的全盤計畫。

情不自禁

禁：抑制。感情激動，自己抑制不住。

〔例〕當戲演到最精彩的時候，觀衆～地拍起手來。

情有可原

原: 原諒。按情理或情節來看, 有可原諒的地方。

〔例〕由於路上車輛堵塞, 他上班遲到了, ～。

情同手足

手足: 比喻兄弟。交情很深, 如同兄弟。

〔例〕他倆同事多年, ～。

參見"親如手足"。

情投意合

投: 相合。指雙方感情融洽, 意見一致。

〔例〕他們夫妻倆～, 生活得非常美滿。

情急智生

在情況緊急的時候, 突然想出了好辦法。

〔例〕歹徒駕車逃跑, 他～, 跳上摩托車從近路包抄過去, 截住了歹徒。

也作"情急生智"、"人急智生"。

情景交融

交融: 融合在一起。指文藝作品中的景物描寫或環境渲染同感情抒發緊密結合起來。

〔例〕這首小詩, 有意境, 有感情, ～, 耐人尋味。

情隨事遷

感情隨着事物的變化而改變。

〔例〕鬧一點彆扭不要緊, ～, 過一段時間就會和好的。

惜墨如金

原指作畫時不輕易用濃墨。現指寫作時力求精練, 不輕易下筆。

〔例〕該詳處，潑墨如雲；該略處，又～。

惘然若失

惘然: 失意的樣子。**若**: 好像。心裏像失掉什麼東西似的。

〔例〕她呆呆地站在那裏等了他半天，始終不見他來，不
禁～。

惟妙惟肖

惟: 語氣助詞。**妙**: 美妙，恰到好處。**肖**: 逼真。形容描
繪或模仿得非常逼真。

〔例〕這幅刺繡上的幾隻小花貓像活的似的，真是～，呼
之欲出。

惟我獨尊

認爲只有自己最了不起。形容狂妄自大，目中無人。

〔例〕今年他的小説銷量最高，便以爲在文藝界是～了。

惟利是圖

圖: 貪圖。一心只爲利。

〔例〕地產商～，不斷提高樓價，出售縮水樓，收訂金後
又借故加價，無所不用其極。

也作"唯利是圖"。

惟命是聽

吩咐做什麼，就做什麼。表示絕對服從。

〔例〕衆人都説李先生是妙手回春的良醫，包能治好，他
也就不再吭聲了，一切～。

粗心大意

做事不細心，馬馬虎虎。

〔例〕做任何事情都不能～，忽略任何一個小地方，都會
　　　造成損失。

粗枝大葉

做事粗糙馬虎，不認真，不細緻。

〔例〕他就是這麼～的，經他手的事，總要別人再來收拾
　　　一番。

粗茶淡飯

指粗糙簡單的飲食。形容簡樸清苦的生活。

〔例〕你想，我公公手裏是什麼光景，連頓～也吃不飽。

粗製濫造

濫：過多而不加以節制。指製造產品，只追求數量，不顧
　質量。

〔例〕這部電影～，漏洞百出，不值得一看。

清規戒律

原指僧尼必須遵守的規律和教條。現比喻束縛人的、繁瑣
的、不合理的規章條例。

〔例〕新廠長上任後，馬上廢除了那些妨礙生產正常運作、
　　　束縛員工積極性的～。

淋漓盡致

淋漓：形容暢快。盡致：所有的形態都表現出來了。指情
　態畢現，或充分詳盡到極點。

〔例〕《儒林外史》把封建社會一些知識分子的醜態，描寫
　　　得～。

淺嘗輒止

輒: 就。稍稍試一試就停止了。指不深入研究、鑽研。

〔例〕對科學、對藝術如果～，最終都將會一事無成。

混水摸魚

比喻趁着混亂的時機撈一把。

〔例〕在金融動盪的時候，投機分子到處造謠，推波助瀾，乘機～。

混為一談

把性質不同的事物混同起來，説成是同樣的事物。

〔例〕戰爭有正義和非正義之分，不能～。

混淆是非

是非: 正確的和錯誤的。把對的説成錯的，把錯的説成對的，故意製造混亂。

〔例〕現在事實真相大白，那些一貫～的人，還有什麼話好説！

混淆視聽

用假象或謊言來迷惑人，使人分辨不清是非。

〔例〕顛倒黑白，～，是壞人的慣用伎倆。

淮南雞犬

《神仙傳·劉安》記載，漢朝淮南王劉安白日升天後，殘留下的丹藥撒在庭院裏，雞啄狗舔後也都升了天。後來就以“淮南雞犬”比喻攀附權貴而得勢的人。

參見“雞犬升天”。

淡然處之

指用漫不經心的態度對待某件事物。

〔例〕對別人的惡意攻擊，他總是～。他認為，流言止於
　　　智者，真相終會大白。

深入人心

深深地打入人們的心裏。

〔例〕男女平權的思想早已～。

深入淺出

要表達的道理很深刻，而使用的語言卻淺顯易懂。

〔例〕他講課～，饒有興味，學生們很愛聽。

深不可測

深得難以測量。比喻事理深奧或人的心機很深，難以揣測。

〔例〕他對別人所提的問題，總是避而不答，真使人覺得
　　　他～。

深仇大恨

極深極大的仇恨。

〔例〕他捨死忘生，跳進急流裏把鄰村的孩子救起來，從
　　　此兩村百年來的～都消解了。

深居簡出

留在家裏，很少出門。

〔例〕他近來不知為什麼，～，幾個月都未露過面。

深思熟慮

反覆深入地思考。

〔例〕處理任何問題都必須～，然後再下判斷，不能輕率
　　　地作出結論。

深情厚誼

深厚的情誼。

〔例〕他這封充滿關懷的信，表現了他對這位屢遭不幸的
朋友的～。

深惡痛絕

（惡: wù　⑧wu³〔烏故切〕）

厭惡、痛恨到極點。

〔例〕他對引誘青少年作奸犯科的人～。

深謀遠慮

周密的計畫，長遠的考慮。

〔例〕站得高，看得遠，～，方能成就大業。

深藏若虛

深藏: 隱藏得很深。把寶貴的東西深深地隱藏着，好像什
麼也沒有。比喻有真才實學的人不愛在人前顯示。

〔例〕他是位國際知名的學者，但～，平易近人。

梁上君子

《後漢書・陳寔傳》上說: 一個竊賊夜間到陳寔家偷東西，
躲在屋梁上，陳寔把他叫做梁上君子。後來用作竊賊的代
稱。

〔例〕經常同你兒子混在一起的，有幾個是～，你當父親
的要有家教，要管一管。

寅吃卯糧

寅、卯: 農曆紀年用的地支的第三、四位。卯在寅後。寅
年預吃了卯年的糧。比喻入不敷出，預先動用了以後的

收入。

〔例〕我只吃一份口糧，哪裏會有多少錢? 就是我們三爺，
也是～，先缺後空。

寄人籬下

寄: 依附，寄居。依附在別人的籬笆下面。比喻依附別人
生活。

〔例〕他從小～，嘗盡人情冷暖，世態炎涼。

閉門羹

羹: 煮成濃汁的食品。指閉門拒客或未能見到要訪問的人。

〔例〕我昨天找過他兩次，都吃了～。

閉月羞花

閉: 藏。月亮為之躲避，鮮花為之含羞。形容女子容貌非
常美麗。

〔例〕這兩姐妹，一個是沉魚落雁之容，一個是～之貌。

閉目塞聽

閉着眼睛，堵上耳朵。比喻逃避或脫離現實。

〔例〕一個人不應～，把自己和社會分隔開來。

閉門造車

原意是按照統一的規格，關起門來造車子，用起來也能與
路上的車轍相合。後用以比喻不管客觀實際，只憑主觀想
像做事。

〔例〕他沒去過歐洲，也未曾考察過歐洲市場情況，老闆
卻要他馬上草擬出一份進軍歐洲市場的推銷計畫，
那不是叫他～麼?

閉關自守

封閉關口，防守自衞。原指不跟外國交往。現比喻不與外界往來。

〔例〕雖然<u>清朝</u>政府一直採取～的政策，但終於在一八四〇年被外國武裝侵入，打開了大門。

問心無愧

捫心自問，沒有什麼覺得慚愧的。指沒有做虧心悖理的事。

〔例〕爲了朋友，就是被人家說我什麼，我畢竟自己～。

問道於盲

盲: 瞎子。向瞎子問路。比喻向無知的人請教，只是白費。有時也用來作自謙之詞。

〔例〕我根本不懂圍棋，要請我當軍師，可真是～了。

張大其事

張大: 擴大，誇大。指故意把事實誇大。

〔例〕我聽起來，他有點～，還得好好地瞭解一下。

張口結舌

結舌: 舌頭像打了結。張着嘴說不出話來。形容理屈辭窮或緊張害怕。

〔例〕人臟並獲，證據確鑿，罪犯～，只好認罪。

張牙舞爪

原形容野獸的凶相。現比喻壞人猖狂或凶惡的樣子。

〔例〕有一個公子哥兒，倚靠着父兄的勢力，～，詐害人民，受賄窩臟，無所不爲。

張皇失措

張皇: 慌張。**失措**: 舉止失去常態。形容十分驚慌，不知如何辦好。

〔例〕事前做好準備，萬一出了事故，也不至於～。

張冠李戴

把姓張的帽子戴在姓李的頭上。比喻弄錯了對象或事實。

〔例〕他把新來的會計當作新來的經理，～，弄得人家好尷尬。

將功贖罪

拿功勞彌補罪過。

〔例〕暫且記錄在案，不作處罰，讓他到前線去，帶罪立功，～。

將計就計

利用對方的計策，反過來向對方施計。

〔例〕李正天畢竟年幼，不但沒掏出張辛的底，反而被老狐狸張辛～，把底牌摸得一清二楚。

將錯就錯

出現了差錯，就順着差錯做下去。

〔例〕在工作中一定要經常檢討，發現了錯誤，立即改正，如果～，就會把事情弄得更壞。

習以爲常

習慣了，就當作平常的事。

〔例〕他每天寫日記，已經～。

習與性成

因長期習慣而養成爲性格。

〔例〕他從小就不大愛説話，～，現在還是話不多。

習慣成自然

習慣了就變成平常的事了。

〔例〕講究衞生並不是難事，只要我們經常注意，也就～了。

通宵達旦

通宵：整夜。**旦**：天明。從天黑一直到天亮。

〔例〕爲了趕寫論文，他～工作了二十多小時，終於按時將論文寄出。

通情達理

形容説話做事合乎情理。

〔例〕他是一個既～又樂於助人的人，所以下屬有什麼要求、困難都敢跟他説。

參差不齊

（參：cēn ⑧tsɐm¹〔侵〕　差：cī ⑧tsi¹〔雌〕）

參差：不整齊的樣子。形容長短、高低、大小不整齊。

〔例〕這些孩子來自不同的學校，他們的水平～，不足爲怪。

陳陳相因

陳：舊。**因**：依照，沿襲。比喻完全依照老一套，毫無改進或創新。

〔例〕農村裏幾千年來～的牛耕技術，現在逐漸被先進的機(器)耕(作)代替了。

陳詞濫調

陳：陳舊。**濫**：空泛。指陳舊空泛、不切實際的論調。

〔例〕他寫的舊體詩，不用～，給人一種清新的印象。

陰謀詭計

陰險詭詐的計謀。

〔例〕他挑撥是非的～，早已被大家看得清清楚楚。

陰錯陽差

舊時陰陽家術語，把陰與陽鬧混了。比喻由於偶然的因素而造成了差錯。

〔例〕老人本想去哈爾濱，誰知～坐錯了車，卻到了上海。也作"陰差陽錯"。

細大不捐

捐：拋棄。大的小的都不捨棄。表示兼收並蓄。

〔例〕只要有人送禮，他是～，招來不少非議，一些朋友都看不起他。

細水長流

比喻節約使用財物，使之常不缺用。又比喻一點一滴地作某種事情，總不間斷。

〔例〕一個家庭用錢應該有計畫，～，才能過好日子。

終身大事

關係一輩子的大事情。多指男女婚嫁而言。

〔例〕這是你的～，可要慎重啊。

十二畫

琳琅滿目

琳琅：美玉。滿眼都是美玉。形容珍貴美好的東西堆滿在眼前。

〔例〕走進了新產品展銷會，展品～，令人目不暇給。

斑駁陸離

斑駁: 一種色彩中雜有他種色彩。**陸離**: 絢麗多彩。形容色彩紛繁。

〔例〕博物館裏陳列的那些～的文物，都是一千多年前的古物。

華而不實

華: 同"花"，指開花。只開花，不結果實。比喻外表漂亮，內裏不實在。

〔例〕雖然受過幾次挫折，但他那種浮誇的～的作風依然沒有任何改進。

敢怒而不敢言

心裏憤怒，而不敢說出來。

〔例〕房東百般刁難，房客～。

博大精深

博大: 廣博，豐富。形容學識廣博，思想理論精深。

〔例〕孔子的學說～，須要認真研究。

博古通今

古今的事都通曉。形容知識淵博。

〔例〕他是一位～的學者。

博聞強記

見聞廣博，記憶力強。

〔例〕漢代的司馬遷是一位～的學者。

博學多才

學問廣博，才識豐富。

〔例〕我們的系主任～，在學校裏威望很高。

越俎代庖

越：跨過。**俎**：指樽俎，古代祭祀時盛酒食的器具。**庖**：
廚子。《莊子·逍遙遊》上說：廚子不好好在廚房作飯，
司祭不能放下祭器去替他下廚房工作。比喻超出自己的
職務範圍，去做別人的工作。

〔例〕凡是兒童可以自己幹得來的事情，就讓他們自己去
幹，教師不要～。

趁火打劫

趁發生火災時去搶劫。比喻乘人之危去撈取好處。

〔例〕他知道人家公司有經濟困難，馬上去逼債，用低價
去套取貨品，真是～。

超羣絕倫

倫：輩。**絕倫**：同輩中沒有。同輩中誰也比不上。

〔例〕在當今武林，他的武藝是～的。

報仇雪恨

雪：洗刷乾淨。報冤仇，解怨恨。

〔例〕他狠狠地說："是他害得我一家妻離子散，我一定
要～！"

萍水相逢

萍：浮萍，在水面浮生的草，隨水飄流，聚散無定。比喻
向來不相識的人偶然相遇。

〔例〕同是天涯淪落人，相逢何必曾相識。只因爲這個原
　　　因，～，頓成知己者，委實不少。

喜出望外

意想不到的高興。形容好事突然出現，感到特別高興。

〔例〕檢驗結果，證實他患的是一般肝病，不是肝癌，真
　　　教他～。

喜形於色

形: 表露。**色**: 臉色。高興流露在臉上。

〔例〕聽到競賽獲勝的消息後，大家都～。

喜怒無常

無常: 不正常，變化不定。形容人性情多變。

〔例〕自從他患病以來，脾氣變得很壞，～，令人難以捉摸。

喜笑顏開

顏: 臉色。心中愉快，滿面笑容。

〔例〕聽到母親病癒的消息後，他～，逢人便説。

喜從天降

喜事從天上降臨。形容意想不到的喜事突然出現。

〔例〕他聽説自己得了本屆電影最佳男主角獎，～，樂得
　　　合不攏嘴。

喜新厭舊

喜歡新的，嫌棄舊的。多指在愛情上不專一。

〔例〕不怕你有～的心腸，我自有讓你服服帖帖的手段。

喜聞樂見

喜歡聽，樂意看。形容某些文藝作品、文藝演出很受人歡

迎。

〔例〕 這是一齣大家都～的歌劇。

欺人之談

欺騙人的話。

〔例〕 他是想利用大家的錢來開公司，昨天許給大家的好
處，全是～。

欺人太甚

甚: 過分。把人欺負得太厲害了。

〔例〕 你不要～!

欺上瞞下

欺: 欺騙。**瞞**: 隱瞞。欺騙上級，博取信任; 對下級隱瞞，
掩蓋真相。

〔例〕 這人一貫～，同事們對他十分反感。

欺世盜名

欺騙世人，竊取名譽。

〔例〕 他用辛辣的雜文，揭穿了那些～者的本來面目。

朝三暮四

《莊子·齊物論》寓言故事: 有個養猴子的人對猴子説，早
上給它們吃三個橡子，晚上給四個，猴子聽了不高興，又
跳又鬧; 後來又説早上給四個，晚上給三個，猴子聽了都
很高興。原指用詐術騙人。後多用以比喻變化不定，反覆
無常。

〔例〕 他這個人～的，不可深信。

朝不保夕

早上保住了，晚上不一定保得住。形容情況危急。也比喻
生活極端困難。

〔例〕張老先生病勢沉重，～。

朝不謀夕

早晨不能作晚上的打算。

〔例〕他一家很窮苦，住木屋區，吃不飽，穿不暖，～。

朝令夕改

早晨發布命令，晚上就改變。形容政令無常，或經常改變
主張、辦法。

〔例〕漢武帝晚年～，弄得臣下惶惶不安，舉措失當。

朝氣蓬勃

朝氣：新生向上、力求進取的精神。**蓬勃**：旺盛上升的樣
子。

〔例〕這些年青人～，幹勁十足。

朝秦暮楚

秦、楚：春秋戰國時期互相敵對的兩大強國。有些弱小的
國家，早上倒向秦國，晚上就倒向楚國。後來比喻人沒
有節操，反覆無常。

〔例〕從前有一些政客，～，看誰勢力大，就投奔誰。

堅忍不拔

拔：移動。形容意志堅強，在艱苦的環境中堅定不移，不
動搖。

〔例〕世界聯合探險隊憑着～的毅力，完成了徒步橫越南
極大陸的壯舉。

12
畫

堅持不渝

渝：變。堅持到底，不改變。

〔例〕我們～地協助你改建舊廠。

堅持不懈

堅持到底，一點也不鬆懈。

〔例〕我們要～地努力學習，不斷地提高自己的文化質素。

堅貞不屈

貞：節操，氣節。堅守氣節，絕不向惡勢力屈服。

〔例〕他具有～、為國獻身的高貴品質。

堅壁清野

加固防禦設施，轉移周圍的居民和物資，使敵人既無法攻入，又搶不到東西。這是對付優勢的入侵敵人的一種策略。

〔例〕日寇侵華之際，華北大平原的人民～，給猖獗一時的侵略軍以沉重打擊。

棋逢敵手

逢：碰着。敵手：本領不相上下的對手。常說“棋逢敵手，將遇良材”。比喻能手碰上了能手。

〔例〕參加這次百米冠軍賽的都是有名的短跑健將，～，將遇良材，誰勝誰負，可就難說了。

也作“棋逢對手”。

棟梁之材

棟：房屋的正梁。梁：架在牆上或柱子上支撐房頂的橫木。比喻能夠擔當重任的人。

〔例〕每個青年都應該努力學習，使自己成爲～。

喪心病狂

喪失理智，像發了瘋一樣。

〔例〕～的侵略者竟然使用毒氣來殘殺人民，令人髮指。

喪家之犬

喪：喪失。比喻逃走時候的慌張驚恐。

〔例〕敵軍在遭到沉重打擊以後如～，狼狽逃竄。

喪盡天良

天良：良心。良心完全喪失了。形容心腸歹毒到了極點。

〔例〕爲了早日得到遺產，他居然～地毒死自己的父親。

喪權辱國

喪失國家的主權，使國家蒙受恥辱。

〔例〕鴉片戰爭中，清政府在英帝國武裝侵略下節節敗退，
最後簽訂了～的南京條約。

殘山賸水

賸：同"剩"。國土殘破不全，只剩下不多的地方。

〔例〕"暖風熏得遊人醉，直把杭州作汴州"，是説南宋小
朝廷不思進取，抱着～，苟且偷安的景象。

殘羹冷炙

羹：濃汁的食品。**炙**：烤肉。吃剩的飯菜。

〔例〕有錢人天天吃山珍海味，而窮苦人想得一些～也不
可能。

雄才大略

指傑出的才能和謀略。

〔例〕領袖人物的～，是在複雜的鬥爭中培養出來的。

揠苗助長

揠: 拔。《孟子・公孫丑》上說: 一個宋國人嫌禾苗長得慢，
　　就一棵一棵給拔起一點，結果苗都枯死了。比喻急於求
　　成，違反事物的客觀發展規律，反而會把事情弄糟。

也作"拔苗助長"。

提心吊膽

形容非常擔心、害怕。

〔例〕華山非常險峻，遊客攀登蒼龍嶺時，人人都～。

提綱挈領

綱: 魚網的總繩。**挈**: 提起。**領**: 衣領。提起魚網的總繩，
　　提起衣服的領子，魚網和整件衣服就都提了起來。比喻
　　抓住要領。

〔例〕開會前，他～地先把報告的內容告訴各級領導。

揚長而去

揚長: 大模大樣的樣子。大模大樣地離去。

〔例〕他騎腳踏車撞倒了一位老人，連一聲道歉的話也沒
　　有說，便～。

揚眉吐氣

擡起眉毛，吐出積壓在胸中的悶氣。形容擺脫長期受壓抑
和欺凌後的暢快心情。

〔例〕這窮小子今次會考考了個十科全優，可以在那些一
　　向瞧不起他的有錢親戚前～了。

揚湯止沸

把湯從鍋子裏舀出來再倒回去，想止住湯沸騰。比喻治標
不治本，不能從根本上解決問題。

〔例〕給經營不善、嚴重虧損的企業貸款，決不能拯救它
免於倒閉，譬如～，毫無益處。

揭竿而起

揭：舉起。**竿**：竹竿，指旗幟。高舉旗幟，奮起反抗。《史
記·陳涉世家》：“斬木爲兵，揭竿爲旗。”原形容秦末農
民起義。後泛指人民起義。

插科打諢

科：指戲曲中的表情和動作。**打諢**：逗趣、開玩笑的話。
劇中插入一些滑稽的動作和語言來引人發笑。

〔例〕在戲曲中可以有一些～；但過分了就會顯得庸俗。

插翅難飛

即使插上翅膀也飛不了。比喻陷入絕境，難以逃脫。

〔例〕我們已經撒下了天羅地網，這夥毒犯～。

揮汗成雨

大家揮灑出來的汗像落雨一樣。形容人多。現也用來形容
天氣熱，出汗多。

〔例〕香港銅鑼灣整日裏熙熙攘攘，摩肩接踵，人之多，
可以說～，呵氣成雲。

揮金如土

揮：花費。化錢像扔掉泥土一樣。形容極端揮霍浪費。

〔例〕這些公子哥兒日日過着紙醉金迷、聲色犬馬的生
活，～。

雅俗共賞

雅: 指文化高的人。**俗**: 指文化低的人。指某些藝術或作品文化高的人和文化低的人都能欣賞。

〔例〕魔術表演，～，人人愛看。

項莊舞劍，意在沛公

項莊: 項羽的部將。**沛公**: 劉邦。《史記·項羽本紀》記載: 項羽在鴻門(今陝西臨潼縣東)設宴款待劉邦。項羽謀士范增指使項莊在席間舞劍助興，要他乘機殺死劉邦。項伯看出范增的用意，也拔劍起舞，保護劉邦。劉邦的謀臣張良到門外對大將樊噲說: "今者項莊拔劍舞，其意常在沛公也。"後來劉邦藉口上廁所乘機逃脫。後用"項莊舞劍，意在沛公"比喻言語或行動表面上雖設有名目，實際上卻是另有所圖。

〔例〕他今天的一席話，話中有話，我看是～。

悲天憫人

悲嘆時世的艱危，憐憫人民生活的困苦。

〔例〕偉大詩人杜甫～，揭露了社會的黑暗，傾訴了人民的苦難。

悲喜交集

悲傷和喜悅交織在一起。

〔例〕老人一下飛機，見到久別的家人，禁不住老淚縱橫，～。

悲憤填膺

膺: 胸。悲痛和憤怒充滿胸中。

〔例〕岳飛慘遭殺害，人民在得知這個消息後，無不～。

悲歡離合

悲哀、歡樂、離散、團聚，經歷了種種不同的境遇。

〔例〕人生一世，哪能事事遂心如意，俗話說"不如意者常八九"，喜怒哀樂，～，總是都要嘗嘗的。

虛己以聽

虛心聽取別人意見。

〔例〕當別人對自己提意見的時候，我們應該～。

虛有其表

表：外貌。空有好看的外貌。比方內外不符。

虛張聲勢

假裝出強大的氣勢。

〔例〕他派了一隊兵卒在陣前鼓噪吶喊，～，另派主力從背後劫營。

虛無縹緲

指非常空虛渺茫的事。

〔例〕人到月球上去，以前認爲是～的想法，現在卻變成了事實。

虛與委蛇

（委蛇：wēi yí ⑨wei¹ ji⁴〔威兒〕）

委蛇：敷衍。指對人毫無誠意，用虛僞的態度和語言來敷衍應酬。

〔例〕三國故事：蔣幹過江想叫周瑜投降曹操，周瑜～，反使蔣幹中了他的借刀殺人之計。

虛懷若谷

胸懷像山谷般深廣。形容十分謙虛。

〔例〕在論證會上，老教授～，認真聽取大家對他的設計
　　　方案的意見。

掌上明珠

手掌上的珍珠。原指極受鍾愛的人。後多指疼愛的女兒。

〔例〕她長得聰明伶俐，是她媽媽的～。

晴天霹靂

霹靂：響雷。比喻突然發生的令人震驚的大事。

〔例〕接到父親去世的消息，猶如～，她不禁失聲痛哭起來。

量入為出

依據收入的情況來決定開支的數目。

〔例〕過日子一定要～。

量力而行

按照自己能力所能達到的限度去做。

〔例〕做事深思熟慮，～，一般説，比較穩妥，不會出大
　　　問題。

量才錄用

按照才能的高低，分配適當的工作。

〔例〕這次招聘，我們要做到～。

量體裁衣

按照身材高矮肥瘦裁剪衣服。比喻根據實際情況辦事。

〔例〕門市部擴充計畫，要根據人力、物力、顧客情況～
　　　地去擬定。

貽人口實

給別人留下話柄, 給人以利用的藉口。

〔例〕你這麼說, 豈不是~, 以後就麻煩了。

貽笑大方

貽: 留給。**大方**: 大方之家, 指專家、内行人。給内行人留下笑話。常用以表示自謙。

〔例〕我的文章寫得不好, 難免~, 請大家指教。

貽害無窮

留下的禍害没有窮盡。

〔例〕要從根本上解決大氣污染問題, 否則必將~。

喋喋不休

喋喋: 說話多。形容嘮嘮叨叨, 說個没完。

〔例〕對於他所提的問題, 我們已向他說清楚了, 但他還是~。

跑馬觀花

見“走馬看花”。

跋山涉水

跋山: 翻越山嶺。**涉**: 蹚水過河。翻山過河。形容旅途艱苦。

〔例〕地質勘探隊不怕艱苦, ~, 到處尋找地下寶藏。

蛛絲馬迹

順着蛛絲可以找到蜘蛛, 跟着馬的足迹可以知道馬的去向。比喻隱約可尋的線索或迹象。

〔例〕警察根據這些~, 很快就破獲了一宗重大的詐騙案。

單刀直入

原指選定目標，勇猛前進。現比喻說話直截了當，不繞彎子。

〔例〕他説話總是～，乾脆利落。

單槍匹馬

單身上陣。比喻單獨行動，没人幫助。

〔例〕趙雲～，殺入曹營。

啼天哭地

呼天喊地地啼哭。形容極其悲痛。

〔例〕獨生子被暴發的洪水冲走了，他夫婦倆搥胸跌脚，～，見者傷心。

啼笑皆非

哭也不是，笑也不是。形容不知如何對待是好。

〔例〕這一場惡作劇簡直把他弄得～。

啼飢號寒

啼: 哭。**號**: 呼叫。形容受冷挨餓的悲慘情景。

〔例〕災區一片淒涼景象，賣兒鬻女，～，慘不忍睹。

買空賣空

一種商業投機活動。無論賣出或買進，買賣雙方都没有貨和款進出。

〔例〕這間公司一貫搞投機倒把，～。

黑白分明

形容界線很明顯。

〔例〕經過一番辯論以後，大家對於誰是誰非，已經看得清清楚楚，～。

無一是處

見"一無是處"。

無人問津

津: 渡口。沒有人來詢問渡口。比喻沒有人過問、探求或
嘗試。

〔例〕他貪一時之小利，用次品騙顧客的錢，日子一久，
西洋景拆穿，信義蕩然，旁邊的幾間店舖門庭若市，
他這裏冷冷清清，～。

無中生有

把本來沒有的事，憑空捏造説成有。

〔例〕當天下午我根本不在現場，他卻～地説見到我，明
明是想嫁禍於人。

12 畫

無孔不入

比喻利用一切機會，有空子就鑽。多用於貶義。

〔例〕説起這兩個人，～，見錢就抓，同他們交往，須格
外小心。

無功受祿

祿: 古代官吏的薪俸。沒有功勞而得到薪俸。指沒有出力
而得到報酬。

〔例〕這筆錢雖然不是你處心謀來的，但也不是你辛苦掙
來的，只怕～，反受其害，勸你不要收。

無可奈何

奈何: 如何，怎麼辦。指沒辦法，無法可想。

〔例〕在衆人的團團包圍之中，他～，只好先答應下來再説。

無可非議

沒有什麼可指責的。

〔例〕她抱定獨身主義, 不結婚, 這是她個人的抉擇, ～的。

無可爭辯

爭辯: 爭論, 辯論。指道理事實都很明確, 沒有什麼可爭論的。

〔例〕近日社會治安確實很壞, 這是～的; 現在是要看警方如何正視問題、採取什麼措施去打擊犯罪活動了。

無可置疑

置疑: 懷疑。沒有什麼可懷疑的。

〔例〕事實勝於雄辯, 這是～的。

無出其右

古代以右爲上。指無人能超過、勝過。

〔例〕各位董事一致認爲李華才能出衆, 整個公司～者, 足以擔當重任。

無地自容

沒地方容納自己, 形容非常慚愧。

〔例〕想起過去他有困難時我沒幫過他, 這次他卻慷慨解囊助我, 真使我～。

無名小卒

不出名的小兵。比喻沒有名望的小人物。

〔例〕我本以爲今晚出場的是一位了不起的大人物, 卻原來是一個～。

無妄之災

無妄: 平白無故。指意外的災禍。

〔例〕人有時會遭～。昨天我在路上，看見樓上掉下一隻
花盆，把個過路的孩子砸得頭破血流，誰會料到這
飛來的橫禍？

無米之炊

沒有米卻要做飯。比喻缺少必要條件無法辦成的事。

〔例〕巧婦難爲～，沒有資金，如何建廠？

無足輕重

指無關緊要，不值得重視。

〔例〕講衛生決不是～的小事。

無事生非

本來没事，卻故意製造出是非來。

〔例〕人家根本没説你，你卻瞎疑心，亂生氣，鬧得大家
都不愉快，真是～。

無奇不有

什麼稀奇的事物都有。

〔例〕海上走私方法花樣愈來愈多，～，緝私工作更繁重了。

無拘無束

沒有任何拘束。形容自由自在。

〔例〕幾名青年學生和這位學者正在～地交談着。

無的放矢

的: 靶子的中心。**矢**: 箭。沒有目標亂射箭。比喻説話、
做事没有明確的目標。

〔例〕每次開會他都是～地講個不完，真煩！

無往不勝

無論到哪兒都能取得勝利。

〔例〕這支部隊久經鍛鍊，鬥志高昂，～。

無所不包

應有盡有，形容包含的東西非常豐富。

〔例〕這次家庭電器展覽會陳列的商品真是豐富極了，給人一個～的感覺。

無所不至

原指沒有達不到的地方。後也指沒有什麼壞事不做的。

〔例〕他從小染得一身流氓習氣，長大後坑人騙人～，屢教不改，終於被繩之以法。

無所不爲

形容什麼壞事都幹得出來。

〔例〕那些～的壞人，一定會受到法律的嚴厲制裁。

無所用心

用心: 動腦筋。一點也不動腦筋。

〔例〕近來在醫院養病，飽食終日，～，這樣的日子實在難過。

無所事事

事事: 第一個"事"是動詞，指從事; 第二個"事"是名詞，指事情。指閒着不做任何事。

〔例〕最近店裏生意特別清淡，他終日～，感到很無聊。

無所畏懼

畏懼: 害怕。形容十分勇敢，什麼也不怕。

〔例〕爲了社會的安寧，他～地在法庭上指證黑幫的種種罪行。

無所適從

適：去。**從**：跟隨。不知聽從誰的好。

〔例〕有人叫去，有人叫不去，弄得他～，不知聽誰的好。

無法無天

不管國法、天理。形容目無法紀，無惡不作。

〔例〕一輩從前線潰退下來的敗兵，～，把村莊裏的老百姓作踐苦了。

無計可施

施：施展。想不出什麼辦法來。

〔例〕他思來想去，～，只管一口一口狠狠地吸煙。

無恥之尤

尤：突出的。指無恥到極點。

〔例〕這兩個人玩弄手段，騙取老年人的救濟金，可算得是～了。

無病呻吟

沒有病故意發出痛苦的哼聲。比喻缺乏真實感情，故意矯揉造作。

〔例〕頹廢派的文藝作品，都是些～之作。

無能爲力

指沒有能力做好某件事或不便出力。

〔例〕事情發展到這種地步，我也～了。

無理取鬧

指毫無理由地跟人吵鬧，故意跟人搗亂。

〔例〕對孩子們的～，做爸爸媽媽的應該耐心教育。

無堅不摧

任何堅固的東西都可以摧毀。比喻任何困難都可以戰勝。

〔例〕懷抱～的必勝信念，高瞻遠矚，有一個明確的目標，
踏踏實實地去幹，持之以恒，就一定能獲得成功。

無庸諱言

庸: 用。諱: 隱諱。無須隱諱，事情已經很清楚。

〔例〕～，這樁事故是由你的失職造成的，你必須承擔責任。

無庸贅述

贅: 多餘的。用不着多説。

〔例〕這些簡單的道理，誰都明白的，～了。

無微不至

連極細微之處都想到顧到。形容關懷照顧得非常細心周到。

〔例〕母親對我的關懷真是～。

無惡不作

沒有什麼壞事沒幹過。指壞事做絕。

〔例〕這～的黑幫頭子，在被圍捕時還喪心病狂地向警員
及市民亂槍掃射。

無與倫比

倫比: 類比。沒有能比得上的。

〔例〕中國的刺繡精美、逼真，在世界上是～的。

無動於衷

衷: 內心。形容內心毫無感觸，對事情漠不關心。

〔例〕木屋區突然失火，幾百間房屋被燒毀，居民們無家可歸，只好露宿街頭，你看到這情形，能～嗎？

也作"無動於中"。

無傷大雅

傷: 損害。**大雅**: 雅正，典雅。指對事物的主要方面沒有損傷。

〔例〕這種新品種蘋果，皮兒紅，個頭大，肉厚核小，雖說略帶酸味，但也～。

無傷大體

不損害到整體。

〔例〕這個劇本寫得很精彩，雖然有一兩處有點誇張，但也～。

無隙可乘

隙: 空子。**乘**: 趁。沒空子可鑽。

〔例〕大家都提高警惕，竊賊便～。

無精打采

見"沒精打采"。

無影無踪

一點影子、一點踪迹也沒有。形容完全消失。

〔例〕一隻汽艇飛快地掠過水面，不一會兒就消失得～。

無價之寶

形容極其稀有的珍貴物品。

〔例〕這顆碩大的天然鑽石是件～。

無稽之談

12
畫

稽: 考查。指沒有根據的話。

〔例〕那本雜誌老是喜歡宣揚那些神怪迷信的～。

無獨有偶

雖然罕見，但不只一個，還有一個可以跟他配得上的。多含貶義。

〔例〕他視錢如命，他老婆凡事斤斤計較，可謂～。

無濟於事

濟: 補益。指對事情沒有補益，沒有幫助。

〔例〕他已病入膏肓，醫藥也～了。

無聲無臭

（臭: xiù　⑱tseu³〔湊〕）

臭: 氣味。比喻無人知道或對外界沒有影響。

〔例〕這部著作出版以後，他從一個～的人一躍而成為知名作家了。

無懈可擊

懈: 鬆懈，漏洞。沒有可以被人攻擊或挑剔的漏洞。

〔例〕他的辯辭說服力強，證據充足，～。

無窮無盡

窮: 完。沒有窮盡，沒有止境。

〔例〕那一片原始大森林，極目望去，～。

無關大局

大局: 全局。對全局沒有影響。比喻不重要或沒關係。

〔例〕部分產品滯銷、供過於求，倒也～。

無關宏旨

宏: 大。旨: 主旨, 要義。跟主旨無關。形容意義或關係
　　不大。

〔例〕生活上的奢侈浪費, 並不是～的事情, 它會使人喪
　　　失進取精神而沉溺於物質享受。

無可無不可

這樣也行, 那樣也行, 無所謂。

〔例〕對到郊外遠足, 我興趣不大, 抱～的態度。

無所措手足

措: 安放。手腳沒地方放。形容不知該怎麼辦才好。

〔例〕第一次參加這種豪華晚宴, 她真有點～。

無官一身輕

不當官了, 一身輕鬆。

〔例〕～, 自離職以後, 他身體反倒好得多了。

無風不起浪

比喻事出有因。

〔例〕～, 人家說的那些事, 未必都是誣賴你吧。

無所不用其極

極: 頂點。現多指做壞事時, 任何極端手段都使用出來。

〔例〕這個黑社會組織, 暗殺綁架, 販毒走私, ～。

無事不登三寶殿

三寶殿: 泛指佛殿。比喻無事不上門。

〔例〕我是～, 今天來到府上, 想請你幫我辦件事。

無源之水, 無本之木

源: 水源。本: 樹根。沒有源頭的水, 沒有根的樹。比喻

没有基礎的事物。

短小精悍

形容人雖身材短小，卻精明强幹。也形容文章、戲劇、言論簡短而有力。

〔例〕刊物上應多登些～的文章。

短兵相接

雙方使用刀、劍等短兵器進行肉搏。也比喻面對面的針鋒相對的鬥爭。

〔例〕經過一整天～、激烈的巷戰，終於攻克縣城。

智勇雙全

既有智謀，又勇敢。

〔例〕從小我就看出這孩子～，精力過人，將來必有成就；
　　　果不其然，如今做了將軍。

智者千慮，必有一失

智者: 聰明人。**慮**: 思慮。**失**: 差錯。謂聰明人儘管考慮事情很周密，但也會有錯誤。

〔例〕不要自以爲是，～，多聽聽別人的意見，是有好處的。

程門立雪

程: 指宋代理學家程頤。**立**: 站立，侍立。《宋史‧楊時傳》載: 楊時與游酢去拜會程頤，程頤正在閉目養神。楊游二人侍立等候，等到程頤醒時，門外已積雪一尺多深。後用以形容尊師重道。

〔例〕他～，喜得名師悉心培育，再加上自己刻苦鑽研，
　　　終於在建築設計上取得驚人的成就。

也作"立雪程門"。

稍勝一籌

稍: 稍微。**籌**: 籌碼，計數的工具。比別人稍稍強一些。

〔例〕這場籃球賽雖然不分勝負，但從雙方的技術水平上
看，甲隊比乙隊還是～。

稍縱即逝

縱: 放。**逝**: 過去，消失。稍微一放鬆就消失了。形容時
間或機會等很容易過去。

〔例〕寫日記，既可以寫當天的大事，也可以記一些～的
印象。

順手牽羊

比喻順手拿走人家的東西。也比喻順便利用機會去做某件
事。

〔例〕趁出差的機會，～，中途下車看了看母親。

順水推舟

比喻順勢或乘便行事。

〔例〕他既然已經表示願意言歸於好，你就應該～，採取
主動，使友誼重新恢復。

順理成章

順着條理，就能寫好文章。指說話、做事合乎情理。

〔例〕這部電視連續劇這樣結尾，應該說是～的。

順藤摸瓜

比喻沿着已有線索，進一步追究根底。

〔例〕這封寫着四十年前老地址的信件，由於郵遞員各處

查詢，～，終於找到了收件人。

集思廣益

廣：擴展。指集中衆人的意見和智慧，可以取得更大的效益。

〔例〕這篇發言稿經全班同學傳看，～，內容更豐富了。

集腋成裘

腋：胳肢窩。**裘**：皮袍。狐狸腋下的皮毛雖然很小，但是許多塊聚集起來就能縫成一件皮袍。比喻積少可以成多。

〔例〕集資的消息傳來，這個三百，那個二百，居然～，把這間小學的校舍蓋起來了。

焦頭爛額

燒焦頭部，燒傷額部。比喻非常狼狽窘迫的樣子。

〔例〕這一仗，敵人被我們打得～，狼狽而逃。

進退兩難

既不能前進，也不能後退。比喻處境困難。

〔例〕遇到～的事情，多請教幾位至誠的朋友，有時便能找到解脫困境的妙計良謀。

進退維谷

維：句中語助詞。**谷**：山溝。比喻困境。形容進退兩難。

〔例〕繼續留在澳洲生計無着，回香港又怕親友笑話，他～，想不出兩全之策。

鈎心鬥角

比喻互相用盡心機，明爭暗鬥。

〔例〕這兩家商店～，爭奪生意，誰都想把對方打倒，由自己獨佔。

街談巷議

街巷裏人們的議論。指一般老百姓的意見。

〔例〕新來乍到，聽到許多～，都是關於這次地方選舉的新聞。

街頭巷尾

指大街小巷。

〔例〕防火宣傳深入到～。

循名責實

循: 依着; **責**: 求。按着名稱追求實際内容，使兩者相符合。

〔例〕公司的各位員工各有其職、各有其名，都不應有名無實，而應～，做出同其職位相合的成績來。

循序漸進

循: 順着。**漸**: 逐漸。順着次序一步一步地向前。

〔例〕學習要～，沒有捷徑可走。

循循善誘

循循: 有次序。**誘**: 引導。有步驟地進行教導。形容教導有方。

〔例〕他不僅是一位學者，而且是一位能～的教育家。

循規蹈矩

規、矩: 圓規和角尺，是用來定方圓的工具。遵守規矩。指一舉一動都合乎道德標準。

〔例〕他從小～，所以父母很放心他一個人到外地讀書。

爲人作嫁

嫁: 嫁妝。給別人做嫁衣。比喻替別人辛苦。

〔例〕常言道編輯是～，可他偏偏愛好這一行，十年如一日，從不抱怨。

爲民請命

指替老百姓向統治者請求保全性命或解除痛苦。

〔例〕在這些奏章中，歌頌昇平者有之，～者有之。

爲非作歹

任意做壞事。

〔例〕他到處～，終於受到法律的制裁。

爲所欲爲

想幹什麼就幹什麼。多指幹壞事。

〔例〕這兒地處邊區，山高皇帝遠，貪官污吏，土豪劣紳，魚肉人民，～。

爲虎作倀

（倀: chàng　㊨tsœŋ¹〔昌〕）

傳說被老虎咬死的人，變成鬼叫做倀。倀幫助老虎害人。比喻幫助壞人作壞事。

〔例〕抗戰期間，一小撮民族敗類投靠日寇，～，禍害自己的同胞，天良喪盡。

爲虎添翼

替虎加上翅膀。比喻助長惡人的勢力。

〔例〕他把幾夥分散的地痞流氓，通通拉攏到一個大幫派去，實行～。

也作“爲虎傅翼”。

爲富不仁

《孟子·滕文公上》："爲富，不仁矣"。意思是説，想發財的人不講究仁愛。後指有錢人唯利是圖，心狠手毒。

〔例〕～，愈有錢愈小氣，不要指望他會接濟你。

爲淵驅魚

淵：深水潭。比喻殘暴的統治者將人民驅向敵方。也比喻把本來可以團結使用的人趕到敵對一方去。

〔例〕平時説没有人才，待到有了人才，又被這些貪官污吏勒索凌辱，以致～，想來真正可恨。

創巨痛深

創傷很大，痛苦很深。比喻遭受重大的打擊或損失。

〔例〕過去我受盡他的欺壓，真是～。

等閑視之

等閑：平常。把它當作平常的事情來看待。

〔例〕這件事十分重要，關係到本店的前途，切不可～。

等量齊觀

同等看待。

〔例〕這兩件事差得太遠了，怎麼能～呢?

筆墨官司

官司：指訴訟。指用寫文章來爭論。

〔例〕圍繞這個問題，兩派在報紙上大打～。

筋疲力盡

形容身體非常疲乏，一點力氣也没有了。

〔例〕這次搬家，足足忙了三天，大家都～了。

勝任愉快

勝任: 有能力擔當。有能力擔當某項任務或工作，而且工作得很快意。

〔例〕他是這方面的專門人才，負責這工作會～的。

勝不驕，敗不餒

餒: 氣餒，喪氣。勝利了不驕傲，失敗了不氣餒。

〔例〕我們要本着～的精神，參加這次運動會。

腦滿腸肥

腦滿: 頭臉肥大。**腸肥**: 肚子大。形容飽食終日，無所事事的人長得又肥又胖的體態。

〔例〕這個令人憎惡的市儈，養尊處優，～，多的是金銀財寶，少的是人生大義。

象牙之塔

比喻脫離現實生活的文學家和藝術家的小天地。

〔例〕文學家、藝術家應該走向社會，不應將自己關在～中。

猶豫不決

遲疑不決，拿不定主意。

〔例〕這個工作很適合你去做，不要～了。

視而不見

眼睛在看，卻什麼也沒有看到。表示不注意、不關心。

〔例〕一些人對關係到大眾的社會問題不關心，不過問，不去幫助解決，似乎除了自己家庭的小天地之外，一切都～。

視死如歸

把死看作回家一樣。形容爲正義而勇於犧牲。

〔例〕他那~的勇敢精神，終於使他成爲出色的軍人。

視同兒戲

看作像小孩子在玩耍一樣。比喻不當一回事，極不重視。

〔例〕長期低燒，可能潛伏着大病，不可~，我勸你快去
找醫生看看。

視如敝屣

敝屣: 破鞋。當作破鞋那樣看待。比喻非常輕視，看作毫
無價值的東西。

〔例〕許多富商大賈把金錢看得比命還重，你一個弱女子
卻~，可敬可佩。

視如寇仇

寇仇: 仇敵。當作仇敵一樣看待。

〔例〕二人本來情同手足，關係極好的，後來爲了一筆生
意的事，加上有人從中挑撥，從此反目，~。

視爲知己

知己: 彼此瞭解而情誼深切的人。看作是好朋友。

〔例〕我們相交已多年，彼此~。

視爲畏途

畏途: 危險可怕的道路。看成是危險可怕的道路。比喻看
作困難可怕的事情。

〔例〕那一帶山路崎嶇，常有虎豹出沒，行人~。

就地取材

在本地選取需用的材料。

〔例〕不必到外國去招聘職員了，最好～，以免增加開支。

痛心疾首

疾首: 頭痛。使人悲痛，使人頭痛。形容極其痛恨。

〔例〕瞿耐庵自從到任至今有半年了，治下的百姓因他斷事糊塗，造成不少冤案，一個個～。

痛改前非

痛: 狠狠地，徹底地。徹底地改正以前的錯誤。

〔例〕你這個跟頭栽得不小，但也不要灰心喪氣，只要今後～，奮發上進，大家還一樣看得起你。

痛定思痛

悲痛過後再回想當時痛苦的情景。含有吸取教訓，警惕未來的意思。

〔例〕經受這次挫折，他～，汲取了教訓，從此做事穩當多了。

棄甲曳兵

甲: 古時保護身體的軍衣。**曳**: 向後拖着。**兵**: 武器。形容打敗仗的樣子。

〔例〕敵軍在我軍沉重打擊下，～，狼狽逃走。

棄暗投明

離棄黑暗，投向光明。比喻脫離非正義的，投向正義的。

〔例〕他決定～，脫離黑社會，重新做人。

棄如敝屣

像扔掉破鞋子一樣。比喻毫不可惜。

〔例〕他幾十年來一心為社會工作，視功名利祿如草芥，～，大家都很敬重他。

惴惴不安

惴: 恐懼，擔心。形容因恐懼、擔心而心神不定。

〔例〕父親出海未回，颶風忽至，全家～。

惶惶不可終日

惶惶: 恐懼不安。**終日**: 過一天。驚慌恐懼得一天也過不下去。形容極度驚慌。

〔例〕他自從那次打架傷了人，便～，生恐人家來尋仇。

勞而無功

費了氣力，卻沒有成效。

〔例〕到圖書館去查一本書，將書名記錯了，查遍了目錄，結果～，白白浪費了大半天時間。

勞民傷財

既勞累人民，又耗費錢財。指濫用人力物力，造成大浪費。

〔例〕好官都懂得愛護人民大眾，節省財力物力，決不做～的事。

勞苦功高

出了大力，吃了大苦，立了大功。

〔例〕為社會為大眾，不應計較個人的得失，那種做了一點事便以～自居的人，究其心底仍然是為自己。

着手成春

着手: 下手接觸。**成春**: 指把病人治好，救活，像草木回春一樣。形容醫術高明。

〔例〕這位醫生把我臨危的媽媽救活了，真是～。

"着手"也作"著手"。

善罷甘休

善罷: 輕易便罷。**休**: 停止。輕易地了卻糾紛，甘願休止。多用於詰問或否定。

〔例〕大事看不到，小事不肯~的人，成不了大器。

善自爲謀

善於爲自己打算。

〔例〕你不用爲他擔心，他是個~的人。

善始善終

從開始到結束都很好。形容人處事始終不懈，直至成功。也形容人由始至終都保持一種良好的狀態。

〔例〕公司決定把這艱巨的任務交給你，希望你全力以赴，~，早日報捷，不負衆望。

善氣迎人

善氣: 和善的神色。形容和顏悅色地待人。

〔例〕他~，與朋友、同事都親如兄弟。

普天同慶

普天: 普天之下，指全國或全世界。**同慶**: 共同慶祝。

〔例〕新年是個~的日子。

普度衆生

佛家用語。

普度: 佛施展法力以救濟衆生。**衆生**: 衆人。佛看到世間的生靈生活在苦海之中，便廣施法力，使一切人以至一切生物普遍脫離苦海，登上彼岸。

〔例〕佛家以慈悲爲本，以~爲宗旨。

湮没無聞

湮没: 沉没在水底，埋没。名聲被埋没了，誰也不知道。

〔例〕爲國犧牲的烈士們絕不會~，人民將永遠傳頌他們
的英雄事迹。

盜憎主人

盜賊憎恨被他盜竊的主人。比喻奸邪的人忌恨正直的人。

〔例〕~，嫉惡如仇、正直敢言的人往往被人誹謗。

渾身是膽

全身都是膽。形容膽量極大，無所畏懼。

〔例〕他~，孤身一人，深入敵巢，將敵人的哨兵抓了回來。

渾然一體

融合成一個不可分割的整體。常用以形容文章結構嚴整。

〔例〕遠處的大海與藍天連接起來，已是~，分不清楚了。

富貴不能淫

淫: 迷惑。指不爲金錢和地位所誘惑。

〔例〕~是古訓，凡有一點文化知識的人大抵都知道，但
真正做到的卻很寥寥。做人不能不引以爲戒。

窗明几淨

几: 小桌。形容房間乾淨明亮。

〔例〕大掃除以後，每一間宿舍都~，使人有清新舒適的
感覺。

畫蛇添足

《戰國策·齊策》中的故事: 楚國有一個人請人喝酒，酒少

人多，大家約定：在地上畫蛇，誰先畫好，誰喝酒。一個人先畫成，拿過酒準備喝；另用一隻手爲蛇畫腳，並說："我還能給蛇畫腳呢！"腳還沒有畫完，另一個人已把蛇畫好了，說："蛇本來是沒有腳的，你怎麼給它添上腳呢？"於是拿過酒一飲而盡。比喻多此一舉。

〔例〕文章本來可以結尾了，他嫌太短，又加上一段多餘的話，不料老師卻批道："～。"

畫餅充飢

畫餅來解餓。比喻企圖憑虛假的東西或空想來解決實際問題。

〔例〕老兄，～解決不了問題，還得另想辦法才是。

畫龍點睛

唐張彥遠《歷代名畫記》記載：古代大畫家張僧繇在牆上畫了四條龍，沒有畫眼睛。後來他把其中的兩條點上眼睛，這兩條龍就飛了上天。比喻説話、做文章時，在關鍵處用一兩句精彩的話點明要旨，就會使内容更精彩生動。

〔例〕阿Q臨死前竭力畫好一個圓圈，是魯迅先生的～之筆。

開山祖師

原指最初在某座名山建立寺院的人。後用以借指學術、技藝某一流派或某種事業的創始人。

〔例〕孔子爲儒家的～。

也作"開山鼻祖"。

開天闢地

古代神話傳說，盤古氏"開天闢地"才有世界。後用"開天闢地"指開創人類的歷史或比喻前所未有。

〔例〕火藥的發明在當時是～的一件大事。

開花結果

比喻工作有成效。

〔例〕他多年嘔心瀝血的研究工作，已經～。

開宗明義

開宗：闡明宗旨。**明義**：顯示道理。原為《孝經》第一章的篇名，闡明全書宗旨。後指寫文章或講話一開始就說明主旨。

〔例〕開會以後，主席就～，把開會的目的和必須解決的問題說明，請大家共同討論。

開卷有益

卷：書。打開書來讀，就會有益處。強調讀書的好處。

〔例〕書有好有壞，要想～，就要挑選好書。

開門見山

比喻說話或寫文章直截了當地談本題，不拐彎抹角。

〔例〕我希望你～，把意見都提出來。

開門揖盜

揖：作揖，表示迎接。開了門，請強盜進來。比喻引進壞人，自招禍患。

〔例〕無論如何也不能請他來幫忙，他有黑社會背景，請他來不是～嗎?

開誠布公

誠懇相見，坦白無私。

〔例〕朋友之間貴在～。

開源節流

源: 來源。**流**: 指水流。比喻增加財政上的收入，節約開支。

〔例〕在企業經營上，必須～，量入爲出。

閑情逸致

閑散的心情，安逸的興致。

〔例〕大家都在緊張地工作着，誰還有～去釣魚呢！

費盡心機

用盡心思，想盡辦法。

〔例〕他～，最後才找了一份比較滿意的職業。

强人所難

勉强人家做不能做或不願意做的事情。

〔例〕他不會唱歌，你偏要他上台表演，這不是～嗎?

强弩之末

弩: 古時發箭的機械。從力量强大的弩發射出去的箭，起初勁頭很足; 臨到末了，力量就小了。比喻力量已經衰竭，起不了什麼作用。

〔例〕敵人的夏季攻勢，已是～，快到我們全面反攻的時候了。

强詞奪理

把無理硬説成有理。形容無理强辯。

〔例〕這人老愛～，實在没時間跟他辯下去。

强將手下無弱兵

强將: 本領高强的將領。指好的領導必能帶出一支好的隊伍。

〔例〕～，你帶出來的研究生的水平就是比一般的高出許多。

登峯造極

峯: 山頂。**造**: 前往，到。**極**: 最高點。登上最高峯。比喻成就極高。

〔例〕他在文學方面的成就達到了～的地步。

發人深省

啟發人去深思而有所醒悟。

〔例〕他的話簡短有力，能～。

發揚光大

使美好的事物得到更大的發展和提高。

〔例〕對於文化遺產，要推陳出新，～。

發號施令

發命令，下指示。

〔例〕要尊重同事，不應隨意～。

發憤忘食

下決心努力工作、學習，連吃飯都忘記了。形容勤奮不懈。

〔例〕他近來～，學業大有進步，父母十分高興。

發憤圖強

決心努力，謀求富強。

〔例〕今天的輝煌成就就是他二十年來克勤克儉，～爭取得來的。

陽奉陰違

表面聽從，暗地違背。

〔例〕辦事要老老實實，不要～。

陽春白雪

春秋時楚國的歌曲名，是一種比較高深的音樂。後用來比喻高深的文學或藝術作品。經常與"下里巴人"連用。

〔例〕文藝既要普及，又要提高。人們目前既歡迎"下里巴人"，又需要"～"。

陽關大道

陽關：古關名，在今甘肅省敦煌縣西南。原指經過陽關通往西域的大道。後泛指交通大道。也指光明的道路。

〔例〕你走你的～，我走我的獨木橋。

絡繹不絕

絡繹：往來不斷，前後相接。行人、車馬來來往往，連續不斷。

〔例〕他家住在比較熱鬧的街區，深夜一兩點，行人仍然～。

絕處逢生

絕處：死路。形容在最危急的關頭找到生路。

〔例〕前面是條大江，敵人從後面向他追來，正在這緊急關頭，一個漁民從蘆葦叢中划出一隻小船，把他渡過江去，真是～。

絕無僅有

只有一個，再沒有別的。形容極其少有。

〔例〕像他這樣的專才，今天在這兒的廣告界是～。

統籌兼顧

籌: 籌畫。**顧**: 照顧。統一籌畫，各方面都照顧到。

〔例〕本着～的原則，我縣合理地解決了農業與養殖業發
　　　展上的矛盾。

十三畫

煮豆燃萁

（萁: qí ⑱kei⁴〔其〕）

燃: 燒。**萁**: 豆莖。三國時，魏文帝曹丕想害死弟弟曹植，
限他在走七步的時間內作出一首詩，否則就殺死他。曹
植立刻作成了有名的七步詩:"煮豆燃豆萁，豆在釜(鍋)
中泣(哭)。本是同根生，相煎何太急? "後用以比喻骨
肉相殘。

〔例〕劉老漢説來真不幸，養了四個兒子沒一個成器的，
　　　無才無能，卻整日價內鬨，～，鬧得家裏人仰馬翻。

肆無忌憚

肆: 放肆。**憚**: 害怕。肆意妄為，毫無顧忌、畏懼。

〔例〕這個地區的治安工作做得好，那些流氓地痞再也不
　　　敢～地滋事擾民了。

瑕不掩瑜

瑕: 玉的斑點。**瑜**: 玉的光彩。玉上的斑點掩蓋不了玉的
光彩。比喻缺點掩蓋不了優點，優點是主要的。

〔例〕 這部作品雖有不夠完善的地方，但～，仍不失爲一
部好作品。

瑕瑜互見

瑕：玉的斑點。**瑜**：玉的光彩。玉的斑點和玉的光彩互有
所見。比喻既有缺點也有優點。

〔例〕 他的論文～。

載歌載舞

邊唱歌，邊跳舞。

〔例〕 這些姑娘在鑼鼓聲中～，走向會場。

葉公好龍

漢劉向《新序·雜事》說，有個葉公非常喜愛龍，用的東西
上畫着龍，屋裏也刻着龍。真龍知道了，來到葉公家裏，
從窗外把頭探進來，葉公一見，嚇得面如土色，拔腳就跑。
後用以比喻表面上愛好某事物，實際上並不愛好。

落葉歸根

比喻不忘本源。現多指客居異地的人最終回歸故土。

〔例〕 他在海外漂泊多年，總想～，回到故土安度晚年。

惹火燒身

惹：招引。比喻自己招惹災禍，害了自己。

〔例〕 這場紛爭又不干你的事，你何苦～？

惹是生非

招惹是非。

〔例〕 這篇小說描寫了一個到處～的孩子怎樣在老師、同
學的教導與幫助下，變成了一個好學生的過程。

也作"惹事生非"、"惹是招非"。

萬人空巷

空巷: 指巷子裏的人都走出來了。形容盛大集會或新奇事物把所有人都吸引來了。

〔例〕紀念<u>孔子</u>誕辰的那一天，<u>曲阜</u>城內人如潮湧，～。

萬古長存

千年萬代永遠存在。

〔例〕民族英雄<u>文天祥</u>的偉大精神～。

萬古長青

比喻事物永遠存在，不會減退、消失。

〔例〕我們兩國的友誼將世代相傳，～。

萬古流芳

比喻好名聲永遠流傳。

〔例〕<u>岳飛</u>的名字在<u>中國</u>歷史上是～、永垂不朽的。

萬死不辭

即使死一萬次也不推辭。表示決心效勞，不怕犧牲。

〔例〕他一拍胸脯説道:"爲恩兄效力，～。"

萬事亨通

亨通: 通暢，順利。一切都很順利。

〔例〕今次籌組新公司，全靠他大力支持，～。

萬馬奔騰

形容聲勢浩大、壯盛。

〔例〕每年陰曆八月望日前後，<u>錢塘江</u>來潮，有如～之勢。

萬家燈火

形容城鎮夜間燈火輝煌的景象。

〔例〕 到了香港，已是～的時候了!

萬眾一心

千萬人一條心，形容團結一致。

〔例〕 全國人民～，抵抗外國侵略者。

萬象更新

萬象: 一切景象。**更新**: 改換成新的。一切事物或景象都
煥然一新。

〔例〕 中國人總愛用～作爲新春對聯的橫批，表示萬物皆
新，一切都欣欣向榮，預示新的一年將是大吉大利、
萬事亨通的一年。

也作"萬物更新"。

萬紫千紅

形容春天百花齊放，豔麗多姿。也形容事物的豐富多采。

〔例〕 這一年來，新的文藝作品真是～，美不勝收。

萬壽無疆

萬壽: 長壽。**無疆**: 無止境。永遠長壽，沒有終期。祝人
長壽的用語。

〔例〕 爺爺七十大壽，大家敬祝他～。

萬應靈丹

指能醫治百病的靈藥。比喻對任何問題都能解決的好方法。

〔例〕 要想把工作做好並沒有什麼～，只有老老實實、勤
勤懇懇地去做。

萬籟俱寂

籟: 從孔穴中發出的聲音，泛指一般的聲響。**萬籟**: 自然界的一切聲響。各種聲音都靜下來。形容周圍非常靜寂。

〔例〕夜，～，只有初上的月色照着階下碧瑩瑩的青草，此外，一切都像停下來似的那麼靜。

也作"萬籟無聲"。

萬變不離其宗

宗: 宗旨，本質。指形式上儘管千變萬化，但本質並沒有變。

〔例〕他處世圓滑，見人說人話，見鬼說鬼話，善於變通，但～，都是爲了一個"錢"字。

萬事俱備，只欠東風

原指三國時周瑜計畫火攻曹操，一切都準備好了，只差東風還沒有刮起來。比喻樣樣都準備好了，就缺最後一個重要條件。

〔例〕學校選好了，入學試也及格了，現在是～，就差學雜費還未籌夠。

敬而遠之

尊敬他，卻又遠遠離開他。也用以表示不願接近某人。

〔例〕頭腦清楚的人，凡事一點就破，這種人很好交往；頭腦糊塗的人，一件小事也總是糾纏不清，遇到這等人只好～，省得麻煩。

落井下石

看見別人掉進井裏，不去救，反而向井裏扔石頭。比喻乘人危急時，加以陷害。

〔例〕他病得這麼重,正愁醫藥費無着,你卻去逼債,不是~嗎?

落花流水

①形容被打得大敗,殘敗零落。

〔例〕這一次戰役,我軍把敵人打得~,四散逃命。

②形容零零落落。

〔例〕經過幾年的同室操戈,二哥死了,三哥一去無蹤影,五弟得了精神病,好端端的一個家,弄得四分五裂,~。

落荒而逃

向荒野逃去。

〔例〕那賊被追急了,翻過牆頭,~。

落落大方

落落: 坦率爽朗。形容人的言談舉止坦率自然。

〔例〕雖說是小家碧玉,但她天生得~,全沒有那羞手羞腳的小家氣象。

落花有意, 流水無情

比喻一方有意,一方無情。多指男女愛情的波折。

〔例〕雖說蘭花再三託人從中撮合,無奈~,朱青最終還是娶了別人家的姑娘。

惡作劇

戲弄人,使人難堪的行動。

〔例〕孩子~,待他往下坐時,從後面抽走了板凳,他一坐就跌到地上去,狼狽不堪。

惡貫滿盈

貫: 古時穿物或串錢的繩。**盈**: 滿。比喻壞事做盡，罪大惡極。

〔例〕他壞事做盡，這次失足從橋上掉下來淹死在河裏，大家都説他～，天公有眼。

惡語中傷

用惡毒的話傷害別人。

〔例〕他對我們的成就，總是心懷嫉妒，～。

也作"惡意中傷"、"惡語傷人"。

勢不兩立

勢: 情勢。**兩立**: 並存。指雙方矛盾極其尖鋭，彼此不能共存。

〔例〕這兩家公司競爭得十分激烈，簡直是～。

勢如破竹

勢: 勢頭。**破竹**: 劈竹子。勢頭像用刀劈開竹子那樣，只要頭幾節破了，以後就隨着刀勢破下去。比喻節節勝利，勢不可當。

〔例〕這支軍隊連克數城，～，擊潰了敵軍。

勢均力敵

雙方力量相當。不分高低。

〔例〕今天這場足球賽緊張極了，雙方～，結果是一比一，不分勝負。

想入非非

指思想進入虛幻境界或胡思亂想。

〔例〕他自從買了馬票以後，整日～：如果中了頭獎，這
　　　筆鉅款如何安排使用？

感人肺腑

使人內心深深感動。

〔例〕這種爲國爲民的精神怎不～、令人奮發呢？

感同身受

①內心的感激就如同自己親身領受到恩惠一樣。多用爲代
人表示謝意的客氣話。

〔例〕家母這次在旅途中多虧先生代爲照顧，平安到步，
　　　使我～。

②如同親身經歷過一樣。

〔例〕我雖未參加這次活動，但聽你繪聲繪色一說，～，
　　　好像也參加了一樣。

感恩戴德

戴德：從內心敬重別人的恩德。非常感激別人的恩德。

〔例〕她對搶救自己的醫生～，表示永生不忘。

感激涕零

涕零：流淚。感激得流下眼淚。

〔例〕災民領到他送的食品，～。

雷厲風行

像打雷那樣響，像刮風那樣快，形容聲勢猛烈，行動迅速。

〔例〕自從警方展開～的掃蕩黑社會的行動以來，黑社會
　　　分子紛紛落網。

雷霆萬鈞

霆: 劈雷。鈞: 古代重量單位，合三十斤。比喻聲勢盛大，
　　無法阻擋。

〔例〕我軍以～之勢，擊潰了來犯之敵。

雷聲大，雨點小

比喻虛張聲勢，説得響亮，但只説不做，或做得很差。

〔例〕市政局説要認真整頓市場秩序，但往往～，講過以
　　　後很少見諸行動。

頓開茅塞

頓: 忽然間。茅塞: 被茅草阻塞。像被茅草塞住的道路，
　　一下子打開了。比喻人的思路忽然開竅，一下子明白了。

〔例〕您的一席教導，～，使我如撥雲霧而睹青天。

也作"茅塞頓開"。

損人利己

損害別人，使自己得利。

〔例〕他是個～的人。

搖身一變

神怪小説描寫的一些神通廣大的人或妖怪把身子一搖晃，
就能變出另外一種形體。現用以形容人的身分、面目一下
子變了樣。

〔例〕他長期混迹黑社會，今天～，竟成了樂善好施的善
　　　長仁翁。

搖尾乞憐

狗搖着尾巴向主人乞求憐愛。形容卑躬屈節，向別人諂媚
討好，希望能得到好處。

13
畫

〔例〕人窮志短，～，決非大丈夫之所爲。

搖脣鼓舌

形容利用口才進行煽動或游說。

〔例〕他慣於～，撥弄是非，對他的話要多想一想，避免
上當。

搖搖欲墜

欲: 要。**墜**: 落。搖搖晃晃就要掉下來。形容非常危險，
極不穩固。

〔例〕辛亥革命爆發前，清朝的統治已是～了。

搖旗吶喊

吶喊: 高聲叫喊。古代作戰時，搖着旗子高聲叫喊以助聲
勢。現比喻替別人助長聲勢。

〔例〕他收買了一批御用文人，專門替他鼓噪宣傳，只要
他一授意，這些人便舞文弄墨，～。

搖頭擺尾

形容悠然自得的樣子。現多用以形容得意輕狂的樣子。

〔例〕靠做投機生意賺了幾筆錢，近日他頗有些神氣起來，
走路～，說話拿腔拿調，真叫人噁心!

當之無愧

當得起某種稱號或榮譽，沒有愧色。

〔例〕大家都認爲"巾幗英雄"這個稱號，她是～的。

當仁不讓

仁: 指應該做的事。《論語・衛靈公》:"當仁不讓於師。"意
思是面臨關乎仁義的大事，就要主動去做，即使是自己

的老師，也不必同他講謙讓，而影響主動精神的發揮。
後指對應該做的事絕對不推辭。

〔例〕既然是緊急任務，我就～了。

當務之急

當前最緊急的任務。

〔例〕出版下學期需用的課本，是我們書局的～。

當頭棒喝

棒喝: 佛教禪宗接待初學的人，常常對來學者當頭一棒或
大喝一聲，要對方立即回答問題，以考驗對方。後指使
人覺悟的勸誡或警告。

〔例〕他的話對我真是～，幸得懸崖勒馬，不致鑄成大錯。

當機立斷

抓住時機，立刻作出決定。

〔例〕事情必須馬上解決，～，不能拖延。

當局者迷，旁觀者清

當事人因不能客觀、冷靜地對待問題而感到迷糊不清，旁
邊的人卻往往看得清楚。

〔例〕俗話說"～"，你不要過分自信。

當一天和尚撞一天鐘

照例行事，過一天算一天。比喻做事敷衍塞責混日子。

〔例〕他是～，你別想他對工作能積極起來。

鼎足三分

鼎: 古代銅製炊器，圓形，兩耳，三足。像鼎的三腳並立
一樣。比喻三方面勢均力敵。

〔例〕昔日三人是同窗好友，如今又是競爭對手，三人經
　　　營的超級市場～，各佔一方。

賊去關門

比喻平時沒有防備，出了事故以後才知道警惕，採取措施，
然而爲時已晚。

〔例〕平日要多加小心，不要出錯，～，那就晚了。

賊喊捉賊

比喻壞人爲了轉移目標，混淆視聽，指別人是壞人。

愚公移山

《列子・湯問》載：愚公因爲門前有兩座大山阻礙交通，他
率領了全家老幼去鏟除它。有人笑他太笨。他説："我雖
然老了，但死後還有子子孫孫繼續幹，山卻不會長高，怎
麼怕鏟不平！"比喻不怕困難、堅持到底的鬥爭精神。

〔例〕～的精神，鼓舞了千百年來有志之士去完成無數的
　　　艱巨工作。

愚者千慮，必有一得

千慮：多次考慮。愚笨的人認真多次的考慮，會有正確的
見解。常與"智者千慮，必有一失"對舉。

參看"千慮一得"。

照本宣科

宣：念唱，宣讀。**科：**科條，條文。原指道士照着經書念經。
現比喻死板地照着本子念，不能闡述或發揮。

〔例〕他把條規～地念了一遍，不做任何解釋。

照貓畫虎

照着貓的樣子畫老虎。比喻照着樣子模仿。

〔例〕我哪裏會剪裁衣服? 還不是~!

嗷嗷待哺

嗷嗷: 哀鳴聲。**哺:** 哺育，餵養。原指小鳥飢餓時哀聲叫着，等待餵養的樣子。後常用以形容飢民急於求食的情景。

〔例〕非洲貧病交迫、~的災民，實在叫人可憐。

嗜殺成性

嗜: 愛好。喜歡殺人成了習性。形容人十分凶殘。

〔例〕那些土匪~，很多人死在他們的手裏。

路不拾遺

遺: 丟失的東西。沒人把路上別人丟失的東西撿去作爲己有。形容社會風氣良好。

〔例〕如今天下太平，五穀豐登，萬民樂業，~，夜不閉戶。

路見不平，拔刀相助

路上見到不相識的人受到欺侮，勇敢地拔出刀來幫助他。形容見義勇爲。

〔例〕~的仗義執言之士，值得尊敬。

嗤之以鼻

嗤: 嗤笑。從鼻子發出聲音。表示輕蔑，瞧不起。

〔例〕諸葛亮對張昭的降曹議論~，並駁得他啞口無言。

過目不忘

看過一眼就不會忘記。形容記憶力很強。

〔例〕他看過的小說，可以完整地復述一遍，真是~。

過目成誦

看過一遍便能背下來。形容記憶力特強。

〔例〕在學習時如果沒有鑽研的精神，即使能～，也不會
有成就的。

過河拆橋

比喻達到目的後，就把曾經幫助過自己的人一腳踢開。

〔例〕劉邦～，得了天下就把韓信殺了。

過甚其詞

話説得太過分了。

〔例〕這座半身像雕刻得確實不差，但是説它是"鬼斧神
工"，就不免～了。

過猶不及

猶: 如。**不及**: 不足，不夠。指超過了界限和沒達到的性
質是一樣的(都不合乎要求)。

〔例〕前輩向你發問，你不回答，沒禮貌; 如果回答的話
超出他要知道的範圍，説得太多，～，同樣也是沒
有禮貌的。

過五關斬六將

原爲三國時關羽的故事。比喻克服重重困難。

〔例〕工人們經過苦心鑽研，～，這個技術難關終於被攻
破了。

過屠門而大嚼

屠門: 肉鋪。經過肉鋪時使勁地空嚼，以獲得心理上的滿
足。比喻用不切實際的空想來聊以自慰。

〔例〕看看五花八門的廣告，雖然許多高級產品買不起，

卻也不失爲～，聊以滿足精神上的虛榮感。

圓鑿方枘

鑿：榫眼。**枘**：榫頭。方形的榫頭插不進圓形的榫眼去。

比喻不能相容。

〔例〕這兩個計畫根本與事實不符，～，完全不能採用。

置之不理

置：放着。**理**：理睬。放在一邊，不加理睬。

〔例〕關於這個問題，我和他談過好多次，他竟～。

置之度外

表示把某件事不放在心上。

〔例〕他一心只想抓獲罪犯，至於個人生命的安危早已～了。

置之腦後

形容忘了，或極不重視。

〔例〕不應斤斤計較個人得失，而把國家利益～。

也作"置諸腦後"。

置若罔聞

若：像。**罔**：沒有。好像沒有聽見似的，不加理睬。

〔例〕對朋友們的忠告，你不能～。

置諸高閣

閣：樓閣，擱東西的架子。比喻擱在一邊不用。

〔例〕你送去的建議書，他～，從沒看過。

罪大惡極

罪惡大到了極點。

〔例〕對於那些～的罪犯，應該依法懲辦。

罪不容誅

誅: 處死刑。形容罪惡極大,處以死刑,也抵不了他的罪惡。

〔例〕明朝的宦官<u>魏忠賢</u>陷害人民,作惡多端,實在是～。

罪有應得

應: 應該。受到的懲罰完全是應該的。

〔例〕這個毒梟害人不淺,處以絞刑,～。

罪惡昭彰

昭彰: 明顯。罪惡非常明顯。

〔例〕<u>希特勒</u>的納粹黨殘害猶太人和無辜民衆,～,人民永遠不會忘記。

罪魁禍首

首要的罪犯。

〔例〕<u>希特勒</u>、<u>墨索里尼</u>、<u>東條英機</u>是第二次世界大戰的～。

罪孽深重

孽: 罪過。罪惡非常嚴重。

〔例〕他虐待親生的母親,不給她飯吃,並將她趕走,鄰居們都説他～。

矮人看場

看場: 指看戲。矮子擠在人羣中看戲。比喻所見不廣,隨聲附和。

〔例〕這部小説如何,你應該有自己的見解,不能～,人云亦云。

也作"矮子看戲"。

稠人廣眾

稠：密。**廣**：眾多。指人多的場合。

〔例〕 近兩年他得到了鍛鍊，即使在～中講話，也不感到
緊張了。

愁眉不展

形容心事重重的樣子。

〔例〕 他是個悲觀主義者，常常～。

愁眉苦臉

形容愁苦的神情。

〔例〕 他整天～，大概是遇到了難以解決的困難。

愁雲慘霧

比喻令人愁苦悽慘的景象或氣氛。

〔例〕 太平洋戰爭期間，香港同胞在日軍統治下，天天處
在～之中。

債臺高築

《漢書・諸侯王表序》的注中說：戰國時代，周赧王軟弱無
能，為了討伐秦國，沒有軍費，向國內有錢的人借錢，說
明等到打了勝仗回來，加利歸還。可是後來一仗未打就把
軍隊撤回，債主天天拿着債據到宮門外向他討債，吵鬧的
聲音一直傳到宮裏面。他沒有錢還債，心情愁悶，經常躲
在宮裏一座高臺上。因此人們把這座高臺叫做"避債臺"。
現用"債臺高築"比喻債欠得很多。

〔例〕 商品積壓，～，缺少周轉資金，公司幾乎要破產了。

傷天害理

指違背天理，做事凶殘，滅絕人性。

〔例〕那個土匪平生不知幹過多少～的事，今天終於落入
法網，真是大快人心。

傷風敗俗

敗壞風俗。

〔例〕在從前，男女自由戀愛常常被看作是～的事。

傾盆大雨

傾：倒出。雨下得像從盆裏倒出來一樣。形容雨下得又大
又急。

〔例〕一陣大風刮過，～從天而降，天地間白茫茫一片。

傾城傾國

城中人和國中人都爲之傾倒。形容女子容貌極美。

〔例〕她自以爲是～的美人，打扮的不三不四，走起路來
扭捏作態，看了叫人好笑。

也作“傾國傾城”。

傾家蕩產

傾：倒出。**蕩**：弄光。把所有家產弄光。

〔例〕他生性好賭，結果弄得～。

傾巢出動

巢穴中所有的人全出來了。比喻出動全部力量。多用於指
敵軍或匪徒。

〔例〕敵軍～，我軍嚴陣以待，準備全殲來犯之敵。

鼠目寸光

形容眼光短，見識淺。

〔例〕過量捕撈近海漁業資源，是一種～的行爲，必然影響本市今後漁業的發展。

鼠竊狗偷

竊: 偷。指小偷小盜。

〔例〕他決心改邪歸正，不再幹那些～之事了。

微不足道

微小到不值得一提。

〔例〕不必言謝，我對你的幫助是～的。

微乎其微

形容非常細或非常少。

〔例〕病菌可以説是～，但它對人們健康的危害，卻極爲嚴重。

飲水思源

喝水的時候想到水的來源。比喻不忘本。

〔例〕在做出成績、接受獎勵的時候，他～，深深感謝自己的啟蒙老師。

飲泣吞聲

飲泣: 把眼淚咽到肚裏。**吞聲**: 把哭聲咽住。十分悲痛，卻不敢放聲大哭。形容受壓迫時，淚向肚裏流，不敢公開表示。

〔例〕這個青年學徒受盡了老闆的虐待，經常～。

飲鴆止渴

鴆: 一種有劇毒的酒。比喻不顧嚴重後果，採取有害的辦法來救急。

〔例〕向高利貸者借錢來救急，是～。

節外生枝

比喻在原有問題之外又岔出新問題。

〔例〕這件事情基本上已經解決，不要～了。

節衣縮食

形容極端節約，壓縮基本生活開支。

〔例〕她爲了教養子女，～。

愛不釋手

釋：放下。喜愛到不忍放手。

〔例〕這真是一本好書，令人～。

也作"愛不忍釋"。

愛財如命

愛惜錢財像愛惜性命一樣。形容非常貪婪、吝嗇。

〔例〕守財奴是～的。

愛莫能助

雖然願意幫助，卻無能爲力。

〔例〕他在工程設計上遇到了困難，心裏很着急，而我又不懂技術，～。

愛屋及烏

因爲愛一個人而連帶愛停留在他屋子上的烏鴉。比喻因爲愛一個人而連帶喜愛和他有關係的人或事物。

〔例〕因爲是自己老師的兒子，～，她對他關懷備至。

亂七八糟

形容沒有條理和秩序，亂糟糟的。

〔例〕房間裏~的，還沒來得及收拾，真對不起。

腰纏萬貫

貫：錢貫。古代用繩索穿錢，一千個爲一貫。腰裏纏着萬
貫錢。形容非常富有。

〔例〕你別看他穿戴得極普通，他可是個~的大富翁呢。

腹背受敵

前後都受到敵人的攻擊。

〔例〕那支軍隊已~，有被殲滅的危險。

解甲歸田

甲：古代將士作戰時穿的護身衣。脫下戰袍，回家種田。
指軍人退伍還鄉。

〔例〕他結束了三十年的軍人生活，~，同家人團聚。

解衣推食

推：讓。脫下自己的衣服給別人穿，讓出自己的食物給別
人吃。形容對別人關懷備至。

〔例〕他對下屬~，關懷備至，贏得人們普遍的尊敬。

解鈴繫鈴

"解鈴還須繫鈴人"的縮語。明瞿汝稷《指月錄》：有人問：
誰能把老虎脖子上繫的鈴解下來？答案是：讓原來繫鈴的
人去解。比喻誰惹出來的麻煩，仍由誰去解決。

〔例〕她生氣是因爲你錯怪了她，~，還是你去向她賠禮
道歉吧。

解囊相助

囊：口袋。解開口袋拿出財物來幫助別人。形容慷慨助人。

〔例〕他這個人一向助人爲樂，朋友有困難他定會～。

煞有介事

這是從蘇州、上海一帶的方言口語"像煞有介事"轉化來的，現在指像真有這回事似的。有裝模作樣、小題大作的意思。

〔例〕到外國，他經常～地吹噓自己在香港的公司規模如何大、經營的業務範圍如何廣、每年的盈利如何優厚，其實都是騙人的。

煞費苦心

煞：很，極。形容費盡心思。

〔例〕他～地想出一個兩全其美的辦法。

觥籌交錯

觥：古代的一種酒器。籌：行酒令的籌碼。酒器和酒籌交互錯雜。形容相聚宴飲的歡樂熱鬧情景。

〔例〕參加婚禮宴席的親朋好友，個個興致勃勃，～，至午夜才漸漸散去。

與人爲善

原指跟別人一起做好事。現指善意地幫助別人。

〔例〕批評朋友要採取～的態度。

與日俱增

隨着時間一天天地增長。形容增長得很快。

〔例〕他刻苦用功，幾年來知識～，現在已成爲建造業的專才了。

與世長辭

同人世永遠告別了。婉指去世。

〔例〕他不幸患上癌症，上個月～了。

與虎謀皮

跟老虎商量把它的皮剝下來。比喻所謀求的要傷及對方的利益，是辦不到的。

〔例〕叫這孤寒財主捐錢救濟災民，簡直是～。

與眾不同

跟大家不一樣。

〔例〕他唱起歌來非常優美動聽，的確～。

誇大其辭

用語誇張，超過了事實原有的程度。

〔例〕文章中有不少～的地方。

誇誇其談

形容說話浮誇不切實際而又滔滔不絕。

〔例〕他這個人愛～，他說的話你別全信。

誅求無已

指勒索強取沒完沒了。

〔例〕苛捐雜稅，～。

誅鋤異己

誅：殺害。**鋤**：鏟除。**異己**：跟自己不合的人。把跟自己不合的人都殺掉。

〔例〕明朝末年，太監魏忠賢操縱朝政，～，成千上萬的人被逮捕處死。

詭計多端

狡詐的計謀非常多。

〔例〕無論他怎樣～，我決不會上當。

也作"鬼計多端"。

話不投機

投機: 意見相合。指意見不合，話說不到一起。

〔例〕俗話說: "人逢知己千杯少，～半句多。"此話很有道理。

裏應外合

應: 接應。**合**: 配合。外面攻打，裏面接應。

〔例〕我們～，内外夾攻，一下子就把敵軍全部消滅了。

遊山玩水

遊覽觀賞山水。

〔例〕他到老年，喜歡～，倒也自得其樂。

遊刃有餘

遊刃: 靈活地運用刀刃。《莊子·養生主》載: 一位廚師宰牛的技術很熟練，刀子能在牛骨縫隙中靈活地移動，没有一點阻礙，還顯得大有迴旋的餘地。比喻經驗豐富，技術熟練，處理事情毫不費力。

〔例〕這件事交給他去辦，憑他的經驗，處理起來，～。

新陳代謝

陳: 舊。**謝**: 凋謝，衰敗。指新事物不斷成長、發展，取代逐漸衰亡的舊事物。

〔例〕～是宇宙間普遍的規律。

意氣用事

以感情代替理智來處理事情。

〔例〕與朋友發生爭執，應誠懇地交談，消除誤會，達致
　　諒解，不要～。

意氣風發

意氣：意志，氣概。**風發**：像風發起般迅猛。形容精神振奮，
　　氣概昂揚。

〔例〕這羣年青人～地參加大西北的荒山植林運動。

煥然一新

煥然：鮮明，有光彩的樣子。形容出現了嶄新的面貌。

〔例〕花園的長廊經過工人們的修整、描畫，已經～。

煢煢孑立

煢煢：孤獨的樣子。**孑**：孤單。孤獨無依地站着。常與"形
　　影相弔"連用。形容非常孤獨，無依無靠。

〔例〕他父母雙亡，只剩孤身一人，～，形影相弔。

義不容辭

從道義上講絕不應該推託。

〔例〕支持該校的籌募建校基金是我們～的責任。

義正辭嚴

理由正當充足，言辭嚴正。

〔例〕他的發言，～，駁得對方啞口無言。

義形於色

形：表現。臉上表現出正義嚴肅的神色。

〔例〕他看到別人假公濟私、損人利己的時候，就～，提
　　出嚴厲的批評。

義無反顧

反顧: 回頭看。爲了正義而勇往直前，絕不退縮回頭。

〔例〕獻身正義事業，～。

義憤填膺

義憤: 被違反正義的事情所激起的憤怒。憤怒充滿胸中。

〔例〕當他得知匪徒傷天害理的暴行，登時～。

道貌岸然

道貌: 正經嚴肅的面貌。**岸然:** 高傲、嚴肅的樣子。形容神態莊嚴的樣子。常含譏諷意。

〔例〕《儒林外史》對書中的一些～的正人君子，作了辛辣的諷刺。

道聽途說

路上聽到的傳聞，隨後就在路上傳播開去。指沒有根據的傳聞。

〔例〕這些～的消息是否確實，我可沒有把握。

也作"道聽塗説"。塗: 同"途"。

塞翁失馬

漢劉安《淮南子・人間訓》記載: 塞上有個老頭兒丟了馬，後來這匹馬帶了匹好馬回來。比喻壞事可以變成好事。一般和"安知非福"(怎麼知道不是好事兒呢)連用。

〔例〕你不要灰心喪氣，這次把事情做錯了，只要吸取教訓就行，～，安知非福?

運斤成風

運: 掄動。**斤:** 斧頭。《莊子・徐无鬼》記載: 有個楚國人把白粉塗抹在鼻尖上，像蒼蠅翅膀那薄。他叫一個木匠用斧頭把它削下來。木匠把斧頭掄得帶着風聲，真的把白粉削了下來；而楚國人站在那裏面不改色。後比喻手法熟練，技藝高超。

運籌帷幄

運籌：策畫。**帷幄**：軍中帳幕。指在營帳中擬定作戰的策略。常與“決勝千里之外”連用。

〔例〕三國時代，諸葛亮~之中，決勝千里之外，使劉備勢力由弱變強。

遍地開花

比喻好事物到處湧現或普遍推廣。

〔例〕幾年來，S城農工商聯合企業~，大大豐富了城市的副食品供應。

遍體鱗傷

渾身受傷，傷痕像魚鱗一般密。形容傷勢很重。

〔例〕他被打得~，第三天又被逼着去裝卸貨車。

滅頂之災

滅頂：水漫過頭頂。指被水淹死。比喻毀滅性的災難。

〔例〕發動戰爭的狂人到頭來必然難以擺脫終將臨到他頭上的~，受到歷史的懲罰。

滅絕人性

滅絕：喪盡。喪盡了人性。形容像野獸那樣殘暴。

〔例〕1937年12月日本侵略軍在南京~的大屠殺，我們永遠不能忘記。

源源不絕

源源: 水流連續不斷的樣子。形容接連不斷。

〔例〕人們～地來參觀展覽會。

也作"源源不斷"。

源源而來

形容連續不斷地到來。

〔例〕農曆新年快到，賀歲禮品～。

源遠流長

水源很遠，水流很長。比喻歷史悠久。

〔例〕中國文化～，具有五千多年歷史。

溫文爾雅

爾雅: 文雅。形容態度溫和，舉止文雅。

〔例〕這位久經沙場的老將，～得倒像一位學者。

溫故知新

溫習舊的知識，能夠得到新的理解和體會。

〔例〕～，像《紅樓夢》這樣的好書，讀一遍不行，多讀幾遍，
你便有新的體會，才能加深對中國社會的瞭解。

塗脂抹粉

搽胭脂抹香粉。原指婦女梳妝打扮。也比喻對自己或對醜
惡的事物進行美化、粉飾，企圖掩人耳目。

〔例〕他儘管為自己～，但仍掩飾不了其醜惡面目。

滄海一粟

滄海: 大海。**粟**: 小米。大海裏一粒粟。形容非常渺小。

〔例〕大眾的力量才是偉大的，個人不過是～。

滄海桑田

滄海: 大海。大海變成桑田，桑田變成大海。比喻世事變化很大。

〔例〕離家才五年，故鄉面貌已煥然一新，～，變化太大了。

滔滔不絕

滔滔: 水勢盛大的樣子。形容像滾滾的流水一樣，連續不斷。

〔例〕他很健談，說起話來～。

溜之大吉

溜: 偷偷地跑開。偷偷地跑掉了事。

〔例〕媽媽要他做功課，他想跟小朋友到公園玩，趁媽媽進了廚房，他便～了。

羣策羣力

策: 策畫。大家共同想辦法，共同出力。形容充分發揮集體的智慧和力量。

〔例〕我們必須～，早日建成這座大型水電站。

羣龍無首

一羣人沒有帶頭人。比喻沒有領導，一切事都沒法進行。

〔例〕這個團體人數雖然不多，可是總得有個領導，否則～，什麼事都不好辦。

違法亂紀

違犯法律或法令，破壞紀律。

〔例〕對執法人員的～行爲，尤其要嚴肅處理。

裝腔作勢

腔: 腔調。裝出某種腔調，擺出某種姿態。形容故意做作。

〔例〕聽說老闆回來了，大家趕緊坐回辦公桌前，～地在努力工作。

裝模作樣

故意裝出某種樣子給人看。形容做作或虛偽。

〔例〕看見經理來了，他就～地在專心工作；經理一走，他就故態復萌了。

裝瘋賣傻

故意裝做瘋瘋癲癲呆的樣子。

〔例〕她～，你別理睬她。

裝聾作啞

假裝耳聾口啞，什麼也聽不見，什麼也不說。形容故意不理睬或置身事外。

〔例〕對鄰里之間的是是非非，他一向～。

遐邇聞名

遐：遠。**邇**：近。遠近都聞名。形容名聲很大。

〔例〕北京烤鴨，～。

也作“聞名遐邇”。

嫉惡如仇

嫉：痛恨。痛恨壞人壞事，像痛恨仇敵一樣。

〔例〕他為人正直，～。

嫁禍於人

嫁：轉移。把禍害轉移到別人身上。

〔例〕東西是你偷的就應承認，不要～。

疊牀架屋

牀上疊牀，屋上架屋。比喻重複、累贅。

〔例〕說話、寫文章切忌～，還是簡明扼要些好。

隔世之感

世: 古代以三十年爲一世。也指一個時代。像隔了一個時代似的感覺。

〔例〕老先生偶爾翻了一下四十年前的日記，讀來真有～。

隔岸觀火

隔着河看對岸失火。比喻對別人的危難採取旁觀態度，不去援救。

〔例〕對於鄰近地區的天災人禍，我們不應～，一定要盡力援助。

隔牆有耳

隔着一道牆，也會有人偷聽。比喻秘密的言談也有可能會洩露。

〔例〕這裏環境複雜，～，你們倆還是到海邊去商議吧。

隔靴搔癢

搔: 抓，撓。在靴子外面抓癢。比喻說話、做事、寫文章沒有抓住關鍵，解決不了實質問題。

〔例〕這種～的話，說了同沒說一樣。

經年累月

形容經歷很長的時間。

〔例〕他是一名海員，～地在海上漂泊，自覺對家人照顧得太少了。

十四畫

魂不守舍

舍: 指人的軀體。靈魂不在軀體裏。指精神分散，心神不定。

〔例〕這兩天她～，不知遇到什麼事了。

魂不附體

靈魂離開了軀體。形容極度驚恐。

〔例〕聽得天崩地塌價一聲，腳下震震搖動，他嚇得～，怕是山倒下來。

魂飛魄散

魂魄都飛散了。形容驚恐萬分。

〔例〕金兵一看到岳家軍，便嚇得～。

蓋世無雙

蓋: 壓倒，超過。壓倒當世，沒有人比得上。

〔例〕像岳飛這樣～的文武全才，卻死於區區秦檜之手，真是最大的不幸。

蓋棺論定

蓋棺: 蓋上棺蓋。指人的是非功過要到死後才能作出結論。有時也指可以斷定某事、某人的好壞。

〔例〕秦檜是賣國賊，在他迫害岳飛的時候就已～了。

趕盡殺絕

驅逐乾淨，徹底消滅，一個不留。有時也指手段狠毒，不留餘地。

〔例〕爲了大家的健康，對蚊蠅不能仁慈，要～。

遠交近攻

<u>戰國</u>末年，<u>秦國</u>用<u>范睢</u>的計策，對離本國遠的國家結交，對鄰近的國家進攻，然後由近及遠逐步吞併了六國。

〔例〕古人常說的三十六計中，～是其中的一計。

遠走高飛

走向遠方，飛向高處。比喻到很遠的地方。也比喻擺脫困境，尋找新的出路。

〔例〕俺媽知道，今兒不讓我在這兒，早晚要逼我回去，明兒就～了。

遠水不救近火

遠處的水救不了近處的火。比喻緩不濟急。

〔例〕靠親戚不行，他們都在<u>上海</u>，我在<u>香港</u>，～，還是要靠身邊的朋友。

蒙昧無知

蒙昧: 沒有文化，不明事理。指糊塗不明事理。

〔例〕山區發展得很快，辦了學校，還有了電視，居民們再也不是～的了。

夢寐以求

寐: 睡着了。連做夢的時候都在追求。形容迫切地期待願望實現。

〔例〕他考入了城市理工學院，多年來～的願望終於實現了。

蒸蒸日上

蒸蒸: 熱氣上升的樣子。形容事業一天天地向上發展。

〔例〕這個地區的經濟建設～。

截長補短

截: 切斷。把長的切下來接補短的。多用以比喻在優點方面互相補充。

〔例〕他的英語好, 你的數學好, 兩人學習上正可以～。

壽比南山

壽命像<u>終南山</u>一樣長久。多用作祝壽的頌辭。

〔例〕祝您福如東海, ～。

赫赫有名

赫赫: 非常顯著的樣子。形容聲名非常顯著。

〔例〕<u>魯迅</u>是<u>中國</u>現代～的文學家。

聚訟紛紜

聚: 會合。**訟**: 爭辯。**紛紜**: 多而雜亂。形容許多人在紛紛爭辯, 得不出一致的意見。

〔例〕<u>中國</u>周代是奴隸社會還是封建社會的問題, 多年來專家學者～, 至今沒有取得一致的意見。

聚精會神

精神很集中。

〔例〕每個同學都在～地聽老師講課。

熙熙攘攘

熙熙: 溫和歡樂的樣子。**攘攘**: 喧鬧紛亂的樣子。形容人來人往, 熱鬧擁擠的樣子。

〔例〕趕集那一天，鎮上人來人往，～，就像過節一樣。
也作"熙來攘往"。

歌舞昇平

唱歌跳舞，慶祝太平。

〔例〕如今國家興盛，經濟繁榮，社會安定，舉國上下一派～
的景象。

輔車相依

輔: 面頰骨。**車**: 牙牀。面頰骨和牙牀互相依附。比喻互
相依存，關係極其密切。

輕手輕腳

行動很輕。

〔例〕看見病人已經睡了，護士小姐～地走過去替病人蓋
好被子。

輕而易舉

形容毫不費力。

〔例〕請他幫助搬家具上樓，對這年青運動員來說，是～
的事。

輕車熟路

趕着輕快的車子走熟悉的路，比喻熟悉的事情容易辦好。

〔例〕對於一個當過三十年會計的人來說，管這盤賬可真
是～了。

輕重倒置

指把事情的輕、重或主、次的位置顛倒。

〔例〕解決問題要沉着、細心，抓住關鍵，這樣就不至於～、

手忙腳亂。

輕描淡寫

原指繪畫時用淺淡的色彩輕輕地描繪。形容説話或寫文章時對某一事物有意輕輕地帶過。

〔例〕他講成績時沾沾自喜，講缺點時～。

輕歌曼舞

輕：輕快。**曼**：動作柔美。輕鬆愉快的音樂，柔美動人的舞蹈。

〔例〕在散發着草木香味兒的河岸上，青年們有的在～，有的在三五交談。

輕舉妄動

輕：輕率，不慎重。**妄**：輕率，盲目。不經慎重考慮，輕率地採取行動。

〔例〕師長指示，在沒有完全瞭解敵人的意圖之前，切不可～。

輕諾寡信

輕諾：輕易許諾。**寡信**：很少守信用。《老子・六十三章》："夫輕諾必寡信，多易必多難。"輕易許諾的，往往很少守信用。

〔例〕相處時間長了，才發現他是個～的人。

爾虞我詐

爾：你。**虞、詐**：欺騙。彼此互相欺騙。

〔例〕他們之間是一種互相利用、～的關係。

疑神疑鬼

比喻疑心重。

〔例〕此人神經過敏，對別人的話總是～的。

疑團莫釋

心裏有疑問，解不開。

〔例〕這個問題我想了很久，還是～，但我一定要把它弄
　　　明白。

摧枯拉朽

枯、朽：指樹木乾枯，腐爛。摧折、拉掉乾枯腐爛的樹木。
　　形容很容易摧毀。

〔例〕不到三天，我們就把敵人的百里防線摧毀了，真是～，
　　　勢如破竹。

誓死不二

不二：沒有二心。發誓到死也不變心。比喻堅定不移。

〔例〕效忠祖國，～。

對症下藥

症：病症。醫生針對病症用藥。比喻針對客觀情況，採取
　　有效措施來解決問題。

〔例〕我們要分析、研究，找到毛病所在，然後～，才能
　　　很快地解決問題。

對答如流

答話像流水似的順暢。形容回答問題聰敏流利。

〔例〕他在面試時～，經理露出滿意的神色。

暢所欲言

暢暢快快把想說的話都說出來。

〔例〕在座談會上大家各抒己見，～，很快就取得一致的
　　意見。

嘆爲觀止

嘆: 讚賞。**觀止**: 看到此爲止，不必再看別的了。讚美所
見的事物盡善盡美，好到極點。《左傳・襄公二十九年》
記載: 吳國季札在魯國觀賞各種樂舞，見舞《韶箾》(虞
舜時的樂舞)時稱讚說: "觀止矣! 若有他樂，我不敢請
已。"

嘔心瀝血

嘔: 吐。**瀝**: 滴。比喻苦思苦想，費盡心血。

〔例〕這本小說是他～寫出來的。

鳴鑼開道

封建時代官吏出行，差役在前面敲鑼，喝令行人讓路。現
比喻爲某一事物的出現製造輿論、開闢道路。

〔例〕縣令張太爺坐上暖轎，一路～，直奔帥府而去。

嶄露頭角

嶄: 突出的樣子。比喻突出地顯示出才能。

〔例〕他的數學天才，在讀中學的時候便已～。

圖窮匕見

圖: 地圖。**窮**: 盡。**匕**: 匕首。**見**: 同"現"。顯露。《戰國
策・燕策》記載: 荊軻奉太子丹之命去刺殺秦王，以獻
燕國督亢(地名)的地圖爲名，預先把匕首捲在圖裏。當
獻圖時，"秦王謂軻曰: '起，取武陽所持圖。' 軻既取圖
奉之，發圖，圖窮而匕首見。" 比喻事情發展到最後，眞

相或本意完全顯露。

蜻蜓點水

比喻做事浮泛膚淺、不深入。

〔例〕企圖在一節課裏,把一周的講授內容都講到,結果~,
不深不透。

種瓜得瓜,種豆得豆

種什麼就收什麼。比喻有什麼因,收什麼果。

〔例〕俗話說"~",在哪方面下了工夫,在哪方面就會有
收穫。

稱王稱霸

王:帝王。**霸**:春秋戰國時諸侯的盟主。指憑藉權勢,專
橫跋扈,橫行一方。

〔例〕警方大力掃蕩黑幫,市民積極配合,流氓、惡霸再
不能~了。

稱心如意

符合心願,心滿意足。

〔例〕這間商店的商品貨真價實,服務態度又好,顧客個
個~。

稱兄道弟

對人以兄弟相稱。表示關係親密。

〔例〕見了同事周老爺一班人,格外顯得殷勤,~,好不
熱鬧。

稱孤道寡

孤、寡:古代帝王自稱"孤家"、"寡人"。有自封爲王的意

思。

〔例〕縣官開堂審訊，他還在那裏～，嘴裏胡說亂道，指
　　　東畫西。

稱賞不置

稱賞：稱讚賞識。**不置**：不住。不住地讚賞。

〔例〕對微雕藝術的精湛手藝，國際友人～。

僧多粥少

和尚多而稀飯少。比喻需要的人多，而供分配的東西少。

〔例〕職位少，應徵的人多，在這種～的情況下，尤應注
　　　意擇優錄取。

銅牆鐵壁

像銅鐵築成的牆壁一樣。比喻防禦工事嚴密，堅不可摧。

〔例〕抗日戰爭期間，太行山區的人民同仇敵愾，築起一
　　　道～，日寇多次進犯，均無可奈何。

銀樣鑞槍頭

鑞：錫和鉛的合金，顏色和銀相似，很軟，可作焊接材料，
通常稱焊錫。**槍**：舊式兵器，在長柄的一端安有尖利的
金屬頭。顏色同銀子一樣的鑞槍頭。比喻外表很好看，
實際上不中用。

〔例〕他這個人派不上用場，～。

飽以老拳

飽：這裏指打夠。用拳頭狠狠地打他一頓。

〔例〕他對這個壞蛋～，為大夥兒出了一口怒氣。

飽食終日

整天吃飽飯，什麼事也不考慮、也不幹。形容無所事事。常與"無所用心"連用。

〔例〕閑居在家，～，覺得很無聊。

飽經風霜

飽: 充分地。**風霜**: 比喻艱苦的生活。形容經歷過長時期的艱難困苦的生活。

〔例〕他是一位在長期戰爭中～的老戰士。

管中窺豹

管: 竹管。從竹管裏看豹，只能看到一些斑點，看不見整體。比喻所見有限，只看到事物的一部分。後來常與"可見一斑"連用。比喻可以從觀察到的一部分來推測全貌。

〔例〕雖然材料不全，但～，也可以推想到整個企業的發展情況。

管窺蠡測

蠡: 貝殼做的瓢。**測**: 測量。從竹管裏看天，用貝殼測量海水。比喻眼光狹窄，見識短淺，觀察片面。

〔例〕雖說這部書是積二十年的心血寫成，然而學海浩瀚，～，謬誤不周之處必不在少，切望就正於有識之士。

貌合神離

貌: 外表。**神**: 精神，内心。表面上很合得來，實際上各有各的打算。

〔例〕他們表面上似乎親密無間，實際上彼此間有嚴重的利害衝突，～，遲早要分道揚鑣的。

鳳毛麟角

鳳凰的毛，麒麟的角。比喻稀少而珍貴的人才或事物。

〔例〕民間收藏的宋版畫，幾經社會變遷，如今已是～，不可多得了。

遙遙無期

遙遙：久遠。形容離達到目的、實現願望的時間還很遠。

〔例〕想到回鄉還～，他不禁黯然神傷。

語重心長

言辭誠懇，情意深長。

〔例〕你父親所説的每一句話，都是～的，你應該好好領會。

語無倫次

倫、次：條理、次序。形容話講得顛三倒四，毫無條理。

〔例〕他喝醉了酒，～地儘説個不停。

誨人不倦

誨：教導。教導別人特別耐心。

〔例〕我們應該學習張老師那種認真工作和～的精神。

誨淫誨盜

誨：誘導，教唆。教唆人去幹盜竊、淫蕩的事。

〔例〕那些～的影片，對青少年造成的危害不可低估。

説一不二

説了算數，不會變動。

〔例〕我是～，你就照辦吧。

説長道短

議論別人的是非好壞。

〔例〕我們對朋友不能在背後～，有意見應該當面提出。

認賊作父

把仇敵當作父親。比喻投靠壞人。

〔例〕秦檜～，害死了堅持抗金的岳飛父子，賣國求榮，
永遠受到後人的唾罵。

福至心靈

意思是運氣來了，人的頭腦也變得靈巧了。

〔例〕自古道：～，考試完畢，沒有出岔子；等到出榜，居
然高中第一名。

福無雙至

常與"禍不單行"連用。指幸運的事不會同時來到，而災禍
卻接連而至。

〔例〕真是～，禍不單行，他剛剛住進醫院，兒子的腿又
跌斷了。

禍不單行

倒霉的事一齊來。常與"福無雙至"連用。

參看"福無雙至"。

禍國殃民

禍國：使國家蒙受損害。**殃民**：使人民遭殃。指害國害民。

〔例〕～的袁世凱最後以失敗告終。

裹足不前

形容停留不往前走(多指有所顧慮)。

〔例〕在設計新工具的過程中，雖然遇到了很多困難，但
他並沒有因此而～。

豪言壯語

豪邁雄壯的語言。指具有英雄氣概的話。

〔例〕"直搗黃龍與諸君痛飲"，這是<u>岳飛</u>在軍中説的～。

膏粱子弟

膏: 肥肉。**粱**: 細糧。指富貴人家的子弟。

〔例〕那些～，只知吃喝玩樂，其他一無所知。

敲詐勒索

依仗勢力，用威脅、要挾手段向別人索取財物。

〔例〕警方呼籲市民，如被不法之徒～，立即報警。

廣開言路

讓人們有充分發表意見的機會。

〔例〕～，可以收集到更多有益的意見，把企業辦得更好。

旗開得勝

戰旗一展開，就打了勝仗。常和"馬到成功"連用。指一投入戰鬥就勝利。也比喻事情一開始就成功。

〔例〕二班籃球隊和三班籃球隊舉行了一場激烈的比賽，二班～，連得了十分。

旗鼓相當

旗鼓: 古代作戰時用以號令進兵、退兵的旌旗和戰鼓。比喻雙方勢均力敵，不相上下。

〔例〕這兩個財團無論在人力、財力、物力等方面都～，將來誰勝誰敗，難以逆料。

彰善癉惡

癉: 揭露。表揚好的，揭露壞的。

〔例〕這家報紙常常登載好人好事，有時也揭露時弊，起
　　到～的作用。

也作"彰善癉惡"。癉：恨。

竭澤而漁

竭：盡。澤：湖、池。掏乾了池水捉魚。比喻取之不留餘地，
　　只圖眼前利益，不作長遠打算。

〔例〕治國重在"養"財，養財而後能"生"財，～則是大忌。

慢條斯理

形容說話或做事慢騰騰的。

〔例〕他做事總是～、不慌不忙的。

慷慨解囊

慷慨：豪爽，不吝嗇。解囊：解開錢袋拿出錢。形容毫不
　　吝嗇地在經濟上幫助別人。

〔例〕他看到朋友有急難，就～，給予援助。

慷慨激昂

形容充滿正氣，情緒激動、高昂。

〔例〕他～的演說，博得全場的掌聲。

慘不忍睹

睹：看。悲慘得叫人不忍心看下去。

〔例〕從前，每逢荒年，農村赤地千里，到處是一片～的
　　景象。

慘不忍聞

悲慘得不忍心聽下去。

〔例〕烈火從樓下燒起，樓上住客無路可逃，哀號之聲不

絕於耳，～。

慘絕人寰

人寰：人世。人世間再沒有比這更悽慘的事。形容悽慘到極點。

〔例〕第二次世界大戰期間，日本帝國主義製造了～的南京大屠殺，震動了全世界。

慘無人道

慘：凶惡，殘暴。**人道**：人性。凶惡殘暴得毫無人性。

〔例〕希特勒匪徒～地在集中營裏殺害善良的人民。

慘澹經營

原意是作畫動筆之前苦心構思，著意布局。現指費盡心思謀畫並從事某種工作或事業。

〔例〕經過幾年的～，他的快餐店已發展到相當的規模。

榮華富貴

榮華：草木開花。比喻興盛顯耀。**富貴**：有錢有地位。形容有錢有勢，興盛顯達。

〔例〕論起～，原不過是"過眼雲煙"。

煽風點火

比喻煽動別人鬧事。

〔例〕這次暴亂是由於有一小撮種族歧視分子在～。

養虎遺患

比喻縱容壞人，會留下後患。

〔例〕～，對壞人絕不能心慈手軟，必須除惡務盡。

養尊處優

尊: 尊貴。**優**: 優裕。指生活在尊貴、優裕的環境中。

〔例〕父親孤身在外，無人侍奉，女兒卻在家中～，一經
　　　想起，更是坐立不安。

養精蓄銳

蓄: 積蓄，保存。**銳**: 銳氣。保養精神，積蓄銳氣。

〔例〕～，以逸待勞，這是良將的用兵之道。

養癰遺患

癰: 毒瘡。**患**: 禍患。長了毒瘡不去醫治，就會留下禍患。
　　比喻對壞人壞事姑息寬容，結果會留下禍患。

〔例〕這次一定要斬草除根，決不能～。

精打細算

形容在使用人力、物力方面，都計算得十分精細。

〔例〕各項開支都應該～，才不致失了預算。

精兵簡政

精簡人員，緊縮機構，節省開支，提高工作效率。

〔例〕～對國家對人民都有好處。

精明强幹

精細聰明，辦事能力強。

〔例〕他工作能力很強，是個～的小伙子。

精神抖擻

抖擻: 振作。形容精神振奮的樣子。

〔例〕整整十年沒見了，他還是以前那樣滿面笑容，～。

精神煥發

煥發: 光彩四射的樣子。精神振奮，神采飛揚。

〔例〕她療養歸來，～，神采奕奕。

精益求精

益：更加。已經很好了，還要求更好。

〔例〕我廠所產的毛衣質量很好，但我們並不以此自滿，
還在不斷改進技術，～，來更好地滿足顧客的需要。

精疲力竭

精：精神，精力。**竭**：用盡。精神疲乏，氣力使盡。形容
極度疲勞。

〔例〕經過一天一夜的長途旅行，雖說坐的是空調旅遊車，
大家仍然感到～。

精誠團結

精誠：真誠。真心誠意地團結一致。

〔例〕我們要～，共同奮鬥。

精雕細刻

用刀在器物上精心細緻地雕刻。比喻十分認真、非常細緻
地加工。

〔例〕這些蠟像經過他～，個個神情活現，栩栩如生。

精衛填海

《山海經·北山經》記載：炎帝的女兒在東海裏淹死了，靈
魂化成精衛鳥，把西山的木石銜來填進東海。比喻有深仇
大恨，立志必報。現也用來比喻不畏艱難，奮鬥到底。

〔例〕要改造沙漠，就要有～的頑強精神。

漠不關心

漠：冷淡。冷淡不關心。

〔例〕對於別人的困苦，我們不能～。

滿目瘡痍

瘡痍: 創傷。眼睛所看到的都是創傷。形容受到嚴重破壞的景況。

〔例〕這座城市在去年大地震中受到嚴重破壞，斷壁殘垣，～。

滿城風雨

宋朝詩人潘大臨寫了這樣一句詩: "滿城風雨近重陽。"原是描寫重陽節的深秋景色。後用來比喻一件事發生後很快就哄動起來，大家議論紛紛。

〔例〕不正派的報紙慣會無中生有，報道一些聳人聽聞的消息，常常弄得～、人心惶惶。

滿腔熱忱

熱忱: 熱情。心裏充滿熱烈真摯的感情。

〔例〕女主人～地招待這些遠方的來客。

滿腹經綸

經綸: 原指整理絲縷。引伸為才幹學問。一肚子才學。

〔例〕有些人自以為～，可是遇到實際問題卻不能解決。

滿載而歸

載: 裝。裝得滿滿地回來。比喻收穫很大。

〔例〕這次我們去採集標本，收穫很大，人人～。

滿招損，謙受益

驕傲自滿會招來損失，謙虛會得到教益。

〔例〕我們要虛心學習，時時記住"～"這句格言。

漆黑一團

形容一片黑暗。也形容對事情一無所知。

〔例〕這事情的來龍去脈，我確是～。

漫山遍野

漫：充滿。**遍**：到處。遍布於山嶺和田野。形容數量很多、範圍很廣。

〔例〕一到秋天，這裏～都是紅葉。

漫不經心

漫：隨便。**經心**：在意，留心。隨隨便便，不放在心上。

〔例〕他裝出一副～的神氣說："等我想想再回答你吧。"

滾瓜爛熟

形容背書背得流利。

〔例〕即使把一本《游泳教程》背得～，如果從來不下水，也一輩子學不會游泳。

滴水不漏

比喻說話或辦事非常嚴謹，毫無差失漏洞。

〔例〕王先生口才真好，說起話來～。

滴水成冰

水滴下去就凍成冰。形容天氣異常寒冷。

〔例〕這一年臘月，天寒地凍，～。

漏洞百出

漏洞很多。指辦事、說話或寫文章不周密，破綻很多。

〔例〕他的辯解，～，不能自圓其說。

賓至如歸

賓: 賓客。歸: 回家。賓客來到這裏，就像回到自己的家
　裏一樣。形容主人招待周到。現多用於賓館服務業。
〔例〕由於你們的熱情招待，服務周到，旅客都有～的親
　　切感。

寡不敵眾

人少的敵不過人多的。強調人數相差懸殊太大，人數少的
無法抗拒。
〔例〕激戰了一天一夜，終因～，不得不下令撤退。

寡見少聞

見得少，聽得少。形容見識不廣。
〔例〕她不和外界接觸，不讀書，不看報，怎能不～呢？

寡廉鮮恥

寡、鮮: 少。不廉潔，不知羞恥。
〔例〕這些漢奸～，不惜出賣國家和民族利益，投靠敵國。

寧死不屈

寧願死也不向敵人屈服。
〔例〕他不怕威逼，不受利誘，表現了～的崇高品質。

寧缺毋濫

濫: 過多。寧可少些，不要貪多湊數。
〔例〕這本學術論文選，在編輯中要嚴格挑選稿子，掌握～
　　的原則，保證有較高的質量。

寧爲玉碎，不爲瓦全

寧做玉器被打碎，不做瓦器而被保全。比喻寧願爲正義而
犧牲，不願爲偷生而苟全。

〔例〕抗日戰爭時期，許多青年都抱定了～的決心，紛紛
奔赴前線殺敵。

實事求是

實事: 指客觀存在着的一切事物。**求**: 指研究。**是**: 指客
觀事物的内部聯繫，即規律性。按着事物發展的内部規
律去進行研究，正確瞭解和處理問題。

〔例〕這位歷史學家對王安石功過的評價，是～的。

察言觀色

察: 仔細看。觀察別人的言語臉色。

〔例〕她見此情況，～，心裏早已明白了七八分。

寥寥無幾

寥寥: 稀少。非常稀少，沒有幾個。

〔例〕以前我們學校喜愛體育運動的人～，現在幾乎全體
學生都參加了。

盡力而爲

用全部力量來做。

〔例〕請放心，你託我辦的事，我一定～。

盡心竭力

費盡心思，使出全部力量。形容做事十分認真負責。

〔例〕分配他任何工作，他都是～地去做的。

盡付東流

比喻什麼都丟掉了，完全落空。

〔例〕他積十年之苦功累積下來的研究資料，在一場意外
發生的火災中～。

盡如人意

完全符合人的心意。

〔例〕今天的聚會由於籌備時間倉促，酒菜及節目都未
能～，請大家見諒。

盡善盡美

盡: 達到極點。形容事物極爲完美。

〔例〕我們一定要把參賽的產品做到～，讓我廠揚名國際
市場。

肅然起敬

肅然: 恭敬的樣子。**起敬**: 產生敬佩的感情。表現出恭敬
的神態和流露出敬佩的感情。

〔例〕走近魯迅墓前，想到魯迅的光輝事迹，我們都不禁～。

聞一知十

《論語‧公冶長》上說: 孔子的弟子顏淵能夠聞一知十。聽
見一樣可以懂得十樣。比喻聰敏，善於類推聯想。

〔例〕他很聰敏，能夠～，只要稍加指點就全都明白了。

聞風而起

風: 風聲。指消息。一聽到風聲，就立刻起來響應。

〔例〕明末李自成提出"均田"、"免賦"的口號後，各地農
民～，起義隊伍迅速擴展到數十萬人。

聞風喪膽

聽到一點風聲，就嚇破了膽。形容對某種勢力極其恐懼。

〔例〕岳家軍英勇善戰，金兵～。

聞過則喜

則: 就。聽到別人批評自己的過錯就高興。指能虛心接受意見。

〔例〕你應該學他那樣，做到～。

聞雞起舞

《晉書‧祖逖傳》記載: 東晉時，祖逖和劉琨同爲司州主簿，常互相勉勵。半夜聽到雞鳴，立即起來舞劍。比喻有志之士及時奮發自勵。

〔例〕他自幼便表現得非同凡俗，對父母昏定晨省，做學問～，老師和親友都誇獎他有出息。

屢次三番

屢次: 不止一次。**三番**: 許多次。指一次又一次。

〔例〕他～地來索取新資料，我可沒有給他。

屢見不鮮

鮮: 少。常常見到，並不新奇。

〔例〕在香港，樂於助人的事～，我深爲感動。

屢教不改

多次教育，仍不改正。

〔例〕他這個人違犯校規，～，學校只好把他開除。

屢試不爽

爽: 差錯。屢次試驗都沒有差錯。

〔例〕我們採用了報上介紹的捕鼠法，～，果然有效。

綽綽有餘

綽: 寬裕。非常寬裕，大有餘力。

〔例〕憑他的能力，做好這件事應該是～的。

綱舉目張

綱: 魚網的大繩，比喻事物的主要部分。**目**: 網眼，比喻事物的次要部分。提起魚網大綱，網眼就都張開了。比喻抓住事物的關鍵，一切便可以隨着解決。

〔例〕做事和做學問都要抓主要問題，主要的解決了，次要的也就迎刃而解，所謂～。

維妙維肖

維: 文言助詞。**肖**: 相像。形容藝術技巧好，描摹得非常逼真。

〔例〕他扮演一個小職員，言談舉止，無不～。

綿裏藏針

綿絮裏面藏着針。比喻外貌柔和，內心尖刻。也比喻柔中有剛。

〔例〕這幾句話～，使他惱不得，笑不得。

綠林好漢

綠林: 山名，王莽末年人民起義軍聚集的地方。後用來泛指反抗官府的民間英雄。

〔例〕《水滸》講的都是些梁山上～的故事。

十五畫

駟馬難追

見"一言既出，駟馬難追"。

也作"駟不及舌"。

蓬頭垢面

蓬頭：頭髮像蓬草般散亂。**垢**：污穢。形容頭髮散亂、臉上很髒的樣子。

〔例〕通衢大街上，常有衣衫襤褸、～的流浪漢在遊蕩，實在有礙市容。

蔚爲大觀

蔚：花草茂盛。泛指一切事物的繁盛。**大觀**：盛大的景象。形容事物豐富多彩，形成盛大的景象。

〔例〕這次展出的中外名畫，～。

蔚然成風

蔚然：草木茂盛的樣子。引伸爲旺盛。形容一種事物逐漸發展盛行，形成一種社會風氣。

〔例〕如今，節儉辦紅白喜事，在這一地區已～。

熱火朝天

形容氣氛熱烈，情緒高漲。

〔例〕保護家園，築堤抗洪的羣衆運動正在～地開展。

橫七豎八

有的橫，有的豎。形容很亂。

〔例〕小屋裏，～地堆着許多東西。

橫行霸道

依靠權勢胡作非爲，蠻不講理。

〔例〕一任兒子在家裏～，她不但不去管約，反而助紂爲虐，替他撑腰，直把個兒子嬌縱得無法無天。

橫說豎說

這樣說，那樣說。指設法說服別人或向人提出請求。

〔例〕他本來不想參加我們的聚會，經過我們～，還是把
他拉來了。

橫衝直撞

形容亂衝亂撞，蠻橫無理。

〔例〕有幾個地痞流氓在市場上～，市民紛紛走避。

橫徵暴斂

徵：徵收。**斂**：斂財，搜刮。指專制統治者向人民蠻橫地
徵收各種苛捐雜稅，殘暴地搜刮人民財富。

〔例〕貪官污吏向老百姓～，拼命壓榨。

模棱兩可

模棱：意見或語言含糊，不肯定。**兩可**：這樣也可以，那
樣也可以。指沒有一定的主張。

〔例〕說話不要～，使人不可捉摸。

標新立異

自搞一套新的，表示與衆不同。也表示敢於打破陳規陋習，
敢於革新創造。

〔例〕他遇事常好～，表現自己。

震天動地

使天地爲之震動。形容響聲極大。多用以表示聲勢浩大或
氣魄宏偉。

〔例〕他一心想做一名跨國公司的總經理，一展雄才，做
一番～的大事業。

震耳欲聾

形容聲音很大，耳朵都快要震聾了。

〔例〕 忽然傳來～的一聲巨響，原來是工人們正在爆破山頭。

震撼人心

震：震動。**撼**：動搖。震動人心。

〔例〕 在這社會激烈動盪的歲月裏，幾乎每天都有～的消息傳來。

霄壤之別

霄：天。**壤**：地。形容相距很遠。

〔例〕 有些人住高樓大廈，有些人住山腳木屋，從居住條件上相比，那真有～

敷衍了事

敷衍：作事不認真。指辦事不認真，隨便應付一下就算了。

〔例〕 他對工作常常～，交差就算。

敷衍塞責

塞責：搪塞責任。指作事不認真，只是表面應付了事。

〔例〕 你對工作不應～，做人要有一點責任感。

監守自盜

盜竊自己所監管的公家財物。

〔例〕 貪官污吏～，乃是執法犯法，理應依法懲處，罪加一等。

醉生夢死

生活過得像喝醉酒和做夢那樣昏昏沉沉、糊裏糊塗。

〔例〕青年應該有自己的理想和追求，決不能得過且過，～。

醉翁之意不在酒

宋歐陽修《醉翁亭記》："醉翁之意不在酒，在乎山水之間也。"比喻本意不在此，而在別的方面。也比喻別有用心。

〔例〕李侃明知他～，也不點破，只是同他不着邊際地周旋。

厲行節約

厲：嚴格，切實。嚴格地實行節約。

〔例〕一方面增加生產，一方面～，工廠才能在競爭中獲得發展。

憂心如焚

憂愁得心裏像火燒一樣，形容非常焦急。

〔例〕"九一八"事變後，愛國志士目睹河山破碎，生民塗炭，莫不～。

憂心忡忡

忡忡：憂愁不安的樣子。形容心事重重，十分憂慮。

〔例〕你兒子的病並不嚴重，調養一陣子就會好的，你不必～。

憂患餘生

指飽經患難之後僥倖保全下來的生命。

〔例〕抗日戰爭期間的日子真不好過，我們能度過那艱難的歲月，可真是～。

確鑿不移

確鑿：確實。**不移**：不能變動。指確實可靠，不容懷疑。

〔例〕"虛心使人進步，驕傲使人落後"，這是～的真理。

鴉雀無聲

形容非常安靜。

〔例〕當演奏"貝多芬交響曲"時，場內靜寂得～。

賞心悅目

賞心：心裏快樂。**悅目**：看了舒服。形容看到的景色使人
精神愉快。

〔例〕今天天氣很好，我們坐了船去遊西湖，～的風景，
令人陶醉。

賞罰分明

該賞的賞，該罰的罰，絕不含糊。

〔例〕職責清楚，～，這是管好企業的一個基本條件。

賠了夫人又折兵

《三國演義》中說，周瑜定計，把孫權的妹妹許給劉備，讓
劉備到東吳來，乘機扣留，奪還荊州。結果劉備到吳國成
婚後，設計帶孫夫人逃出吳國，所以蜀國士兵嘲笑說：
"周郎妙計安天下，～。"比喻想佔便宜，反受到雙重損失。

暴虎馮河

暴虎：空手打虎。一說，古人打獵均駕車作為依憑並可迅
速進退。暴虎，指不駕車去打虎，是非常危險魯莽的的。

馮：即"憑"。**馮河**：徒步過河。比喻有勇無謀，冒險蠻幹。

〔例〕我勸你千萬別去，你就是有～的勇氣，一個人身單
力孤，也無濟於事。

暴戾恣睢

暴戾：殘暴凶狠。**恣睢**：任意為非作歹。形容殘暴凶狠，

任意爲非作歹。

〔例〕對～的不法之徒，只能以眼還眼，以牙還牙，絕不
能施仁政。

暴殄天物

暴殄: 糟蹋。**天物**: 天所賜給的東西。指不愛惜物品，隨
意糟蹋。

〔例〕現在許多值錢的東西，任人作踐了，也似乎～。

暴跳如雷

大怒得跳着腳喊叫，好像打雷一樣猛烈。

〔例〕當得知遭到仇家暗算，平白損失了一千多萬時，他
氣得～。

數一數二

數得上第一第二。

〔例〕他是我們這兒～的好醫師，許多疑難病症都讓他治
好了。

數見不鮮

（數Shuò　粵sɔk⁸〔朔〕）

數: 屢次，多次。多次見到，不以爲奇。

〔例〕雖說學校對學生加強了教育，然而受黑社會分子引
誘而誤入歧途的仍～。

數典忘祖

《左傳·昭公十五年》記載: 晉國大夫籍談出使周朝。周景
王在宴會上問晉國爲什麼沒有貢物。籍談回答說，晉國從
來沒有受過周王室的賞賜，所以沒有器物可貢。周王一一

舉出晉國受賞的事情，責問籍談身為司典（掌管典籍的官）
的後代，怎麼不瞭解這些史實。事後，周景王說："籍父
其無後乎，數典而忘其祖。"後以"數典忘祖"來比喻忘本或
對本國歷史缺乏確切瞭解。

〔例〕一些在異國生兒育女的人，擔心孩子～，往往花錢
讓孩子學中文，並帶孩子回到故鄉尋根。

嘩眾取寵

嘩: 喧鬧。**寵**: 榮譽。用誇誇其談的方法來博取別人的信
任和誇獎。

〔例〕有些人並沒有什麼真實本領，只會誇誇其談，～。

跢踷不前

同"躊躇不前"。詳該條。

噓寒問暖

噓寒: 呵出熱氣，使受冷的人溫暖。**問暖**: 問暖和不暖和。
形容對別人的生活十分關心。

〔例〕他對同事們經常～，無微不至。

蝦兵蟹將

神話小說裏海龍王手下的兵將。比喻惡人的爪牙或不中用
的兵將。

〔例〕他自以為勢力強大，仗着手下有幾個～，任意為非
作歹，不料遭警方這一擊，幾乎全軍覆沒。

幡然悔悟

幡: 同"翻"。**幡然**: 轉變過來的樣子。形容徹底醒悟，追
悔前非，決心改正。

〔例〕他對過去的錯誤～，決心痛改前非。

墨守成規

墨守: 戰國時，墨翟以善於守城著名，後代稱善守者爲墨守。**成規**: 前人制定的規則、方法。指思想保守，因循守舊，死板地按老規矩辦事。

〔例〕科技發展瞬息萬變，我們要發揮高度的創造性，絕對不能～。

也作"墨守陳規"。

價值連城

《史記·廉頗藺相如列傳》記載: 戰國時，趙王得了一塊寶玉叫和氏璧，秦王表示願用十五座城去交換。後來就用以形容物品的貴重。

〔例〕那枝鋼筆又不是什麼～的東西，你爲什麼老捨不得用呢！

價廉物美

價錢便宜，東西又好。

〔例〕這家商店賣的東西～，很受顧客歡迎。

儀態萬方

萬方: 多種多樣。形容容貌、姿態、風度樣樣都美。多用以形容女子姿容美好，舉止大方。

〔例〕她天生麗質，～，走到哪裏都引人注目。

樂天知命

天: 上天。**命**: 命運。樂意服從上天的安排，安於個人的命運。

〔例〕我們既要～，又要爲自己追求的事業奮鬥不懈，這
　　　樣就能排除塵世的紛擾，更好地去實現自己的理想。

樂不可支

支: 支持。快樂到不能自持。形容快樂到極點。

〔例〕接到錄用通知書，她喜出望外，～。

樂不思蜀

《三國志・蜀志・後主禪傳》裴松之注引《漢晉春秋》說，蜀
亡後，後主劉禪被帶到洛陽居住。有一天司馬昭問他:
"頗思蜀否？"他回答說: "此間樂，不思蜀。"後用以比喻
樂而忘本或樂而忘返。

〔例〕抗戰爆發後，她去了南美，儘管國家正值危急存亡
　　　之秋，她卻躲在安樂窩裏～。

樂此不疲

樂於此道，不知疲倦。指特別喜愛某種事物，精力貫注其
中，不知疲倦。

〔例〕他愛上了繪畫，每天晚上練到深夜，～。

樂極生悲

正當快樂到極點，發生了令人悲傷的事。

〔例〕他買了輛新摩托車，便興高采烈地到郊外兜風，誰
　　　知～，被汽車撞傷。

德才兼備

兼備: 都具備。指品德、才能都好。

〔例〕國家要求我們每個青年人都成爲～的好青年。

德高望重

德: 品德。**望**: 名望，聲望。品德高尚，在社會上享有很高的聲望。多用於稱頌老年人。

〔例〕張老先生～，同事們都尊敬他、信任他。

衝口而出

沒有經過考慮就說出來。

〔例〕他的性子又急又直，說話往往～，得罪了不少人。

衝鋒陷陣

衝向敵人，深入敵陣。形容英勇作戰。

〔例〕他曾是一員武將，～，萬死不辭；如今又成了一位文人，說話文雅，著作等身。

徹頭徹尾

從頭到尾，自始至終，完完全全。

〔例〕他的辯解是～的謊言。

磐石之固

磐石: 大石頭。**固**: 堅固。比喻堅固不可動搖。

〔例〕我們的友誼有如～，任何力量也動搖不了。

盤根錯節

盤: 盤旋。**錯**: 交錯。樹根盤曲，枝節交錯。比喻事情繁雜紛亂，難以處理。

〔例〕在任期間，～的人際關係，常弄得他心煩意亂。

盤馬彎弓

盤馬: 騎着馬繞圈子。**彎弓**: 把弓拉開，準備發箭。比喻故意作出姿態，但不立即行動。

〔例〕他已透過傳媒，擺出了架勢，～，只等對方回應，做出讓步。

鋪天蓋地

形容來勢猛烈，充滿了整個天地。

〔例〕一陣大風刮過，一場暴風雨～而來。

鋪張浪費

指爲了形式上的好看，過分地講究排場，而浪費人力物力。

〔例〕即使生活富裕了，也不應～。

銷聲匿迹

匿：隱藏。形容隱藏起來不出聲、不露面。

〔例〕他的醜聞被報界揭露後，隱姓埋名去了S城，從此～。

鋤強扶弱

鋤：除掉。除掉強暴，扶助弱者。

〔例〕在民間故事裏，<u>包拯</u>是一位～、鐵面無私的清官。

鋤暴安良

鏟除暴虐的不法之人，安撫良民百姓。

〔例〕不少人喜歡看舊小說，只是因爲他們喜歡書中描寫的～、行俠仗義的義士。

鋌而走險

鋌：快走的樣子。指在無路可走時，被逼採取冒險行動。

〔例〕如果有生計，我想古代的綠林好漢大多數是不願～，佔山爲王的。

鋒芒逼人

鋒芒：刀劍的刃口和尖端。比喻言辭鋒利，氣勢逼人。

〔例〕在爭論問題的時候，說話～，反而不容易說服對方。

鋒芒畢露

鋒芒: 刀劍的刃口和尖端。比喻人的銳氣、才幹。**畢**: 全部。
　　銳氣、才幹完全顯露了出來。指人有傲氣, 好表現自己。

〔例〕他最大的缺點就是不虛心, 處處想表現自己, ～。

銳不可當

鋒利尖銳, 不可抵擋。

〔例〕這支常勝軍以～之勢, 接連攻佔了許多座城市。

劍拔弩張

弩: 古代一種利用機械力量射箭的弓。劍拔出來了, 弓張
　　開了。形容形勢緊張, 一觸即發。

〔例〕雙方～, 戰爭一觸即發。

箭在弦上

常跟"不得不發"連用。比喻情況十分緊張, 被形勢所迫,
非做不可。

〔例〕依我看談判怕解決不了問題, 總罷工已是～。

餘音繞梁

悠揚的音樂聲仍在房梁上回旋。形容歌聲或樂聲優美動聽,
給人留下難忘的印象。

〔例〕古人形容歌唱得好, 不說歌喉婉轉之類的話, 卻說～,
　　三日不絕, 這種形容較之今人更勝一籌。

餘勇可賈

賈: 賣。引伸爲付出。還有未用盡的勇氣可以使出來。

〔例〕俗話說老當益壯, 李宇正是如此。他年已七十, 然
　　而做事不輟, 他常說:"～, 我還可以再幹幾年。"

膠柱鼓瑟

膠: 黏住。**柱**: 瑟上用以調音的短木。**鼓**: 彈奏。用膠把
瑟上的柱黏住，柱不能轉動，就無法調整音階，彈不成
曲調了。比喻做事拘泥死板，不知變通。

〔例〕似你這樣尋根究底，便是刻舟求劍，～了。

請君入甕

甕: 大壜子。唐武則天時，有人告發周興的陰謀，武則天
派來俊臣去審問。周興平日慣用酷刑，跟來俊臣一向交
好。來俊臣就請周興喝酒，向他請教逼供最好用什麼刑
罰。周興把自己常用的辦法說了，就是把犯人放在大壜
子裏，四面架火燒。於是來俊臣照他說的準備好了，就
對他說:"我奉命來審問你，請君入甕罷!"借指拿整治
別人的辦法來整治他自己。

〔例〕善惡到頭終有報，只爭來早與來遲，是說人不能做
　　　壞事，壞事做多了，到頭來只能是作繭自縛，～。

誘敵深入

誘: 引誘。引誘敵人進到對自己有利的地區。

〔例〕在戰略上我們往往先～，然後把他們消滅乾淨。

論功行賞

按功勞的大小，給以不同的獎賞。

〔例〕～，首功當推發明這項新技術的李昭德。

調兵遣將

調動兵馬，派遣將領。也泛指調動或使用各方面的人力。

〔例〕平時是各司職守，但遇到重要的事情，公司也會打

破界限，～，集中力量解決主要問題。

調虎離山

設法使老虎離開山頭。比喻用計使對方離開原來的位置，以便乘機行事。

〔例〕他想，敵強我弱，硬攻不行，只有聲東擊西，～，或許可以奏效。

調嘴學舌

調嘴：耍嘴皮。指背地裏說人長短，搬弄是非。

〔例〕現在大家認識提高了，那種專愛～、挑撥是非的人愈來愈沒有市場了。

諄諄告誡

諄諄：懇切、耐心的樣子。**誡：**勸告。懇切、耐心地勸告。

〔例〕臨別前老師的～，我一定牢記在心。

談何容易

指事情做起來並不像嘴上說的那麼容易。

〔例〕有人主張調長江水北上，～！

談虎色變

原指被虎傷過的人一談到老虎就臉色大變。比喻一提到自己害怕的事，神情就緊張。

〔例〕朋友談到最近幾起沉船事件，～，他不禁想起自己在汪洋大海死裏逃生的往事，仍然心有餘悸。

談笑自若

指在非常的情況下，仍有說有笑，不失常態。

〔例〕他身患絕症，依然～，來探病的親友無不深受感動。

談笑風生

形容很會說話，很有風趣。

〔例〕他一到場，～，滿座的人都跟着活躍起來了。

諂上欺下

諂：諂媚，奉承。奉承上級，欺壓下級。

〔例〕凡是這一號鄉紳，一定是～、剝下奉上的。

熟視無睹

熟視：經常看，看慣。**睹**：看見。看習慣了，好像没看見一樣。形容漠不關心。

〔例〕我們對有損國家利益的行爲，絕不能～。

熟能生巧

熟練了，就能想出靈巧的辦法來。

〔例〕要想技術熟練，只有勤學苦練，～，不下工夫是不行的。

摩肩接踵

踵：腳跟。肩碰肩，腳碰腳。形容來往人多，很擠。

〔例〕除夕晚上，鮮花市場内外，人來人往，～，擠得水泄不通。

摩拳擦掌

形容戰鬥或勞動前，人們精神振奮、躍躍欲試的樣子。

〔例〕他一聽有重要任務，～，準備一顯身手。

瘡痍滿目

瘡痍：創傷。到處都是創痕。形容到處看見在戰爭或災害中受到嚴重破壞的情況。

〔例〕民國初年，戰亂頻仍，人民流離失所，～。
也作"滿目瘡痍"。

廢寢忘食

廢：停止。顧不得睡覺，忘了吃飯。形容非常專心致志地
工作或學習。

〔例〕他利用業餘時間，～地琢磨如何改良工具。
也作"廢寢忘餐"。

毅然決然

毅：堅定。意志堅決，毫不猶豫。

〔例〕朋友們曾勸他不要辭職，但他仍～地辭職了。

適可而止

達到適當的程度後就停止下來。

〔例〕對孩子們的誇獎，不要太過分，～。

適得其反

結果恰恰相反。

〔例〕雖然你是想把工作做好，但這樣輕舉妄動，急於求
成，～，反而會把工作做壞。

齊大非偶

《左傳·桓公六年》記載：齊王想將女兒嫁給鄭太子忽，太
子忽推辭了。"人問其故，太子曰：'人各有耦，齊大，非
吾耦也。'"**耦**：同"偶"。意思是說，齊是大國，鄭是小國，
齊國國君的女兒不是自己相稱的配偶。後用以指不是門當
戶對的婚姻，不敢高攀。

齊心協力

形容思想一致，共同努力。

〔例〕大家～，人多手快，不到半天，便幫他把家搬完了。

憤世嫉俗

憤: 憤恨。**嫉**: 憎惡。指對黑暗的世道和不合理的社會風俗表示憤恨憎惡。

〔例〕廟中的和尚對他說：“我原本是商人，因爲受他人坑害而破了產，～，這才落髮爲僧。”

鄭重其事

鄭重: 嚴肅認真。形容態度非常嚴肅認真。

〔例〕他～地說：“這是一項重要任務，一定要完成。”

潔身自好

自好: 自愛。保持自身清白，不同流合污。

〔例〕他是個～的人，這類骯髒事他是不會沾邊的，你放心。

潛移默化

潛: 暗地裏，不露形迹。**默**: 無聲。形容人的思想或性格在不知不覺中受到感染、影響而起了變化。

〔例〕文藝作品對讀者能起～的作用。

潰不成軍

潰: 散亂，潰敗。軍隊被打得七零八落，不成隊伍。形容慘敗。

〔例〕那次戰役，敵軍被我軍打得～。

澔如煙海

澔: 同“浩”。廣大，衆多。**煙海**: 煙霧瀰漫的大海，茫茫大海。比喻廣大繁多。後多用以形容書籍或資料多得無法統計。

〔例〕<u>中國</u>文化源遠流長，保留下來的古籍～。

潑冷水

比喻敗別人的興，打擊別人的熱情。

〔例〕他最近的工作情緒很好，你應該對他多加鼓勵，不
能對他～。

寬大爲懷

懷: 胸懷。以寬大的胸懷對待別人。多用於指對待犯錯誤
或犯罪的人。

〔例〕待人接物須以～，不要過分苛求，俗話說"水至清則
無魚，人至察則無徒"，這個道理說得很透徹。

寬宏大量

寬宏: 器量大。形容人的度量大，寬厚能容人。

〔例〕你在這件事上的～，反倒使她慚愧不已。

審時度勢

審: 審察，推究。**度**: 揣度，估計。觀察時機，估量形勢。

〔例〕<u>孫皓明</u>擅長於～，把握時機，投資部經理由他擔任，
再合適沒有了。

窮山惡水

窮山: 指土地貧瘠的荒山。**惡水**: 指經常泛濫成災的河流。
形容自然條件非常壞。

〔例〕人定勝天，事在人爲，不少過去被認爲是～的地方，
今天已變成豐衣足食的美好家園。

窮凶極惡

窮: 極，極端。形容極端殘暴凶惡。

〔例〕並不只是持刀搶劫的匪徒才算～，殺人不見血的高利貸者，讓多少人傾家蕩產，其～決不亞於匪徒。

窮兵黷武

濫用武力，任意發動戰爭。

〔例〕曹操志在統一，雖然常年用兵，但他並不是～的好戰之人。

窮則思變

指人在窮困艱難的時候，就要想辦法，尋找出路，改變現狀。

〔例〕～是人之常情，"窮"能激勵人奮鬥上進，富貴榮華則往往消磨人的意志。

窮途末路

窮途: 絕路。**末路**: 路的盡頭。

〔例〕人到了～，有時會想出意想不到的辦法來，這又應了那句俗話: 天無絕人之路。

窮寇勿追

對陷於絕境的敵人不要追趕，以防止敵人拼死反撲，造成不必要的損失。

〔例〕打仗是要務求全殲，而不是～。

窮奢極欲

窮、極: 極端。**窮奢**: 盡量奢侈。**極欲**: 盡量滿足欲望。形容極端奢侈，任意揮霍享受。

〔例〕有的人荒淫無恥，～；有的人無衣無食，活不下去。

窮源竟委

窮、竟: 探求，追究。**源**: 源頭。**委**: 水的末流。指探求
事物的始末。

〔例〕這件事我們要～，把它徹底搞清楚。

窮鄉僻壤

僻: 偏僻。**壤**: 地。指貧窮落後、荒遠偏僻的地方。

〔例〕～，有這樣的讀書君子，卻被土財主如此凌虐，足
令人怒髮衝冠。

彈丸之地

彈丸: 彈弓用的彈子。像彈丸般大小的地方。形容地方非
常狹小。

〔例〕不要小看香港這塊～，卻是臥虎藏龍的地方。

彈冠相慶

彈冠: 撣去帽子上的塵土。《漢書・王吉傳》記載: 漢朝王
吉同貢禹是好朋友。當時人說:「王陽(王吉字子陽)在
位，貢公彈冠。」意思是說，王吉做了官，貢禹把帽子撣
乾淨，準備去做官。後用以指互相慶賀。

〔例〕聽說孩子們都考上香港大學，兩家的父母～，約定
攜帶子女同去旅遊一次。

彈盡糧絕

彈藥用完了，糧食也吃完了。形容戰事艱難，處於危急的
困境。

〔例〕激戰了九日夜，～，只好撤離陣地。

層出不窮

層: 重疊。**窮**: 完。接連出現, 没有個完。

〔例〕機器是新的, 可是毛病～。

嬌生慣養

嬌: 寵愛。**慣**: 姑息, 縱容。形容從小就被寵愛、縱容慣了。

〔例〕～的孩子不能吃苦, 經不起風浪。

駕輕就熟

駕着輕快的車子, 走熟悉的路。比喻對事情熟悉, 做起來容易。

〔例〕他教了幾十年中學, 編寫教材可説是～了。

戮力同心

戮力: 合力。**同心**: 齊心。齊心合力。

〔例〕目前公司遇到很大的困難, 切望各位同事～, 共同扭轉局面。

緩兵之計

緩: 延緩。使敵人延緩進兵的計策。借喻暫時設法拖延, 使事態緩和, 另謀對策。

〔例〕一定要天天上門催討, 我看他是拖延不還, 你不要中了他的～。

緣木求魚

緣: 攀緣。**緣木**: 爬樹。爬到樹上找魚。比喻方向或方法不對頭, 不可能達到目的。

〔例〕這裏的人連買鹽的錢都没有, 你到這麼個窮山惡水的地方來做生意, 不是～嗎?

十六畫

駭人聽聞

駭: 驚嚇。使人聽了震驚。

〔例〕這真是一宗~的凶殺案。

璞玉渾金

璞玉: 未經雕琢的玉。渾金: 未經冶煉的金子。天然美質，沒有加修飾。比喻人的本質好，還沒有受過壞影響。

趑趄不前

（趑: zī ⑲dzi¹〔資〕 趄: jū ⑲dzœy¹〔狙〕）

趑趄: 遲疑不前的樣子。形容想走又不敢走，遲疑畏縮的樣子。

〔例〕膽怯的人在困難面前，往往是~的。

頤指氣使

（頤: yí ⑲ji⁴〔移〕）

頤: 面頰。頤指: 用面部的表情來示意。氣使: 用氣色神情支使人。形容有權勢的人態度傲慢地指揮別人。

〔例〕他那種~的派頭真叫人受不了。

融會貫通

對各種知識、事理融合貫穿起來，從而透徹地理解。

〔例〕對知識要~，才能學以致用。

頭重腳輕

上面重，下面輕。比喻站立不穩或基礎不穩固。

〔例〕他只覺～，一陣眩暈，栽倒在地。

頭破血流

形容傷勢嚴重或失敗慘重。

〔例〕敵人被我們打得～，狼狽逃竄。

頭頭是道

形容說話、做事有條有理。

〔例〕別看他是個十二三歲的孩子，說起話來卻～，旁邊聽的人沒有一個不稱讚的。

頭痛醫頭，腳痛醫腳

比喻處理事情不從根本上解決，只是在枝枝節節上暫時應付。

〔例〕要想從根本上解決這個問題，就不能～。

樹碑立傳

樹: 樹立。**碑**: 指歌功頌德的石碑。**立傳**: 寫傳記。原指對人的事迹進行歌頌，使之流傳久遠。現也比喻爲了擡高某人的聲望而加以吹捧。

〔例〕御用文人爲了替主子～，不惜舞文弄墨，篡改歷史，這在歷史上已屢見不鮮。

樹倒猢猻散

樹倒了，依靠樹來生活的猴子只好散開。比喻爲首的人垮下來，隨從的人沒了依附，也就一哄而散。

〔例〕這幾年兄弟幾個本已四分五裂，全靠老太爺維持着；如今老太爺一死，～，這個家也就敗了。

機不可失

16
畫

失: 錯過。時機不可錯過。

〔例〕這次A公司招聘僱員，你趕快去報名，～。

機關算盡

機關: 周密而巧妙的計謀。形容用盡心思。貶義。

〔例〕～，聰明反被聰明誤，當他人都受過騙，明白過來的時候，也就最終害了自己，所以說: 做人要老實。

歷歷在目

歷歷: 清楚分明。從前的事到現在還清清楚楚地浮現在眼前。

〔例〕李老師當年熱心教導我們的情景，今天依然～。

奮不顧身

奮勇直前，不顧自己生命安全。

〔例〕消防人員～地穿過火網，背起受傷的人，飛快地奔向救護車。

奮起直追

振奮起來，緊緊地趕上去。

〔例〕全廠職工～，有些產品的質量已達到較高水平。

據爲己有

把別人的東西拿來歸自己所有。

〔例〕把公家的東西～，這是盜竊行爲。

據理力爭

依據道理，盡力爭辯。

〔例〕原則問題一定要～，不能隨便妥協。

操刀必割

操: 拿起。拿起刀來就一定要割東西。比喻做事要果斷及時。

〔例〕～, 不可優柔寡斷, 當斷不斷, 反受其亂, 這個道理請諸君記牢。

操之過急

操: 做, 掌握。指處理事情或解決問題過於急躁。

〔例〕處理問題應該有個步驟, 不能～。

擇善而從

擇: 挑選。**從**: 跟從, 學習。挑選其中好的去遵循、學習。指善於學習別人的長處。

〔例〕三人行必有我師, ～, 虛心求教, 就能截人之長補己之短, 不斷進步。

擒賊先擒王

提捉賊要先抓首惡。比喻作戰時要先除掉主要的敵人。也比喻做事要抓住關鍵。

〔例〕只要說服得他同意, 我看別人也就沒話說了, 這是"～"的辦法。

擅自爲謀

擅: 超越權限, 獨斷專行。**謀**: 打算, 主張。指隨便自作主張。

〔例〕既然是有關大家的事, 就應該和大夥兒一起商量, 不要～。

擅離職守

職守: 工作崗位。未經批准, 擅自離開工作崗位。

〔例〕由於他～而造成這次重大事故，公司已決定追究查
處。

瞠目結舌

結舌：舌頭轉動不了。瞠着眼睛説不出話來。形容窘迫或
驚訝時的樣子。

〔例〕雜技團的魔術表演神乎其神，觀眾看得～，驚奇得
不得了。

瞠乎其後

瞠：直瞪着眼。在別人後面直瞠着眼而趕不上。形容遠遠
地落在別人後面。

〔例〕他的游泳技術進步飛快，我現在是～了。

曇花一現

曇花：仙人掌科植物，花美而香，但開放後很快就凋謝。
比喻某些人或事物一出現很快就消逝。

〔例〕他才華絕世，卻罹難而死，～，可惜!

噤若寒蟬

噤：閉口不作聲。**寒蟬**：晚秋的蟬。像晚秋的蟬一樣不再
鳴叫了。比喻不敢作聲。

〔例〕《紅樓夢》裏的賈寶玉，在看到他父親賈政的時候，
總是～，不敢吱聲。

蹉跎歲月

蹉跎：時間白白地過去。指虛度光陰。

〔例〕年輕人要懂得光陰寶貴，～，會後悔無及的。

戰戰兢兢

戰戰: 恐懼發抖的樣子。**兢兢**: 小心謹慎的樣子。形容十
分害怕, 小心謹慎。

〔例〕～地做工作, 還唯恐出差錯; 倘若大模大樣, 滿不
在乎, 不知要出多少岔子呢!

餐風飲露

吃的是風, 喝的是露水。形容路途或野外生活的辛苦。

〔例〕自被派到邊境上巡邏, 他過了快十年～的日子了。

遺老遺少

指改朝換代後仍然留戀和效忠前一朝代的老年人和少年
人。後也指思想陳腐、頑固保守的老年人和少年人。

〔例〕這一類的書, 只有那些～喜歡看。

遺臭萬年

死後留下壞名聲, 永遠受人唾罵。

〔例〕賣國求榮的大漢奸～, 永遠被人民痛恨。

遺害無窮

見"貽害無窮"。

默默無聞

默默: 不聲不響, 無聲無息。指沒有名聲, 不爲人所知。

〔例〕許多很有才華的人, ～地終其一生。

黔驢之技

黔: 今貴州一帶。唐柳宗元《三戒・黔之驢》記述: 黔地沒
有驢, 有人帶了一頭去, 放牧在山下。老虎看見驢個子
大, 以爲是神; 又聽到牠叫聲很響, 非常害怕, 以爲驢
要吃牠。後來經過來往觀察, 看出驢並沒有特別的本領。

就靠近牠，逗弄牠，**驢氣**得不得了，用蹄子踢老虎。老
虎很高興，估計驢的技能不過如此，於是就大吼一聲跳
上去，一口把**驢**咬死了。比喻虛有其表，實際本領有限。

黔驢技窮

比喻有限的一點本領已經使完。

〔例〕兩個人明裏暗裏鬥了一年，<u>吉剛</u>終於～，敗下陣來，
辭職走了。

參看"黔驢之技"。

積少成多

一點一點地積累，就能由少變多。

〔例〕真正是細大不捐，～，合算起來也着實不少。

積重難返

指長時期所形成的不良思想、作風或習俗，很難革除、改
變。

〔例〕他幾次戒煙都沒有戒掉，真是～。

積勞成疾

因長期經受勞累而生病。

〔例〕他獨力支持這個家，日夜兼兩份工，苦捱了幾年，
終於～。

學以致用

致：達到。學習爲了實際應用。

〔例〕學習要考慮到今後工作的實際需要，做到～。

學而不厭

厭：滿足。努力學習而不滿足。

16
畫

〔例〕楊惠之教授四十年來～，每天讀書，學識淵博，成
了有名的學者。

興風作浪

原指傳說中妖怪施用邪術刮起大風、掀起波浪。後指煽動
情緒，挑起事端。

〔例〕可笑那班小人，抓住人家一點差錯，便想～。

興致勃勃

勃勃: 旺盛的樣子。形容興趣很濃厚。

〔例〕大家～地商議今年聖誕節的歐遊計畫。

興味索然

興味: 興趣。一點興趣也沒有。

〔例〕大家高高興興地參加春節郊遊，他們兩個卻在路上
對罵起來，弄得大家～。

興師動眾

興、動: 發動。**師**: 軍隊。原指大規模出兵。後指發動很
多人去做某件事。

〔例〕這件事由我們三個人來辦就行了，用不着～。

興高采烈

興: 興致。**采**: 精神。形容人的興致很高，情緒熱烈。

〔例〕大家～地去參加元旦舞會。

舉一反三

從懂得的一點，就能類推而知道其他的。形容善於類推，
能由此及彼，觸類旁通。

〔例〕他聰敏好學，聞一知十，～。

舉不勝舉

舉也舉不完，形容非常多。

〔例〕這個鄉出錢出力興辦學校的動人事例～。

舉世無雙

世間沒有第二個。比喻稀有，很難找到。

〔例〕中國的萬里長城，～。

舉世矚目

矚目：注視。全世界的人都注視着。形容受到世人的普遍
關注。

〔例〕～的登月計畫終於取得成功，成為轟動一時的新聞。

舉目無親

舉目：擡起眼睛看。擡頭看不見一個親人。形容人地生疏。

〔例〕初到外國時，我確有～之感。

舉足輕重

舉足：擡腳。一擡腳就會影響兩邊的分量輕重。形容所處
地位重要，一舉一動都關係到全局。

〔例〕在決定問題時，德高望重、富有經驗的吳工程師的
意見，有～的作用。

舉案齊眉

案：古代用以放飯菜的有短腳的木托盤。端飯時把托盤舉
得和眉毛相齊，表示恭敬。後用以形容夫妻相敬。

〔例〕張公一家日子過得很美滿，媳婦與兒子相敬如賓，～，
老伴與兒媳和諧融洽，舉家上下從沒有拌過嘴，鄰
里都很羨慕。

16
畫

舉棋不定

拿着棋子，不知下哪一着好。比喻猶豫不決，拿不定主意。

〔例〕到底是開時裝店還是開鞋店好，他至今～。

錯落不齊

形容錯雜，凌亂，不整齊。

〔例〕山坳裏有幾間～的草房。

錢可通神

有錢能買通鬼神。極言金錢力量之大。

〔例〕在商業社會裏～這句話固然有一定的道理，但畢竟
有正義與非正義之分，錢並非總是萬能的。

錦上添花

錦：有彩色花紋的絲織品。在漂亮的錦上再繡上花。比喻
好上加好。

〔例〕本公司有諸位扶助，正如～，我深信一定能興旺發達，
與日俱隆。

錦繡前程

前程：前途。形容前途十分美好。

〔例〕祖國的富強為廣大青年開闢了～。

錙銖必較

錙、銖：都是古代極小的重量單位，六銖等於一錙，四錙
等於一兩。像錙銖這樣極微小的數量都要計較。形容非
常刻薄吝嗇。

〔例〕此人愛財如命，就是族中支派，不論親疏，但與他
財利交關，～，一些情面也沒有的。

築室道謀

築室: 建造房子。**道謀**: 跟過路的人商量。在大路邊建造屋子, 跟過路的人商量。比喻自己毫無主見, 找些毫不相干的人商量, 結果人多口雜, 辦不成事。

〔例〕這宗事若教門生們議將來, 只成～, 不如二位師尊斷以己見。

雕蟲小技

雕: 雕刻。**蟲**: 指鳥蟲書, 我國古代篆字的一種, 寫出來形似鳥蟲。比喻微不足道的技能。多指文字技巧。

〔例〕他寫得一手漂亮的美術字, 不要以爲這是～, 沒有他, 我們的牆報就很難辦得如此出色。

獨一無二

只有一個, 沒有第二個。表示非常稀少。

〔例〕中國的刺繡極爲精緻, 在世界上是～的。

獨木難支

一根木頭支撐不住快要倒塌的大屋。比喻個人力量單薄, 難以挽救危局。

〔例〕這公司積弊太重, 負債累累, 缺少幹才, 他深感～, 毅然辭職了。

獨出心裁

心裁: 指個人心中的設計、籌畫。原指詩文的構思、設計有獨到之處。後指有獨特的見解或辦法。

〔例〕這份刊物無論在編排或插圖上, 都是～的, 很有新意。

參看"別出心裁"。

獨占鰲頭

鰲: 傳說中海裏的大龜或大鱉。科舉時代, 金殿階前刻有鰲頭, 規定只有考中狀元參見皇帝時才可以踏上, 當時稱中狀元爲"獨占鰲頭"。後用來比喻第一。

〔例〕天資聰穎, 智力過人, 他在歷次考試中, 始終～。

獨步一時

形容在某一時期內超羣出衆, 獨一無二。

〔例〕魯迅的雜文尖銳深刻, 在二十世紀三十年代～。

獨具匠心

匠心: 靈巧的心思。具有獨到的靈巧的心思。指在工藝技巧方面有創造性。

〔例〕會上展出許多～、對兒童學習富有啓發性的精美玩具。

獨善其身

原指做不上官, 就獨自搞好品德修養。後指只顧自己, 不顧別人。

〔例〕繁榮的現代社會要靠獻身和創新精神, ～的哲理是不可取的。

獨當一面

獨自擔當一個方面的工作。

〔例〕他現在的工作能力, 已經可以～了。

獨樹一幟

樹: 豎立。**幟**: 旗子。獨自豎立起一面旗幟。比喻與衆不同, 自成一家。

〔例〕著名老生<u>譚鑫培</u>吸收了衆家之長，推陳出新，～，
　　創造了有名的<u>譚</u>派唱腔。

獨霸一方

指壞人獨自佔據一個地方，稱王稱霸。

〔例〕這個土豪仗着兒子是個將官，在這山區～，無惡不作。

獨闢蹊徑

蹊徑: 小路。自己開闢一條路。比喻獨創一種新方法或新
風格。

〔例〕他在<u>漢語語法</u>研究上～，提出許多新的見解。

獨斷專行

獨斷: 個人單獨決斷。**專行**: 憑個人的意見行事。做事專斷，
不聽取別人的意見，作風不民主。

〔例〕這人官架子十足，～，但出了問題就把責任往下推，
　　令人氣憤。

獨木不成林

一棵樹成不了森林。比喻一個人或一個單位力量薄弱，做
不成大事。

〔例〕無論他本事有多大，～，這麼繁重的任務光靠一個
　　人去做，肯定是不行的。

諱病忌醫

諱: 有顧慮，不敢説或不願説。**忌**: 怕。隱瞞疾病，害怕
治療。比喻掩飾缺點錯誤，不願改正。

〔例〕患了浮腫，而～，但願別人糊塗，誤認他爲肥胖。

諱莫如深

諱: 隱瞞不説。**莫**: 没有。隱瞞得没有比這再深的。指隱
瞞得很緊，惟恐別人知道。

〔例〕對自己的錯誤和缺點不可～，應該主動爭取朋友們
的幫助。

磨杵成針

杵: 舂米或捶衣用的短棒。把鐵杵磨成繡花針。比喻只要
有毅力，下苦功，再難的事也會辦成功。相傳唐代詩人
李白小時讀書不用功。一次在路上看見一位老婦在磨鐵
杵，李白問她幹什麼，她説要把它磨成一根針。李白被
她的話感動了，就發憤讀書，終於取得了偉大的成就。

〔例〕俗話説："只要功夫深，鐵杵磨成針。"～看上去很難，
但只要幾十年如一日地幹下去，功夫到了，自然能
成功。

慶父不死，魯難未已

慶父: 春秋時魯國的公子，曾先後殺死兩個國君，製造内
亂。當時齊國大夫仲孫由魯回國，向齊桓公報告説：
"不去慶父，魯難未已。"意思是説，不把慶父除掉，魯
國的禍亂就不會平息。後用以比喻不把製造内亂的罪魁
禍首清除掉，國家就不得安寧。

〔例〕～，軍閥不除，國不得寧。

親如手足

手足: 比喻兄弟。原比喻兄弟之間的親密情誼。現多比喻
朋友之間感情深厚，親密得像兄弟一樣。

〔例〕我們倆多年來同甘共苦、共患難，～。

親痛仇快

痛: 痛心。**快**: 高興。(做的事情使)親者痛心, 仇敵稱快。

〔例〕 你這種舉動, ～, 請三思。

親密無間

間: 縫隙。形容非常親密, 沒有隔閡。

〔例〕 他們師徒相處多年, ～。

燃眉之急

燃眉: 火燒眉毛。像火燒眉毛似的急迫。比喻事情非常緊迫。

〔例〕 孩子病重進了醫院, 只好向朋友借些錢, 以濟～。

營私舞弊

營: 謀求。**舞弊**: 用欺騙手段做違法亂紀的事。為謀求私利, 玩弄各種欺騙手段做違法的事。

〔例〕 這名會計～, 結果弄得身敗名裂。

燈紅酒綠

形容娛樂場所的繁華景象及奢侈生活。

〔例〕 清兵已臨南京, 而南明君臣卻過着～、荒淫無恥的生活。

窺豹一斑

看到豹的斑點。指能顯示整體特徵的部分。

〔例〕 通過這篇報告文學, 西藏高原的風土人情, 讀者可以～。

壁上觀

參看"作壁上觀"。

16畫

壁壘森嚴

壁壘: 軍事上防禦用的圍牆。比喻防守嚴密。也比喻將事物分隔開的屏障。

〔例〕兩派學術觀點不同，門戶之見甚深，～。

隨心所欲

自己高興幹什麼就幹什麼。

〔例〕既然你來這間店裏工作，就得遵守店規，好好地做，再不能～，不受管束。

隨波逐流

比喻自己沒有獨立的見解和主張，隨大多數人行動。

〔例〕有些人由於受周圍環境的惡劣影響而～，以致身敗名裂。

隨風轉舵

順着風向轉動船舵。比喻説話行事順着情勢的變化而改變。含貶義。

〔例〕誰都知道他慣於～，一日三變，都不敢同他深交。

也作"順風轉舵"。

隨遇而安

遇: 境遇。**安**: 安然。不管遇到什麼環境，都能安然自得，感到滿足。

〔例〕老將軍老來心灰意懶，～，再也沒有當年的豪氣了。

隨機應變

隨着情況的轉變，靈活應付。

〔例〕他口才犀利，反應敏捷，善於～，是搞公關的好材料。

隨聲附和

別人說什麼就跟着說什麼。形容沒有主見。

〔例〕別人提出的意見我們要仔細考慮，既不能置之不理，也不能～。

十七畫

趨之若鶩

趨: 奔赴。**鶩**: 鴨子。像鴨子一樣成羣地爭先恐後地跑去。比喻很多人爭着去。貶義。

〔例〕對名利地位，許多人～；而他卻視同天上的浮雲一般，毫不在意。

趨炎附勢

比喻奉承依附有權勢的人。

〔例〕有一些無恥文人～，投靠有權勢的官僚，醜態百出。

聲名狼藉

聲名: 名聲，名譽。**狼藉**: 雜亂不堪，形容名譽掃地。

〔例〕這個人到處行騙，已經～，大家對他都存有戒心了。

聲色俱厲

說話時聲音和臉色都很嚴厲。

〔例〕孩子做錯了事，應該對他講清道理，不要～地嚇唬他。

聲東擊西

聲言要攻打這邊，實際卻攻那邊。

〔例〕在一次戰鬥中，我軍採取～的策略，轉移了敵人的
　　　注意力，從而全殲了敵人。

聲勢浩大

形容聲威和氣勢都非常壯大。

〔例〕爲了推銷新產品，這家公司在十幾個城市同時展開～
　　　的宣傳活動。

聲嘶力竭

嘶：啞。**竭**：盡。聲音嘶啞，力氣用盡。形容竭力叫嚷。

〔例〕在大庭廣座中，他敗壞了她的名譽，她怒不可遏，
　　　向他撲過去，～地對他叫罵起來。

罄竹難書

罄：用盡。**竹**：古時寫字沒有紙，把字刻在竹片上。用盡
　　　山上的竹子也寫不完。原指要寫的事情多得寫不過來。
　　　後用以形容罪狀多得寫不完。

〔例〕法西斯分子的滔天罪惡，～。

聯翩而至

聯翩：鳥羣聯着翅膀飛的樣子。形容接連來到。

〔例〕記者招待會即將開始，中外記者～。

鞠躬盡瘁，死而後已

鞠躬：表示恭敬謹慎。**盡瘁**：竭盡勞苦。不怕辛苦，爲國
　　　家爲人民貢獻出全部力量，到死爲止。

〔例〕諸葛亮對蜀漢，可以説是～。

輾轉反側

輾轉：翻來覆去。**反側**：翻身。形容心中有事，翻來覆去

地睡不着覺。

〔例〕想起在外國重病的父親，他整夜～，不能入寐。

醜態百出

做出各種各樣的醜惡姿態表情。

〔例〕他喝醉酒就撒酒瘋，又哭又唱，～。

勵精圖治

指振奮精神，想辦法把國家治理好。

〔例〕孫中山先生～奮鬥了一生，在我國近代史上作出了很大貢獻。

擢髮難數

擢髮：拔下頭髮。多用以形容罪行太多，無法計算。

〔例〕秦檜陷害抗金將領，壞事做盡，～，遭世人唾罵，成爲壞人的典型。

瞭如指掌

瞭：明白。**指掌**：指着手掌。形容對事物瞭解得清清楚楚，像指給人看放在手掌裏的東西一樣。

〔例〕警方對這個匪幫的罪惡活動已～，現在只是等待時機把他們一網打盡罷了。

瞬息萬變

瞬：一眨眼。**息**：呼吸。**瞬息**：極短的時間。形容在極短時間內變化得又多又快。

〔例〕安徽黃山的雲海～，十分壯觀，令人目不暇給。

蹈常襲故

蹈：踩。引伸指沿着，遵循。按照常規，沿襲舊法。指依老規矩、老辦法做事。

〔例〕我們必須打破～的保守思想，才能有所創造發明。

螳臂當車

螳螂舉起前腳想擋住車子。比喻不自量力。

〔例〕這樣一個不到一百萬人的小國，要正面抵抗五十萬
敵軍的進攻，有如～，是無勝利可言的。唯一的辦
法是籲請國際社會的支持。

點石成金

古代傳說仙人用手一點石頭，就能把它變成金子。後用以
比喻善於把不好的文字修改成好的。

〔例〕王老師批改文章，有～之妙。

矯枉過正

矯: 矯正。**枉**: 彎曲。**過正**: 指超過了限度。爲了把歪曲
的東西扭直，結果又歪向了另一方。比喻糾正偏差超過
了應有的限度，又產生另一種偏差。

〔例〕要求孩子先做完功課才看電視是對的，但如果完全
不准他們看，那是～了。

矯揉造作

矯: 把彎的變成直的。**揉**: 把直的變成彎的。形容故意做
作，很不自然。

〔例〕寫文章貴在自然，有如風行水面自然成紋，～，決
寫不出好文章來。

繁文縟節

文: 指禮節、儀式。**縟**: 繁多。煩瑣而不必要的儀式或禮節。

也用來比喻煩瑣多餘的事項或手續。

〔例〕婚喪喜事中的那些～，往往造成很大的浪費。

也作"繁文縟禮"。

優柔寡斷

優柔：猶豫不決。**寡**：少。**斷**：決斷。指遇事猶豫，沒有決斷力。

〔例〕這位胡主任最是膽小，凡事～，不敢拿個主意出來。

優勝劣敗

在相互競爭中，處於優勢的事物獲得勝利或得到發展壯大，處於劣勢的事物遭到失敗或被削弱淘汰。

〔例〕自有人類社會以來，～是一個普遍的規律，歷朝歷代概莫能免。

聳人聽聞

聳：驚動。誇大或捏造事實，使人聽了感到驚異。

〔例〕這份報紙爲了推廣銷路，經常製造些～的新聞。

鍥而不捨

鍥：用刀刻。雕刻下去不停止。比喻有恒心有毅力。

〔例〕只要有～的精神，任何高深的學問都可以學到手。

筆路藍縷

筆路：柴車。**藍縷**：破衣。《左傳‧宣公十二年》："～，以啟山林。"駕着柴車，穿着破衣裳去開闢山林，形容開創新事業的艱苦。

〔例〕創業艱難，開創任何事業都要經過～的過程。

簡明扼要

簡單明瞭，抓住要點。

〔例〕本書的前言部分介紹全書內容和寫作過程，寫得～，
　　　十分精彩。

膾炙人口

膾：切得很細的肉；**炙**：烤肉。膾和炙都是人們愛吃的美
　味食物。用以比喻好的詩文為人們所稱讚和傳誦。

〔例〕岳飛的《滿江紅》是一首～的好詞。

膽大心細

做事勇敢，考慮周密。

〔例〕這次偵察任務叫他去吧，他～，一定能完成。

膽大包天

包：包容。膽子大得能包住天。形容膽量極大，無所畏懼。

〔例〕這兩個罪犯竟敢白日攔路搶劫，真是～！

膽大妄為

妄為：胡作非為。毫無顧忌地胡作非為。

〔例〕作為子女，他不但不侍奉臥病在牀的老父親，反而
　　　一再無理頂撞老人，氣得老人指着他罵道：“不孝之
　　　子，～。”

膽小如鼠

膽子小得像老鼠一樣。形容膽量非常小。

〔例〕那些～、目光如豆的人，是什麼事也做不出的。

也作“膽小如鼷”。**鼷**：最小的一種鼠類。

膽戰心驚

戰: 發抖。形容非常害怕。

〔例〕他聽到對方要同他決鬥，嚇得～。

邂逅相遇

邂逅: 沒有約會而遇到。無意中相遇。

〔例〕今天在電影院裏和闊別多年的兩位老同學～，大家
都高興得不得了。

也作"邂逅相逢"。

謝天謝地

表示意外滿意時，常說的話。

〔例〕～，失踪了兩天的孩子終於找回來了！

應付自如

處理問題毫不費力。

〔例〕經過幾年的鍛煉，他變得十分堅強、老練，遇到什
麼問題都能夠～。

應有盡有

一切齊備，應該有的全都有。

〔例〕你別看這商店小，各種貨品幾乎是～。

應接不暇

暇: 閒空。忙得應付不過來。

〔例〕這家商店的東西比較便宜，大家爭着購買，售貨員
常常～。

應對如流

比喻答話很快，很流利。

〔例〕他的功課好極了，每次老師提問，他都～。

龍爭虎鬥

形容鬥爭或競賽激烈，勢均力敵。

〔例〕運動場上，～，競賽進行得十分激烈。

龍潭虎穴

潭: 深水坑。穴: 地洞。指龍與虎藏身的地方。比喻極其凶險的地方。

〔例〕他是個智勇雙全的警官，闖～鎮定自若，上刀山下火海毫無懼色。

龍飛鳳舞

形容書法筆勢奔放，生動遒勁。

〔例〕擡頭看見北牆上掛着四幅大屏，草書寫得～，出色驚人。

龍蟠虎踞

蟠: 盤。踞: 蹲。形容地勢險要雄壯。

〔例〕南京背負鍾山，面臨長江，形勢險要，歷代稱爲～的地方。

濫竽充數

《韓非子·內儲説上》説: 齊宣王愛聽吹竽(一種簧管樂器)，經常叫很多人組成大樂隊，一齊吹奏。南郭先生不會吹竽也混進隊裏去，照樣得到齊宣王的賞賜。後來宣王死了，他的兒子繼承王位，卻要每個人單獨吹給他聽，南郭先生只好逃跑了。比喻沒有本領的人冒充有本領，或次貨冒充好貨。

〔例〕他有真才實學，絕非～之輩。

豁然開朗

豁然：開敞的樣子。形容一下子出現了開闊明朗的境界。
也比喻經過提醒，突然明白了一個道理。

〔例〕讀了他的著作，使我～起來。

避重就輕

指回避重的責任，只揀輕的來承擔；或指回避要害問題，
只談無關重要的事。

〔例〕請你談要害問題，不要～。

避難就易

就：靠近。避開難的，揀容易的做。

〔例〕無論學習和工作，～都是不會有進步的。

彌天大謊

彌天：滿天。極大的謊言。

〔例〕目僅識丁的他，到處吹噓他寫了一本幾十萬字的書，
居然有人相信他的～。

彌天大罪

天大的罪惡。

〔例〕在封建專制社會裏，誰如果冒犯了皇帝，那就是犯
了～。

牆倒眾人推

比喻當別人受到挫折，就有許多人跟着打擊他。

〔例〕從他失去信任、被冷落在一旁的那天起，人們便風
言風語把他說得一無是處，～，看了真叫人寒心。

隱姓埋名

隱瞞自己的真實姓名，不讓別人知道。

〔例〕那個罪犯逃到外埠，～，不敢露面。

隱約其辭

隱約: 不明顯，模糊不清。形容說話躲躲閃閃，含混不清。

〔例〕他自知理屈，對我提出的問題，只好～地胡扯一通。

隱惡揚善

隱瞞別人的壞處，宣揚別人的好處。

〔例〕～，是儒家提倡的處世態度。

縮手縮腳

形容做事膽小，顧慮多，不敢放手。

〔例〕我們的廠長工作有魄力，做事從不～。

十八畫

豐功偉績

豐: 多，盛。**功:** 功勞。**績:** 業績。偉大的功勳和業績。

〔例〕在他短短的一生中，對遺傳學作出了巨大的貢獻，
他的～將同他的名字一道永遠傳在科學史上。

豐衣足食

吃的穿的都很富足。

〔例〕昔日貧窮的山村，現在人人都過上了～的生活。

豐富多彩

彩: 花色。形容內容豐富，花樣很多。

〔例〕晚會上的節目～，使人大飽眼福。

騎虎難下

騎在虎背上很難再下來。比喻做某件事，中途遇到困難，但迫於形勢又不能停下來。

〔例〕影片拍到一半，女主角突然病故，然而公司已投進去一千多萬元，～，欲罷不能。

騎馬找馬

比喻一面佔着現有的位置，一面另找更好的工作。

〔例〕這工作我先幹着，～，等有了更稱心的再辭職。

騎驢覓驢

覓: 尋找。騎着這頭驢還找這頭驢。比喻東西就在自己那裏，卻還到處去尋找。

〔例〕唉，你真是～，你那支鋼筆不是就插在你口袋裏嗎? 也作"騎牛覓牛"。

藏垢納污

藏: 包藏。垢: 骯髒東西。納: 容納。比喻包容壞人壞事。

〔例〕那家咖啡室是個～的地方，吸毒者、盜竊犯、流氓常在那裏聚會。

也作"藏污納垢"。

藏頭露尾

形容躲躲閃閃，不敢把真實情況全部講出來。

〔例〕他說得～的，媽媽把他拉到跟前，再三追問。

藏龍臥虎

比喻潛藏着各類非凡人才。

〔例〕 臨安乃形勝之地，～，不可小看了它。

舊地重遊

舊地: 曾經居住過或到過的地方。

〔例〕 我的童年是在這裏度過的，今天～，許多有趣的往事又一一浮現在腦海中。

舊雨新知

<u>唐杜甫</u>《秋述》: "常時車馬之客，舊，雨來; 今，雨不來。" 意思是說，過去賓客遇雨也來，如今遇雨不來了。

舊雨: 指老朋友。**新知**: 新結交的朋友。泛指老朋友和新朋友。

〔例〕 喜逢中秋佳節，他廣邀～，歡聚一堂。

也作"舊雨今雨"。

舊恨新仇

舊的怨恨和新的冤仇積到一起。形容仇恨很多。

〔例〕 想到父兄先後慘遭暗殺，～一併湧上心頭，他發誓一定要清算這筆血債。

舊調重彈

舊調: 老調子。把老調子又彈一遍。比喻說的還是老一套。

〔例〕 今早開會，他又～，毫無新意，聽得大家都膩了。

舊瓶裝新酒

《新約・馬太福音》第九章: "耶穌說: '没有人把新酒裝在舊皮袋裏，若是這樣，皮袋就裂開，酒漏出來，連皮袋也壞了。唯獨把新酒裝在新皮袋裏，兩樣都保住了。'" "五四" 新文學運動中，提倡白話文學的人認爲文言和舊形式不能

表現新内容，常用"舊瓶裝新酒"作比喻。現用時只取字面
義，指用舊形式來表現新的内容。

鞭長莫及

《左傳·宣公十五年》："雖鞭之長，不及馬腹。"意思是鞭
子雖長，但不應打到馬肚子上。後借指力量達不到。

〔例〕這筆交易他雖然想插手，但～，無所施其伎。

鞭辟入裏

鞭: 鞭策。**辟**: 透徹。**裏**: 裏層。宋代理學家常用來形容
做學問切實。今多用來形容論述透徹、深入。

〔例〕這篇文章對問題的分析、～，非常深刻。

也作"鞭辟近裏"。

轉危爲安

指病情或局勢由危急轉爲平安。

〔例〕他冒險把着了火的油車開跑，油庫～。

轉敗爲勝

把失敗扭轉爲勝利。

〔例〕這次籃球比賽，最初我們失利，後來改變戰術，調
整人力，終於～。

轉彎抹角

形容路彎彎曲曲或走曲折的路。也形容説話繞圈子，不直
截了當。

〔例〕他～地説了半天，我還是没弄清楚他的意圖到底是
什麽。

臨危不懼

面對危險，毫不畏懼。

〔例〕他爲了保護一個女孩子，面對歹徒，～。

臨陣磨槍

臨到上陣才去磨槍。比喻事到臨頭才倉促準備。

〔例〕如今～也不中用了，早知這會子着急，過去每天寫點唸點，細水長流，不也早就熟悉了。

臨深履薄

《詩經·小雅·小旻》："如臨深淵，如履薄冰。"意思是說，好像面臨着深淵，腳踏着薄冰，隨時有危險發生。比喻做事要小心謹慎，有危機感。

〔例〕經營企業須時時有～之感，安不忘危，如其不然，難免有朝一日一崩而不可收拾。

臨渴掘井

臨到口渴才去挖井。比喻事到臨頭才想辦法。

〔例〕平時上課不聽講，下課不複習，要考試時才～，溫習功課，這是不對的。

臨淵羨魚

淵: 深水潭。羨: 希望得到。站在水邊看着淵中的魚而想得到它。比喻空有願望而不去實幹。

〔例〕古話說～，不如退而結網。是說凡事都須實幹才會有成果，成就出於刻苦努力，而不出於想入非非。

臨難不懼

遇到危難的時候，一點也不怕。

〔例〕<u>文天祥</u>～，慷慨就義的高風亮節，永遠激勵着後人。

也作"臨危不懼"。

覆水難收

潑在地上的水難以收回來。比喻事情已成定局，無法改變。也比喻相互關係已經到了無法挽回的地步。

〔例〕君子一言，駟馬難追；何況你已經付了訂金，～，我看這批貨只好買下了。

覆車之鑒

覆車：翻車。**鑒**：鑒戒，教訓。前面車子翻倒的教訓。比喻接受先前失敗的教訓。

〔例〕～應引起我們的警覺，防止今後再出現這類慘痛事件。

覆雨翻雲

比喻變化不定，反覆無常。

〔例〕兩個孿生兄弟，一個是～，一個是一諾千金，相貌雖然肖似，但品德卻截然不同。

瞻前顧後

瞻前：遠望前面。**顧後**：回看後面。形容謹慎周密，各方面都考慮到。也常形容顧慮重重，猶豫不決。

〔例〕他生性謹慎，一舉一動都要～地反覆考慮。

曠日持久

曠：荒廢，耽誤。荒廢時日，長期拖延。

〔例〕這項工程不應再延期了，否則～，損失會更大。

鵝行鴨步

像鵝和鴨子般走路。形容走得慢吞吞。

〔例〕你兩人閑常走路總是～，今天卻怎麼走得這樣急？

雙管齊下

古時有一位畫家能兩手同時拿着筆畫畫。比喻兩種方法、兩件事情同時進行。

〔例〕你的能力很強，可以～，把這兩件事同時做好。

歸心似箭

想回家的心情像射出的箭一樣急。形容回家心切。

〔例〕他離開家鄉已快四年，這次一放暑假就～，急於要回去看看久別的雙親。

歸馬放牛

把作戰時用的牛馬放歸到農牧業生產中去，表示戰爭結束，不再用兵。

〔例〕所謂～，大抵不過是一種宣傳而已，即便是儒家力主的偃武修文，也須有"武"作後盾，這"文"才能"修"得起來。

歸真返璞

眞: 本真，人的本性。**璞**: 未經雕琢的玉石。比喻回到天然的美。

〔例〕他的詩不再去追求辭藻的華麗，～，變得平易自然，更能打動讀者的心。

也作"返璞歸真"。

歸根結蒂

蒂: 瓜果與枝莖相連的部分。歸結到根本上。

〔例〕這次水災這麼嚴重，～，是過去有關部門一直忽視防洪工作。

翻天覆地

天地都轉換了位置。形容變化巨大。

〔例〕這幾年由於經濟的飛速發展，小鎮的面貌發生了～的變化。

翻來覆去

指來回翻動身體。形容睡不着覺。也形容重複多次。

〔例〕這件事，他～説了很多遍。

翻然悔悟

從錯誤中覺醒過來，悔恨前非，決心改正。

〔例〕人不可能不犯錯誤，倘若知過改過，～，正如古人所言"過而能改，善莫大焉"，就怕執迷不悟，不知錯，或知錯也不改。

翻雲覆雨

翻過手來是雲，覆過手去是雨。比喻反覆無常或慣於耍手段，弄權術。

〔例〕這人一貫～，誰肯相信他?

翻箱倒篋

篋: 小箱。形容徹底搜查、翻檢。

〔例〕竊匪爬窗進來，～，把貴重財物搜掠一空。

也作"翻箱倒櫃"。

簞食壺漿

簞: 古代盛飯用的圓形竹器。古時候，老百姓用簞盛了飯，用壺盛了湯來歡迎他們所擁護的軍隊。

〔例〕古人說～，那只是迎接仁義之師，如果是禍國殃民的軍隊，老百姓早就望風而逃了。

雞口牛後

牛後：牛的肛門。雞口在前，牛後在後。比喻寧願在局面小的地方獨立自主，不願在局面大的地方受人支配。

〔例〕他寧願當縣長而不願高陞一級去做局長，人家問他，他答道："你不懂～的道理嗎？"

雞犬不留

連雞和狗都沒有留下。形容殘酷殺戮。

〔例〕抗日戰爭時期，南京失守，城內～。

雞犬不寧

形容騷擾得很厲害，連雞狗都不得安寧。

〔例〕前線潰退下來的散兵游勇，接連幾天在村莊裏騷擾攪鬧，把個好端端的村莊搞得～。

雞犬升天

見"一人得道，雞犬升天"。

雞毛蒜皮

比喻無關緊要的小事兒。

〔例〕從前這幾家住戶常常爲一些～的事情爭吵，現在搬走了兩家，安靜多了。

雞飛蛋打

雞飛走了，蛋也打破了。比喻兩頭落空，一無所得。

〔例〕他賭博賭紅了眼，一連幾天不去上班，結果～，錢輸光了，又被公司革了職。

18
畫

雞零狗碎

指零零碎碎的東西或瑣瑣細細的事情。

〔例〕今天我很忙，這種～的事，不要再煩我了。

雞鳴狗盜

《史記·孟嘗君列傳》記載：戰國時，齊國的孟嘗君到秦國去，被秦王扣留，無法回國。門客中有一個人裝狗偷出重要的東西；另一個人裝公雞叫，騙開了城門，救了他。後多用以指卑微的技能或具有這種技能的人。也比喻偷偷摸摸，見不得人。

〔例〕人不嫌技能多，哪怕～有時也能派上關鍵的用場。

斷垣殘壁

坍塌的牆，殘存的壁。形容建築物由於戰爭、自然災害或年久失修而破敗的景象。

〔例〕地震發生後，這裏到處是～；而今，卻完全被一幢幢新的高樓大廈代替了。

也作"斷壁頹垣"。

斷章取義

斷：切斷，割裂。章：整篇的文字。指割裂全文，只截取其中一段或一句，以滿足自己的需要。

〔例〕要駁倒對方的論點，決不能用～的方法。

斷線風箏

斷了線的風箏。喻指人走以後，杳無音信。

〔例〕他移民澳洲後，像～似的，連個地址也沒寄回來。

斷編殘簡

見"斷簡殘編。"

斷頭將軍

《三國志·蜀志·張飛傳》："至江州，破(劉)璋將巴郡太守嚴顏，生獲顏。飛呵顏曰：'大軍至，何以不降而敢拒戰？'顏答曰：'卿等無狀，侵奪我州，我州但有～，無有降將軍也。'"後用以比喻堅決抵抗、寧死不屈的將領。

斷簡殘編

簡：古代寫字用的木片、竹片。編：穿簡的細長皮條。指殘缺不全的古書。

〔例〕有些考據學家，專門從～裏找尋他們的論據。

也作"斷編殘簡"、"殘編斷簡"。

甕中捉鼈

甕：大罈子。鼈：甲魚。比喻捕捉的對象已在掌握之中。也比喻很有把握。

〔例〕我看，像你這麼辦，～，十拿九穩，保險沒錯。

謹小慎微

形容一舉一動十分小心。

〔例〕他一向～，什麼事都要經多方考慮才敢做。

謹言慎行

言語行動，小心謹慎。

〔例〕有些職員整日戰戰兢兢、～，唯恐得罪了上司，打破飯碗。

謬種流傳

謬：荒謬錯誤。荒謬錯誤的東西傳下去或流傳開去。

〔例〕 色情音像帶~，青年受害不淺。

禮尚往來

尚：崇尚。禮節交往上要重視有來有往。

〔例〕 每年聖誕節，我們都互贈聖誕咭，互致祝願。~，
友誼給我們帶來莫大的歡快。

禮賢下士

禮貌地對待賢人，謙恭地對待有見識、有才能的人。形容
帝王、大臣或社會地位高的人重視人才。

〔例〕 古人說"~"，今人說"重視人材"，用詞不同，內容
一樣，都在於開發智力資源，爲我所用，爲社會所用。

禮義廉恥

禮：禮貌。**義**：合乎道理的，正義的。**廉**：廉潔。**恥**：羞
恥之心。古人認爲這四種道德規範是維繫社會的根本。
後也用以泛指應該遵守的社會道德。

〔例〕 老師教學生，不僅教學生識字、會做數學題，而且
要教學生懂~，學會怎樣做人。

禮輕人意重

禮品雖然很輕微，但卻表達了深厚的情意。常與"千里送
鵝毛"連用。

〔例〕 這點禮物是我從家鄉帶來的，千里送鵝毛，~，請
你笑納。

也作"禮輕情意重"。

雜亂無章

章：條理。亂七八糟，沒有條理。

〔例〕沒有一套行之有效的管理制度，所以工作搞得～。

濟濟一堂

濟濟: 眾多的樣子。形容許多人聚集在一起。

〔例〕校慶這天，校友們從四面八方來到學校，～，暢敍
　　畢業後各人的情況。

十九畫

瓊樓玉宇

瓊: 美玉。**樓**: 樓臺。**宇**: 房屋。用美玉建成的樓臺房屋。
　原指神仙居住的地方、月中的宮殿。後也用以形容富麗
　堂皇的樓房。

〔例〕啊! 這是你的新居，～，真富麗堂皇!

藕斷絲連

藕折斷了，但斷處仍有細絲相連。比喻表面上斷絕了關係，
實際上仍有牽連。多指感情上的牽連。

〔例〕雖然兩人不再見面了，但～，難免時時憶起往事，
　　甚至託朋友打聽一下對方的情況。

藝高膽大

技藝高超才能大膽放手去做事。

〔例〕在汽車大獎賽中，他～，充分發揮其優勢，終於奪魁。
也作"藝高人膽大"。

難分難解

不容易分解開。

〔例〕舞台上兩員猛將殺得～，觀衆完全被他們的精彩表
演吸引住了。

難兄難弟

（難: nàn 粵nan⁶〔尼雁切〕）

指彼此處於同樣的困境或共過患難的人。

〔例〕他們倆是一對～，從小在一個孤兒院裏長大，後來
又長期在一起打工，經常互相接濟。

難言之隱

藏在內心深處、難以説出口的事。

〔例〕他不願繼續講下去，大概有～吧，我們不必再追問了。

難能可貴

做到了在通常情況下難以做到的事，而且又是特別有價值
的事。

〔例〕一個十幾歲孩子發明了一種高靈敏度的煤氣報警器，
十分～。

難捨難分

感情深厚，難以分離。

〔例〕老人探親期滿，又要回臺灣了，兒孫們送了一程又
一程，～。

攀龍附鳳

攀: 向上抓住。附: 依附。比喻依靠有勢力的人。

〔例〕有些人爲了升官發財就到處～，諂諛奉承，人格非
常低賤。

櫛次鱗比

見"鱗次櫛比"。

櫛風沐雨

櫛: 梳頭髮。風梳髮, 雨洗頭。形容人經常在外辛苦奔波。

〔例〕地質勘探隊員爬山過水, ～, 在大地上尋找地下寶藏。

顛沛流離

顛沛: 生活困難、窘迫。**流離**: 爲了生活東奔西走, 不能
　　定居。

〔例〕看到專制統治者腐朽的生活和人民～的生活, 誰都
　　會感到萬分憤怒。

顛倒黑白

把黑的說成白的, 把白的說成黑的。形容顛倒是非。

〔例〕做人要做有稜有角、是非分明的人, 不能做糊裏糊塗、
　　是非不分的人, 更不能做～、指鹿爲馬的人。

顛撲不破

顛: 跌、倒。**撲**: 撲打。不管怎樣摔打都不會破。比喻言論、
　　學說正確, 永遠不會被推翻。

〔例〕兼聽則明, 偏信則暗, 這是一條～的真理。

蠅頭小利

像蒼蠅的頭一樣小的利益。比喻非常微薄的利益。

〔例〕他日曬雨淋地在街邊賣菜, 得的也不過是～。
　　也作"蠅頭微利"。

蠅營狗苟

像蒼蠅那樣到處鑽營, 像狗一樣卑賤無恥。形容爲一己之

私而去做卑劣見不得人的事。

〔例〕說起他來，實際上也夠可憐的，～地過了大半輩子，
　　　結果還是在飢寒交迫中了卻人生。

穩紮穩打

紮: 紮營。指步步為營，穩當而有把握地打仗。比喻穩當
而有把握地做事。

〔例〕他的經營作風一貫是～，雖然發不了大財，但也很
　　　少虧損。

穩如泰山

像泰山一樣穩固。比喻極為安穩。

〔例〕他事業心強，精明能幹，待人寬厚，深得人心，雖
　　　然公司人事經常變動，但他始終～。

也作"安如泰山"。

穩操左券

左券: 古代契約分左右兩片，雙方各執一片，左券由債權
人拿着，是索償的憑證。比喻有充分的把握取得勝利。

〔例〕他為人精明能幹，對市場動向又瞭如指掌，朋友們說，
　　　跟他合夥做生意，～。

穩操勝算

穩: 穩當。**操:** 掌握。**算:** 籌碼。牢牢地掌握了勝利的籌碼。
比喻有把握取得勝利。

〔例〕投資香港玩具業，我看在幾年內仍然是～。

也作"穩操勝券"。

穩坐釣魚船

有句古詩説："任憑風浪起，穩坐釣魚船。"比喻不管周圍發生了什麼嚴重情況，自己自有主張，不慌不忙，保持心理上的穩定。

〔例〕股市直線下跌，許多投資者驚惶失措，但他胸有成竹，～，最後還賺了一筆。

懲一儆百

懲罰一個人來警誡更多的人。

〔例〕他被革職並不是因爲能力不濟，而是上司對他有成見，拿他開刀，～，殺雞給猴子看。

懲前毖後

懲: 警誡。毖: 謹慎。把以前的失敗作爲教訓，使以後不致重犯這種錯誤。

〔例〕以"～，治病救人"的精神，對他進行教育。

鵬程萬里

相傳鵬鳥能飛萬里。比喻前程遠大。

〔例〕他勤奮好學，英文又好，我看這孩子～，將來一定很有出息。

癡人説夢

癡: 傻。原指對傻瓜説夢話，傻瓜信以爲真。後比喻説話荒唐，違背常理，完全不切實際。

〔例〕他連電腦的基本原理也不懂，卻想設計一套圖書管理軟件，簡直是～。

癡心妄想

指一心想着那不可能實現的事。

〔例〕 她出身名門, 才學超羣, 既然已明確拒絕了你的求愛,
就不要～, 自尋煩惱了。

鶉衣百結

鶉衣: 鶉鶉的羽毛有花紋、尾短, 故古時用鶉衣來形容補
釘很多的破爛衣服。**百結**: 衣服破爛地打上結連在一起。
形容衣服非常破爛。

〔例〕 他進山裏打柴燒炭, 常年不回家, 以致～。

廬山真面目

宋蘇軾《題西林壁》詩: "橫看成嶺側成峯, 遠近高低各不
同。不識廬山真面目, 只緣身在此山中。"後用以比喻事情
的真相或人本來的面目。

離心離德

心: 思想。**德**: 信念。指人各異心, 思想行動不統一。

〔例〕 一個實業家要把企業辦好, 就要使職工以企業爲家,
防止～的傾向發生。

離鄉背井

井: 指家鄉的故居。離開故鄉去別的地方。

〔例〕 時代不同了, 如今"鄉""井"的觀念愈來愈淡薄, 終
生墨守故鄉的人愈來愈少, ～、跑遍世界的人愈來
愈多。

離羣索居

索居: 離開同伴, 過孤獨生活。

〔例〕 你應該參加社交活動, 多交朋友, 不應該～。

離經叛道

原指背離儒家的經書和道統。後用以泛指背離正統的思想
或行爲。

〔例〕清末譚嗣同認爲古時候本來沒有皇帝，後來的皇帝
　　　是由大家推舉出來的，當然也可以由大家來廢除。
　　　這些話在當時被認爲是～的。

離題萬里

形容寫文章或説話和本旨毫不相干。

〔例〕他的文章洋洋數萬字，但～，毫無價值可言。

寵辱不驚

寵：寵愛，尊榮。無論是受寵或受辱都不動心。指能把得
失置之度外。

〔例〕一個人不應該計較名譽、地位及個人得失，而應該～，
　　　踏踏實實地爲社會服務。

關山迢遞

關山：關塞和山岳。迢遞：遙遠的樣子。形容路途遙遠。

〔例〕父母住在山東老家，～，他工作又忙，每年只能回
　　　去探望一次。

關門大吉

指商店或工廠倒閉。含諷刺意味。

〔例〕這間高級化妝品商店開張不到半年，便～了。

繩鋸木斷

用繩當鋸子，也能鋸斷木頭。比喻力量雖小，只要持之有
恒，就能成功。

〔例〕凡事總是開頭難，但只要堅持下去，就能～，水滴

石穿。

繪聲繪色

形容講述、描寫事物的情景非常生動、逼真。

〔例〕他講起故事來～，非常動人。

也作"繪影繪聲"。

二十畫

耀武揚威

耀：誇耀，炫耀。**揚**：顯示。炫耀武力，顯示威風。

〔例〕經過警署數年的努力，這個地區的黑社會勢力已基本上被消除，黑幫分子再也不能～、爲所欲爲了。

黨同伐異

黨同：與自己意見相同的人結成一伙。**伐異**：攻擊異己。

〔例〕由於利害衝突，學術界～的現象是屢見不鮮的。

懸崖勒馬

勒馬：收住繮繩。在下臨深谷的山崖邊勒住馬。比喻臨到危險的邊緣及時清醒回頭。

〔例〕你的錯誤已經發展到十分嚴重的地步，必須～，立即回頭。

懸崖峭壁

懸崖：高而陡的山崖。**峭壁**：陡直的崖壁。形容山勢險峻。

〔例〕一進入秦嶺山區，但見山勢險峻，高聳入雲的～上倒掛着盤曲的古松，深澗中流水潺潺，在雄偉壯觀中帶幾分清秀的姿色。

懸梁刺股

梁：屋梁。**股**：大腿。傳說漢代的孫敬日夜苦讀，為防止打瞌睡，用懸在屋梁上的繩子拴住頭髮。戰國時代的蘇秦在讀書睏倦時，用針刺大腿。形容勤學苦讀。

〔例〕刻苦學習，就應有～的精神，因為世界上沒有哪一種學問是輕而易舉可以獲得的。

嚴懲不貸

懲：懲罰。**貸**：饒恕。嚴厲懲辦，絕不寬恕。

〔例〕對那些作惡多端的黑社會頭子，必須～。

鐘鳴鼎食

鐘：古代樂器。**鼎**：古代用青銅製成的炊具。古代富貴人家吃飯時要擊鐘奏樂，排列着盛有各種珍貴食品的鼎。形容富貴人家奢侈、豪華的生活。

〔例〕誰知這樣～的人家兒，如今養的兒孫，竟一代不如一代了。

饒有風趣

饒：多，豐富。**風趣**：指幽默或詼諧的趣味。

〔例〕他性格開朗，説話～，聽他演講大家最開心。

饒有興味

饒：多，豐富。**興味**：興趣，趣味。

〔例〕到海洋公園，幾乎每項活動，我都感到～。

觸目皆是

觸目：眼睛接觸到的地方。形容到處都是。

〔例〕到了攤販市場，各式各樣的招牌上，錯別字～。

觸目驚心

觸目：目光看到的。當看到某種情況，心裏感到非常震驚。形容事態嚴重。

〔例〕在花花綠綠、五光十色的世界裏，有多少狡詐、欺騙、貪婪、殘忍和誨淫誨盜的事，揭開來會令你～。

也作"怵目驚心"。

觸景生情

看到眼前的景物而產生了某種感情。

〔例〕他回到了闊別四十年的故鄉，那株銀杏樹仍然枝葉茂密，不禁～，往事一一湧上心頭。

觸類旁通

觸：接觸。**旁通**：互相貫通。指接觸、掌握了某一事物的知識或規律，可以用類推的方法去瞭解同類的事物。

〔例〕在學習上記憶是需要的，但最重要的是要善於思考，做到～。

龐然大物

龐然：高而大的樣子。形容形體龐大的東西。多指體積大而實際虛弱或笨重的東西。

〔例〕這機器看起來是個～，可是用起來卻非常靈便。

爐火純青

純青：道家煉丹，煉到爐中火焰由紅色轉成青色就算成功了。後用以比喻技術或學問達到了純熟完美的境界。

〔例〕 到了現在，可已到了～的氣候，正是兄弟們各顯身
　　　手的時候了。

繼往開來

繼承前人的事業，開闢未來的道路。

〔例〕 老一輩都希望年青一代能～，既能繼承優良傳統，
　　　又能勇敢創新。

二十一畫

蠢蠢欲動

蠢蠢：蟲爬動的樣子。指敵人準備進攻或壞人準備進行搗
　　亂破壞。

〔例〕 國際珠寶展覽會即將在巴黎開幕，一些竊賊～。

露才揚己

炫耀才能，顯示自己。

〔例〕 ～的往往是那些只有小才、沒有大才的人。

躊躇不前

躊躇：遲疑不決的樣子。遲疑不決，不敢前進。

〔例〕 對這樣有意義的工作，我們不應再～，應立刻挑起
　　　擔子去做。

躊躇滿志

躊躇：從容自得的樣子。形容對自己所取得的成就非常得
　　意。

〔例〕如果只有一點點成就，就～，那是一種令人擔憂的
　　　傾向。

躍然紙上

躍然: 活躍的樣子。活潑而生動地呈現在紙上。形容刻畫
得非常生動逼真。

〔例〕畫家齊白石筆下的蝦，栩栩如生，～。

躍躍欲試

躍躍: 因迫切期望而心情激動的樣子。形容心裏急切地想
試試。

〔例〕她天生一副好歌喉，又曾得名師教導，看見合唱團
招聘團員的廣告，不禁～。

魑魅魍魎

魑魅、魍魎都是古代傳說中的妖魔鬼怪。現在用來指各種
各樣的壞人。

〔例〕在繁華似錦的社會裏，潛藏着伺機害人的～，所以
走路要小心謹慎，做事要深思熟慮，交友要擇善而從。

鐵石心腸

心腸硬得像鐵和石頭一樣。比喻心腸很硬，不爲感情所動。

〔例〕這種激動人心的場面，即使是～的人見了，也要感
動得流下淚來。

鐵杵磨針

見"磨杵成針"。

鐵面無私

形容公正嚴明，不徇私情。

〔例〕不管你官家眷屬、大人孩子，他一定一個個檢查，行李一件件要看，真是～。

鐵樹開花

鐵樹：一種熱帶植物，許多年才開一次花。比喻很難見到。

〔例〕從前有人說，要讓聾啞人講話，除非是～。如今奇迹出現了，很多聾啞人經過治療，真的會講話了。

鐵證如山

鐵證：鐵一般的證據。**如山**：像山一般沒人能夠動搖。形容證據非常確鑿，無法改變。

〔例〕這個罪犯在～的事實面前，無法抵賴，只得低頭伏罪。

顧全大局

照顧到整個局面，使整體利益不受到損害。

〔例〕他不肯～，爲了一己之私，吵鬧不休，嚴重影響工作。

顧名思義

從事物的名稱可以聯想到它的含義。

〔例〕什麼是寓言？寓是寄托的意思，～，寓言就是寄托着哲理的故事。

顧此失彼

顧了這個，丟了那個。形容無法全面照顧。

〔例〕既忙於講課，又忙於醫院的門診，他常有～之感。

顧盼自雄

左顧右盼，自以爲比別人高明。形容自以爲了不起的樣子。

〔例〕他新近設計的電腦軟件深得各方讚揚，但他並未因此而～，而是默默地聽取意見，潛心研究，加以改進。

顧慮重重

重重: 一層又一層。形容顧慮很多, 不敢放膽做事。

〔例〕辦事不要~, 縮手縮腳。

顧影自憐

望着自己的影子, 自我憐惜。形容孤獨失意的樣子。後也用以指自我欣賞。

〔例〕她在穿衣鏡前照前照後, 那副~的神情, 要是被攝像機攝下, 可真是絕妙的鏡頭。

鶴立雞羣

像仙鶴站在一羣雞中, 顯得十分突出。比喻才能或儀表出眾。

〔例〕在這個小企業中, 大都只有小學和中學文化水準, 相比之下, 他這位留洋回來的博士, 確實顯得~, 與眾不同了。

鶴髮童顏

頭髮像仙鶴羽毛那樣白, 面色像兒童那樣紅潤。形容老人身體健康、氣色好。

〔例〕只見對面走過來一位老人, ~, 碧眼方瞳, 灼灼有光, 身如古柏之狀。

二十二畫

22
畫

驕兵必敗

驕傲輕敵的軍隊一定打敗仗。

〔例〕不要看不起人家，～，一定要仔細研究他們這本書
　　　的長處和弱點，取其長而避其短，我們這本書才能
　　　超過它。

驕奢淫逸

驕奢：驕橫奢侈。**淫逸**：荒淫放蕩。形容驕橫奢侈，荒淫
無度。

〔例〕富不驕，窮不餒，這是做人的一個重要的準則。如
　　　果富貴便～，如果窮困便氣餒喪志，無論如何，都
　　　是做不成大事業的。

鬚眉交白

交：一齊。鬚鬍眉毛都白了。

〔例〕這位老先生雖已～，但他的精神很好。

也作“鬚眉兼白”。

歡天喜地

形容非常高興。

〔例〕聽說要帶他們去吃自助餐，孩子們都～地跟着走了。

歡欣鼓舞

歡欣：喜歡，快樂。**鼓舞**：興奮。形容非常高興、振奮。

〔例〕父母表示要送他到外國讀書，他～地跑去告訴哥哥。

聽之任之

聽、任：聽憑，任憑。任憑它自由發展而不去過問。

〔例〕對濫捕鯨魚的現象不能～，必須喚起國際社會的注
　　　意。

聽天由命

聽隨天意和命運安排。指聽憑事態發展，不作主觀努力。

〔例〕如果這個世界人人都～，就沒有繁榮進步了。

聽而不聞

在聽，卻沒有聽進去。形容對別人的話不注意或不重視。

〔例〕他對父親的勸誘和教誨～，終於一步步滑到邪路上去了。

聽其自然

聽：聽任。聽任它自然發展下去。表示不過問。

〔例〕這件事你不能再～了，否則，後果不堪設想。

聽其言而觀其行

聽他講的還不夠，還要看他做的，看他是否言行一致。

〔例〕觀察一個人，要～，經過一段比較長的時期，透過一件又一件事情，才能看出他待人的原則、做事的品德。

權宜之計

權宜：暫且適宜。**計**：辦法。指為了應付某種情況而暫時採取的變通辦法。

〔例〕這當然是～，長期這樣下去肯定不行。

權衡利弊

權：秤錘。**衡**：秤桿。**權衡**：衡量，比較。稱量一下哪一個有利哪一個有害。

〔例〕到底把資金投到輕工業上還是投到房地產上，你～決定吧!

鑒往知來

鑒: 這裏是照鏡子，借鑒的意思。根據過去的情況和經驗，可以預測未來的發展變化。

〔例〕過去同他談了不下十次，哪一次他肯聽？～，我看這次同他談也没用，他改不了的。

鑄成大錯

《資治通鑒‧卷二六五‧唐昭宗天祐三年》記載: 唐朝末年，天雄節度使羅紹威因部下不聽指揮，勾結朱全忠把這批人殺了。從此，朱全忠居功要這要那，誅求無已，羅紹威的財力幾乎敗光。羅紹威後悔説: "合六州四十三縣鐵，不能爲此錯也。"

錯: 銼刀。這裏的"錯"是雙關語。鑄成一把大錯，借指造成重大錯誤。

〔例〕若不是你提醒，我幾乎～。

響遏行雲

遏: 阻止。聲音響亮得把浮雲也阻止了。形容歌聲嘹亮高亢。

〔例〕昨晚在文化中心舉行音樂會，幾位歌唱家優美的歌聲～，博得全場陣陣掌聲。

響徹雲霄

徹: 透過。形容聲音嘹亮，直達高空。

〔例〕廣場上，台上台下齊聲高唱，～。

二十三畫

驚弓之鳥

受過箭傷的鳥,一聽到弓聲就會驚慌。比喻受過驚嚇、遇到一點動靜就驚慌的人。

〔例〕秦末,被困在垓下的項羽軍隊有如~,毫無鬥志可言。

驚天動地

形容聲音響亮或事件影響巨大。

〔例〕只聽得~的一聲巨響,急忙跑出去一看,原來是對面的三層樓房塌了一半。

驚心動魄

形容文學藝術作品使人感受深、震動大。也形容使人感到極端驚駭、緊張。

〔例〕豪雨成災,山泥傾瀉,急流直下,行人被沖走,汽車被淹沒,真箇~。

驚恐萬狀

萬狀:各種各樣的情狀。形容驚慌恐懼到了極點。

〔例〕警匪在鬧市槍戰,路人~,紛紛躲避。

驚惶失措

驚惶:驚慌。**失措**:舉止失去常態。驚恐慌亂,不知如何是好。

〔例〕遇到這一突然到來的變故,她嚇得~,完全失去了自制能力。

23
畫

驚魂未定

形容受驚後的心情尚未安定下來。

〔例〕老人深受驚嚇，事情已過去兩天了，仍然～。

也作"驚魂不定"。

驚濤駭浪

濤：大波浪。**駭**：驚懼。使人驚懼的大波浪。常用以比喻險惡的環境或遭遇。

〔例〕他年方二十，卻已遍歷海外，走蠻煙瘴雨之鄉，受～之險。

也作"駭浪驚濤"。

體貼入微

形容對人照顧和關懷得十分細心周到。

〔例〕她對父母非常孝順，～。

體無完膚

全身的皮膚沒有一塊是完好的。形容渾身受傷。也比喻論點、文章被批評、駁斥得一無是處。

〔例〕他的大塊文章發表後，頗有些顧盼自雄，不料報紙接連刊文，把他駁得～，兜頭澆了一盆冷水。

鱗次櫛比

櫛：篦子。像魚鱗般地挨着，像梳齒般地排着。常用以形容房屋或船隻的密集。

〔例〕從山上俯視，城市的街道縱橫交錯，屋宇～。

竊竊私語

背地裏小聲談話。

〔例〕幾個人躲在屏風後邊～，更加引起他的懷疑。

竊竊私議

偷偷地在私下議論。

〔例〕這次比賽裁判不公，很多同學都在～。

鷸蚌相爭，漁翁得利

鷸：一種長嘴的水鳥。《戰國策·燕策》說：蚌張開殼的時候，鷸去啄它的肉，被蚌夾住了嘴，互相爭持不下，結果被漁翁一起捉住。後用以比喻雙方爭持不下，讓第三者佔了便宜。

〔例〕戰國時，東方的幾個國家不團結，～，結果被秦國一個個攻破了。

也作"鷸蚌相持，漁人得利"。

變化多端

端：頭緒。形容變化極多。

〔例〕誰都知道他見人說人話，見鬼說鬼話，～，捉摸不透。

變化無常

常：規律。變化不定，不可捉摸。

〔例〕他喜怒不定，～，誰也不願去惹他。

變本加厲

本：本來的。**加**：更加。**厲**：猛烈。變得比原來更加嚴重。多含貶義。

〔例〕他非但不接受教訓，反而～地違反校規，任意曠課，終於被校方開除。

變幻莫測

23
畫

變幻: 不規則地變化。**莫測**: 不可預測。形容變化又多又快，
無法預測。

〔例〕高原天氣～，去旅行要時時刻刻留意氣象台的天氣
預報。

戀戀不捨

形容非常留戀，捨不得離開。

〔例〕他們要搬家了，但對多年和睦相處的左鄰右舍卻～。

二十四畫

蠶食鯨吞

像蠶吃桑葉那樣一口一口地吃，像鯨魚吞食物那樣一大口
吞下。比喻強者對弱者逐步侵佔或一舉併吞。

〔例〕沙皇俄國貪得無厭，～，從鄰國掠奪了大片土地。

二十六畫

驢脣不對馬嘴

比喻兩不相合，或答非所問。

〔例〕你沒有讀過歐洲文藝復興時期的作品，我提出的問
題你全答錯了，～。

讚不絕口

連聲稱讚。

〔例〕老教授看了同學們新完成的設計圖，～地說:"你們真行!"

二十九畫

鬱鬱寡歡

鬱鬱: 憂傷愁悶的樣子。**寡**: 少。形容愁悶不樂。

〔例〕她失戀後沉默少言，～。